U0040334

亂世宏圖

酒徒——著

卷一・訴衷情

再會有期

寫在新書《亂世宏圖》繁體付梓之前

大約從二〇〇九年夏天起，我陸續在臺灣出版了三部書，《隋亂》、《開國功賊》、《盛唐煙雲》，合稱：《隋唐三部曲》。

從二〇〇九年到二〇一二年，很多日子，都是翻著讀者的評價渡過，很忐忑，更多的則是開心。然而之後大約四年多的時間裡，我的另外兩部作品，卻因為市場契合度以及其他一些因素影響，未能與繁體中文版的讀者們見面，現在回想起來，非常遺憾。

好在世界上還有網絡，使得這兩部書在網絡連載期間，依舊可以被一些繁體中文版的讀者所關注。依舊有一些意見和建議，不斷被我獲知。這些意見和建議，有褒揚、有指正，甚至還有非常激烈的批評，林林總總，不一而足。卻是我長期的寫作生涯裡，不可或缺的一部分。

寫書的人喜歡聽讚賞，卻不畏懼批評。真正害怕的是，洋洋灑灑寫了數十萬字，四下卻寂靜無聲。那是最為恐怖的場景。

無論是褒揚，還是批評，都意味著讀者看了。筆者的文字沒有失去關注。而四下裡一片寂靜的話，卻意味著一部作品已經不被世人所在乎，好也罷，壞也罷，都隨它去。

所以很慶幸，在這四年多時間裡，酒徒依舊能聽見讀者的聲音。其中相當一部分，是來自繁體閱讀地區的讀者。

於是，四年之後，酒徒又鼓起餘勇，寫了這本《亂世宏圖》。

故事發生於五代末期，亂世即將結束，中國乃至人類文明史上，最為特殊的一個時代即將拉開帷幕。

故事的大致脈絡如下：

最初，有三個好兄弟厭倦了戰亂，相約要建立一個太平國度。

很多年過去之後，他們當中的一個建立了後漢帝國，卻忘記了自己的初衷。

然而另外兩兄弟，郭威和常思卻未曾忘記。

兩兄弟的門生和晚輩，柴榮、趙匡胤和寧子明也沒忘記。

寧子明的好朋友，韓重贇、楊光義、張永德等人也沒忘記。

於是很多人從不同方向努力，重新締造了一個輝煌的時代。

歷史上，那個時代起於後周，結束於蒙古人的大舉南侵。長達三百二十八年，期間雖然有戰爭，華夏文明卻在大步向前。

小說中的主要人物，都是這個時代的奠基者。

屍山血海裡殺出來的郭威，面對仇人，最後卻選擇了寬容。

放了一輩子高利貸的常思，在隱退之前，卻把畢生積蓄送進了空蕩蕩的國庫。

剛剛登基的柴榮，面對傾巢南下的契丹鐵騎，拒絕四朝元老馮道做兒皇帝的提議，果斷選擇了親自領軍迎戰。

柴榮的好朋友趙匡胤和寧子明，則與他並肩而戰，百死而不旋踵。

他們贏了戰爭，也確保了文明不毀滅於野蠻。

以上這些人的名字，注定在歷史上閃耀。筆者不自量力將他們重新描畫，一半是出於對歷史的熱愛，另外一半兒，則是出於對讀者的回報。

在。

是簡體和繁體的讀者們，用他們的熱情，支持著酒徒這個工科生，從二〇〇〇年前後一直寫到了現

沒有你們，酒徒堅持不了這麼長時間，也在寫作的道路上，走不了這麼遠。

新書即將付梓，酒徒的心情依舊如當年一般忐忑。

『不知婆婆味，先請小姑嘗。』

期待您的喜歡！

酒徒

二〇一六年七月卅一日於燈下

引子

西元九〇七年，朱溫逼十六歲的大唐末帝李柷禪讓。在開封登上皇帝寶座，國號梁。

同年，鳳翔節度使、岐王李茂貞聯合河東節度使、晉王李克用，西川節度使、蜀王王建，一同舉兵伐梁，誓為唐末帝討還公道。

嶺南、湖廣、兩淮、吳越、福建、交趾、陝西等地的各族領兵武將，或趁機造反立國，或者表面臣服於朱溫，暗中擁兵自重。而朱溫因為自己得國不正，兼能力有限，竟不能制止。

自隋朝起已經統一了三百餘年的中國，被武夫們再度推入了分裂和戰亂的深淵。

西元九二三年，沙陀武將，晉王李克用之子李存勖，滅梁，宣布重建大唐，定都洛陽，史稱後唐。

西元九二六年，李存勖的義兄，大將李嗣源領兵攻入洛陽，於廢墟中收斂李存勖屍骨，受百官「勸進」為帝，改元天成。

李嗣源志向高遠，有意結束已經持續了二十年的亂世，勵精圖治。然而，他卻不識漢字，不能批閱各地送來的奏章，只能將政務交給權臣和地方武將之手。

後唐短暫的繁榮，迅速在其手裡終結。已經宣布臣服於後唐的各方勢力，再度相繼脫離。手握重兵的節度使們，彼此攻伐不休。同一勢力的不同派系武將，動輒兵戎相見。地方上，豪強大戶們隻手遮天，殺百姓如殺羊。白骨露於野，千里無雞啼……

在此同時，塞外的契丹各部，卻迅速開始了統一與整合，一個全新的草原帝國漸漸露出了輪廓。耶律阿保機之子，不到二十歲的耶律德光頭角崢嶸。領兵先掠薊北，再攻回紇，隨即揮師東進，滅掉了與大唐一樣歷史悠久的渤海古國。

面對混亂殘破的中原，耶律德光忽然發現，有一個天賜良機擺在自己面前。長城萬里，無一人值守。烽火臺上，長滿了蓬蒿。中原群雄們，像紅了眼睛的瘋狗般，為了一塊骨頭，而彼此之間撕咬不休。渾然不知，在長城之外，有一匹蒼狼已經再度崛起，朝著所有人的喉嚨露出了雪亮的牙齒。

【第一章】

磨劍

從前有座山。

山裡有座廟。

廟裡住的不是和尚，而是一群強盜。

強盜不搶錢財和貨物，他們只割腦袋。

割契丹人的腦袋。

割四下打草穀的契丹人的腦袋。

然後將腦袋用石灰醃了，送到某一個地方去換錢。

每名契丹武士的腦袋價值絹十匹，或者天福元寶一萬五千，每匹絹合米三石。只認人頭不認人，童叟無欺。

開始三山五岳的綠林豪傑們誰也不信。

大晉國的皇上已經被契丹人給抓了去；丞相帶著百官早投降了；擁兵數萬的節度使們一個個對契丹皇帝耶律德光俯首帖耳。儒生們根據五德輪迴之說，已經推算出了契丹人當主天下；也有一大堆飽學之士引經據典，論證出來耶律家乃正宗的劉氏子孫，去國七百餘載，如今當負運重歸。怎麼會有人偏偏不信邪，偏偏要跟天命對著幹？

要知道，如今雖然是戰亂年代，市面上每斗米也不過才五十文。一名契丹人的腦袋值一萬五千文，三百斗米，已經遠超鄉間大戶人家一年所得。怎麼會有人這麼傻，寧願把祖宗積攢下來的萬貫家財流水般往外扔？

他，到底圖的是什麼？

然而，撿著不要白不要的原則。有幾位一直在跟契丹人做對的綠林好漢，按照江湖上流傳的聯繫方式，將自己殺死的契丹人腦袋順手割了下來，按照傳說中的方式前去交易。

結果，居然真的拿到了成車的絹布與銅錢。

於是乎，割契丹人腦袋之風，瞬間變得一發不可收拾。

大契丹國的十萬精兵，從滹沱河畔一直打到晉國的國都汴梁，總折損兵馬不過三千出頭。然而才在汴梁、大名等地駐紮了不到三個月，就有將近五千勇士在外出打草穀時「一去不歸」。

在此同時，五萬匹絹布或者等值的銅錢，從某幾處不可知的地方，悄然流入了民間。給這股自發而起的反抗之火，悄然添上了數瓢猛油，令烈焰燒得越來越高。

不過，最近半個月，綠林豪傑們卻忽然發現，他們的生意越來越難做了。

原因無他，剛剛將契丹改為大遼，發誓要統治全天下所有人的皇帝耶律德光忽然察覺，他所帶來的契丹八部眾，正以前所未有的速度在減少。再這樣下去，甭說做整個九州之主，他恐怕連活著回到塞外都有點玄！情急之下，重新啟用了「帶路有功」的燕王趙延壽，讓他以大丞相、樞密使的身份，率所部兵馬平息叛亂。注一

那趙延壽可不是耶律德光麾下的契丹將領，一離開官道就兩眼發黑。此人做過唐明宗李存勖的徐州節度使，對中原山川道路瞭如指掌。又素來懂得收買人心，麾下雞鳴狗盜之輩無數。領兵出征半個多月來，已經將汴梁周遭的梳理了一個遍。大夥龜縮在山裡不出手則已，一旦出手，少不得就會被趙延壽的鷹犬聞著味道找上門來。

「要我說，大夥還是見好就收吧！人怎麼能跟賊老天鬥？」瓦崗山白馬寺裡，三當家許遠舉皺著眉頭提議。

他長得慈眉善目，偏偏右臉上紋了一隻蠍子，從嘴角直到眼眉。隨著說話聲，蠍子的頭和尾巴突突亂跳，彷彿隨時會撲下來，將毒液注入對面人的喉嚨。

「是啊，契丹人的腦袋再值錢，咱們也得有命花才成！」五當家李鐵拐從敞開的褲管裡捏出一隻虱子，用指甲狠狠擠了幾下，然後望著殷紅的血跡念叨。

「老五，佛祖面前，你還是不要弄得到處是血為好！」二當家寧采臣是個斯文人，面孔白皙，五官端正，說話之時神態舉止，也不似許遠舉和李鐵拐兩個那般粗鄙不堪。「咱們在外邊殺人也就殺了，好歹回到這裡，別弄得到處都是血……」

「老子不捏死牠，難道還扔你脖子裡頭去？」沒等他把一句話說完整，李鐵拐忽然咆哮著打斷。

寧采臣被問得脖子發癢，趕緊快步向後躲。「行，行，你繼續捏，我不說還不成嗎？反正佛祖怪罪，也不會怪罪到我身上！」

李鐵拐卻得理不饒人，豎起眼睛，繼續低聲咆哮：「佛祖懂個屁！佛祖如果真的靈光，就早該打雷把杜重威和趙延壽兩個給劈了！結果這兩個王八蛋享盡榮華富貴，倒是可惜了皇甫將軍注二，唉！」

說到最後，他的滿腔憤懣，忽然化作了一聲長嘆。如有形的霧氣般，纏繞在梁柱之間，久久不散。

「唉——！」眾人聞聽，也忍不住跟著齊齊長嘆。一張張早已麻木的面孔上，這一刻居然寫滿了惋惜與

注一、趙延壽：五代時著名漢奸。多次引契丹兵馬入寇，只為做兒皇帝。然而契丹國主耶律德光滅掉後晉之後，卻又反悔，不肯立他為帝。只賜給了他一件黃袍，讓他穿著招搖過市。

注二、皇甫遇：後晉猛將，被主帥杜重威劫持投降契丹。契丹國主耶律德光佩服他勇武，想命令他為先鋒攻打汴梁。皇甫遇自覺沒臉當這個先鋒，絕食而死。

落寞。

杜重威是大晉後主石重貴[注三]的姑父，手握傾國之兵卻不發一矢向契丹人投了降，這才中原陸沉，生靈塗炭。趙延壽則是不折不扣的三姓家奴，多年來，每次契丹人南下，其必爭做先鋒。這二位如今一個官居太傅，一個受封燕王，風光一時無兩。而拒不降賊的龍武軍指揮使皇甫遇，卻在絕食而死之後，被契丹人暴屍荒野。忠奸雙方的結局兩相比較，誰還敢說佛祖有靈，蒼天有眼？

如今趙延壽率領爪牙洶洶而至，大夥就更甭指望漫天佛祖能保佑了！能不助紂為虐，讓趙延壽的人馬找上瓦崗山來，已經算是格外開恩。想指望更多，大夥還真付不起香油錢！

「唉！連劉知遠、高行周和符彥卿[注四]這等人物都降了！這天命，恐怕真的又要落在諸胡身上了。」半晌之後，有人又幽幽地補充。

「唉——！」眾人聞聽，又是拖長了聲音嘆氣。

劉知遠為太原王、高行周為歸德軍都指揮使、符彥卿為武寧軍節度使，三人都曾經多次擊敗過入寇的契丹人，並且個個擁兵數萬。結果三人在去年杜重威率部投降之後，全部先後向契丹表示了效忠。非但辜負了一直對他們器重有加的大晉皇帝石重貴，也令對他們報以厚望的天下豪傑個個覺得心灰意冷。

想到中原大地竟無一名英雄敢與契丹兵馬正面為敵的事實，眾綠林好漢又紛紛搖頭嘆氣。對於繼續堅持反抗下去的前途，愈發感覺渺茫。

然而如三當家許遠舉說的那樣，現在拿著用命賺到的錢散夥，也沒那麼容易。首先山寨裡除了幾位當家之外，還有大小頭目外加嘍囉一百多位。這麼大一波子人，不可能如露珠般悄無聲息地在光天化日之下消失不見。

其次，大當家吳若甫數日前帶著一批醃製好的契丹狗頭，去跟上家交割，至今遲遲未歸。如果他不回來，就有一大筆賞金落實不到位。並且大夥對於整個山寨的去留，也很難做出最後決定。

所以大夥此刻與其說是在商議，不如說是在發洩。發洩心中對未知命運的恐慌，還有對眼前時局的無奈。然而越是發洩，肚子裡鬱鬱之氣卻越濃郁。到最後，簡直像一團滾油般憋在了嗓子眼處，只要一點火星，就立刻噴發出來。

「轟隆隆隆——！」就這個時候，窗外忽然傳來數道亮光。緊跟著，一陣悶雷從頭頂滾滾而過，將大雄寶殿屋頂，劈得瑟瑟土落。

「直娘賊老天，有種你就往老子頭上劈！」五當家李鐵拐撐著鐵杖，一躍而起。滿臉的皺紋毛髮根根豎起，顯得格外猙獰。「老子就在這裡站著，你要是劈不死老子，小心老子把你給捅出個窟窿來！」

「行了，老五，你還是省省吧，別一語成讖！誰叫你剛才在佛祖面前沒完沒了的殺生來？」二當家寧采臣趕緊站起身，一邊快速跑去關四周的窗子，一邊開玩笑緩和一下氣氛。

當家的嘴裡不能說難，如果連他們幾個都撐不下去了，手底下的嘍囉則更會絕望。無需趙延壽派兵來剿，大夥自己在窩裡就得先亂了起來。

「老子才不怕，老子先把這鍍金的爛木頭劈了當柴禾燒！」三當家許遠舉卻絲毫不理解寧采臣的良苦用心，背靠柱子站起來，半截鐵脊蛇矛遙指佛像面孔。「你也就是個欺軟怕硬的孬貨！老子把話撂到這兒，有種你去劈了那為虎作倀的趙延壽，老子立刻給你重塑金身。從此皈依佛門，一輩子吃素念經……」

「喀嚓嚓！」話音未落，又是一陣閃電。將佛祖煙熏火燎的面孔，照得金光縈繞。瓢潑般的大雨，被狂風捲著推開大雄寶殿西側幾個未來得及拴緊的窗子，將窗下數尺內的金磚地面洗了個光可鑒人。緊跟著，有一道幽藍色的滾地雷飄忽而至，半空中，繞著大殿內幾個綠林當家的腦門兒緩緩旋轉。

注三、石重貴：石敬瑭之養子。即位後深以當年石敬瑭認賊作父為恥，不肯繼續做孫皇帝。結果惹怒契丹國主耶律德光，率部大舉入寇。石重貴奮起反抗，多次擊敗契丹兵馬。卻不料自己的姑父杜重威帶領大軍臨陣投敵，最後汴梁陷落，國破家亡。

注四、劉知遠、高行周、符彥卿：後晉時三個著名將領。契丹入寇期間都曾經向耶律德光表示過效忠。

「啊呀——！」饒是許遠舉等人膽大包天，也被這怪異的景象嚇得亡魂大冒。頭頂上的黑髮，一根接一根豎了起來，就像火焰般，朝著滾地雷飄飄而動。

「砰！」就在大夥以為真的遭了天譴，閉目等死之時。門忽然被人從外邊推開，一把鐵斧凌空而至。把個滾地雷如捶丸般擊飛了數尺遠。「轟隆！」一下砸在了佛像肚皮上，將其炸了個青煙亂冒。

「哪個楞頭青？你想殺了老子啊？」五當家李鐵拐披頭散髮，手中鐵杖迅速轉向門口。剛才那一斧子幾乎貼著他的頭皮掠過，稍低一點半寸，就直接要了他的老命。

「五叔，是我，小肥！」門口處，傳來一個充滿善意的聲音，絲毫未因為許遠舉的「恩將仇報」而有所波動。

「原來是他！怪不得如此楞頭楞腦！」眾人苦笑著紛紛側頭，透過凌亂的電光，看到一個鐵塔般的影子。一手持盾，一手持短斧，身後還背著另外一把，擋住門外漫天風雨。

「我是想救你們才扔的斧子！放心，我手上有準兒！」來人張開嘴，露出滿口潔白的牙齒。「剛才那是什麼鬼東西？怎麼飄在你們頭頂上動也不動？哎呀！佛祖著火了，快救火，快救火。再晚了，咱們今天就沒地方住了！」

「啊呀呀！苦也，苦也！」眾人齊齊回頭，恰看見佛像被劈開的肚皮處青煙繚繞。再也顧不上來人先前那一斧子來得楞不楞，抄起身邊所有能用的傢伙，奮力救火。

大雄寶殿內的佛像乃硬木所製，只是在表面上塗了一層金漆。常年受煙熏火燎，早就被烘得無法再乾。今日猛然間被滾地雷給點燃了，倉促間，哪裡容易撲得滅？偏偏眾人手裡又沒有水桶、水囊等物，只能脫了衣服跑到雨地裡汲水。結果足足忙碌了小半個時辰，才在聞訊趕來的嘍囉兵幫助下，終於把火勢給撲了下去。再看那金裝的佛像，已經被煙熏得如同黑瞎子般，再也不見半點莊嚴。連同頭頂的天花板，也全都

給燎成了鍋底，烏漆漆說不出的骯髒。注五

在場眾山寨當家，也都累成了狗。強撐到嘍囉們退下之後，一個個蹲在污水橫流的地面上，「呼哧呼哧」直喘粗氣。待喘息夠了，才想起這場火災的「罪魁禍首」來，把頭轉向同樣蹲在地上狂喘的某人，七嘴八舌地說道：「小肥，你怎麼一個人回來了！大當家和老四呢？他們怎麼沒跟你一道回來？」

「錢換到了嗎？上家肯不肯認帳？他們不會見了咱們拿的人頭多，就改口了吧？」

「路上順利嗎？有沒有遇到趙延壽的爪牙？早就說過，叫你不要跟著。一點兒忙都幫不上，還只會添亂！」

「……」

這年頭，說一個胖，通常會說富態，福相。肥則與痴同列，明顯帶著貶義。名字或者綽號裡帶上一個肥字，通常也意味著歧視。而被眾人喚作小肥的少年，卻對此毫不介意。先左顧右盼，找了個相對乾燥之處把盾牌鋪在上面。然後一屁股重重坐了下去，喘著粗氣回應：「大當家，大當家和四叔都在後面。他們遇上了熟人，所以要在路上耽擱兩天。讓我，讓我先回來給幾位叔叔報個平安！」

「熟人？誰，對方說名字了嗎？」二當家寧采臣楞了楞，本能地就將手按在了佩劍上。

在這兵荒馬亂的年月，「他鄉遇故知」可不是什麼好兆頭。況且大夥最近幾個月來所行皆為非常之事。萬一被「故知」拿去契丹人那邊邀功，等待著瓦崗寨的就是一場滅頂之災。

「我，我沒記住。好像，好像有一個姓韓，臉，臉兒有點黑，跟五叔似得。個子，個子大概能到我鼻梁！」小肥伸手對著李鐵拐比了比，遲疑著回應。

李鐵拐這輩子最恨的就是別人說自己黑，騰地一下站了起來，大聲呵斥：「黑又怎麼了，還黑得跟我

注五、滾地雷：即球狀閃電。有藍色、綠色或者紫色，破壞力極大。

似的，你到底會不會說人話！」

少年被他問得微微一楞，本能地向後縮了下肩膀，不知該如何作答。二當家寧采臣見了，立刻出言勸解道：「老五，算了。別跟孩子一般見識！咱們先說正事兒！」

「正事兒，正事你還指望他！」五當家李鐵拐今天看什麼都不順眼，緊皺著眉頭咆哮，「讓他回來報信兒！他就連對方是誰都說不清楚，只記得姓韓！全天下姓韓的成千上萬，連名字沒有大夥怎麼知道是哪個？讓他回來報平安，大當家就忘了他是個傻子嗎？他回來了，老子反而更不安心了！」

「我不是傻子！我，我只是頭上受過，受過一點兒小傷！」少年小肥雖然對李鐵拐心存畏懼，卻堅決不肯承認自己傻。漲紅了臉，大聲辯解，「況且，況且大，大當家當時也沒，也沒跟我說他叫什麼。就說，就讓我喊他韓四叔。對了，他，他還有個兒子，也姓韓。也是黑黑壯壯的。差不多跟我一樣高，年齡也跟我差不多！」

五當家李鐵拐見他居然還敢頂嘴，愈發覺得氣不打一處來。抬起鐵拐杖，指著對方鼻子咆哮：「大當家沒告訴你，你自己鼻子下就沒長著嘴巴？還他兒子，他兒子不姓韓，難道還跟你一樣，長得人模狗樣，卻連自己姓什麼都不知道！」

這話，可就有點兒太傷人了。小肥的原本已經漲紅的眼眶裡，立刻見了淚光。然而嘴巴卻有些跟不上趟，一時間說不出任何話來反駁。只是原本張開的手，卻不由自主地越握越緊。

五當家李鐵拐看在眼裡，頓時怒不可遏，將手中鐵拐高高舉起，「咋？你個養不熟的小白眼狼！握拳頭幹什麼？難道你還想打老子嗎？來吧，看老子今天打不打得斷你的腿！」

「老五，夠了！」眼看著李鐵拐的兵器就要往下落，二當家寧采臣迅速上前半步，擋在了小肥面前。「他當時傷成什麼模樣？你又不是不知道！如今能記得對方姓韓，長得很黑，已經很不容易了。你別對他要求太多！」

「是啊，老五，你別老針對他！大當家肯定沒什麼事情，要不然，以他的性格，怎麼可能讓小肥自己回來報信！」

「可不是嗎？你不信小肥，還不信老大？」

「你不會找嘍囉們問一下嗎？小肥又不是一個人回來的，你死揪著他幹什麼？以大當家的謹慎，怎麼會不派人一路護著他！」

其他幾名當家人，也紛紛走過來，出言勸解。少年小肥是他們去年從死人堆裡撿回來的，當時後腦處有一道碗口大的傷口，深可見骨。一看，就知道是被契丹武士用鐵鐧所傷。眾人都認為救不活，只有二當家寧采臣抱著替大夥積陰德的想法，才堅持替這孩子找了個郎中。

結果小肥的命最後是給救回來了，但是身上卻落下了一樣甚為麻煩的隱疾。非但平素說話做事楞頭楞腦，不見半點兒少年人特有的機靈勁頭。記憶力也變得極差，動輒丟三落四。甚至連他自己姓什麼叫什麼，家在哪裡至今都未能想起來。一被人問到就滿臉茫然。

五當家李鐵拐今天肚子裡的火氣，當然也不完全是因小肥那一飛斧而起。只是見眾人都替少年說話，頓時有點兒下不了臺。皺了皺眉頭，咬牙切齒地道：「又護著他，你們又護著他！你們就護著吧！早晚有一天，你們都得死在他手裡！你們看看，你們看看他那模樣，是真的想不起來嗎？分明是故意裝傻充楞，然後好讓大夥不要繼續問他的來歷！」

眾人被他說得心中一驚，忍不住迅速回頭。然而看到小肥那略顯稚嫩的面孔和通紅的眼睛，心中的懷疑頓時又飛得無影無蹤。「行了，老五，你又疑神疑鬼。小肥跟著咱們也不是一天兩天了，他即便再能裝，怎麼可能不露出絲毫破綻？況且你看他的年紀，也就是十五、六上下的樣子。誰家孩子，十五、六就能把四、五十歲的人騙得團團轉！」

「是啊，他們騙咱們有啥好處？咱們這些人，又有什麼好值得騙的？」

「老五，你又不是沒試過他！他剛醒來那陣子，你天天換著法子試探他！即便他真的有什麼隱藏的，也早被你給挖出來了！」

「人小鬼大！誰知道他肚子裡到底藏著什麼花花腸子？」五當家李鐵拐說眾人不過，卻不肯善罷甘休，「縱使他真的得了失魂症，你看他長得這模樣，可能是尋常人家出來的嗎？還有他脖子上的那塊玉牌，萬一跟被契丹人抓去的那位有什麼瓜葛，你說，咱們這些人能落什麼好下場？」

這句話，可真的說到了關鍵處。眾人頓時全都啞口無言。

小肥長得太白淨，太細嫩，半年來在山中跟著大夥風吹日曬，居然無法讓他的膚色稍微變黑上半分。跟山寨裡的嘍囉們站在一起，就像雞群裡站立的一隻白鶴。不用仔細看，也可以斷定彼此絕非同類。

在這兵荒馬亂年月，能在十五、六歲就長到八尺開外，並且又白又嫩的，肯定出自大富大貴之家。而去年契丹人入寇，奉命帶兵抵禦外辱的杜重威倒戈投敵，馬軍都排陣使張彥澤甘為契丹人的先鋒，掉頭反噬，率部攻入汴梁。一夜間，不知道多少王侯之家從雲端跌落塵埃。

假如大夥不小心從屍體堆裡撿到一個世家出身的公子哥，其實也不算件壞事。等有機會聯繫上了小肥在世的親人，少不得能給山寨換回幾百貫謝禮。然而真正令大夥無法想明白的是，那麼多遭了災的大戶豪門裡頭，居然就沒有一家姓氏，與小肥脖子上那塊玉牌上的「鄭」字相符。並且從汴梁被攻破到現在，也沒聽聞任何顯赫之家，公開或者私下尋找一個走失的公子。

哪怕是小肥命苦到了極點，所有嫡系長輩，都已經死在亂兵的刀下。但天王老子還難免有個窮親戚呢。中原人又素來重視血脈，小肥的父母的親朋故舊，在汴梁城那場大混亂結束之後，又怎麼可能對故人可能遺留在世上的骨血不聞不問？

當種種疑點都解釋不清楚的時候，答案可能就剩下了唯一的一個。這是五當家李鐵拐最懷疑的，也是大夥最懼怕的。那片玉牌不是姓氏，而是另有其意。據說，被契丹人抓走的那位皇帝陛下，登基前就受封鄭王。假若這個猜測不小心變成了現實，恐怕天下雖大，等著眾人的，就只剩下了死路一條！注六

「我，我沒故意騙你們！」正當眾人忐忑不安的時候，被喚作小肥的少年又在大夥身後委委屈屈解釋，「我，我真的想不起來了。大當家這次之所以帶上我，就是為了讓我看看山外那些地方，看看能不能讓我記起什麼來。可，可我，我真的想不起來了。我成天拚了命地想，拚了命地想，但是對看到的東西偏偏根本沒一點兒印象！我，我發誓。我可以對著大殿裡的佛祖發誓！如果我真的知道自己是誰，就讓我，就讓我天打雷劈！」

「唉！可憐的孩子！」除了李鐵拐依舊冷著臉，其他幾位當家人都嘆息著搖頭。雖然大夥平素經常呵佛罵祖，事實上，對冥冥中的怪力亂神，心裡卻始終存有一些敬畏。特別是剛剛被那個破窗而入的滾地雷嚇了半死之後，更是覺得，大殿內那個開腸破肚的佛像，也許真有幾分莫測威能！

而小肥既然敢在佛前發下重誓，無疑證明了他的病情絕不是偽裝。大夥不能因為對他的出身有所懷疑，就起了滅口之心。況且無論如何，小肥都還是一個孩子。大夥刀頭打滾兒小半輩子，偶爾行一次善，總得有始有終。

「既然想不起來，就不用再想了！」二當家寧采臣心腸最軟，轉過身，蹲在少年面前，大聲安慰，「從今往後，你就跟著我姓寧算了。叫，叫……」

搜腸刮肚，他也想不出個恰當名字來。目光從眾人身上一一掃過，猛然間看到三當家許遠舉手裡的半截鐵脊蛇矛，「叫寧彥章，當年有個大豪傑叫鐵槍王彥章，來歷也不清不楚，但照樣建下了赫赫功業。你想不起自己是誰不要緊，原來姓什麼，是誰的種也不重要！重要的是，你別忘了自己要努力好好活著，努力

注六、石重貴是石敬瑭的養子，年輕時驍勇善戰。石敬瑭先封他為鄭王，後又封為齊王。後晉滅亡後，石重貴的兩個兒子不知所終。

做個頂天立地的英雄好漢就行了！」[注七]

「嗯！」被喚作小肥的少年點點頭，帶著幾分少年人特有的認真，「從今往後，我就跟著二叔姓寧。我一定做個頂天立地的英雄好漢，不辜負了二叔您的希望！」

「其實，你不做英雄好漢也無所謂，這輩子只要活的開心就好。反正，無論如何，我都是你二叔！」看到小肥赤誠的模樣，寧采臣臉上瞬間湧起了一縷舐犢之情，摸了摸少年的頭，微笑著補充。

「哢嚓！」有道紫色的閃電撕裂烏雲，照在佛像煙熏火燎的臉上。剎那間，佛祖的眼睛似乎亮了亮，望著腳下的芸芸眾生，滿目慈悲。

也許是因為在佛前的誓言讓眾人暫時打消了心中的懷疑，也許是看了二當家寧采臣的面子，總之，自打有了寧彥章這個名字之後，少年小肥的日子立刻好過了許多。

非但嘍囉裡的大小頭目們，輕易不再拿他的魯鈍開玩笑，就連五當家李鐵拐見了他，也不是每次都橫挑鼻子豎挑眼。偶爾還會在他施禮時停下腳步點個頭，以示長者之慈。

但是指望五當家給予更多善意，卻無異於痴人說夢。李鐵拐前半輩子經歷過數不清次數的欺騙和出賣，導致現在看到任何可疑的事情，都會比正常人警惕十倍。只要一天弄不清楚小肥的真實身份，他就一天不會放下心中的提防。

而寧彥章卻無論怎麼努力，也滿足不了五當家的要求。不是蓄意欺騙，而是事實就是如此。幾個月之前從昏迷中醒來後不久，他就發現自己的記憶中某處，是一片空白。

沒有父母，沒有兄弟姐妹，甚至連親戚朋友都沒有一個。

記憶裡，他就像從石頭縫隙裡蹦出來的一般，嗖地一下，就變成了十五、六歲的模樣。整個過程只有短短的一瞬，在這期間根本沒接觸過任何同類，沒進過城，沒交過朋友，沒吃過飯，沒喝過水……

唯獨有一件事，寧彥章可以確定。那就是，自己不是什麼龍子龍孫，脖子上那塊刻著鄭字與龍紋的玉牌，肯定與被契丹人掠走的那個窩囊皇帝沒任何關係。

想證明這件事其實很容易，哪怕是再不受寵的皇子，從總角之時起，肯定就會有指定的老師指點讀書寫字。而他非但看不太明白寺廟碑林中所刻的那些佛經，甚至寫出來的字也東倒西歪，缺胳膊少腿兒。套用三當家許遠舉的評價，那就是「白丁一個」。試問大晉皇帝再糊塗蛋，有把自己的親生兒子當豬養的嗎？

不過當寧彥章興匆匆地將自己的新證據拿給幾位當家人看時，卻沒取得他預期的效果。三當家許遠舉對他的真實身份早已不感興趣，六當家余思文和七當家李萬亭都目不識丁；五當家李鐵拐則毫不猶豫地就立刻認為，他肯定是故意把字寫成那般模樣的，否則即便用腳指頭夾著筆，也不可能把字寫到如此難看地步！而一直最關心他的二當家寧采臣卻當場做出決定，從即日起，少年人每天必須在沙盤上練字一個時辰，否則，兩餐中的肉食全部取消，只能和嘍囉兵們一道去啃菜團子！

「二叔——！」寧彥章弄巧成拙，當場苦了臉，低聲求饒。

他身上最像龍子龍孫的地方，其實不是膚色和體形，而是胃口。一頓沒有肉吃就提不起精神，連吃兩頓連鹽都不放的菜團子，肯定會餓得筆都提不起來，更甭說學什麼顏筋柳骨了！

「玉不琢，不成器！先前念在你大病初癒的份上，我們才對你縱容了些！」對此，寧采臣卻一改平素慈眉善目模樣，絲毫不肯通融。「況且你怎麼也不能跟我們幾個一樣，當一輩子山大王吧！我們幾個落草，都是有不得已的苦衷。而你，總得活得比我們好一些！」

說這話時，他臉上帶著明顯的鬱鬱之色。一雙明亮的眼睛裡，也湧湧滿了愁苦和屈辱。寧彥章看得心

注七、王彥章，即傳說中的王鐵槍。五代名將，評書中武藝僅次於李存孝。傳說其被朱溫挖掘之前，是放羊為生的孤兒，卻無師自通一身武藝。

中一緊，連忙點頭答應。「那，那我練字就是了。二叔，我聽你的。每天練字一個時辰，然後再去看一個時辰的碑文。」

「碑文就算了，佛經裡的東西，對你來說過於高深！」寧采臣伸出手，愛憐地摸了摸他的頭，笑著叮囑，「也太虛玄！咱們漢家兒郎開蒙，還是選《千字文》為好。今晚我抽空去默出來，明天一早你就能用上了！」注八

「謝謝二叔！」感覺到來自對方掌心的溫暖，寧彥章躬身施禮。

「可惜眼下兵荒馬亂，否則，二叔該送你去進縣學……，唉！」寧采臣卻又被觸發了更多的心事，苦笑著搖頭。

眼下的少年聰明且單純，像極垂髫時的自己。那時候的自己有的是時間去讀書修身，卻終日忙著鮮衣怒馬。結果身外繁華轉眼成了夢幻泡影，到頭來……

「你啊，有那功夫還是多指點他些武藝才是正經！」正悵然間，卻聽見五當家李鐵拐冷笑著說道。「這年頭，讀書讀得再好，能抵得上別人迎頭一刀嗎？你看看那劉知遠、杜重威等人，哪個是讀書讀出來的。還不是個個活得有滋有味，要風得風要雨得雨？即便是契丹人做了皇帝，也不敢輕易去動了他們。倒是那些讀書郎，跪完李唐跪大晉，跪完了大晉跪大遼，要想活得好，就得先學會做磕頭蟲……」

「這，這是因為世道太亂，不，不能全怪讀書人不爭氣！」寧彥章立刻如同偷西瓜被人捉了現行般，面紅耳赤，額頭上汗珠接二連三地往下滾，「但，但亂世總該有結束的那一天……」

「前提是你和小肥兩個得能活到那會兒！」李鐵拐聳聳肩，蹣跚著向門外走去。嘴巴裡說出來的話，繼續像毒蛇的信子般，啃噬著別人的心臟。「就他這細皮嫩肉模樣，如果不學好武藝防身，只要離開了咱們，保證活不過三個月。我跟你打賭，他若是能多活一天，我也跟著你姓寧，做你的乾兒子！」

「你……」寧采臣被氣得直打哆嗦，卻一句反駁的話也說不出來。從黃巢造反那時算起，兵火已經持續了近七十年。朝廷的名字也換了四、五個，而亂世，誰卻知道何日才是盡頭？

在亂世裡教導兒孫讀書，不如教導他如何殺人。五當家李鐵拐人性雖然差，但是他的話，卻未必沒有道理。所以從第二天起，寧彥章每天就有了兩份固定功課。早晨習字讀書，晚上練武學射，風雨不斷。

他是個知好歹的，明白二當家寧采臣對自己的一番苦心，所以無論習文還是練武，都非常認真，並且一有時間，就主動給自己「加餐」，絕不敢隨便浪費光陰，讓寧二叔眼裡湧現出絲毫失望。

然而，有些天分上的事情卻不是努力就能彌補的。

在練武方面，他的進步簡直可以用一日千里來形容。學套路時最多兩遍，就能比劃得似模似樣。對練拆招時，也能憑藉魁梧的身材和過人的膂力，最大可能地抵消自己經驗方面的不足。

但一提起木筆或者捧起書本來，他的短處立刻暴露無疑。無論怎麼努力，寫出來的字依舊是東倒西歪，比剛剛開始習字的蒙童都不如。一篇千字文也足足學了小半個月，才勉強能磕磕絆絆地背誦完整。

「這小子弄不好，原本是個將門之後！」正所謂有一失必有一得。寧彥章讀書如此不成材料，反而令五當家李鐵拐放心了不少。刻意撿了個少年人聽不到的位置，拉住二當家寧采臣嘀咕。

「即便是將門，笨到如此地步的，恐怕也不多見！」二當家寧采臣偷偷朝著遠處「握筆如椽」的少年看了幾眼，苦笑著連連搖頭。

誰說長相斯文白淨，就一定是讀書料子的？十個胖子，九個腦滿腸肥還差不多！如果小肥讀書的天分，有練武的一半兒，放在太平時節，都足夠他金榜題名。而以他現在的模樣，也罷！他現在的模樣，生在亂世倒也算生對了時候！

「其實，他現在的樣子，對我等來說，才是最好！」三當家許遠舉也捧著壺濃茶踱了過來，一邊對著茶壺嘴兒地慢品，一邊笑著提醒。

注八、千字文：古人開蒙三大經典之一。成書於南北朝。

一個人即便得了失魂症，他發病前所熟悉的本領，經過提醒後，也能慢慢地重新撿起來。而少年小肥在寧采臣的都督下，苦苦打磨了小半個月，卻依舊讀書不知句讀，寫字缺胳膊少腿兒，唯獨武藝突飛猛進。很顯然，在被契丹人用鐵鐧砸壞腦袋之前，他曾經有過很好的練武功底，卻沒怎麼在書本方面花過心思。

馬背上可得天下，卻不可以治天下。被掠走的那位大晉皇帝石重貴，即便再糊塗昏庸，也不會不請名師指導自家兒子讀書，卻下得了狠心，將龍子龍孫交給某個武夫調教。除非，除非他原本就知道自己早晚有一天會亡國，所以提前給兒子準備好做凡夫俗子的依仗！

石重貴比他甘心做兒皇帝的養父石敬瑭有骨氣，目光卻算不上長遠。否則，他也不會在連續多年頂住了契丹人入寇的情況下，最後卻稀裡糊塗地就亡了國。所以眼下小肥在讀書方面所表現出來的天分越差，就越不可能是石重貴的兒子。

所以大夥先前的懷疑，純屬自己嚇唬自己，現在回想起來，真是貽笑大方！

「好不好還不就那麼回事兒，他又不是老子的兒子！」五當家李鐵拐如今也相信自己當初的確太過於多心了，嘴巴上卻不肯認帳。想了想，冷笑著補充。「倒是二哥，白白撿了一個衣鉢傳人！對了，這小子品性不壞，你乾脆直接認他當兒子好了！」

最後的建議，無疑出自一番好心。誰想到，二當家寧采臣聽了後，卻果斷搖頭，「不行，我的命太苦，不能連累了這孩子！他，他無論是誰的兒子，總該比咱們活得好一些才對！」

轉頭望著握筆練字的少年，他的目光裡，寫滿了企盼。

你要活得比我好！這是人世間大多數父親對兒子的期望。哪怕被生活壓彎了腰，哪怕終日匍匐於黑暗中，做父親看著兒子之時，雙目中都盡是光明！

「我怎麼沒看出你命苦來！」李鐵拐最受不了寧采臣動不動就自怨自艾，皺緊了眉頭數落。「不就是落了草嗎？總比跑不出來被人殺了強。況且整個綠林道上，眼下有誰不知道你寧二當家？」

「那又怎樣？你自己還不是做夢都想著金盆洗手？」二當家寧采臣看了他一眼，繼續苦笑著搖頭。「如果有的選，誰願意給山大王當兒子。」

五當家李鐵拐頓時被問楞住了，咬著嘴唇半晌無言以對。江湖是條不歸路，如果有選擇的話，誰願意當山賊？哪怕名頭再響亮，在同行眼裡再八面威風，養一個兒子去了山外，依舊是個賊娃子。子子孫孫都上不了正經檯面！

如此想來，寧采臣不肯收小肥做乾兒子，理由就很清楚了。並非是怕他自己命苦，而是不想讓小肥背上一個山大王之子的惡名。那孩子長得就不像個山賊，又生得一副好心腸。理應有更大的出息，而不是像老一輩們，背負著罪惡直到死亡。

可如今兵荒馬亂，不當山賊哪裡有什麼正經活路？就連各地節度使，也不過是實力稍大一些的賊頭罷了！與占山為王者本質上沒有任何差別。

「我聽說江南大唐那邊又開了科舉！」彷彿猜到了李鐵拐心中的疑問，寧采臣將目光從寧彥章身上收回來，用極低的聲音說道。「李氏父子折節下士，很多江北去的人，都被委以重任。如果小肥有個清白的家世……」

江南大唐，是對南方李氏所建政權的尊稱。自打九年前徐知誥改姓名為李昪，改國號為唐之後，經過兩代人的勵精圖治，其國土已經從吳地一隅擴張到了荊楚和嶺南。比大晉全盛之時都不遑多讓。而在民生方面，也遠遠超過了北方的大晉。雖然還沒達到路不拾遺、夜不閉戶，但至少已經日漸遠離了戰亂。手握重兵的武夫們也不敢像北方這樣為所欲為。注九

注九、江南大唐：即南唐。由徐知誥所建。徐知誥在西元九三八年改名為李昪，改國號為唐。之後父子兩代專注經營南方，全盛時曾經將湖南與兩廣部分地區納入版圖。但很快又失去了這些地區，從此一蹶不振。

「那你可是有的累了！」李鐵拐沒想到寧采臣為小肥打算得如此長遠，又楞了楞，撇著嘴搖頭。培養一個腦袋被打傻了的人去江南大唐考科舉，在他看來比教野豬上樹還不現實。與其有那份精力，還不如仔細謀劃一下，當吳老大帶著賣人頭的錢回來之後，大夥如何走得俐落些，以免被趙延壽的爪牙尾隨追殺！

然而這些心裡話，他卻不會跟寧采臣多說。雙方原本不屬一個山寨，去年夏天因緣際會，才一起在瓦崗山上的白馬寺內搭起了夥。而在未來，彼此之間也是老死不相往來為妙。畢竟帶著那麼大一筆錢去買田產隱居，身邊知道彼此根柢的人越少越好。

二當家寧采臣，同樣也沒指望李鐵拐會支持自己。他原本是個大戶人家的公子哥，因為家園被戰火所毀，不得已才落草為寇。從此少年時的很多理想，都徹底成了夢幻泡影。而這幾個月從小肥的身上，他總是能看到少年時的自己。所以恨不得將所有的東西都傾囊相授，讓後者代替自己，去補全那些當年的遺憾。

本著琢玉從細的念頭，從這一刻起，他對寧彥章的教導更加認真。一遍不行就兩遍，兩遍還不行就三遍，四遍，乃至八、九十遍。反正最近外邊風緊，大夥不可能冒著被趙延壽盯上的危險出山去「做買賣」。與其閒著骨頭發癢，不如把精力全放在小肥身上。

如此一來，寧彥章的日子就愈發「艱苦」了。《千字文》剛剛背熟，就又被硬塞了一本不知道從哪淘換來的《詩三百》。《詩三百》才剛剛背熟了開頭兩篇，轉眼晨課時又多了一卷殘破不堪的《尚書》。要不是因為外邊兵荒馬亂，市井凋零。弄不好連《論語》和《孟子》，也會被寧二叔直接拿來給他當教材。注一〇

好在大當家吳若甫回來的還算及時。要不然，寧彥章非得被逼著「頭懸梁、錐刺骨」不可。而大當家回來的第一天，就宣告了他的「求學生涯」正式結束。瓦崗寨接了一筆大買賣，如果做得順利，所有人都不再是山賊，都有可能像傳說中的程咬金和徐茂功那樣，徹底改換門庭，甚至名標凌煙。

「漢王已舉義師，誓要驅逐契丹回塞外。我等先前所得財帛，實際上全為漢王所出。負責此事者乃漢王

臂膀，六軍都虞侯常公。吳某此番出山交易，蒙故友引薦，專程去拜會了常公，彼此相談甚歡。」大當家吳若甫將山寨的核心人物召集到一起後，連口多餘的氣兒都沒喘，就非常興奮地宣布。注一一

他不是一個人回來的，還帶著他的故友韓璞，即二十幾天前寧彥章曾經見到過的韓叔，以及韓璞之子韓重贇，一個肩寬背闊，沉穩厚重的少年。後者跟寧彥章年齡差不多大，因此很快就偷偷湊了過來，一起躲在角落裡交頭接耳。

寧彥章丟失了大半兒記憶，根本不知道吳若甫嘴裡的漢王是哪個。更不知道六軍都虞侯是多大的官兒，見上一面竟然就能讓大當家感到如此榮幸。以至於吳若甫隨後所說的一些話，如「一旦此行事成，則闔寨上下皆可納入漢王帳下，糧餉與近衛親軍等同……」之類云云，也是聽得滿頭霧水，因此看到韓姓少年跑來跟自己說話，注意力立刻就開了小差兒。側過頭，壓低了聲音問道：「你爹，令尊是當大官的？這回特地過來招安我們？」

韓重贇大半個月前跟寧彥章見過面兒，知道他腦袋被人用鐵鐗砸過。故而也不惱怒他出言無狀，笑了笑，用同樣低聲音的回應，「不過是個騎將罷了，算不上多大！但是義父，就是他們口裡的常公，乃是追隨漢王二十幾年的心腹老人，所以他答應的事情，漢王肯定會認帳，絕對不會讓你們空歡喜一場！」

「我們為什麼要歡喜？就為了能替你義父，還有那個漢王賣命嗎？你怎麼知道他最後一定能贏？況且打仗又不是從來不死人！」不滿意韓重贇說話時流露出來的傲慢，寧彥章的眉毛微微一跳，質問的話連串而出。

整天對著李鐵拐那張尖刻的嘴巴，他在不知不覺中，也大受影響。說出來的話，根本沒給對方留半分

注一〇、詩三百，即詩經。五經之首，古代做學問必讀。

注一一、六軍都虞侯：相當於親兵統率，五代時，非節度使的鐵桿親信不會授予此職。常思與後漢皇帝劉知遠早年都在李嗣源當小卒，彼此算是同生共死過的戰友。所以劉知遠一直對他很信任，明知道他能力非常一般，還總是重用他。

情面。把個韓重贇問得，頓時臉色發紅，額頭發汗。咬著牙喘了好幾大口粗氣，才本著不跟傻小子一般見識，緩緩解釋道：「漢王為了這一天，準備多時，自然穩操勝券。你又不是不清楚，契丹人光是在最近幾個月，就被割走了多少腦袋？那契丹蠻王耶律德光帳下撐死了只有十萬戰兵，即便漢王一時半會兒打不垮他，繼續花錢請豪傑們去割腦袋，早晚也得把十萬契丹狗全給都割成無頭野鬼！」

「你是說，花錢買腦袋的是，是你們家那個漢王？」寧彥章這會兒才恍然大悟，瞪圓了眼睛說道。

被他傻乎乎的模樣弄得一點脾氣都沒有，韓重贇跺了下腳，無可奈何地補充，「當然是漢王出的錢，否則，哪個大戶能捨得如此大的手筆！喂，你剛才到底聽沒聽吳伯的話？他不是跟你們都交代了嗎？」

「我剛才光顧著你來了而高興，沒仔細聽！」寧彥章撓了一下自己的後腦勺，訕訕地說道。隨即，又迅速皺起眉頭，「那漢王怎麼不繼續拿錢買契丹狗的腦袋了，為何要急著招安我們？我知道了，漢王沒錢了，所以拿招安來糊弄我們！」

「別胡說，漢王才不像你想得那樣！」韓重贇嚇了一大跳，趕緊推了他一把，用更低，卻非常急切地聲音提醒。「你是真傻還是假傻啊，這種機會，別人求都求不著。要不是我阿爺當年曾經跟吳伯父同在控鶴軍裡並肩作戰過，好事兒怎麼會落在你們瓦崗寨頭上？只要趕走了契丹人，漢王，漢王就可以一飛沖霄。吳伯父，還有你們這裡的幾個當家人，就都算是立下了開國之功。即便不能封侯拜將，至少衣錦還鄉不成問題。」

「哦！」寧彥章似懂非懂，只是本能地覺得天底下沒有白撿的便宜。然而，還沒等他出言反駁，周圍卻傳來了一陣興奮的吶喊聲，「願意為漢王效死！刀山火海，絕不旋踵」

大當家吳若甫的戰前動員，做得非常成功。二當家寧采臣、三當家許遠舉，還有其他幾位當家，山寨中的大小頭目，一個個興高采烈，隨時準備殺出山去，博取功名。

「可，可這種好事，漢王自己的人馬都不來撿！」寧彥章望著眾位叔叔伯伯們，喃喃地道。他的聲音太低，轉眼就被吞沒在山崩海嘯般的歡呼聲中。

「願意為漢王效死！」

「願意為漢王效死！」

……

整個瓦崗寨，都沉浸在洗白身份，改換門庭的好夢裡，惟願長睡不復醒。

很多很多年後，回憶起當時的情形來，寧彥章才終於明白，大當家吳若甫和一眾叔叔伯伯們，為什麼提起招安就如此興奮。

沒有人天生喜歡做強盜，也沒有人天生喜歡在刀叢中打滾兒。

他們朝不保夕的日子過得太久，太久了，骨子裡無時無刻不渴望著回歸寧靜。

他們迫切地想要成為正常人，讓自己，讓妻兒過上正常人的日子，為此，他們寧願付出一切，甚至包括生命！

然而，很多事情回過頭來看都很清楚，但身在其中時，眼睛裡卻只有困惑和茫然。

於是，少年小肥就帶著滿臉的困惑，隨著大夥一起去做戰前準備；帶著無數疑問，扛著自己的三把手斧和一桿木柄長矛下了瓦崗山。帶著一肚子茫然，來到一個叫做五丈嶺的陌生地方，與另外遠道而來的數支綠林隊伍匯合在了一起。準備與趙延壽麾下的大軍一決雌雄！

那幾支綠林隊伍規模都比瓦崗寨龐大，人數最少的也有五百出頭。相比之下，只有區區一百八、九十人的瓦崗寨，就有點兒拿不上檯面了。

好在這路兵馬的臨時都指揮使，由韓重贇的父親韓璞來擔任。此人跟瓦崗寨大當家吳若甫曾經在同一位節度使麾下當過小兵，始終念著幾分香火之情，所以瓦崗寨才沒讓別人直接給吞併掉，勉強還可以單獨立營。

不過幾位當家人的話事權，難免會大幅降低。對此，都指揮使韓璞也愛莫能助。他是一軍主帥，行事不能有太明顯的偏袒。否則，難免會削弱隊伍的凝聚力。況且這路由數家綠林武裝臨時拼湊湊出來的人馬，原本就沒多大凝聚力。

「亂成這樣也能打仗？」好歹最近也被二當家寧采臣往肚子裡強行填進去了不少東西，寧彥章眼力節節上漲。看到眾人一盤散沙般模樣，對此番下山作戰的結果，愈發感到懷疑。

但是誰也顧不上解答他的疑問。大當家吳若甫終日都忙著給都指揮使韓璞出謀劃策，很少回瓦崗營。作為吳若甫的得力臂膀，二當家寧采臣被他舉薦去管理整個大軍的糧草輜重，每天忙得腳不沾地，更沒時間給他指點迷津。從三當家許遠舉往下，其他山寨頭目的眼裡，小肥還是個半大孩子，能管好自己不給別人添亂就已經足夠了。根本沒資格在即將到來的戰事上指手畫腳。

唯一還有時間跟寧彥章說上幾句話的，只剩下了韓重贇。同樣作為半大孩子，他此番被帶出來的目的，只是歷練。所以在「軍國大事」方面，也沒有多少資格胡亂插嘴。但是相比於小肥，他畢竟消息更為靈通。因此說出的話乍聽起來，還頗有幾分見地。

「你別老是杞人憂天！」見玩伴終日都緊皺著眉頭，他覺得自己有義務開導上幾句，「來給趙延壽上眼藥的，不止是咱們。楊將軍、閻將軍、向將軍和聶將軍，還有漢王的親弟慕容將軍，此刻也都奉命在汴梁周邊郡縣聚攏隊伍。那趙延壽麾下的兵馬只有兩萬出頭，一下子分成這麼多股，無論哪一股實力都不會太強！」

「那趙延壽又不傻，憑什麼你們想讓他分兵他就分兵？」寧彥章蹲在一塊大石頭旁，把手斧磨得「噌啷、噌啷」作響。

這是他從昏迷中醒來之後，染上的一個惡習。心裡一緊張，就想把斧子磨亮。通過這種方式，才能讓他自己慢慢恢復寧靜。結果越是緊張時候，就磨得越用力，發出來的聲音就越難聽。以至於很多山寨頭目都忍無可忍，看到他磨斧子就躲得遠遠。

被斧子聲刺激得牙疼，韓重贇皺了皺眉頭，耐著性子解釋：「你說得沒錯，趙延壽不傻，肯定知道分兵會影響戰鬥力。問題是，他現在身為別人的狗，繩子握在主人手裡邊。耶律德光下令他儘快剪除各地匪患，結果他出兵兩個多月，土匪沒剿滅幾支，卻連距離汴梁城百十里遠的地方都烽煙處處了。他如果再不緊不慢，由著性子跟咱們慢慢耗，耶律德光能不砍了他的腦袋嗎？」注一二

這就是給異族做走狗的代價，永遠不會受到信任，無論什麼事情，都不可能不考慮頭頂上主人的態度。稍不小心，便會身首異處。並且無論下場多麼悽慘，都得不到半點兒同情。

然而只要是狗，就都會咬人，特別是其被逼入窮巷的時候。寧彥章雖然贊同韓重贇的大部分見解，卻依舊不看好自家隊伍的前途。將第一把斧子從石頭上拿起來，用手指撫了撫明亮如新的利刃，繼續低聲說道：「即便人數上咱們不吃虧，但想打贏，恐怕也不那麼容易吧！這麼多山寨聚集在一起，平時為了吃飯喝水都會打上一架。連你阿爺親自出馬都鎮不住他們。真要是拉上了戰場，誰保證大夥一定就齊心協力？」

「你這人怎麼老長別人志氣！」韓重贇被他問得臉色一紅，梗著脖子反問。「難道你就不想早點兒把契丹狗趕走？早點兒救萬民於水火？」

回答他的是一陣刺耳的「噌啷、噌啷」，寧彥章低下頭，開始磨第二把斧子。這是他最後的依仗，絕對馬虎不得。二當家寧叔這一段時間始終逼著他在讀書寫字上痛下功夫，但也沒忘了督促他練武。並且反覆灌輸給了他一個道理，凡事不能總指望別人。在亂世當中，最可靠的東西就是手裡的兵器，只要兵器沒放下，就有繼續活著的希望。

越是沉默以應，有時給對方造成的壓力就越大。很快，韓重贇就敗下陣來，咬了咬牙，主動透露：「唉，你別磨了，快煩死人了。我只跟你說，你可千萬別告訴其他人，包括寧二當家也別告訴！我阿爺那邊，肯定

注一二、正史上，劉知遠舉兵之後，顧忌到契丹人的強大戰鬥力，始終避免跟耶律德光正面相抗。而是廣邀天下豪傑，採用類似於後世「人民戰爭」的手段，將契丹人硬生生給拖得失去了統治中原的信心，倉皇撤離。不久，甘心為奴的趙延壽失去利用價值，被殺。

還有後招。但具體是什麼，我就不清楚了。你別多問，也別瞎擔心，反正咱們肯定能贏就是！」

「那好吧！」寧彥章將第二把手斧舉起來，用左手的拇指在利刃上反覆摩擦。「希望韓將軍旗開得勝！」說罷，將第二把斧子往身邊一擺。順手又撿起了第三把，按在了石塊上，「噌啷、噌啷」，磨得火星四濺。

「你……」韓重贇雙手掩住耳朵，落荒而逃。

望著此人狼狽的身影，寧彥章臉上湧起了一抹溫暖的笑意。剛才一直是韓重贇自己在說，他可沒答應此人要絕對保守秘密。韓重贇乃將門虎子，胸懷大志，要救萬民於水火。而他小肥卻是強盜的兒子，此刻只想著先救自己，救自己身邊的人，讓大夥不至於稀裡糊塗地就丟了性命。

當天晚上，他就將探聽來的消息，悄悄告訴給寧采臣。本以為對方會大吃一驚，誰料後者聽了他的話，卻只是微笑著搖了搖頭。然後抬起手來拍了下他的肩膀，低聲說道：「韓重贇是個實在人，值得一交。你以後別老對人家耍小心眼兒！至於後招，韓將軍當然會有！他也是老行伍了，怎麼會把希望全寄托在咱們這夥烏合之眾身上！」

提起「烏合之眾」四個字，他的眼神頓時就是一暗。但很快，就被另外一種光亮的色彩給取代，說出來的話也變得愈發輕鬆，「韓將軍答應過吳老大和我，等打完了這仗，就送你去太原。漢王劉知遠在太原辦了一家學堂，請了很多名士執教。你這個年紀，剛好還滿足入學的門檻兒！」

「二叔——！」有股暖流，瞬間淌過寧彥章胸口。望著兩鬢已經開始發白的寧采臣，他不知道該如何表達自己的感激。

「你甭指望總賴在我身邊！」寧采臣卻故意裝作不懂得他此刻的心情，笑著打趣，「男人麼，早晚都得自己出去經風雨見世面。況且仗總有打完的那一天，馬背上可以打天下，卻不可以治天下。到那時，二叔就要看你的本事了。如果你做了宰相或者刺史，造化萬民，二叔也覺得榮光！」

頓了頓，他又笑著補充：「好了，咱們不說這些。你只管好好下去睡覺，別整天操心大人的事情。有我們幾個在，還輪不到你一個小毛孩子來瞎操心！」

說著話，將手又搭在寧彥章的肩膀上，把少年人緩緩推出軍帳之外，「去睡，快去，養足了精神，準備跟韓重贇一道長見識。對了，真到了上戰場那一天，記得千萬要緊跟在韓少爺身後。虎再心腸毒，終歸不會連自己的兒子也吃掉！」

說著話，手上又微微加了一把力，將小肥推開。隨即，迅速從裡邊關好了帳門。再也不給少年人爭論去不去太原的機會。

「二叔……」寧彥章踉蹌幾步，緩緩回頭。山風呼嘯，他卻覺得今晚的空氣中充滿了溫暖。「我一定！」手指在腿邊握緊，他緩緩許下承諾！

劉知遠此番對汴梁周圍綠林好漢的招安行動，恐怕並非完全出於善意。關於這一點，非但涉世未深的寧彥章察覺到了，瓦崗寨的其他幾位當家人，恐怕也早已經了然於胸。

然而，他們卻沒有拒絕，只是盡最大可能為自家爭取了一些好處。其中就包括，送一個撿來的孩子去太原學堂讀書。

「二叔他們為什麼要這麼做？」帶著深深的困惑，少年人回到了自己的營帳，躺在床上，輾轉反側。

作為二當家寧采臣的半個義子，他現在在瓦崗營中的地位很是特殊。非但營帳是單獨的一間，並且還有了專屬他自己的四名貼身親衛。只是少年小肥並不習慣連撒尿拉屎都有人隨行在側，只用了一天，就以後者「笨手笨腳」為藉口，全都給打發了回去。為此，三當家許遠舉還抱怨過他不識好歹，只是五當家李鐵拐看向他的目光裡頭，敵意瞬間又少了數分。

「大當家恐怕是為了做官，畢竟他是做慣了頭領的人。二叔原本出身於書香門第，頂著一個山大王的身份，讓他打心眼裡不舒服。至於其他幾個叔叔們，這次也分到了很多錢，所以都急著金盆洗手……」一個人睡不著的時候，寧彥章在心裡偷偷地分析。

他只是個半大孩子，心思再縝密也比不上那些老江湖。而頭部受傷留下的後遺症，又令他每次陷入深思之時，都會形神俱疲。因此，不知不覺間，他的精力就被消耗殆盡。整個人陷入了半夢半醒狀態，思維再也沒有任何邏輯和連貫。

迷迷糊糊中，他彷彿看到自己坐在一個漂亮的花園裡。有很多面容姣好的女人，圍著自己不停地打轉。而自己卻非常不喜歡她們，因為她們每一個人的笑容都無比虛偽。虛偽得幾乎到了拙劣的地步，讓人一眼就能看出來她們個個都帶著假面。

忽然間，一名美女的假面落地，露出了滿臉的絡腮鬍鬚。是韓璞，發現真容暴露之後，他迅速從腰間拔出匕首，向小肥撲了過來。少年小肥想躲開，卻發現自己的身體被其他女人用絲絛一層層捆綁，無論如何掙扎都不能移動分毫。他想喊寧二叔救命，卻發現花園裡頭，冒出了無數契丹人。

「嗚嗚嗚——」契丹人吹動號角，將女人們殺得抱頭鼠竄。韓璞的身影迅速消失，取而代之的，則是一個滿臉橫肉的契丹將軍，朝著他高高地舉起了鐵鐧……

「啊——！」小肥本能地伸手去擋，卻擋了個空。身子咕咚一下掉在地上，摔了個仰面朝天。脊背和屁股處傳來的劇烈撞擊，令他瞬間驚醒。天已經大亮了，營帳外，有嘍囉兵在慌亂地跑動。有人一邊跑，一邊大聲地叫喊，「快起來，起來列陣。列陣迎敵！趙延壽，趙延壽的人馬殺到山腳下了！」

「大當家有令，全體都有，出營列陣。」

「韓將軍有令，全體出營。有故意拖延者，軍法從事！」

一前一後兩個響亮的聲音，結束了外邊的混亂。都指揮使韓璞和瓦崗營主將吳若甫的親兵下來傳令了，手裡擎著猩紅色的認旗。

見旗如見將主，大當家吳若甫原本就出身於行伍，所以給瓦崗寨制定的寨規，也跟軍隊相差無幾。聽到熟悉的軍令之後，大小嘍囉們瞬間就恢復了秩序，迅速收拾停當，快步跑出營門。

「寧彥章，大當家叫你馬上去見他！」吳若甫的親兵吳達傳完了將令，並沒有立刻策馬離開。而是衝到營地正中央處，俯下身來大聲補充。

「在，在了！」小肥楞了楞，捂著昏昏脹脹的腦袋，跑上前接令。

親兵吳達早就習慣了這副呆傻模樣，笑了笑，繼續吩咐：「快點兒，敵軍馬上打到門口了。你趕緊把自己收拾一下，免得一會兒打起來，誰也顧你不上！」

「唉，唉！」小肥答應著，轉身又往自己的寢帳裡頭跑去。披上一件寧二叔專門給他換來的牛皮甲，又將三把手斧小心翼翼的插在身後。隨即又手忙腳亂地從床榻底下掏出配發給自己的木柄長矛……

待他喘著粗氣來到指定位置，各營兵馬已經開始在五丈嶺半腰處列陣。五顏六色的旗幟鋪得到處都是，幾架看不出多大年紀的弩車也被擺到了隊伍正前方，由數匹戰馬牽引著，「吱吱呀呀」地拉了個全滿。

「你一會兒就留在中軍，哪也別去！照顧好自己就行了，打仗用不上你！」大當家吳若甫騎在一匹從契丹人手裡搶來的鐵驊騮上，聲音冷得像半夜裡的山風。

他身後跟著三十多名親兵，也個個騎著高頭大馬，手裡的橫刀寒光四射。這是整個瓦崗寨的精銳，被他一次全都拿了出來，絲毫沒有保留。其他各營主將也跟他差不多，個個都將全營的精英集中在了中軍帥旗附近。留在左右兩翼的步卒雖然數量是騎兵的十倍，但無論精氣神兒還是兵刃鎧甲，都差了老大一截。

「二叔讓我一定要跟著韓重贇，還說韓璞即便再心腸惡毒，也不會害他的親生兒子！」寧彥章的目光迅速從各營精銳身上掠過，然後在中軍靠後位置，找到了自己的目標。

然而寧二當家昨晚的叮囑，卻跟今天吳大當家的吩咐稍微有一點兒差別。他必須花上一點兒心思和時間，才保證不引起後者誤會的前提下，靠近韓大少爺。就在此時，耳畔卻忽然又傳來了主帥韓璞的聲音，「怎麼穿得如此簡陋，萬一被流矢傷到怎麼辦？來人，韓守義，脫下你的明光鎧鐵給他換上，你身材跟他差不多。一會兒不用出戰，就在這裡守著帥旗！」

「這——是！」被點到名字的武將楞了楞，快快地跳下戰馬，動手解絆甲絲絛。

「他為什麼要如此照顧我？」比正在脫鎧甲的韓守義更驚詫三分，寧彥章瞪圓了眼睛，不知所措。

還沒等他明白過味道來，主將韓璞的手卻又迅速指向了韓重贇，「你也過來跟著他。今天你們兩個就在一起，互相之間也好有個照應！」

「遵命！」韓重贇興高采烈答應一聲，縱馬靠近寧彥章，臉上帶著少年人特有的熱忱。

他最近一段時間終日陪著自家父親東奔西跑，很難得才遇到一個同齡的玩伴兒。因此發現小胖子武藝不甚精熟，反應也頗為遲鈍之後，便偷偷地向自家父親求情，希望後者在打仗的時候能給予寧彥章特殊照顧。但是韓璞聽了，卻把他給狠狠教訓了一頓，根本不肯做絲毫通融。

本來他已經絕望，準備自己偷偷想辦法在力所能及範圍內，給小胖子一些保護。卻萬萬沒料到，自家父親終究還是心軟，居然在最後關頭又改弦易張。

「奶奶的，黃鼠狼窩裡養了隻兔子出來，我韓某人上輩子究竟造了什麼孽！」望著自家兒子那歡天喜地的模樣，武英軍都指揮使韓璞忍不住輕輕皺眉。

他當然不會因為兩個少年之間剛剛萌發的友誼，就對寧彥章特別照顧。事實上，此時此刻在他眼裡，麾下這六千餘綠林好漢全都加起來，也沒少年小肥一個人重要。而哪怕眼前這一仗他不幸戰敗，哪怕他把所有兵馬丟光，只要能帶著小肥返回太原，他也肯定是有功無過。

但是兩軍陣前，肯定不是教導自家兒子的好場所。很快，韓璞的注意力，就被對面那支遠道而來的隊伍給吸引了過去。

只見對面那支兵馬將士皆穿黑衣，在低沉的彤雲下，如同一群爭食腐肉的烏鴉般，鋪天蓋地而來。隊

伍中，廂、軍、指揮、都、夥，各級認旗一面壓著一面，層層疊疊疊疊疊，等級分明。注一三

「來者不是個善茬子！」瓦崗營指揮使吳若甫回過頭，帶著幾分忐忑提醒。他是個老行伍了，某支軍隊的斤兩多少，幾乎一眼就能看得清楚。

「是韓友定，咱們的老相識了。十年前在洛陽城下，咱們就跟他交過手！」韓璞撇了撇嘴，笑著透露。「斥候早就告訴我是他，老子在佛前燒了多少香，才終於盼到跟他再度交手這一天！」

十年前，他與吳若甫兩人俱是後唐末帝李從珂帳下的禁衛軍「十將」，而韓友定，則是反賊趙延壽麾下的「都頭」，雙方曾經在洛陽城外惡戰數日，戰袍都被敵人和自家袍澤的血染成了赤紅。如今「故人」再度相遇，韓友定已經是統領一廂兵馬的總管，而他和吳若甫，卻一個依舊徘徊於騎將的位置，另外一個則乾脆成了占山為王的強盜頭。注一四

正所謂，仇人見面，分為眼紅。當年若不是趙延壽給契丹人帶路，聯合石敬瑭毀滅了後唐，吳若甫也不至於放著前程遠大的禁衛軍軍官不當，去做什麼瓦崗寨主。而韓璞本人，如果當初不是曾經在「唐軍」中效過力，在走投無路的情況下才投降了劉知遠，也不至於這麼多年來始終得不到重用，好不容易撈了個都指揮使的差事，所帶的還是一群臨時聚攏起來的山賊草寇！

新仇舊恨湧上雙眼，吳若甫將戰馬韁繩一抖，就準備主動請纓去策馬衝陣。武英軍都指揮使韓璞卻搶先一步打手勢制止了他，再度低聲說道：「不急，好鋼得用在刃上。騎兵都不要動，先讓陳州營的弓弩手去試試對方斤兩！」

注一三、五代時，因為朝代更替過快，漢胡混雜。所以軍制也異常混亂。大抵上，節度使之下設馬軍或者步軍，馬軍和步軍之下又設左右各廂。廂之下，再設「第幾軍」，或者「某某軍」。軍之下，則設指揮；指揮下，設「都」，「都」下則為「夥」，或者「什」。但每個朝代每一位節度使下，並不統一，變化劇烈。

注一四、騎將：騎兵「指揮」的主將，通常每個騎將掌控四百騎兵。每個步將，掌控五百步卒。十將，則十人長，最低級軍官。

說罷，從親兵懷裡抓起一支棕黃色的營旗和一支畫著弓箭的三角旗，高高地舉過了頭頂，左右揮舞。

「韓將軍有令！陳州營遣全體弓弩都出戰！」

「韓將軍有令！陳州營遣全體弓弩都出戰！」

……

二十幾名韓璞從太原帶來的親信，扯開嗓子，將主帥的將令一遍遍重複。與此同時，傳令兵策動坐騎，沿著專門留出來的通道，將令箭送往軍陣左翼的陳州營。鼓號手則舉起畫角，揮動鼓槌，將激越的催戰聲傳遍全軍。

「嗚嗚嗚，嗚嗚嗚，嗚嗚嗚……」

「咚咚咚，咚咚咚，咚咚咚……」

「嗚嗚嗚，嗚嗚嗚，嗚嗚嗚……」

「咚咚咚，咚咚咚，咚咚咚……」

號角聲宛若北風在怒吼，戰鼓聲宛若雷鳴。在風吼和雷鳴聲裡，大約六個都的弓弩手，手忙腳亂地從左翼移動到了自家軍陣正前方。瞄準越走越近的敵人，奮力射出羽箭和硬弩。

「嗖嗖嗖嗖……」

「呼呼呼呼呼……」

山腳下的天空頓時就是一暗。正在迅速靠近的敵軍隊伍明顯停頓了一下，然後舉起無數面蒙著牛皮的盾牌。最前方的盾牌表面，轉眼間就插滿了密密麻麻的箭矢，如同盛夏時剛剛割過的麥田。緊跟著，有哀嚎聲在盾牌兩側響起，血光飛濺，十幾條生命墜落於塵埃。

射擊的效果一般，但黑衣軍的攻擊節奏，明顯受到了干擾。很快，便有低沉的牛角號聲，從盾牌後響起。隨即，整個軍陣迅速變寬，變薄。更多的盾牌被舉過了頭頂，在最前方迅速組成了一堵黑色的盾牆。盾牆後，上千張角弓迅速拉圓。

「嗖嗖嗖嗖嗖……」

「呼呼呼呼呼……」

又是一波弓箭和飛弩，從山坡飛向山腳。將漆黑色的盾牆，砸得搖搖晃晃。「轟！」「轟！」「轟！」擺在半山腰的幾具床子弩，也開始發揮餘威，將兩丈餘長，碗口粗細的巨矢，射向敵軍。

大部分巨矢都偏離了正確方向，徒勞地在敵軍頭頂掠過，帶起一陣陣驚呼。只有兩、三枚，正好砸中了盾牆，將青黑色盾牌和盾牌後面的兵卒，串在一起，繼續向後飛馳。一個，兩個，三個，直到積蓄的力道全部被肉體抵消，才轟然落地，在沿途所經之地，留下一道血淋淋的豁口。

更多的羽箭順著豁口飛入，射倒更多的兵卒。但是，只花了兩三個呼吸，身穿黑色鎧甲的兵卒就重新聚攏起來，封堵住了自家隊伍中的破綻。沒等半山腰的床子弩再度上弦，負責陣前指揮的步將果斷下達反擊命令，「正前方八十步，預備——射！」

「呼——！」彷彿魔鬼吐氣，一陣劇烈的風聲，掃過整個山崗。黑色的羽箭瓢潑般，從山腳潑上山梁，將正準備發起第三輪射擊的陳州營射得四分五裂。

「啊——！」數以十計的弓弩手，倒在血泊當中，翻滾哀嚎。猩紅色的血漿透過單薄的皮甲，泉水般四下噴濺。

周圍的袍澤們被驟然而來的攻擊，嚇得手足無措，根本不知道是該先救援自家夥伴，還是繼續向敵軍射擊。而那些滿懷著建功立業之心的大小頭目們，則臉色慘白，兩眼發直，雙腿像抽了筋般不停地顫抖……

「呼——！」又是一聲魔鬼的吐氣，從山腳處響起。更多的黑色羽箭飛上了半空，然後迅速撲落。將近三分之一的陳州營將士，栽倒在血泊當中。剩下的根本不用任何人提醒，慘叫一聲，撒腿就往回逃！

「督戰隊，清理正面，嚴肅軍紀！」韓璞的臉上，絲毫不見半點沮喪。抬眼向隊伍正前方看了看，大聲喝令。

兩百名他精挑細選出來的刀盾兵，迅速列隊向前，遇到慌不擇路的潰卒，兜頭便是一刀。

「啊——！」「呀——！」「饒命——！」慘叫聲不絕於耳。數十名僥倖沒死在敵軍羽箭下的潰卒，轉眼就變成了督戰隊的刀下之鬼。

到了此時，強調軍紀的喊聲，才在督戰隊身後響起。又冷又硬，不帶絲毫人類情感，「讓開正面，撤回本營。敢亂喊亂撞者，殺無赦！」

「弟兄們，這邊來，這邊來！不要，不要殺了，不要殺了！求求你們，不要，不要殺了，不要衝擊本陣！」陳州營主將何三畏，騎馬衝到督戰隊側面，哭泣著喊叫。

他不敢抱怨韓璞心黑，國有國法，家有家規，即便是山寨，臨陣脫逃者也不會落到好下場。但這一波裡，死的都是他辛苦多年才拉起來的弟兄，其中還有兩名寨主是他的八拜之交。哥幾個本以為可以一道謀取富貴，誰料轉眼間就陰陽兩隔。

「韋城營、白鹿營、靈丘營，全體前壓，用弓箭射住陣腳！延津營、汲州營，舉盾上前護住本陣！」武英軍都指揮使韓璞對哭喊聲充耳不聞，嫻熟地舉起一面面嶄新的令旗。

被點到名字的營頭迅速上前，或舉起半人多高的木製舉盾，遮擋從山下飛來的黑色羽箭。或者拉開角弓、竹弓，以及各色單人弩，向敵軍射出復仇之箭。

「嗖嗖嗖嗖嗖……」

「呼——！」

「嗖嗖嗖嗖嗖……」

「呼——！」

雙方你來我往，各不相讓。頭頂的天空也變得忽明忽暗。

斑駁的光影裡，一排接一排的嘍囉兵，像暴雨中的麥秸般倒了下去，血水迅速彙聚成小溪，順著山坡向下流淌。

斑駁的光影裡，一簇又一簇黑衣士卒，如被狂風掃過的蘆葦般，紛紛低伏。猩紅色的霧氣繚繞而上，被山間的水汽帶著，染紅了清晨的天空。

誰也來不及細數，這一刻雙方有多少人戰死？誰也無法預測，這種面對面的射擊，什麼時候才是盡頭。山上山下的弓箭手們都咬緊了牙關，不停地將羽箭送入半空。不停地殺死對方，或者被對方殺死！

他們的手臂都已經開始顫抖，他們的眼睛都變得又澀又疼，但是，他們卻誰不願意放棄。他們都在賭，咬牙賭，賭對方會比自己更早一步崩潰，比自己更早一步抱頭鼠竄。

也許只是短短半刻鐘。

對敵我雙方來說，卻如同萬年時光般漫長。

終於，天空中的烏雲，再也受不了地面上扶搖而起的血腥味道。猛然間，「呼啦啦」一下四散而去。萬道霞光忽然就從頭頂射了下來，灼傷了在場每個人的眼睛。

黑色的箭雨忽然停滯，低沉的號角聲再度響起，「嗚嗚嗚嗚——嗚嗚嗚——嗚嗚嗚——！」黑色的隊伍緩緩向後退卻，留下數百具死不瞑目的屍體。

「嗚嗚嗚，嗚嗚，嗚嗚嗚——！」正對面，也有嗚咽的畫角聲相和。韋城營，白鹿營，靈丘營、延津營、汲州營，剛剛從綠林好漢變成漢軍的豪傑們，也緩緩退後，留下一片耀眼的紅。

第一輪試探結束了。

今天的殺戮，不過剛剛開始。

慈不掌兵！

無論此刻指揮綠林豪傑的韓璞，還是指揮黑衣軍的韓友定，都沒把剛剛戰死的三兩百麾下放在心上。他們都是老行伍，見慣了鮮血和死亡。所以將目標定為獲取最終的勝利之後，就不再關心所付出的代價。

況且雙方的第一波接觸，折損的也不是他們各自手中的精銳。在這年頭，普通人的性命並不比一頭驢子貴多少。今天死掉一批士卒，改日再去強徵一批便是。只要用鞭子抽打著磨礪上三兩個月，就又能擺上戰場。

所以，敵我雙方在稍作調整之後，轉瞬間就開始了第二輪接觸。不再是互相稱彼此的斤兩，而是盡力尋找對手的破綻，爭取一擊致命。

在這方面，黑衣軍的總管韓友定，經驗遠比韓璞豐富。只是稍加琢磨，他就把進攻的重點放在了對手的左翼。那裡的幾個營頭剛剛參與了對射，體力和士氣都大幅下降。更關鍵的一點是，各營頭的前身都為綠林山寨，手中羽箭的儲備不可能比得上黑衣軍。經歷了先前的消耗之後，此刻未必還能剩下多少。

「嗚——嗚——嗚——！」伴著北國特有的牛角號韻律，一千多名黑衣將士，排成狹窄的刀鋒形陣列，斜著刺向武英軍的左翼。

「刀鋒」的刃部稍稍下彎，每一名士兵手裡擎的都是長矛。刀鋒的背側，則清一色的黑色皮盾。每一面皮盾，都正對著韓璞的帥旗。

「瓦崗營、大野營、曹州營、亳州營，羽箭阻截。右翼各營，向前推進三百步！」武英軍指揮使韓璞也不甘示弱，立刻做出應對之策。用靠近中軍的幾個營頭，持弓弩攻擊來襲敵軍的後背。整個隊伍的右翼，則借助山勢壓向對手的左側陣列。

雙方的中軍精銳，都巍然不動。宛若陰陽圖中的兩隻魚眼，隔著三百步左右的距離，遙遙相對。雙方的左翼和右翼，卻很快就突破了羽箭的阻攔，狠狠地撞在了一起。注一五

「轟！」陽光瞬間為之一暗，無數血肉飛向天空，無數生命墜入塵埃。

韓友定麾下的黑衣軍，無論武器裝備，還是訓練度，都遠勝於由各路綠林豪傑臨時拼湊湊湊起來的武英軍。但在人數方面，卻不及對方的一半。士氣上，也不見得比對手高昂。故而在彼此碰撞到一起的小半炷香時間內，居然只戰了個旗鼓相當。武英軍的左翼被黑衣軍前鋒壓得搖搖欲墜。黑衣軍的左翼也被武英軍派出的各綠林營頭，擠得不斷後退。

「選鋒、摧陣二都，搶占右上方四百步那片斜坡，然後尋找機會直插而下！」韓友定對綠林豪傑們的堅韌，大感意外。果斷派出了兩個都的精銳騎兵，去搶占武英軍側後的有利地形，以圖借山勢發起衝擊。

韓璞居高臨下，將黑衣軍的動作看了個正著，也毫不猶豫地派了一支騎兵迎了上去，在戰場的外圍，與黑衣軍的起兵展開了激烈纏鬥。

戰馬交錯而過，數十名騎兵身體上被切開了一條巨大的口子，慘叫著墜落於地。活著的人迅速撥轉坐騎，面對面發起了第二輪對撞。鋼刀映著旭日，潑出一團團耀眼的紅光。

比起步卒的對陣，騎兵的策馬互衝，無疑更為慘烈。只是區區兩個回合，雙方所派出的精銳就減少了三成。剩下倖存者居然依舊不肯放棄，狠狠地一夾戰馬小腹，再度相對著舉起了橫刀。

「衝，衝上去！」將門虎子韓重贇被騎兵之間硬撼，刺激得熱血沸騰。雙腿踩在馬鞍上，舉著把寶劍奮力揮舞。

雙方未陣亡的勇士，果然開始了第三輪對衝。彼此的動作，都不帶絲毫猶豫。百餘步的距離轉瞬即過。「嘭——！」隱隱地又是一聲巨響。紅霧翻滾，一匹匹戰馬馱著主人的屍體從血瀑中跳出來，放聲悲鳴！

這一輪又接近於平手，但雙方在戰團附近剩下的騎兵，已經不足原來的一半兒，再也無法繼續完成彼

注一五、標準太極圖為陳摶所創。但太極圖之前，已經有了陰陽圖、自然圖、雙龍圖等類似圖案，廣為流傳。包括古代羅馬，也有藍黃兩色「雙魚」圖案，作為某軍團的戰旗。

此的任務。彷彿互相之間有了默契般，帶隊的都頭們猛地撥轉坐騎，朝著各自的中軍疾馳而去，身背後，留下敵手和自己一方枕藉的屍體。

「平手，平手！」韓重贇愈發興奮，彷彿絲毫沒看到地面上的一具具殘缺的遺骸。「小肥，你以後跟著我，咱倆一起當騎將。策馬衝陣，醉臥沙場君莫笑……」

最後這幾句，他是刻意對寧彥章說的。作為將門之後，子承父業，已經被他當作了人生的最高理想。而回答他的，卻是一陣低低的牙齒撞擊聲。被戰場上其他吶喊悲鳴聲所掩蓋，不仔細聽，幾乎無法察覺。

「小肥，小肥，你怎麼了？你不會嚇傻了吧！」韓重贇大吃一驚，迅速從馬鞍上跳下，雙臂抱住已經抖得像篩糠一般的寧彥章。「你，你怎麼這般沒用？你長得這麼高，這麼壯實！你，你不會連人都沒殺過吧！你可是瓦崗寧二當家的開山大弟子！」

「我，我，我……」寧彥章用手中木矛死死撐住地面，才能保證自己不立刻軟倒。血，無邊無際的血，從戰鬥開始到現在，他看到的，只有無邊無際的血。無論是從黑衣軍身上流出來的，還是從武英軍身上流出來的，都是濃郁的紅色。濃得令他無法睜開眼睛視物，也聽不清楚身邊的聲音，甚至幾乎無法正常呼吸。

他知道自己這樣子肯定會給瓦崗寨丟人。但是，他卻無法擺脫周圍那團濃郁的紅，無法讓自己直起腰來，坦然地直面血光和死亡。

韓重贇猜的其實沒有錯，他的確沒殺過人，甚至連隻雞都沒殺過。無論醒來之前的殘缺記憶裡，還是醒來之後的記憶裡，他都被周圍的人保護得很好。一手玩斧子的絕活是六當家余思文所傳授，練習時的靶子是山中最常見的爛木頭樁子。而平生第一次見到的血跡，則是自己的腦袋上流出來的，而不是出自別人的身體。

「來人啊，來人啊，小肥，小肥被血光給衝落魂兒了！」無論如何都不能阻止懷中的同伴繼續打哆嗦，韓重贇扯開嗓子，大聲求救。

落魂症，是他從父輩嘴裡聽說的一種疲懶毛病。一般只會發生在那些天生魂魄不全，或者膽小如鼠的廢物身上。只要被戰場上的死人的血氣和魂魄衝撞，這類廢物就會失去行動能力和語言能力，甚至還有可能活活給嚇成瘋子，這輩子都無法再恢復正常。

但是，此時此刻，周圍卻沒幾個人把注意力放在他們兩個半大小子身上，也沒有醫術高明的郎中跑過來幫忙。結果韓重贇接連喊了好半天，都沒有得到任何回應。只好提起膝蓋頂住寧彥章的腰，並且騰出左手來努力將好朋友的頭搬向戰場最激烈處。「別怕，睜開眼睛，你睜開了眼睛看仔細。惡鬼也怕惡人，況且你肯定還是童子身，體內真陽未失，百鬼難侵！」

「睜開眼睛，看，你倒是努力給我看啊。要麼變成傻子，要麼自己過了這一關。別指望別人，神仙也幫不了你！」一邊喊，他一邊用目光尋找瓦崗寨的幾個當家，希望能把他們的注意力吸引過來，以便向小肥對症下藥。

大當家吳若甫的身影，出現在軍陣正前方。騎著一匹鐵驊騮，手中長矛上下翻飛，挑落一名名對衝過來黑衣起兵。

三當家許遠舉正指揮著百餘名瓦崗軍步卒，與不知道什麼時候壓上前的黑衣軍硬撼。半邊身體都已經被人血給染紅，也不知道那些血漿來自敵人，還是他自己。

其他幾個他認識的瓦崗寨當家人，也帶著各自的嫡系嘍囉，與黑衣軍絞殺在了一處。就在他剛才忙著「救治」好朋友小肥這短短的幾個呼吸時間，武英軍的左翼，居然徹底崩潰！以至於他的父親韓璞，不得不一次次從中軍抽調力量，才能勉強穩住陣腳。而更遠的地方，武英軍的右翼與黑衣軍的左翼卻陷入了死鬥狀態，短時間內，根本無法抽身回來救援。

「小肥，小肥，你睜開眼睛，睜開眼睛！」韓重贇急得滿頭大汗，扶著寧彥章的左手用力搖晃，「你再不醒過來，就徹底變成傻子了！他們都自顧不暇，誰也不會過來救你！」

「我，我不是傻子！」心臟處彷彿被狠狠地扎了一錐子般，寧彥章疼得打了個哆嗦，扯開嗓子大喊。

在有了寧彥章這個名字之前，山寨中很多人都把他當傻子。但他自己堅信自己不是，自己只是丟失了過去的記憶。而寧二叔說過，自己想不起自己是誰來不要緊。

「你想不起自己是誰不要緊，原來姓什麼，爹娘是誰也不重要，重要的是，你別忘了要努力活得好，努力做個頂天立地的英雄好漢！」

猛然間，寧采臣的話，又在他耳邊響起。視覺、聽覺、嗅覺以及對身體的控制權，瞬間同時返回。他按照韓重贇的要求，努力睜開雙眼，直視血肉橫飛的戰場。

他看到瓦崗寨大當家吳若甫，策馬衝進了一群黑衣騎兵中間。手中長矛左刺右挑，當者無比披靡。十幾名瓦崗精銳，緊緊護住大當家的後背，奮力替他抵抗來自身後的偷襲。

下一個瞬間，吳若甫繼續策馬猛衝，黑衣人如烏鴉般層層疊疊疊疊圍上來，包裹住他們，將他們的身影徹底淹沒。

再下一個瞬間，吳若甫自己衝出重圍，人和馬都被血染得通紅。身後的弟兄，卻一個不剩。他撥馬，提槍，掉頭再度邁入黑衣人隊伍，然後再度消失不見。

另外一隊騎兵精銳，趕過去與他匯合。然後與迎面頂上來的黑衣騎兵碰撞，要麼落馬而死，要麼將對手刺落馬下，沒有第三種結果。

很快，三當家許遠舉的身影也出現在他的視野裡，周圍幾乎全是黑衣人，很少是瓦崗寨自己的弟兄。然而三當家卻毫無畏懼，雙手舞動鐵脊蛇矛，向四周發起一次次進攻。

四當家的身影，就在距離三當家不遠處。脊背上插著幾根黑色的，長長的羽箭，步履蹣跚，死戰不退。六當家和七當家不知所終，無數他曾經熟悉的山寨頭目就在他眼前被黑衣人殺死。他都看見了，看得清清楚楚，看得一個不落。

有股凜然寒氣，從腳底直衝腦門。他不能站在這裡看，他必須衝上去，跟他們同生共死！他的性命是他們所救，他與他們一道做了好幾個月的山賊，吃喝拉撒全在一起。他甚至沒幹任何事情也拿到了一份出售契丹人頭所得的分紅。他們戰死時，他不能冷眼旁觀。

「弟兄們——！」高高地舉起長矛，寧彥章學著想像中的英雄模樣，大聲高呼，「跟我來！」

「來個屁！」忽然間，有一隻染血的巴掌，打在了他的臉上，把他的激情全部打落於地。五當家李鐵拐的身影，如同鬼魅般出現在他的身側。披頭散髮，氣急敗壞，「跟著我，去救大當家。別人都在拚命，你小子有什麼資格偷懶！」

說罷，也不理睬周圍其他人的態度。扯起寧彥章，借著山勢，迅速衝向戰場中央。

「我阿爺先前說過……」韓重贇焦急的聲音從背後響起，卻很快就被周圍的喊殺聲所吞沒。

李鐵拐死死拉著寧彥章的手腕，跌跌撞撞。凡是試圖靠近他們倆的人，無論來自何方，都被他用拐杖趕蒼蠅般拍飛。

衝過一堆屍骸，又閃過一個戰團，猛然間，他迅速停下了腳步。彎腰從地上撿起一件染滿鮮血的戰旗，用力披在了小肥身上，遮住閃亮的明光鎧，「逃，能逃多遠逃多遠！別管我們，也別再相信任何人！快，逃啊！你個傻子，聽見沒有，逃！」

霜刃

「逃？為什麼要逃？咱們往哪逃？」突然間轉折太大，寧彥章根本無法做出正常反應。只是順著李鐵拐的手臂方向踉蹌了幾步，然後就回過頭來，滿臉茫然地追問。

「韓璞想把咱們全殺光！」李鐵拐用拐杖拍飛一名衝過了的黑衣甲士，氣急敗壞地補充，「他要借刀殺人！你快點，逃，能逃多遠就逃……」

他的後半句話，被血水卡在了喉嚨處。一排烏黑的羽箭凌空而至，將他直接射成了刺猬。

「五叔！」寧彥章身上也挨了幾箭，但是箭簇全都被明光鎧擋住，沒有一支深入要害。哀嚎著向前衝了數步，他將李鐵拐抱在了懷裡，大聲哭喊，「五叔，我帶著你一起逃，一起逃！要死，咱們爺倆死在一起！」

「傻小子……」李鐵拐艱難的笑了笑，頭一歪，氣絕身亡。

有股劇烈的痛楚刺入寧彥章的心臟，令他渾身顫抖，腳步踉蹌。李鐵拐死了！平素從沒給過他好臉色，並且屢屢想趕他下山的李鐵拐死了！當初想趕他下山是怕受了他的拖累，現在卻死在他的懷裡，只為了給他尋找一個逃命的機會！

「跪下投降，饒你不死！」一名身穿黑衣的騎兵策馬衝了過來，刀尖遙遙地指向少年人的頭頂。

能中了三箭卻繼續哭天搶地的，身上肯定穿著一件上好的鎧甲。而這年頭能穿得起好甲且白白淨淨的半大小子，家境肯定不會太差。俘虜了他索贖，遠比直接把他殺掉合算。

「跪你姥姥！」寧彥章瞬間充滿了紅色，丟下李鐵拐的屍體，他直接從身後抽出一把手斧。

「找死！」黑衣騎兵勃然大怒，立刻放棄了抓俘虜索要贖金的念頭，雙腿用力磕打馬鐙，手中橫刀像鞭子一樣掄到了身側。

只要向前衝出四五步，他就能用橫刀將少年人的脖子抹成兩段。這輩子他已經不知道用此招殺掉了多少負隅頑抗者，不在乎多上一個。

「呼——！」一道寒光，徹底打碎了他的如意算盤。少年人居然跳了起來，凌空將手裡的斧頭擲向了他的面門。

戰馬已經開始加速，黑衣騎兵來不及改變方向。只能憑著嫻熟的戰鬥技巧，仰頭向後，用脊背貼近馬屁股。

雪亮的斧頭，貼著他的盔纓急掠而過，嚇得他冷汗直冒。用力收腹挺身，他準備再看對手一眼，然後迅速結束戰鬥。誰料就在腰桿剛剛挺起來的那一瞬間，第二把雪亮的斧頭又至，「喀嚓」一聲，將他胸口砸蹋了半邊！

「啊——！」黑衣騎兵慘叫著墜馬。寧彥章快步前去，用第三柄斧子，劈開此人的腦袋。

沒等少年人將屍體胸口處的斧子收起，身後忽然傳來了一陣驚呼。「楊都頭死了！」

「那個毛孩子殺了他！」

「殺了他，殺了他給楊都頭報仇！」

……

緊跟著，一小隊黑衣步卒，快步趕至。手裡的長矛短刀，沒頭沒腦地朝少年人身上招呼。

「報仇？對了，報仇！老子要報仇！」寧彥章拎著斧子跳開數步，然後如夢初醒。五叔死了，被黑衣人這方用冷箭射死。他得給五叔報仇，否則怎麼對得起五叔這段時間的照顧之恩？

單手持著一把短斧，他瞪圓了血紅色的眼睛衝向了正在朝自己靠近的這夥黑衣人。根本不管對方手裡的兵器會不會傷到自己。

這個等同於找死的動作，令穩操勝券的黑衣步卒們手忙腳亂。長兵器根本來不及調整方向，短兵器恰好又搆不到出手位置。而少年小肥，卻憑著一股子初生牛犢的血勇，直接衝入了他們中間。手起斧落，將正對著自己的那名黑衣人砍了個腦漿迸裂。

一把橫刀貼著他的脊梁骨抹過，將李鐵拐特地給他披上的破旗子抹斷，在鐵甲上發出刺耳的摩擦聲。一桿長矛狠狠砸在他的左肩膀，將精鋼護肩砸得「叮噹」作響。還有一把橫刀直接捅到了他的小腹處，被護心鏡擋住，推得他腳步踉蹌，身體歪歪斜斜。

下一個瞬間，寧彥章猛地一低頭，用鐵盔砸上斜對面持刀者的鼻梁骨。將此人砸得滿臉是血，慘叫著倉皇後退。隨即，他咆哮著轉身，用斧刃砍掉了持槍者的一條胳膊。側後方的橫刀再度砍來，直奔他毫無保護的脖頸。寧彥章大叫著向斜前方跳出一步，然後猛地一擰腰桿，將斧子擲在了對方的面門上。

「啊──！」持橫刀的黑衣步卒慘叫著倒地，不知死活。

另外兩名黑衣步卒被嚇了一大跳，楞楞地不知道該繼續圍殺他，還是轉身逃命。寧彥章則彎腰從地上抄起一桿長矛，朝著對方劈頭蓋臉地亂砸。

這是最愚蠢的做法，非但不能殺死對方，反而暴露了他乃第一次上戰場的事實。兩名黑衣士卒立刻心神大定。先向後退開了半丈遠，然後將肩膀貼上肩膀。準備採用雙人合擊的戰術，徹底解決眼前這個身穿鐵甲的小胖子。

「砰！」一匹雪白的戰馬從側面呼嘯而至，將這兩名黑衣人同時撞飛了出去，不知生死。馬背上，韓重贇猛地拉緊繮繩，側下身，右手遙遙地遞向寧彥章，「上馬，別亂跑！援兵到了！」

「的的，的的，的的的的」十數匹戰馬從遠處衝過來，將二人團團護住。是武英軍都指揮使韓璞的親衛，個個騎術精良，武藝高超。只要他們不死光，任何人都甭想再碰到兩個少年一根寒毛。

「的的，的的，的的的的！」更多，更多的戰馬，數以百計，列隊衝入戰場。將猝不及防的黑衣將士，像洪水中的莊稼般，一層層翻倒在地，踩得筋斷骨折。

每一匹戰馬上，都有一名威風凜凜的騎兵。每一名騎兵的盔纓，都是鮮紅色，像地面上的血漿一樣紅。

都指揮使韓璞隱藏的後招提前使出來了。

他在奉命南下收攏綠林豪傑之前，是近衛親軍中的騎將，最擅長指揮的，就是騎兵。為了今天的勝利，他把麾下的弟兄全都調了過來，並且偷偷地藏在了山梁的另外一側。

他不惜以所有新收編的綠林豪傑為誘餌，就是為了給對手致命一擊。

接下來的戰鬥，完全可以用「摧枯拉朽」四個字來形容。

韓友定麾下的黑衣軍，已經被綠林豪傑們用性命為代價，將體力消耗殆盡。突然從五丈嶺上衝下來的精銳騎兵，卻是以逸待勞，精神飽滿，並且占據了地利與陣形之便。只見他們十幾個一組，每組間隔著半丈左右的距離，像無數把鋼刀般在陣地上往來穿插。凡是被「刀刃」碰到的人，非死即傷，毫無還手之力。

一大堆黑衣弓箭手，被騎兵從背後追上，挨個砍翻在地。一大堆長矛兵，被騎兵從側面衝垮，然後統統踩成肉泥。幾名身穿黑色荷葉甲的都頭，被雪亮的馬刀劈下坐騎，然後亂刃分屍。還有一名敵將主動跳下馬來投降，卻被騎兵們毫不猶豫地砍掉了半邊腦袋，屍體一邊噴著血，一邊在原地打旋兒，一圈，一圈兒，又是一圈。

追亡逐北的感覺，酣暢淋漓。

但是這場戰事，已經徹底與寧彥章無關了。

韓璞專門派過來尋找他的心腹們，將所有可能的風險，都隔離在距他身體兩丈之外。他的任何「衝動」

行為，也被眾人嚴格的制止，沒有絲毫機會去實施。

忠心耿耿的韓家子弟，甚至試圖阻止他與瓦崗寨的其他幾位當家會合。直到身為少將軍的韓重贇實在忍無可忍變了臉色，才訕訕地做出退讓，主動陪著兩位少年去尋找瓦崗營眾將領的身影。

他們在距離李鐵拐倒下五十步遠的位置，找到了三當家許遠舉的遺體。渾身上下布滿了大大小小的傷口，像無數張嘴巴，正在發出無聲的質問。這位沉默寡言的老江湖，至死也沒想明白，為什麼有人的心腸居然會如此歹毒，剛剛利用完了他們，就立刻施展陰謀詭計，將他們趕盡殺絕。

四當家的遺體，距離三當家只有半丈遠。一隻手握著已經砍成了鋸子的鋼刀，另外一隻手死死地扣進地面裡，深入數寸。他的脊背處，則插著三把木柄長矛。每一把都被血跡染成了紅色，就像獻祭時點燃的三支香燭。

六當家余思文和七當家李萬亭活不見人，死不見屍體。在今天的這場惡戰中，最後連屍骨都找不齊的人，恐怕數以百計。但是寧彥章希望他們兩個還都活著，只是在戰鬥的中途見勢不妙，撒腿逃離了戰場。雖然這樣想有些貶低兩位長輩的形象。但寧彥章卻真心地希望他們自己逃走了，逃離了所有陰謀和陷阱。

五丈嶺戰場並不算寬闊，寧彥章很快就走完了一整圈。然後在一眾韓家騎兵的保護下，繼續在死人堆中翻翻揀揀，唯恐稍有遺漏。

他沒有指責任何人，也沒有說一句抱怨的話。只是不到最後一刻，不肯放棄對親人的尋找。這個固執的動作，令韓家的騎兵們很不耐煩，卻找不到足夠的理由去制止他。只能由帶隊的頭目反覆向韓重贇發出暗示。然而韓重贇卻對小頭目的暗示毫不理睬，只是楞楞地看著寧彥章。看著他從一堆屍體，走向另外一堆屍體。不知不覺間，臉色就越來越紅，紅得幾乎要滲出血來。

身為將門之後，從小受父輩們耳濡目染，韓重贇只要稍稍冷靜下來，很輕易地就發現了今天所發生的一切，都不對勁兒！

古語云：「慈不掌兵」，只要打仗就不可能不死人。為了獲取最後的勝利，主將在排兵布陣時，難免就會考慮指派一部分弟兄去做誘餌，主動讓一部分弟兄去送死，然後瞅準機會，給對手致命一擊。

但是，慈不掌兵，卻不意味著要把原本不該死的弟兄，活生生朝虎口裡頭推。早在武英軍與黑衣軍膠著之時，下令埋伏在嶺後的騎兵傾巢而出，已經足以鎖定勝局。

但是，韓重贇無法理解，自家父親為什麼遲遲沒有下令騎兵出擊。只是一次次將手中的各個營頭送上戰場，讓他們去封堵被敵軍衝開的缺口。

韓重贇甚至隱約感覺到，即便在最後命令騎兵出擊的那一瞬間，自家父親依舊在遲疑。他好像非常不情願，非常希望再拖延一會兒，讓敵軍的實力消耗得更多一些。直到他從自己嘴裡，聽到了小肥與李鐵拐兩個一道消失在戰場上的消息！

「如果不是為了救出小肥，阿爺會將武英軍所有將士都填進去！」望著在屍山血海中來回翻揀的寧彥章，韓重贇忽然作如是想。

這個想法太可怕了，可怕得令他根本無法相信。很快，他就用力搖頭，將腦海裡的恐怖想法硬生生趕了出去。「我阿爺不是那種人，他跟大夥無冤無仇！」

「我阿爺從不會對我溺愛無度，絕不會為了我的朋友而改變戰術！」

「我阿爺……」

他有成百個理由，證明今天的犧牲並非故意。然而，每當看到寧彥章那跌跌撞撞的身影，那個令人恐懼的想法，早就又在他腦海裡不請自回。

「我阿爺……」他迫切地想解釋一番，卻不知道自己該解釋給誰聽，更唯恐自己越描越黑。

他只能默默地跟在寧彥章身後，默默地看著對方一次次彎下腰，翻動一具屍體，或者抹平一雙無法合攏的眼睛。然後自己在不知不覺間就開始哆嗦，哆嗦成了一片秋風中的荷葉！

直到瓦崗大當家吳若甫騎著馬出現在他們的面前，這種狀況才得到了緩解。這位身手矯健的綠林大當家，膂力驚人，做事也乾脆利索。一把從屍體堆旁扯起寧彥章，直接丟到了身邊空著鞍子的坐騎上，「別找了，這都是命！為將的，誰都免不了這一天。你跟我回去，韓將軍有話要問你。」

「韓將軍？」寧彥章雙手抱著馬脖子，茫然地重複。直到脖頸後挨了一巴掌，才終於明白對方嘴裡的韓將軍，指的是韓重贇的父親韓璞。

大當家吳若甫這次出手頗重，打得他半邊身體都麻酥酥地，彷彿有無數隻螞蟻在啃噬。記憶裡，此人從來沒對自己如此嚴厲過。寧彥章的心臟猛地抽搐了一下，努力挺直身體。這一刻，他看見有兩團野火，在大當家眼睛裡烈烈燃燒。

「大當家也發現被出賣了！」有股冷氣從脖子後的鎧甲縫隙透過來，鑽破皮膚肌肉和骨胳，直接刺入少年人的心底。「他什麼時候發現的？他為什麼不帶著大夥果斷離開？他為什麼不給大夥討還公道？他……」數不清的疑問接踵而來，他卻無法開口探求真相，更無法保證自己能從大當家吳若甫嘴裡獲得真實的答案。

「坐直些，別整天一副孬種樣子！你三叔、四叔和五叔他們，在天上看著你呢！」不滿意少年人的茫然與遲鈍，曾經的瓦崗大當家吳若甫迅速將眼睛瞪圓，厲聲補充。

「哎！哎！」寧彥章被撲面而來的殺氣嚇了又是一哆嗦，連聲答應著，努力挺直腰桿。身上的鐵甲很厚，到現在，他才終於感覺到了它的份量。從頭頂、肩胛到後腰，沉重地壓下來，令他幾乎無法正常思考，更無法正常呼吸。

好在武英軍都指揮使韓璞的臨時中軍帳，就立在戰場外不遠處。所以少年人才咬著牙堅持沒有再趴到馬脖子上，沒有挨更多的巴掌。

緊跟在他身側的吳若甫，卻對他的要求愈發嚴格。還離著目的地四五丈遠，就果斷命令他跳下了坐騎。緊跟著，吳若甫自己也翻身下馬，把韁繩交給跟過來的都指揮使親衛。然後一隻手托住寧彥章的腰，另外一隻手輕輕拉住少年人的右胳膊，「走吧，進去之後，記得主動給韓將軍行禮。這裡可不是瓦崗寨，可以由著你沒大沒小！」

「知道了！」寧彥章側過頭，鄭重答應。隨即，又上下打量了吳若甫一眼，遲疑著請教，「要不要我先去換身衣服。這身鎧甲上全都是血跡，恐怕會衝撞了韓將軍！」

「不必，韓將軍也是行伍出身，不會在乎這些！」吳若甫猶豫了一下，輕輕搖頭。但是很快，他自己又推翻了自己的說法，「甲可以不脫，但滿臉都是血，也的確有些失禮。你就在這等著，我給你去找塊乾淨布子擦一下！」

說著話，他迅速跑回自己的戰馬旁，從馬鞍後取下一個裝水的皮囊。擰開繩索，先把自己的手和臉洗了洗。然後又從鐵甲下扯了塊襯裡，拿水打濕了，快步返回遞給了寧彥章。「動作麻利些，別讓韓將軍等得太久！」

「是！」寧彥章嘆息著接過布子，將自己的面孔和手指擦拭乾淨。然後又盡可能仔細地在明光鎧上抹了幾把，抹掉那些乾涸的血跡，令後者露出了幾分金屬製品特有的光澤。

水不是很涼，但已經足以讓他的頭腦多少恢復幾分冷靜。冷靜地去面對身邊的人，冷靜地去分析剛剛發生的事情。

「快一點兒！你這孩子怎麼如此磨蹭！」吳若甫有些不耐煩，再度低聲催促。

「嗯！」寧彥章點頭，將沾滿了鮮血的濕布子遞還給他。後者則厭煩地皺了下眉頭，直接將布子團成一團，丟在了腳下的泥坑中。

「大當家可知道，韓將軍找我有什麼事情？」不用他來攙扶，寧彥章自己主動邁開腳步，走向山梁上的中軍大帳。一邊走，一邊努力讓自己平心靜氣。

「我不清楚，韓將軍沒跟我說！」吳若甫的眉頭再度緊緊皺起，像兩把倒插的匕首。

「那二叔呢，他還好吧？他知道韓將軍找我嗎？」少年人絲毫不以吳若甫的態度為怪，想了想，繼續緩緩詢問。

「他去負責收攏彩號了。忙得要死，估計這功夫也顧不上你！」吳若甫警覺地四下看了看，不高興地呵斥。「你今天話可真多！小小孩子，別瞎操心大人的事情。操心了你也管不了！」

「嗯！」寧彥章認真地點頭。繼續邁步前行，就在一隻腳即將踏入臨時中軍帳的剎那，他忽然又轉過半個腦袋，盯著大當家的眼睛問道：「那韓將軍今天的安排，事先跟您說起過嗎？他到底跟咱們何冤何仇，非要讓大夥死光了不可？」

「你聽誰說的？你這痴肥的蠢貨，亂嚼什麼舌頭！」吳若甫如同一隻被燒了屁股的野狗般跳了起來，抬手便是一個脖摟！神態舉止，絲毫不復平素做大當家時的沉穩。

寧彥章卻果斷向前邁了一大步，躲開了他的攻擊，直接走進了臨時中軍大帳，「大當家，吳將軍，我只是腦袋受過傷，卻不是傻子！」

「你——！」吳若甫兩眼寒光四射，方方正正的國字臉上，殺氣瀰漫。然而，沒等他繼續發作，迎面卻傳來了武英軍都指揮使韓璞的憤怒喝斥聲：「行了！吳指揮，不得對殿下無禮！」

隨即，主動向門口走了幾步，對著少年人長揖及地，「末將韓璞，見過鄭王殿下。此前不知殿下身份，多有怠慢，還請殿下恕末將失敬之罪！」

「鄭王？我……？」雖然心裡已經隱約猜到一些端倪，寧彥章依舊被韓璞的舉動嚇了一大跳，再也顧不上質問對方為何要借刀殺人。而是本能地側開身體，木然反問。

自打他從昏迷中醒來那天起，就不止一次被人誤認為是鳳子龍孫。特別是五當家李鐵拐，多次因為這個疑慮，試圖把他趕出山寨自生自滅，以免大夥兒捲入朝代更迭的漩渦中，無辜遭受池魚之殃。

結果就在今天，一心避禍的五當家李鐵拐，終究沒能逃脫死亡。而他，卻再度被扣上了一頂鄭王的帽子，避無可避。

「殿下不要驚慌，漢王和末將，都對殿下忠心耿耿！」根本不在乎少年人的反應，韓璞只顧弓著身體，大聲補充。「先前之所以不敢貿然相認，一來，是因為身邊兵微將寡，怕護不得殿下的周全。二則，是怕萬一認錯，會讓有心人以此為把柄構陷漢王。但末將卻從未曾置殿下的安危於不顧，當天晚上，就暗地裡叮囑過吳將軍，命令他無論如何都要保證殿下的安全！」

「所以大當家才打發我提前回了瓦崗寨！」楞楞地側轉頭，寧彥章瞪圓了眼睛看向吳若甫，從後者臉上，他看不到任何屬於人類的表情，就像看到了鄉間小廟中拙劣的泥塑木雕。

「你今天特地派人保護我，也是為此？」繼續轉頭，他又看了韓璞，看向中軍帳裡的其他人，從這些人臉上只看到了四個字，奇貨可居！

剎那間，便有無數畫面從少年人的眼前快速閃過，讓他感覺宛若白日做夢一般荒誕。

自己怎麼可能是鄭王？自己讀書時連正確斷句都做不到，跟甭說處理比讀書還複雜十倍的公務。自己對舞刀弄槍的興趣，也遠遠超過了讀書寫字。若說自己是哪個武將流落在外的後人，還有可能；若說自己是皇帝的兒子，天底下除了瞎子和聾子之外，誰敢相信！

「你們弄錯了，真的弄錯了！韓都指揮使，各位將主。」用力晃了晃腦袋，寧彥章讓自己的目光重新恢復清明，重新看清楚眼前這些人的真實面孔，「我的確有一塊玉牌，上面刻著鄭字。但如果隨便拿出一塊玉牌來就能冒充皇親國戚的話，那天底下，不知道會……！」

「那殿下可記得自己究竟是誰？家住何處？」沒等他把話說完，都指揮使韓璞身邊，就有一個作書吏打扮的傢伙大聲反問。

「是啊！殿下莫非不信任我等，所以依舊拿失憶來搪塞？」其他一眾武夫，也紛紛開口，彷彿都受到了莫大委屈一般。

「我，我不記得了！」寧彥章被問得眼前發黑，身體搖搖晃晃。剎那間，腦仁兒就像被撕裂了一般疼。

「我不記得了！我真的不記得了！但這跟我是不是鄭王沒關係。在我記憶裡，根本沒有鄭王這一回事！我家肯定也不是皇宮！」

「這才恰恰證明了殿下的真實身份！」書吏打扮的人搖了搖手中缺了毛的扇子，一臉高深莫測。「事實上，陛下出獵塞外之前，並未封任何人做鄭王。」

「嗡！」寧彥章眼前又是一黑，滿臉難以置信。

「既然沒有封任何人做鄭王，爾等非指認我做鄭王作甚？莫非就是圖個樂子，故意捉弄人嗎？還好我剛才沒上當！」

彷彿猜到了他心中所想，輕狂書吏又晃了晃扇子，繼續笑著補充，「陛下當時乃為齊王，殿下生時，有巨星白日經天，禮天監曰，此乃帝星降世之相。而其時，高祖卻有意傳位於楚王。所以陛下為了避禍，特地將幼子養在後族親貴之家……」

緩緩向前走了一步，他身體猛然拔高，用自己的丹鳳眼正對上少年人茫然的眼睛，「高祖聞之，感於陛下之忠，特封殿下為汝州刺史。後又轉封鄭州刺史，兼威信軍節度使。俱因年幼之故，由宦官代掌，並未就藩！後楚王不幸被叛逆所弒，而忠王年幼，高祖迫不得已，才將皇位傳於陛下。陛下又念高祖撫育之恩，誓要將皇位再傳於忠王，所以未封兩位殿下為王。但群臣提起兩位殿下，皆以齊王，鄭王相稱！」注一六

文縐縐的一番話，說得層次分明，證據確鑿。並且還帶著一股難以拒絕的磁性。寧彥章聽在耳朵裡，頓

注一六、石重貴曾經有兩個封號，齊王，鄭王。作為石敬瑭的侄兒，他原本沒機會繼承皇位。但石敬瑭的其他兒子，除了最小的一個石重睿之外，卻都慘遭橫死。所以他才得以即位。石重貴的兩個兒子，石延煦、石延寶。則被封為齊州刺史，鄭州刺史。還沒來得及封王，後晉已經被契丹所滅。

時就覺得精神一陣恍惚。隱隱地，覺得自己好像真的就是那個倒楣的孩子，生下來就因為要避嫌與親生父母分開，長大後又因為還有一個比自己小很多的叔叔將來要繼承，繼續避嫌，始終不能被父母當作親生兒子看待……

但是很快，來自靈魂深處的劇烈痛楚，就讓他感覺天旋地轉。身體不由自主地打了個趔趄，眼神迅速與對方的眼神分開，所有虛幻的感覺瞬間支離破碎。

這廝會妖法！打了個冷戰，寧彥章迅速意識到自己不小心中了陰招。雙手抱住自家腦袋，用力扭向旁邊，不肯繼續與書吏模樣的傢伙正眼相對，同時扯開嗓子大聲反駁，「你說的故事很好聽，但我真的不是鄭王，也不是什麼狗屁鄭州刺史！你說的這些都跟我沒關係，我雖然想不起來自己是誰，但肯定不姓石！」

「殿下豈能頹廢如斯！」眼看著就要如願以償，卻沒想到被少年人身上的頑疾給弄得功敗垂成，武英軍都指揮使韓璞大急。衝上前，抓住少年人的胳膊，用力搖晃，「如今天下板蕩，漢王正欲輔佐殿下重整河山。而殿下卻故意裝瘋賣傻，不肯坦誠相待。如此荒唐之舉，豈不是讓天下英雄寒心？」

「我不是鄭王殿下，你弄錯了！」他如果不急，寧彥章也許還會懷疑自己有可能真的是什麼鄭王。然而見到他一副氣急敗壞模樣，少年人反倒認定他的舉動定然包藏著禍心。雙臂猛地一用力，立刻從對方掌握中掙脫出來。然後順手向前一推，只聽「撲通」一聲，居然將韓大都指揮使，推了個仰面朝天！

「刷——！」周圍的一眾武將，誰也沒想到少年人的力氣能有如此之大，迅速抽出佩刀，從四面八方圍攏上前。只待武英軍都指揮使韓璞一聲令下，就將此人亂刃分屍。

「住手，你們要幹什麼！」關鍵時刻，韓重贇從外邊破門而入。包著鎧甲的胳膊迅速在身邊轉了個圈子，就把一干武夫們統統推離三尺開外。隨即，一邊彎腰攙扶自己的父親起身，一邊扭過頭，大聲對寧彥章喊道：「殿下，你腦袋受過傷，肯定很多事情都不記得了。你仔細想想，再仔細想想，你以前生活的地方，是不是很華貴。是不是有很多女人和太監成天圍著你轉？」

每問一句話，他的眼睛就用力猛眨一下，唯恐寧彥章繼續倔強到底，令雙方都無法收場。然而寧彥章卻不肯領情，將手朝身後一探，扯出先前從敵人屍體上撿回來的兩把小斧子，朝著眾人怒目而視，「我只是腦袋受過傷，卻不是傻子！誰也甭想逼著我冒充什麼鄭王。否則，大家就拚個魚死網破！」

說罷，兩把斧子狠狠撞在了一處，「噹啷」一聲，火星四濺。

這下，可讓韓璞和他手下的爪牙為了難。有道是，橫的怕楞的，楞的怕不要命的。少年小肥此刻是既楞又不要命，倉促之間，卻是誰也拿他無可奈何。

「有話慢慢說，慢慢說。」那書吏模樣的傢伙心思轉得最快，第一個意識到不能繼續用強，擺擺手中扇子，低聲下氣地求肯，「殿下，不，壯士，你先把斧子收起來。各位將軍，也請稍安勿躁！」

「再說一遍，我不是什麼殿下！」寧彥章又將斧子用力相撞，同時拿眼角的餘光尋找突破口。中軍帳不大，但裡邊的人要麼是韓璞手下的將領，要麼是韓璞從太原帶來的親信，他根本找不到任何人幫忙，更沒多少機會直接殺出重圍。

「行，行，你不是，你說不是就不是！」書吏模樣的人怕他被逼急了，一斧頭先劈了韓璞，連忙點頭答應。隨即，又做了一個長揖，「在下郭允明，乃武英軍長史。祖籍河東，小字寶十。還請教壯士，尊姓大名？表字為何？祖上仙居何處？」

「我？」寧彥章楞了楞，本能地想給對方一個答案。但是僅僅稍稍一起回憶，劇烈的疼痛就淹沒了他，令他再度兩眼發黑，身體也開始搖搖晃晃。

「哎呀，寧二當家，您怎麼來了！」就在此時，郭允明的聲音卻再度傳來，隱隱帶著幾分狂喜。

「二叔？」寧彥章掙扎著看向帳門，除了全身戒備的韓家侍衛之外，卻沒看到任何熟悉的身影。

隨即，又聽見一聲斷喝：「還不動手？」。後頸處就狠狠挨了一下，「撲通」一聲，栽倒於塵埃！

這一下，出手乾脆，動作俐落。頓時贏得了滿帳的喝采之聲。然而待看清楚了出手者的模樣，所有聲音又立刻戛然而止。

「該如何處置此子，還請都指揮使示下！」曾經的瓦崗寨大當家，小肥的救命恩人和收養者，武英軍瓦崗營指揮吳若甫。揉了揉被硌紅了的手掌，大聲說道，彷彿根本沒感覺到周圍氣氛的怪異。

「這，這，來人，先將他抬下去，好好伺候！」武英軍都指揮使韓璞雖然也覺得非常彆扭，卻不能冷了對方的心。想了想，笑著吩咐。

「是！」幾名親信大步上前，從地上扯起昏迷不醒的少年人就往外拖。還沒等拖到帳門口，卻又被武英軍長史郭允明大聲喝止：「大膽，你等怎能如此慢待殿下？背。你們幾個輪流背著他到山後的輜重營休息。記得給他單獨立一個營帳，規格不得低於郭某和韓將軍。」

「是！」親信們楞了楞，猶豫著將少年人背了起來，被壓得踉踉蹌蹌。

「去臨近的鄉老家中借幾個婢女，要手腳麻利，模樣齊整的。貼身伺候殿下。從現在起，殿下的吃喝，全由專人驗過之後，才能讓他享用。還有，任何人想要拜見殿下，必須事先請示！」郭允明用目光送著少年人的背影，繼續大聲補充。

「將軍，長史，此子雖然長相與鄭州刺史相似，可是他言語粗鄙，行事魯莽……」馬軍指揮錢弘毅與韓璞私交頗深，見後者任由郭允明繼續拿少年人當皇子對待，忍不住低聲提醒。

這年頭兵荒馬亂，長得白淨齊整的少年比較罕見，長得黑焦歪劣的半大野小子一抓一大把。所以乍眼看上去，小肥的確像是出身於大富大貴之家。與不知所終的二皇子石延寶，年齡上也非常接近。可如果仔細觀察，卻能發現很多疑點。並且越是較真兒，越能得出截然相反的論斷。

所以，在錢弘毅看來，自家主將今天的舉動，恐怕是受了吳若甫這個小人的蒙蔽。一個為了榮華富貴，連同生共死多年的老兄弟都可以全部出賣乾淨的傢伙，他的話怎麼可能完全相信？說不定此人早就心知肚明，小肥絕非二皇子石延寶，卻為了在漢王帳下獲取晉身之階，故意指鹿為馬。

「這個……」武英軍都指揮使猶豫了一下，隨即笑著擺手，「你不必多說，此事我與長史兩個自有計較！」

「這小子性子頗為倔強……」錢弘毅還想再勸幾句，以防頂頭上司心存僥倖，試圖魚目混珠。然而沒等他把話說完，行軍長史郭允明卻非常不高興地打斷，「錢將軍還是不要輕易下結論為好。此子的畫像，本長史已經派快馬送給蘇書記看過了。他當年曾經奉漢王的命，專門拜見過二皇子，絕沒有認錯人的道理！」

「這……」錢弘毅語塞。其他原本準備勸韓璞不要冒險的將領和幕僚，也立刻三緘其口。

郭允明本人，曾經做過漢王劉知遠貼身小廝。雖然此刻職位不算高，卻能直達天聽，尋常人輕易不敢得罪。而他口中的蘇書記，則是漢王劉知遠私聘的掌書記官蘇逢吉，心腹中的心腹。以往很多時候漢王殿下不方便出面做的一些污穢之事，通常都由此人出面代勞。注一七

如果是蘇逢吉認定了小肥是二皇子，恐怕不是也得是了。當年項梁所立的楚義帝也同樣來自民間，可是誰又敢懷疑他不是懷王之後？反正不過找個傀儡來實行「挾天子而令諸侯」之策而已，真的假的又有多大區別？

「好了，今天的事情，誰也不要說出去。小孩子麼，突遭大難，難免會疑神疑鬼，不肯再承認自己的真實身份。只要他日後慢慢確定咱們大晉忠貞不二，自然會對咱們敞開心扉。可要聽了小孩的幾句胡言亂語，就在四下裡借題發揮，壞了主公的大事。過後就別怪韓將軍與在下不講情面了！」見大夥都知趣地選擇了沉默，郭允明晃了晃鵝毛扇子，意味深長地補充。

「長史大人說得是！」

注一七、掌書記，類似於現在的第一秘書。古代節度使一級官員的私聘幕僚。雖然沒什麼品級，但權力極大。前途通常也不可限量。詩人高適就曾經在哥舒翰帳下，任掌書記。

「末將明白！」

「小孩子的話，怎能當真！況且普通人家，怎麼可能養出這等福相的人物來！」

……

眾人被他說得脊背發涼，趕緊接連表態。咬定牙關認為小肥就是失蹤多時的二皇子，無論他自己是否認帳！

「那就下去休息吧！注意約束好隊伍，別出亂子。仗雖然打完了，可為將者，任何時候都不能掉以輕心！」郭允明淡淡地笑了笑，吩咐眾人自行離開。

最後的這個舉動明顯越權，但是武英軍都指揮使韓璞卻絲毫不介意。親自走到軍帳門口，目送大夥離開，然後四下看了看，輕輕發出一聲長嘆，「唉——！」

「將軍不必懊惱，一個十五、六歲娃娃，翻不起什麼風浪來！」郭允明聽見他的嘆息聲中帶著幾分抑鬱，笑了笑，小聲安慰。

「今天之事，讓長史操心了！」韓璞笑了笑，言不由衷地拱手。「韓某忘了，他曾經被人打傻過，不可以常理度之。差一點兒就被他弄得焦頭爛額！唉——！好歹長史應對得當，才險些沒弄出禍事！」

「你，他明明不是鄭王殿下！你們，你們怎麼還要非逼著他承認？你們，你們怎麼能蓄意欺騙漢王，欺騙全天下的人？」一個憤怒的聲音，忽然從背後響起，將二人同時嚇了一哆嗦。

韓璞立刻手握腰間刀柄迅速過頭，這才發現，自家兒子韓重贇居然沒有跟隨其他武將一道離開。立刻勃然大怒，飛起一腳，將對方狠狠踹翻於地。

「你個蠢貨，莫非你腦袋也被鐵鐧砸爛過，居然比傻子還傻？你老子我不過是個小小的都指揮使，有什麼資格去欺騙漢王！況且那肥頭大耳的傢伙滿臉富貴相，誰又能確定他不是二皇子？」

一邊用罵，他一邊繼續用大腳朝著自家兒子的屁股上狠踢，真的是恨鐵不成鋼。長史郭允明在旁邊，當然不能視而不見。心中默默數了十來下，然後果斷出手制止，「韓將軍，韓將軍，少將軍不過是個孩子而已，你又何必跟他一般見識？行了，別再踢了，再踢就要落下內傷了，俗語云，虎毒尚不食子！」

韓璞打兒子，有一半因素是做給外人看。聽郭允明說得「懇切」，便氣喘吁吁地將半空中的大腳收回來，咬牙切齒地道：「什麼虎毒不食子？我可沒這麼蠢的兒子，居然想置老子一個欺君之罪。老子欺君，他又能落個什麼好下場？就為了一個剛剛認識了沒幾天的傻子，就連親生父母都不要了。這種兒子，留著何用？還不如直接打死了餵狗！」

說到恨處，乾脆直接抽出了佩刀。郭允明雖然是文人，此刻反應卻頗快。立刻張開雙臂，將其右胳膊抱得緊緊。「哎呀呀！韓將軍，你，你這是要幹什麼？你，你這不是逼著郭某要插手你的家務事嗎？少將軍他有什麼錯？能為了主公考慮，直言諫父，乃是孤忠。能力阻父輩之過，不屈不撓，乃是大孝。能為友仗義執言，乃為……」

「行了，你再說，他就把忠孝仁義都占全了！」韓璞假惺惺地掙了幾下，沒有掙脫郭允明的掌控，只好氣哼哼地還刀入鞘。然而看到抱著腦袋躺在地上一聲不吭的兒子，氣兒又不打一處來，「滾，滾下去閉門思過。今天要不是看在你郭叔父顏面，老子就揭了你的皮！」

「謝阿爺教訓之恩！」韓重贇梗著脖子爬起來，給自家父親行了個禮，轉身便走。從始至終，沒有一句求饒的話，也不肯承認自己犯了錯。

韓璞氣得握著刀柄作勢欲追，卻被郭允明擋住了去路。「行了，韓將軍，小孩子麼，難免會把事情想得太簡單。你硬逼著他認錯，他心裡也未必服氣。倒不如今後找時間慢慢開解。」

「氣死我了！」韓璞惡狠狠地跺腳。終究，沒有真的追上去，從背後將自家兒子一刀砍倒。

看到他氣急敗壞的模樣，郭允明搖頭而笑，「行了，多大個事兒啊，況且剛才這裡也沒外人？要我說，他這仁厚的性情，卻也是十分難得！無論日後出將，還是入相，都必然富貴久長！」

韓璞聽了，心裡的火氣，頓時滅了七七八八。嘴巴上卻依舊惡狠狠地道：「富貴個屁！能守住老子給他打下的一畝三分地兒，就燒高香了！這兔崽子，從小到大就缺心眼兒。將來如果有機會，還請郭長史別忘了替韓某多教訓他才是！」

「那是當然，自家晚輩，咱們當然要多看顧一二！」郭允明甚會做人，立刻滿口子答應。又說了幾句安慰對方的話，他最終還是把重點轉回了小肥身上。「經此之戰，那趙延壽恐怕很難再仗著契丹人的勢，狐假虎威了。只要他被解除了兵權，接下來，主公要對付的，便會是契丹八部精銳。所以，你我得儘快把二皇子送到太原去，以便主公出師之時，可以號令群雄追隨。而不是自己孤軍奮戰，卻讓那符家、高家和李某人，坐收漁翁之利！」

「此事韓某醒得！」韓樸拱了下手，做虛心受教狀。「韓某在開戰之前，已經從忠義人家借來了馬車。只要長史大人對那小子調教出了結果，就立刻可以將其送走！」

「不必。你準備好馬車，再調一隊騎兵護送。我帶著他明天一早就走！」郭允明擺了擺扇子，低聲決定。

「可萬一他在漢王面前，依舊滿嘴胡柴，死不承認自己的真實身份怎麼辦？豈不是連累你我都吃瓜落！」沒想到對方走得居然如此急，韓璞不由得微微一楞，遲疑著提醒。

「郭某會在路上好好開導他！」郭允明咬了咬牙，皮笑肉不笑地補充。「況且有可能是二皇子的人，也不只是他一個。如果他實在不知好歹，蘇書記自有辦法，讓他從世間消失，不會留任何痕跡！」

這兩個人做事都非常幹練，第二天清早，搶在大部分將士都沒起床之前，就把小肥藏在一輛寬大的雙挽馬車中，悄悄出了軍營。

至於昨天傍晚才臨時從附近「良善之家」借來的美貌婢女們，則被韓璞勒令繼續留在「二皇子」的寢帳裡，陪著一個稻草紮成的假人兒度日如年。

後晉第二任皇帝石重貴，言行舉止雖然都跟「明君」兩個字沾不上邊兒，但他在位那幾年裡，卻頗為重視道路橋梁的建設，徵調民壯大肆重修加固了晚唐以來從沒有官府照管的馳道。所以，裝載著小肥的馬車走得頗為順利，只用了一個多時辰，就跑出了六十餘里，把戰場和軍營遠遠甩在了身後。

來自身下的起伏顛簸，令少年人緩緩恢復了清醒。悄悄地將眼睛睜開一條縫隙，他看見自己被關在一個寬大的房間中。有排手臂粗的欄杆，將房間從中央一分為二。欄杆的另外一側，則擺放著一張頗為古雅的矮几。有一位身穿月白色長衫的讀書人，跪坐在矮几旁，手裡捧著一卷書，正讀得津津有味兒！

「這房子怎麼會動？那個人是誰？他為什麼要把我給關起來？」悄悄地活動了一下手腕和小腿，他在心中默默詢問。

如潮的記憶接踵而來，令他的腦袋又是一陣刺痛。想起來了，他非常順利地就想起來了昨天下午和晚上陸續發生的事情。因為不肯聽從韓璞等人的安排，他先被一個姓郭的王八蛋用言語吸引開了注意力，隨即被大當家吳若甫出手打暈。當第一次醒來，時間就已經到了傍晚。

然後他起身試圖逃走，卻又被幾個美貌的婢女死死抱住了大腿。正當他猶豫這種情況下，自己該不該動手打女人之時，又是姓郭的王八蛋帶著一大票侍衛衝了進來，將他按在了床上，不由分說灌了一碗又黑又苦的藥汁！

緊跟著他就失去了知覺，一直昏睡到現在。而那個姓郭的王八蛋，此刻就坐在他對面的矮几後，悠哉悠哉地捧卷而讀。

「不行，我得想辦法逃走。否則，肯定落不到好下場！」又側著耳朵聽了聽外邊的動靜，寧彥章暗自下定決心。

手腳腳上沒有繩索和鐐銬，移動的房屋應該是輛馬車。車廂外依稀有馬蹄聲，但不是非常密集，這說明押送自己的騎兵數量不會太多。而根據偶爾透過馬蹄聲傳進來的水聲和鳥鳴，此地距離黃河應該不太遠了。只要找到機會逃到車外，然後衝到黃河邊縱身一躍，以自己的水性，估計有一半兒以上把握逃離生天。

「行了，醒了就起來吧！殿下，少壯不努力，老大徒傷悲！」正在腦海裡緊張地推演著逃命大計之時，耳畔卻傳來了王八蛋讀書人低低的提醒。充滿了善意，卻將他的所有思路一劈兩段。

「我不是殿下！你認錯人了！」寧彥章翻身坐起，大聲否認。「我也不會任由你們擺布，你趁早死了這條心！」

「殿下這又是何苦？」王八蛋讀書人笑了笑，掩上書卷，信手擺在矮几一角。然後，緩緩站起身，隔著柵欄朝寧彥章做了一個長揖，「咱們兩個再認識一下！微臣郭允明，小字寶十。祖籍河東。請教壯士，您既然不是鄭王殿下，敢問尊姓大名？祖上仙居何處？」

「這——？」一陣倦意再度襲來，令寧彥章眼前發黑，額角處的大筋突突亂跳。我既然不是二皇子，我到底是誰？姓什麼，叫什麼？從哪裡來，家住什麼地方？父母又是誰？

這些問題，當初他曾經被五當家李鐵拐逼著回憶了無數次，但是每一次都找不到確切答案。記憶裡，某一個段落竟然完全是空白的，比大雪天的地面還要白，沒有留下任何作為人類的痕跡！

「看看，你既然連自己是誰都不知道，又怎麼能證明你不是鄭王殿下？」早就將寧彥章的反應預料於心，郭允明攤開手，帶著幾分無奈補充。

「我不是，肯定不是！」寧彥章拚命將自己的眼睛挪開，不肯繼續與郭允明的目光相對。此人會妖法，每次自己的眼神與他的眼神發生接觸，就不知不覺地想順著他的口風去說。而萬一自己承認了第一次，保證以後就徹底由其擺布。

「光否認沒用，你總是爹娘生出來的吧？總得有個名姓吧？那你告訴我，你姓什麼叫什麼？」郭允明不疾不徐，用非常柔和，且充滿誘惑的嗓音繼續追問。

好像看到了一株曼陀羅花，在自己眼前緩緩綻放。美艷、妖嬈、且散發著濃烈的香味，令人忍不住就要伸出手去，將它摘下來，死死抱進懷裡。寧彥章的右胳膊抬了起來，懸在半空，五指開開合合，「我，我肯定是爹娘生出來的。我有名姓。我，我姓石，家住……」

不對！一股清涼的微風，忽然湧入腦海，將曼陀羅的香味驅趕得無影無蹤。

「你想不起自己是誰不要緊，原來姓什麼，爹娘是誰也不重要，重要的是，你別忘了要努力活得好，努力做個頂天立地的英雄好漢！」二當家寧采臣的話在他耳畔響起，令他的眼神快速恢復清明。

曼陀羅花瞬間凋零，所有美艷與妖嬈都消失不見。此刻讓他看得最清楚的，是幾根手臂粗的鐵柵欄，將他關在華麗的屋子中，如同養在籠子裡的金翅鳥。

「你會妖術！」將半空中的手臂果斷收回，寧彥章大聲叫嚷！「剛才說的不算，你控制了我，你用妖術控制了我。我姓寧，叫寧彥章。是瓦崗二當家寧采臣的兒子。至於什麼狗屁二皇子，與我半點兒關係都沒有！」

「是嗎？」眼睜睜地看著自己再一次功敗垂成，郭允明這回卻沒有惱羞成怒。笑了笑，非常從容地轉身，回到矮几旁。彎腰撿起一卷畫軸，又邁著四方步走了回來。「拿著，你看看畫上的人是誰？別怕，我不會妖術。畫上也沒抹毒藥！等你看完畫，就可明白我並非故意逼你！」

「誰？」寧彥章遲疑著接過畫軸，展開觀瞧。

透過從車窗處滲進來的日光，他看見一名騎著高頭大馬的將軍，全身金盔金甲，在萬眾簇擁下，宛若一個下凡的天神。

很顯然，畫師在拍馬屁，故意通過某種技巧，將此人襯托得極為英武不凡。不過單純從畫工上講，動筆者已經到達了大師水準。只是用了簡單的幾個線條，就勾勒出了金甲將軍的凱旋歸來，萬眾景仰的場景。並且五官的形態，都極為傳神，彷彿有一個真人的靈魂就藏在畫裡邊，隨時都可能從紙上走下來。

那個畫中人眉毛很濃，鼻子稍微有點扁，卻與瓜子臉配合得恰到好處。雖然瓜子臉長在男人身上，略顯柔媚有餘。但再配合上虎背熊腰的身材和孔武有力的手臂，竟然在高大威猛之外，給人一種別樣的親切之感。讓人不知不覺間就想跟他成為朋友，或者同僚，而不是僅僅當作一名將軍來追隨。

「看清楚了嗎？他是誰？」郭允明在不搖晃他那把掉了毛的羽扇之時，看起來反倒多出了幾分讀書人特有的從容灑脫，站在少年人的身側，笑著詢問。

「不認識，但是……」寧彥章緩緩搖頭，說話的語氣中卻充滿了遲疑。除了親切之外，畫中人還給了他一種非常熟悉的感覺。彷彿在哪裡曾經見過，並且見過很多次，彼此之間的關係非常近，近到幾乎是血脈相連。

猛然間心臟打了個哆嗦，合上畫卷，他抬起頭在車廂中四下尋找。濃濃的眉毛在略扁的鼻子上方緊皺成團。

「我這裡有！」郭允明非常及時地，從衣袖裡掏出一面銅鏡，從兩個欄桿的縫隙之間遞了過去。

「啊——！」寧彥章發出一聲低低的驚呼，劈手奪過鏡子，目光徹底僵直。在光潔的銅鏡表面，他看到一個略扁的鼻子和一雙濃黑的眉毛。雖然因為肥胖而稍顯走形，但瓜子臉輪廓卻依舊在，只要瘦下來就會變得分明。

「噹啷！」手中銅鏡子掉到了地上。他又迅速展開畫軸，目光從紙上一寸寸掃過。在畫軸的一角，他看到了幾排細小的文字，「鄭王討安重進凱旋圖，臣閻子明奉旨作畫為記，天福六年十一月丁丑。」注一八

「不——！」緩緩蹲下身體，抱住腦袋，少年小肥從靈魂深處和嘴裡，同時發出悲鳴。

鄭王就是被契丹人掠走的皇帝石重貴，這點兒，通過近一段時間的反覆折騰，他已經知道得非常清楚。天福六年，則是兒皇帝石敬瑭的年號，經過前一段時間的惡補，他也弄得非常明白。鄭王石重貴的眉眼和他長得非常相近，他，他不是石延寶，又能是誰？

「怎麼樣，殿下，您想起來了嗎？」郭允明的聲音再度從兩根鐵欄杆夾縫之間傳來，宛若成片的曼陀羅，在黑夜裡散發著誘惑的花香。注一九

「我……？」小肥蹲在地上，痛苦地掙扎。

他是二皇子，被契丹人掠走的那個皇帝石重貴的小兒子！失落於民間的兩個皇子之一。也極有可能是唯一的活著的那個。

只要他點點頭，他就會成為大晉國的唯一繼承人，進而坐擁如畫江山。

儘管這個皇位有些名不符實，注定要受漢王劉知遠的操縱。可他並不是沒有機會奪回權柄。據他這些日子所瞭解，眼下除了漢王劉知遠以外，好像還有其他四、五家節度使手握重兵。如果應對策略得當，他完全有可能坐山觀虎鬥！

擺在眼前的誘惑是如此之甘美，令他很難鼓起勇氣去拒絕。然而，腦海裡卻有股鑽心的痛楚，一波接一波襲來，一波波地提醒著他，二皇子與他半點兒關係都沒有！

他不是鳳子龍孫，絕對不是。雖然他跟畫上的人長得很像，但除了長相之外，其他方面，他跟石家一點兒都對不上號！

「微臣不僅僅是漢王的臣子，更是大晉的臣子。聖主陛下當年曾經對微臣有活命之恩，微臣，微臣沒力氣為陛下阻擋契丹鐵蹄，卻願意以一腔熱血薦於太子您！」郭允明忽然撩開長袍，雙膝跪倒，朝著小肥深深俯首。

「你……？」小肥抬頭，呆呆地看著他勻稱的身材和包裹在幘頭下一絲不苟的黑髮。石重貴對姓郭的有什麼舊恩？他記憶裡根本找不到任何痕跡。但以他對郭允明的認識，如果得到此人暗中相助，將來從劉

注一八、石敬瑭之所以傳位給石重貴，除了自己的親生兒子年幼之外，很大原因就是石重貴曾經展露過一些軍事才華。但是他卻沒想到，正是因為過分相信自己的軍事才華，石重貴才果斷拒絕了繼續當孫皇帝，最終戰敗，被契丹人俘虜，國破家亡。

注一九、曼陀羅花，紅花曼陀羅，一種觀賞植物。也可以用於提煉麻醉劑，歷史上蒙汗藥的主要成分，據說便是此物。

知遠手裡奪回權柄的勝算會增加一倍！[注二〇]

「微臣可以對天發誓！」見小肥似乎已經心動，郭允明又磕了個頭，迅速舉起右掌，「神明在上，郭允明今日在此立誓，此生必以赤心輔佐吾主，如有……」。

「轟隆——！」外邊忽然傳來一聲巨響，緊跟著，馬車猛地煞住。將他和小肥兩個人，同時摔成了滾地葫蘆。

「救駕！」

「救駕——！」

「殿下勿慌，末將前來救您了！」

……

田野裡，吶喊聲宛若海潮。很快，便有羽箭射在了車廂上，急促如雨打芭蕉。

「該死！」郭允明咬著牙爬了起身，從矮几下抽出一把橫刀，「殿下勿慌，只要微臣一口氣在，就沒人能傷得到您！」

說罷，一縱身，以與儒生形象極不相稱的靈活，跳出了馬車之外。隨即，又用胳膊肘用力一碰，乾淨俐落地將車門從外邊扣緊！

「哎！哎——！我，我還在鐵籠子裡頭關著呢！」小肥爬起來試圖出門查看一番，外邊來的到底是些什麼人。卻被冰冷的鐵欄杆擋在了後半截車廂裡。

郭允明的聲音緊跟著從外邊傳來，帶著骰子如假包換的老辣，「郭方，你帶著兩個夥的弟兄去前面衝開道路！韓鵬，你帶領兩個夥的弟兄，側面迂迴過去，抄對手的後路。李文豐、王修武，你們兩個帶領麾下弟兄跟著我，去稱稱來犯之敵的斤兩。其他人，留在這兒一起，把馬車圍起來，不給任何賊子可乘之機！」

「唉！」知道沒人再顧得上自己，小肥長長地嘆了口氣，再度將目光落在銅鏡和畫卷上。

像，越是比較，他發現自己跟畫上的鄭王越像。簡直就是一個模子拓出來的，也許至少稍稍變瘦一點，就會難分彼此。

我是二皇子，大晉國的二皇子！父母被契丹人掠去了塞外，受盡非人折磨。我一定要臥薪嘗膽，早日重振國威，親自帶兵把他們接回來！

想到這兒，他就覺得一腔熱血都往頭頂上湧。真恨不得立刻衝出馬車，與郭允明等人並肩作戰。然而，冰冷的鐵欄杆卻毫不客氣地提醒他，只要他不肯承認自己的皇子身份，就依舊是個囚徒，誰都不是他的臣民！

「放我出去，放我出去，我想起來了。我想起來了，我是二皇子，我是鄭王，鄭州刺史！」雙手握住欄桿，他奮力拉扯，同時扯開嗓子高喊。

卻沒有人進來響應，車廂外，喊殺聲震耳欲聾。很明顯，攻守雙方正殺得難解難分。

「別打了，你們不是要救駕嗎？孤是鄭王，孤命令你們都住手，全都住手！孤以鄭王身份命令你們罷手言和！」突然想起來襲者先前所報出的目的，小肥繼續大喊大叫。

既然雙方都想為他效力，他就勉為其難接受便是。反正債多不愁，給一個人當傀儡是當傀儡，跟一幫人當傀儡還是當傀儡，對傀儡本身其實沒什麼差別。

彷彿聽見了他最後一句話，馬車門忽然被人從外邊用力拉開。一個滿臉絡腮鬍子的壯漢，縱身跳了進來。「殿下，快跟我走。侍衛親軍左廂第二軍第四指揮使馮莫救駕來遲，還請殿下恕罪！」

說罷，舉起手中鋼刀，在鐵柵欄上劈出一串火星，「噹啷啷啷啷……」

「你，你既然是前來救駕，為什麼會跟郭允明的人自相殘殺？趕快住手，出去替我，替孤傳口諭。就說孤叫你們都別打了，雙方一起保護孤去太原！」很不習慣自己的新身份，小肥向後退開兩步，硬著頭皮吩咐。

注二〇、幘頭：蓋在頭上的方巾。宋初時的常見打扮。富貴子弟居家不外出時，也會用一個方巾繫住頭髮，既方便，又顯得隨意灑脫。

「殿下，劉知遠老賊沒安好心！你不能去他那邊。」絡腮鬍子馮莫根本不肯聽從他的命令，繼續舉著鋼刀朝鐵柵欄亂砍亂剁。

「劉知遠安的什麼心思，那是我，那是孤的事情。你立刻給我停手！別砍了，砍開了我，孤也不肯跟你走。孤根本不認識你，憑什麼相信你安的不是跟別人一樣的心思？」小肥氣得直跺腳，扯開嗓子，大聲咆哮。

「你……」壯漢聞言抬頭，楞楞地看著他，滿臉失望。「殿下，殿下你說什麼？你不相信末將？你為何不相信末將？末將，末將是皇后的族人，末將在你六歲的時候就抱過你，你全忘了嗎？」

「啊！」小肥大驚失色，詫異聲音脫口而出。

對方居然抱過他，知道他小時候的模樣。但是為什麼自己會覺得根本就沒見過此人？甚至記憶裡連一絲相關的內容都找不到？

正準備再多問幾句，核實一下雙方的身份。耳畔又傳來了一聲大喊：「殿下勿慌，微臣回來了！賊子，休得傷害我主！」

話音未落，郭允明已經如同隻鷂子般跳入馬車。隔著鐵柵欄，跟絡腮鬍子馮莫兩個戰作一團。刀來刀往，各不相讓。

「住手，趕緊住手！他也是來救駕的。我，孤命令你們兩個住手！」小肥向前衝了幾步，將身體貼在囚禁自己的鐵柵欄上大叫。

還是沒人聽他的命令。郭允明與馮莫兩個如有著百世之仇一般，刀刀直奔對手要害。很快，便有鮮血飛濺起來，將地上的軸畫染了個通紅。

「你們兩個到底要幹什麼？」小肥又是氣，又是急，彎腰將軸畫撿起，拿著衣袖擦拭血跡。哪裡還來得及？紅色的血漿轉眼就把墨跡沖散，將人像的面孔染得一片模糊。

「你毀了我父親的畫像！」失去親人的痛苦，迅速占據了他的身體。讓他瞬間失去全部理智，指著絡腮鬍子馮莫和白衣郭允明大聲斥責，「你既然是他的侍衛，為什麼對他毫無敬意。還有你，剛剛說過要對我效忠，卻將我的命令置若罔聞！」

還是沒人搭理他，馮莫斷了一隻左臂，卻越戰越勇。郭允明的襆頭被砍掉了一半，劈頭散髮，狀若瘋魔。很快，車廂內又閃起了第三和第四道刀光，兩名身穿鐵甲的都頭相繼跳入，與郭允明一道，將馮莫砍翻在地，一刀切斷喉嚨！

「殿下勿怪！」郭允明騰出右手，在馮莫的屍體上來回摸索，「此人早已投靠了契丹，身上肯定有契丹人的腰牌！」

然而摸索了半晌，他卻空著手站了起來。尷尬地笑了笑，低聲罵道：「這狗賊，可真是奸猾！居然一點痕跡都不肯留。李文豐、王修武，你們兩個去審理俘虜，半個時辰之內，務必把他們的嘴巴撬開，問清楚幕後主使者是誰！」

「是！」兩名都頭躬身施禮，拎著血淋淋的橫刀跳下了馬車。

「進來幾個人，清掃車廂！」郭允明避開小肥狐疑的目光，將自己半截身體探出車廂外，繼續發號施令。

幾名兵卒拎著從屍體上扒下來的衣服趕到，彎下腰，賣力地擦拭。不一會兒，就將車廂內收拾得乾乾淨淨，除了血腥氣依舊有些濃烈之外，再也沒留下任何廝殺的痕跡。

都頭李文豐這時也有了收穫，拿著塊寫著血書的白布快速返回。先朝著郭允明行了個禮，然後壓低了聲音彙報：「啟稟長史，有幾個俘虜招認，他們是祁國公的手下！」

「這頭老狼鼻子可真尖！我先帶著殿下啟程，你找其他人再仔細核實一遍口供。核實過後……」果斷揮了下手，他給出了對方足夠的暗示。

「遵命！」李文豐拱手躬身，然後快步離開。

郭允明則繼續指揮著手下的騎兵們，整頓隊伍，包紮彩號。待馬車重新轔轔開動之後，才用力關好到了車門。

回到鐵柵欄，他向著小肥躬身施禮，「殿下恕罪，事關您的安危，微臣不敢有絲毫馬虎。剛才的彙報您估計也聽見了，對方是祁國公的人。不知道從哪裡打聽到了關於您的消息，特地追了過來，想劫持了您去許州！」

「祁國公，祁國公是誰？」小肥聽得似懂非懂，頂著滿腦袋的霧水詢問。

「你，殿下居然不知道誰是祁國公！」郭允明也被小肥所提的問題嚇了一跳，楞了半晌，才苦笑著說道：「是微臣之過，微臣竟然忘了，殿下曾經受過傷！」

「我好像隱隱聽說過這個官爵，卻跟真人對不上號！」小肥指著自己的腦袋笑了笑，尷尬地搔頭。

「殿下勿怪！請容微臣慢慢說給你聽！」郭允明沒辦法，只能暫時當一回老師，將對手的來龍去脈詳細介紹，「祁國公就是許州節度使符彥卿！當初狗賊杜重威率部投敵，滹水失守。聖主下旨調他和高行周率部入衛汴梁，他卻與高賊一道，半路向契丹人遞了降書！如今見契丹人馬上就要撐不下去了，才又跳出來做忠臣義士狀！」

「哦，原來如此！」小肥聽了，心中立刻對符彥卿失去了好感，連帶著，對剛剛在自己面前被殺掉的馮莫，也再無半點同情。只是看看懷裡已經被血水潤得模糊不清的畫像，覺得好生惋惜。

「殿下不要難過，漢王府內，應該還有聖主的其他畫像。」不願讓他為了一幅畫而委靡不振，郭允明低聲寬慰。「等奪回了汴梁，皇宮當中，也肯定還有聖主和已故聖后留下的許多遺物！殿下可以專門開一處宮殿收將起來，以備隨時追思！」

「噢——！」小肥依舊覺得難過，心不在焉地點頭。但是很快，他就又楞了楞，拋出了第二個古怪問題，「已故聖后，你剛才說，我娘親，我娘親已經沒了？是誰害死了她，告訴我，趕緊告訴我，我一定給她報仇！」注二二

「殿下，殿下，殿下不要急！」郭允明再度被弄得哭笑不得，擺著手解釋，「殿下的生母出身名門，乃憲、德二州刺史張公之女。性情賢淑，只可惜天不假年。因病薨於天福初，當時聖主還未曾登基。」

「啊！這，這……」小肥楞了楞，面紅過耳。

即便真的是二皇子，他依舊有很多功夫需要下。否則，在大晉朝的一干老臣面前，非被視為冒名頂替者不可。

好在郭允明早就從吳若甫嘴裡，得知他曾經因頭部受傷而留下了隱疾，提前做足了準備。先是給了他一個安撫的笑容，然後走回矮几旁，從下面摸出一卷書冊。雙手捧著遞將過來，「此處距離太原還有小半個月的路程。殿下如果有空，不妨對著這卷宗譜仔細回憶一番。裡邊抄錄的是本朝皇家眾位聖人的名諱，殿下看了，估計有助於儘快恢復記憶！」

「啊，多謝！」小肥如獲至寶，隔著鐵柵欄取過書冊，快速翻動。

書冊最表面幾頁，也幾乎被人血潤透，但字跡筆劃卻清晰如故。只是上面的文字內容頗為複雜，句讀難度也遠遠超過了他的學識。

皺緊眉頭，一邊小心翼翼地擦拭掉書冊最表面幾頁上的血污，他一邊努力瀏覽，試圖不依靠任何人，就讀懂自家的族譜。

這個動作，卻引起了郭允明的誤會，趕緊陪著笑臉，低聲解釋：「無妨，那些血跡，乾掉就沒問題了。這本皇家宗譜，是聖主即位後，特地著有司謄抄留檔的。去年汴梁被破時，才輾轉流入微臣之手。經過了這麼多年，上面的文字早已成了老墨，即便被血水潤透了，也不會模糊！」

「噢——！」小肥第二次心不在焉地回應。眼角的餘光，卻不小心落在了懷中的畫卷上。勾勒出人像的

注二一、石重貴的兩個皇后，一個是結髮妻子，姓張，很早亡故。他做了皇帝後，追封亡妻為后。第二任妻子姓馮，跟他一起被契丹人掠走，最後不知所終。

墨跡散得更厲害了，幾乎與血跡融為了一體，很難再分清楚彼此誰先誰後。

馬車裡的氣氛，瞬間變得無比尷尬。郭允明臉色微紅，緩緩退開一定距離，以防某個傻子暴起傷人。

「這幅畫，是郭長史昨夜親手所作吧，真的是好筆法！」小肥放下大晉皇家的族譜，拳頭握得咯咯作響。被鐵欄杆擋住，他無法碰到郭允明半根寒毛，目光卻如同兩把橫刀，將對方的謊言戳得百孔千瘡。

「不過，恐怕要讓你失望了！我突然想起來了！我姓寧，就叫寧彥章！」

「你最好想清楚了再說話！」饒是臉皮厚如城牆，郭允明也被刺激得惱羞成怒，手按刀柄，厲聲威脅。

「不要一再試圖挑戰我的忍耐限度，否則，早晚有你後悔的時候！」

「是嗎？那我拭目以待！」寧彥章毫無畏懼地抬起頭，目光與他的目光在半空中反覆撞擊。隱隱間，宛若有火花四濺。

就在幾個呼吸之前，少年人幾乎真的相信了自己就是失踪的二皇子，大晉皇帝的嫡傳血脈。真的身上背負著重整河山，驅逐契丹的使命。真的需要臥薪嘗膽，以圖將來能帶兵殺入草原，接回父母和其他族親。

然而，畫卷上的一個細微破綻，卻令他剛剛用幻想編織出來的骨肉親情，瞬間摔了個粉碎。

這種被當作傻子耍的痛苦，絲毫不比幾個月前腦袋上挨的那一鐵鐗弱多少，令他全身上下，每一根骨頭，每一寸肌肉都在戰慄。

飽含著屈辱與憤怒的目光，令郭允明的頭皮一陣陣發麻。很快，此人就敗下陣來，怒氣沖沖地將頭轉向了車窗之外，「來人，把剛才審問俘虜的刑具再整治兩套進來，二皇子殿下想瞧瞧新鮮！」

「是！」窗外的親信們大聲答應著，策馬跑遠。不一會兒，幾套用樹幹、樹枝、皮索、葛布和鐵釘組成的新鮮玩意兒，就從門口送入了車廂。

「看到沒！」用腳踢了踢幾根帶著樹皮的木棍，郭允明笑嘻嘻地發狠，「這東西叫做夾棍，一會就夾在你的大腿上，然後用力絞旁邊幾條皮弦。然後再拿起這根粗的……」

頓了頓，他用腳挑起一根碗口粗的主幹，目光在對方小腿下方來回梭巡，彷彿一名屠戶在挑選最佳下刀位置，「再用它，狠狠敲你的腳踝骨。一邊夾，一邊敲，那滋味，嘖嘖，保管你一輩子都忘不了！」

說著話，他閉上眼睛，白淨的面孔上，居然寫滿了陶醉之色。

「你儘管來！」被對方魔鬼般的神色嚇得心裡直打哆嗦，寧彥章卻咬緊牙關不肯退縮，「大不了把這條命交給你。我就不信，這世上還有什麼事情比死還難！」

「年輕人，別想得那麼簡單。一會兒你就會明白，其實這世上比死還痛苦的事情多得是！」郭允明撇了撇嘴，繼續笑嘻嘻地補充，「你先別著急享受，聽我一件件介紹給你看。看看這個，很簡單吧？就是幾根釘子而已。一會兒，我要讓人按著你的手指，然後一根根，順著你的指甲縫隙砸進去。嘖嘖……」

又是一陣倒吸口水聲，他彷彿即將享受什麼山珍海味般興奮。

寧彥章聽得頭皮直發乍，卻不想被此人看出自己心中的恐慌。乾脆閉緊嘴巴，不發一言。

郭允明抓著釘子擺弄了一番，隨手將其放在了矮几的一角。隨即，又彎腰從地上撿起那幾片葛布，興高采烈的炫耀。「這個，看著簡單吧，不過是幾片弄濕了的破布而已。可偏門當中，卻給它取了一個好聽的名字，叫做『死不了』！等會兒，你受刑的時候，我就拿他往你臉上一蓋。你越是疼得想用力喘息，越是透不過氣來。用不了多久，你就恨不得自己立刻死掉。可是，你偏偏是求生不得，求死不能！」

「還有這個，這個叫『癢癢撓』。你看見這上面的九根釘子沒有？其實非常講究！剛好可以放在你脊梁骨上，中間一根，左右各四。然後用力往下一拉，嘖嘖，嘖嘖……」

「這個，叫做『心裡美』。用法是，先拿上下這兩片木頭，夾住你的腳掌。然後中間這根釘子，就可以用小錘一下下敲進腳心裡頭去。嘖嘖，嘖嘖，那滋味啊……」

「夠了！」寧彥章再也堅持不下去，抬起腳，用力踹囚禁自己的鐵欄杆。「姓郭的，你有種現在就殺了我！一門心思折磨人，算什麼英雄好漢！」

「怕了？」郭允明的臉上，立刻浮現了勝利的笑容，「我也說麼，這些東西，即便是江湖悍匪，都挺不過三樣去。你一個細皮嫩肉的公子哥，怎麼可能捱得住？怕了，就按照我說的去做。甭管你是不是二皇子石延寶，在抵達太原之前，都把這本石氏宗譜給我背熟。否則，你知道會是什麼結果！」

然而，出乎意料的是，鐵欄杆後的少年，卻遠比他想像中的要倔強。只是用力咬咬牙，就將心中的畏懼全壓了下去。然後，彎腰撿起石氏宗譜，迎面擲了回來。

「你說得沒錯，剛才我的確是怕了！」寧彥章緩緩直起腰，聲音帶著明顯的顫抖，眼神卻無比地堅強，「這些東西，我從來沒見過。也未必能熬得過去。但是，我保證，這輩子都不去做那什麼狗屁二皇子。即便受刑不過，被你逼著做了。到了登基大典那一天，我也會當著全天下人面前將真相公之於眾！」

「你……」郭允明還真沒想到，看似傻乎乎的少年，居然還懂得這一招。頓時被說得呆呆發楞。然而，很快他就又振作起精神，冷笑著搖頭，「你以為，到那時，你說的話，還有人會聽？你腦袋被人用鐵鐧砸破過的事實，漢王會讓全天下的人知曉。然後你再胡鬧，就是隱疾發作，呵呵，看看誰會因為一個傻子發病時說的幾句瘋話，就冒險與漢王開戰！」

這一招，還擊得不可不謂狠辣。

漢王劉知遠此刻需要的，不過是一個大義的名分而已。待其在汴梁站穩了腳跟，邀請群雄前來參加新皇帝的登基大典之時，必然是天下大勢已定。屆時新皇帝說什麼話，做什麼事情，還有誰會關心？

哪怕小肥像當年的漢獻帝那樣，直接傳詔天下，號令群雄為國鋤奸。在彼此實力懸殊的情況下，豪傑們恐怕也得先仔細掂量掂量，然後才敢決定到底做不做劉備和孫權！

如果寧彥章腦袋沒受過傷，思維健全的話，也許此刻他真的就被郭允明給鎮住了，除了哀嘆老天爺不公之外，再也想不出其他辦法。然而，很可惜，寧彥章剛剛傷癒沒多久，思維方式與別人大相徑庭。看問題往往僅僅針對一個點，不及其餘。

只見少年人緊皺眉頭，苦苦思量了半晌。然後忽然看向了郭允明，展顏而笑，「是啊，為了一個傀儡的幾句瘋話，就跟漢王開戰，的確太不值得。可如果我突然發怒，要漢王處置某個小吏呢？你說漢王是會冒著我把真相公布於眾的險，保護你這個家奴呢？還是先把你給推出去宰了，對我以示安撫呢？哈！到那時我還真會感謝你，感謝你讓我過了一把皇帝癮！」

「你，你這小子，心腸也忒歹毒！」郭允明打了個冷戰，破口大罵。

「彼此彼此！」寧彥章笑著聳肩，轉過身，施施然走向床榻。

「站住，不准睡覺！來人——！」郭允明狠狠踢了夾棍一腳，本能地就想喊親信入內，對少年人大刑伺候。然而，又想到少年人剛才咬著牙根兒發出的威脅，終究不敢賭此子會不會兌現。擺擺手，又命令正準備登車的部屬們退了下去。

「你最好想清楚，別連累了無辜的人！」轉身坐回矮几後，他略微調整了一下心態，擰開一皮袋冷水，邊喝，邊緩緩說道。

自打離開劉知遠身邊，外放為官以來，他幾乎是無往不利。非但尋常文官武將，對他的要求百依百順。就連郭威、常思、慕容彥超這等手握重兵的大豪，都會念在他曾貼身伺候過劉知遠的份上，對他高看一眼，很少將他的諫言或者謀劃駁回。

而今天，他卻被一個「傻子」弄了個灰頭土臉。先是辛苦大半夜造的假畫，被此子輕易就給看出了破綻。隨即，酷刑威脅也落了空處，根本沒有勇氣付諸實施。

這讓他感到極為憤怒，甚至還感到了一絲絲屈辱。特別是想到對方還是個「傻子」的事實，那種屈辱的感覺更是百蟻噬心。

所以，他無論如何，也得將對方制服，哪怕是使用一些世間豪傑都很不齒的下流手段。如拿對方的親友和家人的安危相要挾。

然而，這個要挾，卻以比嚴刑拷打更快的速度，倒崩而回。少年小肥先是花費了一點兒時間，才弄明白他這番話裡頭所隱含的真正意思。然後，又像看傻子般看了他幾眼，大聲提醒，「要殃及家人嗎？你莫非忘了，我是別人撿回來的，我自己都不知道我究竟是誰？」

「噗——！」郭允明嘴裡的水，瞬間噴出老遠。旋即，車廂內響起了劇烈的咳嗽聲，「咳咳咳，咳咳咳，咳咳咳，嗯，咳咳……」

好一陣兒，他才終於緩過來一口氣。聲嘶力竭地咆哮：「你是瓦崗寨的人！我找不到你的父母親朋，至少能找到他們！」

「幾個收養我的當家，要麼死了，要麼不知所終。我一直懷疑，是不是你故意殺了他們，以便讓我的來歷死無對證！」他越是氣急敗壞，寧彥章越認為自己正走在一條正確的道路上。笑了笑，繼續緩緩補充，「只剩下了一個大當家吳若甫，而我，卻十有八九是被他賣給了你們。你說說，他的死活，跟我還有什麼關係？」

「至少還有寧采臣，我就不信，你連他的死活都不顧！」郭允明瘋狗入窮巷，終於露出了滿嘴的獠牙，「他可是你的救命恩人！如果不是怕出身辱沒了你，他早就做了你的義父！你怎麼可能眼睜睜地看著他去死！」

「如果我答應了你們去冒充石延寶，他就能活嗎？你們還不是一樣要殺了他滅口？」寧彥章此刻，卻顯露出了與年齡和閱歷都完全不符的冷靜，笑了笑，沉聲反問。

答案是否定的，瓦崗寨中，所有曾經跟小肥接觸過，並且知道他不是石延寶的人，都必須滅口。甚至還包括早已投靠了漢王的大當家吳若甫。在郭允明眼裡，這些人都是隱藏的風險，消滅得越早，就越能避免大禍的發生。

已經被戳穿了一次，他知道自己很難再用假話取信於對方，所以乾脆爽快地承認，「你聽從我的安排，我負責讓寧采臣下半輩子找個沒人知道的地方，活得舒舒服服。如果做不到，至少，我還能讓他死個痛快！」

「姓郭的，如果你敢動他一根寒毛，我發誓，會拿你的全家殉葬。除非你現在就殺了我，否則，你自己等著瞧！」會用親人要挾對手的，不止是郭允明一個。少年小肥現學現賣，奮起反擊。

「你敢——！」郭允明再度長身而起，手掌緊緊握住了刀柄。作為一個折磨過無數犯人，又在戰場上摸爬滾打了多年的老江湖，這一刻，他居然發現自己有些心虛。咬牙切齒半晌，才惡狠狠地丟下了一句，「你先想想自己怎麼活下去，再操別人的心吧！寧采臣的生死，由不得我，更輪不到你來管！從這裡到太原，最多還有二十天。二十天之內，如果你還想不明白，就徹底不用想了。實話對你說，天底下長得像鄭王的，不止是你一個！」

說罷，也不管小肥如何反應。推開車門，一縱而出。

「砰！」厚重的木頭車門從外邊被拴緊，少年小肥被一個人孤零零地丟在了鐵欄杆後。牙齒咬得「咯咯」作響，身體也不由自主地顫抖個不停。

不是怕，而是憤怒。他憤怒這世間，居然還有如此惡毒的人，明明知道自己不是什麼石延寶，還要逼著自己冒充，還要牽連那麼多的無辜。

三當家、四當家和五當家都已經被他們害死了，六、七兩位當家活不見人，死不見屍。二當家則深陷於虎狼之伍，每一刻都有被滅口的風險。這幾位，都是小肥在醒來之後，第一眼見到，也是對他最好的人。然而，他們卻受了他的拖累，一個接一個死於非命！究其原因，僅僅是因為他長得太白淨，太像那個被掠走的窩囊皇帝！

短短兩三天時間內，吳若甫、韓璞、郭允明這些人，一遍遍刷新著他對人性之惡的認識。讓他覺得眼前世界簡直如墨一般黑暗。

在這墨一般的長夜裡，二當家寧采臣的音容笑貌，幾乎成了小肥眼睛能看見的唯一光亮。而現在，連這一絲螢火蟲般的微光，居然也有人試圖撲滅！

「不行，絕對不行。光生氣沒有用！我必須想辦法逃出去，然後找到寧叔，跟他一起，能逃多遠逃多遠！」磨難是人生當中最好的催熟劑！當跳脫憤怒之後，少年人的頭腦反而快速恢復冷靜，快速開始運轉。

欄杆是鐵製的，但是車廂卻是木頭打造。此刻他手裡除了畫軸之外，還有一面青銅做的鏡子。如果想辦法一分為二，就可以當作刀具來將某一根柵欄的底部挖鬆。然後趁著沒人注意，脫困而出。再想辦法制住郭允明，逼他交出兩匹戰馬，振翅高飛……

少年人做事，向來是說作就作。迅速便將巴掌大的青銅鏡子從地板上撿起，寧彥章將鏡子背面的中央位置貼在鐵欄杆上，然後用雙手使勁將鏡子兩側向後猛扳。原以照清楚人影為目標而打造的青銅鏡子，哪裡受得了如此折騰？很快，便彎折成了蝴蝶翅膀的形狀。

寧彥章見狀，心中大喜。立刻又用手抓緊鏡子的邊緣，朝著相反方向掰直。如此反覆折騰了十次，終於，耳畔傳來了「喀嚓」一聲輕響。銅鏡子從中央裂成了兩片。

「成了！」少年人迅速朝車門口看了看，警覺地將其中半片鏡子收起。然後蹲身下去，拿著另外半片朝著靠近車廂邊緣處一根鐵欄杆面對自己的位置，緩慢卻非常用力地下挖。硬木打造的地板，與粗糙的鏡子碎裂邊緣接觸，發出緩慢的摩擦聲，「嗤——」「嗤——」

聲響不是很大聲，卻緊張得令少年頭皮發麻。有一簇木屑，以肉眼可見的速度掉了下來，被粗重的呼吸一吹，轉眼不知去向。

「嗤——」「嗤——」強行壓抑住尖叫的衝動，少年人繼續用破鏡子在同一根鐵欄杆下方內側位置挖掘。就像一隻潛行於地底的蚯蚓，緩慢，卻專一。

更多的碎木屑被挖了下來，像雨後螞蟻洞口的泥土般，緩緩堆成了一小堆。半塊銅鏡子也越來越熱，慢慢開始變得燙手。他輕輕吹了口氣，將木屑吹到了床榻底下某個未知角落。然後將發燙的鏡子藏起，換成另外一半，繼續悄悄地努力，「嗤——」「嗤——」「嗤——」「嗤——」

剛剛挖了三兩下，車廂門處忽然傳來了把手拉動聲。寧彥章被嚇了一哆嗦，立刻將銅鏡子藏入衣袖，側轉身，雙手抱膝，做呆呆發楞狀。

門，被人從外邊拉開，馬車也不知道什麼時候已經停下。郭允明拎著一袋子乾糧，一袋子清水，非常開心地跳了進來。先將乾糧和清水朝著少年人晃了晃，然後陰惻惻地說道：「開飯時間到了，二皇子殿下，微臣伺候您用膳！」

「我跟你說過了，我不是二皇子！」寧彥章不屑地看了他一眼，冷笑著回應。

「這事兒，可由不得你！」郭允明皮笑肉不笑，將乾糧和清水擺在矮几上，大聲強調，「微臣聽人說，不喝水，最多可以活五天。不吃飯，最多可以活十天。但是一直沒機會驗證。從這裡到太原，差不多得大半個月功夫。殿下如果也感興趣的話，不妨跟微臣一起試試！」

「卑鄙！」寧彥章將頭側向床榻，低聲斥罵。然而，肚子裡發出的「咕嚕」聲，卻出賣了他，令他的面孔變得又濕又紅。

現正是長身體的年紀，從昨天下午到現在都水米未沾，他怎麼可能不覺得飢餓難奈。可是，再難奈，他也得忍下去，絕不能向對方低頭。否則，只要有第一次，就會有第二次，直到萬劫不復。

「你說你，何苦呢？」見到少年人倔強的模樣，郭允明不怒反笑。「當皇上有什麼不好？許多人做夢都想當，還沒這個機緣呢！你想想，有大堆的美女陪著你，成堆的綾羅綢緞讓你穿，還有山珍海味，每天換著花樣給你往嘴邊上……」

「夠了！」聽見山珍海味四個字，寧彥章就覺得肚皮貼上了脊梁骨。氣得用力踹了一腳鐵欄杆，大聲駁斥，「還不是被你們當傀儡？等用完了，再一刀殺掉。然後來一個暴斃身亡？自唐高祖以來，哪次朝廷更迭不是這麼幹！你當我從沒聽人說起過嗎？」

「啊呀，你倒真不是個傻子！」彷彿發現了一大堆無價之寶般，郭允明誇張地晃動胳膊，手舞足蹈。「可至少，你不用現在就死。還可以如同皇帝般享受好些年。如果能討得漢王歡心，甚至還可以當個山陽公！」見小肥眼裡明顯露出了不解的神色，他臉上的表情愈發得意，「就是漢獻帝，禪位給曹氏之後，被封山陽公。他可沒有被殺，榮華富貴享受到老。漢王他老人家性子寬厚，你好好幹，說不定也會給你同樣的好處！」

「我呸！」再度被人拿沒有學問這條弱項來欺負，寧彥章怒不可遏。用力朝著對方吐了一口吐沫，轉過頭，一言不發。

郭允明卻不想輕易放過他，繼續循循善誘：「我說，都已經到這地步了，你除了認命之外，還能怎麼樣？還指望著逃出漢王的手掌心嗎？天下這麼大，哪裡有你的容身之地？」

「哼！」寧彥章悄悄皺了下眉頭，牙關緊咬。

郭允明毫不氣餒，笑了笑，大聲補充，「實話告訴你吧，你現在應了那句話，奇貨可居，落到誰手裡都一樣！連符彥卿那頭老狼都知道你是二皇子了，全天下的英雄豪傑，還有誰會以為你是假的？他們之所以沒派兵過來搶你，不過是因為距離遠，一時半會兒手還伸不了這麼長而已。」

「哼！」回答他的，還是一聲冷哼。少年人打定了主意，就是不接他的茬兒。

「剛才死在你眼前的哪個，叫做馮莫。是符老狼手下的細作頭目，還做過皇后親生父親的家將。」唯恐小肥心存僥倖，郭允明索性以實例為證，「連他都把你當成了二皇子，可見你與二皇子長得多像！」

說到這兒，他猛然皺了下眉頭，快速自言自語，「對啊！他手下人招供，正因為他從小抱過二皇子，所以符彥卿那頭老狼才會派他出來打探消息！他，他怎麼可能認錯了人？」

緊跟著，抬起眼，他直勾勾地盯著小肥，如獲至寶，「你口口聲聲說我逼著你冒名頂替，那馮莫先前的表現，你又怎麼說？」

少年小肥被問得身體連連向後挪動，再一次心神恍惚。然而這一次，他卻以比先前快十倍的速度恢復了理智，大聲說道：「車廂裡頭太暗，他沒看清楚而已！無論如何，我都不會承認我是二皇子，你，你就別枉費心機了！」

「那你就試試，看你能餓幾天！」被他的冥頑不靈惹得再度心頭火起，郭允明惡狠狠地丟下一句話，轉身下車。在關門前的一瞬間，又探進來半個腦袋，快速補充，「別指望還有人前來救你。我能來，是因為漢王早有光復山河之心。你不過是捎帶著撿的添頭而已。而其他人，即便都像符彥卿那老狼般聞到了味兒，也來不及派兵。光是臨時招攬些三山五岳的蟊賊，又怎麼可能是漢軍精銳的對手？」

「那你們為何還要拉攏蟊賊去跟趙延壽拚命？」聽他把綠林豪傑們的戰鬥力說得如此不堪，小肥本能地跳起來反駁。

「廢物利用而已。省得漢王進了汴梁之後，還要花費力氣剿滅他們！」郭允明撇了撇嘴，「銑噹」一聲，用力將車門關緊，將少年人再度隔離在寂靜的牢籠當中。

他郭某人也算是領兵打仗的老手了，對形勢判斷非常準確。接下來的一整個下午，果然又有兩波身份不同的人打著「救駕」的名義，試圖將小肥劫走。

然而戰鬥的過程和結果，也正如郭允明預先所判斷。韓璞麾下精挑細選出來騎兵們，對付這些臨時組織起來的烏合之眾，不費吹灰之力。只用了戰死一人，傷兩人的代價，就將對手盡數殺散，然後揮刀割下跪地求饒者和不及逃命者的首級。

聽到外邊戛然而止的求饒聲，小肥更是不願意與這夥魔鬼為伍。只要能找到恰當時機，就餓著肚子，繼續用力挖鐵欄杆下面的木地板。那幅被血水泡模糊的畫卷，則被他當作了最佳的掩護物，蓋住了挖掘的痕跡。而驕傲的郭允明，則每次看到那幅畫卷，就會想起自己努力了大半夜所編織的謊言卻被一個「傻子」

輕鬆戳破的事實，毫不猶豫地將目光挪向他處。

雖然不再試圖用嘴巴說服少年小肥，他郭某人卻沒放棄對少年人的折磨。當天的兩餐，都只給聞了聞味道。甚至連清水，在小肥屈服之前，都不再準備給後者喝上一口。

非常出乎他的預料，少年小肥雖然生得白白胖胖一副養尊處優公子哥模樣，卻是難得的硬骨頭。哪怕嘴唇已經明顯乾裂開了口子，卻沒有發出任何求饒的聲音。

「長史，要不還是換個招數吧！萬一把他真的給渴死了，蘇書記面前咱們恐怕不好交代！」當將第三波前來救駕的江湖豪傑殺散之後，都頭李文豐一邊擦著刀刃上的血跡，一邊低聲提醒。

他之所以站出來說這些話，不是因為同情小肥。而是漢王帳下那位有著「毒士」美譽的掌書記蘇逢吉大人，脾氣實在難以琢磨。如若給此人留下辦事不得力印象，這輩子無法升遷事小，哪天找機會把你和整支隊伍往虎口裡頭送，就實在是有些不值得了！

「沒事兒，我看過一篇唐代來俊臣留下的拷訊實錄。人可以連續四、五天不吃飯，但只要三天以上不喝水，就會心神恍惚。到那時，只要你晃晃水壺，他就會像狗一樣撲過來。然後，你讓他承認什麼他就會承認什麼，無論英雄好漢，還是販夫走卒，表現沒什麼兩樣！」郭允明輕輕掃了他一眼，故意提高了聲音說道。

他的本意，也許只是說給車廂裡的囚犯聽。然而，臉上的神情和說話時不知不覺間流露出來的陶醉，卻讓一干精銳騎兵的心臟，全都打了個哆嗦。從此再也沒人敢上前多嘴，連吃飯聊天，都儘量離得馬車遠遠。

「大夥都靠近些，窺探殿下的賊人不會只有這區區三波！」郭允明見眾人對自己都敬而遠之，有些不高興皺了下眉頭，大聲吩咐，「保持好隊形，我總感覺，這一路上好像始終有人在偷偷地跟著咱們。馬上就要到渡口了，大夥不要掉以輕心。只要把馬車送過黃河，就是咱們的地盤，蘇書記早就派足了人手，在對岸迎接咱們！」

「是！」眾人齊聲答應，將坐騎排成列，儘量向郭允明和馬車旁邊湊湊了湊湊。但是依舊保持著一個相對「安全」的距離。

因為沿岸還有很多戰略要地控制在契丹人或者契丹人的走狗手裡，所以車隊不能選擇距離自己最近的渡口過河，也不能一直大搖大擺地沿官道前行。而是貼著河岸，曲曲折折繞來繞去，一會向北，一會兒向南，迂迴在自家掌握的隱秘地點靠攏。將很多時間和體力，都浪費在了躲閃大規模的敵軍上。直到天色完全發黑，才終於來到了距離原武城大約四十里遠的一處斷壁前。

斷壁下，就是滔滔滾滾的黃河，在黑夜裡聽起來尤其洶湧澎湃。郭允明從車廂外掛角處拿起一隻氣死風燈，用長矛挑著，向斷壁下探了出去。然後又迅速收回，特地間隔了兩個呼吸長時間，再度重複先前的動作，如是者三。

斷壁下，立刻響起一片蛙鳴，高亢刺耳，甚至連水流聲也給壓了下去。轉瞬，一艘掛著紅色燈籠的大船，忽然從斷壁下駛了出來，順著水流，迅速奔向下游。

「跟上去！」郭允明低聲斷喝，撥轉馬頭，借助星光的照耀奔向東方。眾騎兵精銳們保護著馬車，緩緩跟上。車輪在沒有路的黃土地上，跳躍顛簸，車廂也隨著山坡上的溝壑起起伏伏，悲鳴聲不絕，彷彿隨時都會散架。

終於，在馬車被顛碎之前，大夥平安走下了斷壁，來到了比發信號位置偏東四里遠處，一個相對平緩的河灘上。注二二

懸掛著紅燈的大船已經停穩。由一根小兒手臂粗的纜繩，將船頭繫在岸邊一塊看似廢棄多年的青石拴馬樁上。船的右側舷，則對正了一片年久失修的廢棧橋。只要接上了人，就可以立刻解開纜繩，揚長而去。

「下馬，李文豐，你點二十個人把馬車拉上船。王修武帶領其餘弟兄四周警戒，待大船駛離之後，自行

注二二、此刻黃河還沒成為地上懸河，水流遠比現在充沛。大部分河面都可以行船。

回去向韓將軍覆命！」郭允明警惕地四下看了來看，繼續發號施令。

被點到名字的兩個都頭齊齊答應了一聲「是！」旋即分頭忙碌了起來。眼看著馬車已經被推上棧橋，大夥立刻就可以脫離敵境。不知為何，郭允明心中不安的感覺，卻愈發地強烈。

那是一種獵物即將墜入陷阱前最後的直覺，令他頭皮隱隱發麻。雖然還不到三十歲，但是由於害人的經驗太多，他對被坑害的預感也被磨礪的無比敏銳。「停下！」猛然抽出橫刀，他迅速奔向馬車，「船上是哪位兄弟，請露面打個招呼！」

「呼！」回答他的是一道刺眼的寒光。一把鐵斧忽然從船頭處飛起，帶著寒風，直撲他的面門。

「啊——！」郭允明大聲慘叫，迅速仰身於馬背。眼睜睜地看見斧刃貼近自己前額掠過，濺起一串耀眼的殷紅。

有股劇烈的疼痛包圍著他，令他幾乎無法在馬背上坐穩。但是，他卻強撐著自己坐直身體，手舉橫刀，大聲喝令：「奪船，奪船。無論如何，都要把馬車留下！」

不用他指揮，眾精銳騎兵也知道前來接應自己的大船上出了問題。紛紛跳下坐騎，沿著棧橋一擁而上。

與此同時，十幾名江湖人也咆哮著，從大船甲板衝向了馬車。在狹窄破舊的棧橋上，與李文豐所帶領的騎兵展開了殊死搏殺。

他們這夥人的數量，遠遠少於郭允明麾下的精銳騎兵。甲胄和兵器的精良程度，也遠遠不如。但是，他們卻個個勇悍絕倫，寧死不退。短時間內，居然跟騎兵們殺了個難分伯仲。

「小肥——！小肥——！」那名用斧頭偷襲了郭允明的漢子，沒有參加搏殺。而是拎著另外一柄黑漆漆的鐵斧，直奔馬車的雕花木門。

「是瓦崗寨賊！放箭，放箭封堵車門，誰靠近就先射死誰！」郭允明一眼就認出了持斧者的身份，當機立斷。「王修武，不要硬往棧橋上擠。帶領你麾下的弟兄，取弓箭封堵車門，誰靠近車門先射死誰！韓鵬，你過去砍斷纜繩。寧可讓他們落在契丹人之手，也不能讓他們上船逃走！」

這幾招，不可謂不毒。很快，就有十幾名被堵在岸上無法上前廝殺的精銳騎兵，從馬背上取下弓箭，圍著棧橋向車門亂射，將持著斧頭的六當家余思文逼得連連後退。指揮使韓鵬則親自拎著一把鋼刀，來到拴馬樁前，朝著纜繩用力猛剁。

「砰砰，砰砰，砰砰！」浸泡過油脂的粗纜繩雖然結實，卻也擋不住百煉鋼刀。才三兩下，就一分為二。繫在纜繩另外一端的大船「吱呀呀」，發出一聲呻吟，順著河岸，飄蕩而下。

這回，棧橋上的江湖好漢們，可成了籠中困獸了。想退，身後是滾滾黃河。想進，前面是數倍於己的精銳騎兵。周圍，還有二十幾把角弓，引而不發，隨時都可以讓他們亂箭攢身。

「韓鵬，你帶人去追大船！」郭允明迅速布置下善後措施，然後將滿臉鮮血的面孔，轉向瓦崗六當家余思文，雙目之中，寒光四射，「投降，說出幕後指使者，我給你們個痛快。否則，今日爾等誰也甭想留下全屍！」

「呸！」余思文早就懷了必死之心，朝著他狠狠吐出一口血水，「可惜老子剛才那一斧頭，居然沒有直接劈死了你！」

「我再給你三個呼吸！」郭允明舉起右手，伸出三根手指。對方是瓦崗寨的山賊，不可能知道他的詳細撤離路線。除非，除非他自己和韓璞兩人身邊，還隱藏著一雙陰險的眼睛。

而這名細作也不可能屬某個綠林山寨，只有可能，屬另外幾家手握重兵的節度使。符彥卿、李守貞、杜重威、高行周……

無論是誰，他們都休想得逞，因為這裡有郭某人在。

「一——！」郭允明深深吸了一口氣，然後拖著長聲開始計數，就像一隻貓貓，在把玩落入掌控下的老鼠。

「呸！」六當家余思文，七當家李萬亭，還有其他幾位弟兄放棄廝殺，肩並肩退在一處，齊齊朝著他吐唾沫。「狗賊，用完了我們就借刀殺人，你和你家主子早晚天打雷劈！」

「好！郭某最佩服好漢子！」沒想到幾個山賊也如此硬骨頭，郭允明惱羞成怒，白皙的面孔上，瞬間殺氣四溢，「來人……」

「且慢！」忽然，馬車上傳來一聲斷喝。緊跟著，插滿了箭矢的車門，被人從裡邊用力推開。少年小肥持著一根剛剛拆下來的鐵欄杆，滿臉無奈，「我想起來了，我是二皇子石延寶。他們幾個……」

用鐵欄杆撐住身體，他騰出右手從余思文、李萬亭及其他瓦崗豪傑的臉上一一點過。「他們兩個是我的侍衛親軍指揮使，其餘的人，都是我的貼身侍衛。當日契丹人兵臨城下，他們才化了妝，掩護我一道躲進了瓦崗山。郭長史，我以鄭州刺史的身份命令你，不准傷害他們！」

【第三章】眾生

在聰明人面前撒謊，不是一件容易的事情。

尤其這個聰明人還算得上萬裡挑一。

可如果這個聰明人自己願意相信，那就是另外一種結果了。眼下小肥所面對的，便是如此情況。

明明是睜著眼睛說胡話，明明身邊的那些綠林豪傑一個個長得滿臉橫肉，連走路靠得皇宮稍微近一些，都會受到床子弩的重重照顧。可偏偏，就被他說成了二皇子的貼身侍衛。然後，偏偏郭允明就選擇了相信。

「放下弓，休得驚了殿下！」先向周圍擺了擺手，示意眾人將已經拉圓的騎弓鬆開。郭長史緩緩上前一步，躬身施禮：「下官武英軍長史郭允明，恭賀殿下恢復記憶！」

「恭賀殿下恢復記憶！」眾騎兵反應也不算慢，緊跟著郭允明的話音，大聲重複。手裡的兵器依舊握得緊緊，雙目之中，亦如先前一樣充滿了戒備。

經過一個白天的反覆折騰，他們也都隱隱覺得，眼前二皇子的身份，著實有些蹊蹺。可作為在亂世中見多識廣的精銳老兵，他們卻深深地明白，有些渾水，並不是自己這個級別的人能蹚的。能稀裡糊塗地活著升官發財，絕對比作為清醒者死於非命要強。

唯獨不開竅的，只有瓦崗眾英豪。作為頂天立地的男子漢，他們絕對無法忍受少年人用跳虎口的方式，換大夥逃離生天。一個個快速上前，用身體護住寧彥章，七嘴八舌地叫嚷：「小肥，你別承認，我等今天既然來了，就沒想著活著回去！」

「對，死則死爾，大丈夫寧死不屈！」

「劉知遠用完了我們立刻就借刀殺人。將來用完了你，肯定也不會給你什麼好結果！」

「你不是，趕緊告訴他你不是！一旦去了太原，你這輩子就全完了！」

「你肯定不是什麼狗屁二皇子！他們沒安好心，你千萬別上當！」

……

「各位叔叔伯伯，不要勸了，你們的意思，我心裡明白。但是既然咱們身份已經暴露了，就沒必要再裝下去了！」寧彥章先朝大夥做了一個羅圈揖，然後笑著補充，「先前那種擔驚受怕的日子，我其實早就過夠了。如今能托庇於漢王羽翼之下，正是求之不得。況且如今天下大亂，契丹人四處劫掠，老百姓個個活得生不如死。能在漢王的輔佐下，早日重整山河，也算我石家，未曾辜負多年來萬民供養之恩！」

「你……？」余思文等人個個把眼睛瞪了溜圓，無法相信自己的耳朵。

少年人變了，短短一天半時間沒見，就變得無比之陌生。陌生到他們幾乎不敢相信，這就是數月來，自己親眼看到一天天恢復健康，一天天慢慢長大的那個小胖子。陌生到他們感覺，自己此刻面對的是一個如假包換的龍子龍孫，舉手投足間都充滿了帝王之氣。

「我還有一個親軍指揮使，名叫寧采臣，郭長史可否能讓他來平安見我？」又給了大傢伙一個寧靜的笑容，小肥緩緩分開呆呆發楞的眾人，緩緩走向了郭允明，在距離對方五步之遙的位置，緩緩站穩，宛若山岳。

郭允明稍作遲疑，旋即臉上露出了開心的笑容，後退半步，輕輕拱手，「此事，可以包在微臣身上。待殿下過了黃河，微臣立刻修書給韓璞將軍，請他派寧指揮親自來伺候殿下！不過……？」

話語頓了頓，他做欲言又止狀。

「怎麼，會教你很為難嗎？不妨說出來聽聽！」小肥對此早有預料，笑了笑，低聲詢問。

「那倒是沒什麼好為難的，微臣畢竟是武英軍的長史。調一個參軍過來，應該沒太大問題。但是……」

郭允明抬手先抹了抹臉上的血跡，面目瞬間變得有些猙獰。「卑職先前聽說殿下的記憶力時好時壞，不知道如今可有改觀？萬一微臣將他調了過來，殿下卻又忘記了曾經交代微臣做過此事，那微臣可就兩頭不是人了！」

「這個啊，讓郭長史掛懷了！」小肥抬起手，笑呵呵地指向余思文等人，「先前主要是他們幾個都不在，我心情極差，所以記憶力就大受影響。如果他們和寧指揮都活得好好的，能有個合適地方安居樂業，並且讓我一直聽不到壞消息，我的心情自然會越來越好！」

「噢，原來如此！」郭允明歪了下腦袋，做恍然大悟狀。臉上的血痕依舊紅一道，白一道，讓人根本無法看清他的真實面容，「卑職白天進獻給殿下那卷書，據說可以幫助殿下穩定記憶。不知道殿下讀過之後，是否真的有所收益？」

「唉，最近日子過得顛沛流離，孤哪有什麼心情讀書啊！」小肥煞有介事地搖了搖頭，收起笑容，大聲長嘆，「特別是昨天，孤還有幾個親信，稀裡糊塗地就戰死於沙場之上。一想到他們跟了孤家那麼久，死後連塊正經墓碑都沒有，唉，孤，孤家這心裡就根本平靜不下來！」

「那殿下為什麼不早點告訴微臣！」郭允明又是微微一楞，隨即笑著嗔怪，「殿下久居深宮，不理睬民間俗事，所以覺得非常麻煩。但對微臣來說，卻是再容易不過的事情！」

迅速回轉頭，他從騎兵隊伍中揪出一個倒楣的都頭，「這樣吧，李文豐，正好你也聽見了。回頭去找人買幾口上好的棺木，再請幾個手藝高超的石匠。按照殿下提供的名字，去把幾位忠義之士屍骸收斂厚葬！如果他們身後還有家人，也上報於我，從厚撫恤！這兩件事，你可做得好？」

「末將願為殿下和長史效勞！」李文豐躲避不及，只好躬身下去，大聲答應。心裡頭，卻將郭允明的祖宗八輩兒罵了個遍！

「姓郭的，老子日你八代先人。老子是扒了你的祖墳，還是幹了你的婆娘？竟逼著老子去跳火坑！萬一老子出了事，即便做鬼，也要天天跟著你，天天往你脖子上吹冷風！」

誰都知道，改朝換代之時，升官發財的機會最多，但掉腦袋的危險也最大。特別是跟前朝皇帝沾上邊的事情，最是招惹不得。萬一弄得稍有不慎，非但血本無歸，甚至連死都死得稀裡糊塗。

可偏偏郭允明是他的頂頭上司，偏偏這件倒楣的事情從天而降，直接落到了他的頭上，讓他連躲的機會也沒有！

武英軍長史郭允明，卻不會在乎一個小都頭心中的抱怨。朝他擺了擺手，然後再度將血淋淋的笑臉轉向小肥，「殿下最近幾個月廁身草莽，也許自己不覺得，在微臣看來，舉手投足間，卻已經染上了許多江湖之氣。這些小節對著微臣時當然無所謂，但萬一對著漢王，或者世間其他封疆大吏，嗨，請恕微臣直言，他們恐怕會對殿下大失所望！」

「唉，沒辦法的事情！你也知道，孤這裡受過傷！」小肥指指自己的腦袋，做無奈狀。「好在路上還有時間，就煩勞郭長史慢慢教孤！孤一點點學，總是能學得好！不過……」

「殿下有什麼需要微臣代勞之事，直接下令就好！微臣必將竭盡所能！」郭允明原本就沒指望小肥能按照自己的要求，白白學習皇家禮儀，毫不猶豫地請他直接開價。

「孤不喜歡坐馬車，更不喜歡被保護的過於周全！」小肥又笑，將「保護」兩個字，說得極為清晰。

「哎呀，先前對殿下的保護，的確太嚴格了！」郭允明一拍自己大腿，滿臉懊悔，「這樣，等到了對岸，微臣立刻給殿下更換馬車。至於今晚，反正殿下已經出來了，就暫時對付一宿，不知道殿下以為如何？」

「那就湊合一晚上吧，孤不能讓你太為難！」小肥朝岸上看了看，只看到空蕩蕩荒野，知道對方說得不是瞎話，笑著點頭。「不過，孤這些侍衛們的兵器，最好讓他們都帶著。這黑燈瞎火的，萬一有個野獸偷襲，孤著急了的時候，總得有個依仗！」

「嗯——！」郭允明低聲沉吟。從內心深處，他絕對不願意讓余思文等人繼續拿著武器。然而經過一整天的反覆交手，他已經清楚地意識到，眼前這個白白胖胖的小傢伙，絕對不是傻子，並且遠比他表面給人的印象聰明。跟聰明人打交道，就不能做得太過分，以免對方在路上隔三差五就又得了頭疼腦熱之類的急症，讓自己束手無策。

想到這兒，他笑著微微點頭，「兵器的事情，倒是好商量。他們是殿下的親隨，理當貼身保護殿下。但如今世道大亂，人心難測。萬一他們中間躲著什麼細作之類，不小心傷害了殿下，或者偷偷送出什麼消息。嘶——！微臣過後肯定難辭其咎！」

「你才是細作！」

「你們全家都是細作！」

「姓郭的，你休要血口噴人！」

「想殺就殺，胡亂栽贓嫁禍，算什麼好漢？」

……

眾瓦崗豪傑先前一直眼睜睜地看著小肥跟郭允明討價還價，卻誰都沒本事插嘴，正憋得心中火燒火燎。猛然聽對方居然冤枉自己是細作，立刻跳著腳破口大罵。

「諸位勿急，本官不是故意冤枉爾等。本官只是有一件事情，無論如何都想不明白！」郭允明也不生氣，朝著大夥拱拱手，笑著補充：「本官回太原的道路和渡口，按理說只有極少的人知道。連他們當中……」反側轉身，他指了指躲避不及的眾騎兵，「他們當中，大多數人都不清楚。但諸位卻偏偏能趕到本官前頭，還輕而易舉地奪取了渡船。這件事，不知道幾位當家人能否給郭某一個解釋？」

這的確是一個巨大的破綻，如果不弄清楚，郭允明睡覺都無法安生。要知道，如今有資格窺探汴梁皇宮的，可不只是他家主公劉知遠一個。成德軍節度使杜重威、歸德軍節度使高行周、天平軍節度使李守貞、祁國公符彥卿，都對著忽然空出來的皇位虎視眈眈。

後面這些人與漢王劉知遠的情況差不多，都是手握重兵，但威望和實力，卻不足以壓得其他幾人向自己效忠，急需「輔佐」一個「真命天子」，來號令諸侯。而從瓦崗眾這次伏擊的準確程度來看，也遠遠超過了普通綠林水準，十有八九是受了那幾位節度使的細作指點所為！

所以哪怕是冒著再度跟小肥翻臉的危險，郭允明都必須把瓦崗眾的幕後指使者給找出來。否則，一旦讓小肥落在別人手裡，漢王劉知遠就優勢盡失，先前所有努力也成了為人做嫁衣！

接下來發生的事實也彷彿正如他所料，余思文和李萬亭等人聞聽，老臉頓時開始發紅，一個個惱羞成怒，「解釋個屁！你是老子什麼人，老子還得解釋給你聽？」

「老子就不告訴你！有種你就放馬過來，腦袋掉了，不過碗大個疤瘌！」

「小肥，別聽他挑撥離間。我可以拿腦袋保證，今晚這裡頭沒有一個奸細！」

最後那句話，當然是解釋給寧彥章聽的。讓少年人楞了楞，不知道自己應該立刻表示相信，還是應該借助郭允明之手，將事實真相弄個清楚明白。

最近幾天實在被騙得太多太狠，少年人已經變得過分敏感。不願輕易再相信任何人，哪怕這個人前一刻，曾經表現的多麼義薄雲天。

正猶豫間，耳畔卻傳來一陣急促的馬蹄聲響。緊跟著，指揮使韓鵬的身影就衝破了夜幕。

只見此人，飛身跳下馬背，滿臉尷尬地附在郭允明耳邊，小聲嘀咕：「啟稟長史……」

後面的話，小肥一個字都沒聽見。但是他卻可以清晰地看見，郭允明的眉頭緊緊皺了起來，紅一道黑一道的臉孔緊跟著開始抽搐不停。讓人根本無法分辨出，這一刻，此人到底是在哭，還是拚命忍著不要笑出聲音！

下一個瞬間，那艘掛著燈籠的大船，也被幾名騎兵，用戰馬拉著纜繩逆流拖回。船頭上，燈光下，有個熟悉的身影，手摸著自家後腦勺，訕訕而笑，「小肥，真，真對不住。我，我這次準備得太不充分了。沒，沒想到他們如此難對付。下，下一次……」

「無論如何，都多謝了！」寧彥章心中一暖，長揖下拜。

沒有下次了，郭允明上過一次當，就不會再給任何人機會。對此，他心裡非常清楚。但是，韓重贇的笑臉，卻是今夜他在虛偽的世界中，所看到的最純粹的真實！

「啊呀，怎麼被他掙脫了？我分明是將他綁在了船艙裡頭！」沒等寧彥章來得及表示感謝，六當家余思文忽然丟下斧子，伸手猛拍他自己的後腦勺！

「老子當初就說，這小子靠不住。可你們卻誰都不聽我的！這下好了吧！這小子表面屈服，實際上卻把咱們全都領進了陷坑裡！」七當家李萬亭反應也不慢，緊跟在余思文身後，證實韓重贇是被迫跟大夥合作。

只可惜，他們倆現學現賣的撒謊功夫，實在過於拙劣，根本不可能讓郭允明上當。只見後者撇了撇嘴，冷笑著道：「幾位莫非以為郭某是傻子嗎？可以由著你們的性子糊弄！還有誰？識相點就馬上讓他出來見我。否則，就別怪郭某不肯給殿下面子！」

「的確是我們綁了他，逼著他來救小肥的！」

「一人做事一人當，姓郭的，你別胡亂攀扯！」

眾瓦崗豪傑謊言被人戳破，卻不肯認輸，咬緊牙關繼續死撐。

韓重贇卻知道今晚的事情，絕對不可能輕易蒙混過關。先滿臉歉然地向著余思文等人搖了搖頭，然後正色說道：「郭長史，此事乃晚輩一人所為。家父和武英軍其他人都不知情。他們幾個，也都是我親自聯絡的。晚輩是不願意讓你和我阿爺好心辦錯事，才千方百計要跟你們對著幹！」

「住口，你的事情，等有空咱們慢慢算！」郭允明狠狠瞪了韓重贇一眼，厲聲呵斥，「小小年紀，你知道什麼是人心險惡？早就被人賣了，居然還替人數銅錢！」

如果對方不是武英軍都指揮使韓璞的兒子，他早就命人當場拿下了。可有了韓璞這個當父親的面子，他就不好出手太狠。否則，今後在武英軍中難以立足不算，哪怕是在漢王身邊，也會有人悄悄嘀咕他過於冷酷無情！

然而他這番遮掩回護之意，卻絲毫沒換來韓重贇的感激。後者朝著他躬身行了個禮，繼續說道：「郭長史，晚輩知道您是真心為了晚輩好。然而今天這件事情，晚輩當你的面兒這麼說，改天見我阿爺，還會這麼說。哪怕你帶晚輩直接去見漢王，晚輩仍舊是當初那句話，您和我阿爺做得並不恰當。非但無助於漢王的大業，反而會讓天下英雄小瞧了咱們！」

一番話，聲音雖然不高，卻是難得的理直氣壯。把個郭允明惱得兩眼冒火，恨得牙根兒癢癢。再也不想繼續跟眼前這個無賴少年糾纏下去，猛然扭過頭，對著黑漆漆的曠野扯開嗓子：「船在郭某手裡，二殿下人也到了棧橋上。看熱鬧的朋友，跟了郭某一整天，你也該出來打個招呼了吧？否則，讓郭某自己去弄清楚你的來歷，恐怕少不得要用些非常手段！」

「出，出來，藏頭露尾，算什麼英雄好漢！」韓鵬、李文豐等人被郭允明的話嚇得心裡打了個哆嗦，趕緊也扯開嗓子，賣力地幫腔。

作為漢王帳下的精銳將佐，被人尾隨了一整天，他們居然毫無察覺，反倒讓長史大人親自去探詢對方來歷，這件事，實在有些過於荒唐。萬一日後被捅到上頭去，恐怕少不得有人要丟官罷職！

「出來，送了這麼遠，見上一面何妨？真的用起手段來，大夥都不好看！」其他眾位騎兵們一個個也被嚇得寒毛倒豎，紛紛手握刀柄，聲色俱厲。

然而，無論他們怎麼威逼利誘，甚至拿余思文等人的性命相要挾，對方就是不肯露臉。黑洞洞的曠野裡，根本看不到半個人影。只有半夜出來覓食的貓貓頭鷹，因為受到了驚嚇，不停地發出狂笑般的叫聲：

「呱，哈哈哈哈！呱，哈哈哈哈哈哈哈……」

「喂，我說老郭，大半夜的，你這嚎啥喪呢！挺簡單的事情，你非得往複雜裡整！要我說，你這，這純屬於，那個，那個草，草什麼來著？唉，瞧我這記性！」瓦崗六當家余思文滿頭霧水，忍不住皺著眉頭大聲奚落。

「草木皆兵！還斯文人呢，連這個都不懂！」李萬亭成心想落郭允明的面皮，立刻大笑著接過話茬。

「閉嘴，等一會兒自然會輪到你們兩個！」郭允明絕不肯承認自己的直覺出現了錯誤，扭過頭，惡狠狠地斷喝。隨即，再度將目光轉向曠野，叫喊聲瞬間變得無比陰森，「出來吧，別逼郭某。給你三息時間，你若是再不出來，郭某就只好拿某些人下重手了！」

回答他的，依舊是幾聲夜貓貓子叫。宛若撥弄人心的魔鬼，陰謀得逞後拍打著肚皮洋洋得意！

「郭長史，此事真的是我一個人主謀。您別再疑神疑鬼了行不行？不信，你過後可去武英軍裡頭仔細查訪！晚輩保證，絕對沒有第二個人知情！」被郭允明的話語嚇得心裡發顫，韓重贇咬了咬牙，硬著頭皮補充。

「我說過讓你閉嘴！你的事情，郭某自然會找令尊討個說法！」郭允明猛然轉身，大聲怒叱。隨即，右手握住刀柄，一步步走向棧橋。

「郭長史，你這是幹什麼？」寧彥章心頭一緊，主動迎上前，堵住對方去路。

無論今晚的事情，存在多少疑點。他都不能讓對方將余思文等人拉下去用刑。姓郭的是個魔鬼，心裡根本沒有多少正常人的感情。落到他手裡，瓦崗豪傑不死也得脫層皮。

「殿下，請你讓讓。事關您的安危，末將萬萬不敢掉以輕心！」郭允明右手繼續緊握刀柄，伸出左手，緩緩推搡少年人的身體。

「殿下，請恕我等無禮！」韓鵬、李文豐等人，緊隨郭允明之後。其他眾騎兵，則又緩緩拉滿了角弓，搭上羽箭。絲毫不顧就在半炷香前，他們的長史大人曾經親口答應過對方，不會再動瓦崗眾豪傑分毫。

「郭長史，莫非你要出爾反爾嗎？」寧彥章的兩條腿，如釘子般釘在原地。看著對方的眼睛，大聲質問。

「郭某也是為了殿下安危著想。」郭允明跟他之間還有交易要繼續進行，所以不想在彼此間留下太多仇恨。拱了下手，緩慢且低沉地解釋，「從第一次被偷襲那時起，有人暗中跟了咱們一路。而殿下您的親衛中間，絕對不可能個個都跟對方毫無瓜葛。否則，他們絕對不可能謀劃得如此縝密，把動手的地點，恰恰選在了郭某最有可能疏忽的一環！」

船隻的載重有限，護送「二皇子」回太原的精銳騎兵們，不可能全都上船隨行。而萬一剛才武英軍長史郭允明沒有察覺到風險，果斷以打草驚蛇方式，讓余思文等人自行跳出來。而是任由馬車被拉上甲板，瓦崗眾豪傑們只要砍斷纜繩，便可以揚長而去。

黑燈瞎火的夜裡，騎兵們不可能長時間跟蹤船隻的去向。而哪怕是當時已經有部分護送者也上了船，毫無防備之下，他們肯定也會瞬間被瓦崗眾豪傑斬殺殆盡！

很顯然，瓦崗眾的背後主使者非常高明，幾乎謀劃好了劫走「二皇子」的每一個細節。而以瓦崗眾在此前的表現，他們當中根本不可能有人做得到。至於韓重贇，在郭允明眼裡則分明只是個腦滿腸肥的二世祖，更不可能表現得如此精采絕艷！

然而，令他非常氣憤的是，自己都已經把話說到如此明白的份上了，寧彥章居然絲毫不肯退縮。反而迎著一眾騎兵，緩緩張開了雙臂。「這裡沒有細作，他們都是孤的親衛。郭長史，你若想動他們，除非你不打算再承認孤是皇子！」

「你！你知道不知道自己在幹什麼？」沒想到寧彥章的思維方式與自己完全不同，郭允明兩眼瞬間瞪了個滾圓。額頭處剛剛癒合的傷口受到牽扯，立刻再度淌出一道血珠。令他原本就非常陰毒的面容，看起來更加凶殘。

「知道，知道得無比清楚！」寧彥章輕輕點頭，目光裡不帶半分猶豫。

不能讓，一讓，今夜就有人會為他的軟弱而死。所以，哪怕是此刻心裡再虛弱，他都必須將瓦崗眾豪傑牢牢地護在身後。

幾個月來，是他們一直在為他遮風擋雨。如今，輪到他了，他當然是義不容辭。

一股凜冽的夜風，猛然捲過河灘，讓余思文等人的頭髮，高高地飄起。

他們沒有多廢一句話，全都將兵器舉了起來。

原來的大當家吳若甫去當官了。上百弟兄的性命，換了一個芝麻綠豆官做。不配再做他們的大當家！

這一刻，瓦崗大當家就是小肥。

任何人碰大當家小肥一根寒毛，大夥就跟他不死不休！

「郭長史，您到底要晚輩怎麼說，才會相信此事乃出於晚輩所謀。」就在雙方劍拔弩張時刻，韓重贇忽然又跳了出來，「某後主使，幕後主使？如果真的有幕後主使的話，既然已經失手，他會在乎幾個走卒的死活嗎？」

「閉嘴！」郭允明朝著他大聲咆哮，好不容易積聚起來的氣勢，瞬間下降了至少一半兒。

「他說得非常有道理！我覺得你也是多慮了！」經韓重贇一打岔，小肥身上的氣勢也大受影響。皺了皺眉頭，低聲替好朋友幫腔，「郭長史，反正現在船已經被你拉回來了，我本人也在棧橋上了。咱們立刻上船啟程不就行了嗎？你先前說過，對岸就有漢王的人馬接應。重兵護衛之下，難道還有人能從半空中把我給叼去了不成？」

「水手和掌舵，都被他們害了。夜間怎麼可能行得了船！」他不提「上船」兩個字則已，一提，郭允明更是火冒三丈。「殿下如果再不讓開，就休怪郭某……」

「誰說我們把掌舵給害死了？」半句話還沒等說完，韓重贇再度在甲板上跳了起來，「你今天真是智者千慮，必有一失。如果把掌舵的船夫和水手全都害死了，我們怎麼帶小肥走？不過是酒水裡下了些蒙汗藥而已，無冤無仇，我又何必害他們的性命？人都堵了嘴巴，在底艙裡捆著呢，包括你留在船上那十多名弟兄。不信，你自己上來看！」

「什麼？」郭允明且喜且羞，簡直無法相信自己的耳朵。喜的是，有了掌舵的船老大和幾名水手，他就能押著小肥連夜過河，免得留在南岸，夜長夢多。羞的是，自己負盛名多年，居然還沒一個後生晚輩考慮得仔細。今晚只是一味地推己及人，認為船上除了韓重贇之外，已經沒剩下任何活口。卻萬萬沒料到，除了殺人滅口之外，還有下藥麻翻這一招。而韓重贇的良善也不完全屬於婦人之仁，其中未必沒有其自己的道理！

本著試試看的原則，他派遣李文豐帶領幾名親信上船查驗。果然，在放糧食輜重的底艙裡，將船夫和士兵們，全都翻了出來。

這些人都早已經清醒，只是嘴巴被堵著，手腳也被捆得牢牢，所以先前都無法發出任何聲音。待到恢復了自由身，立刻撲到甲板上，朝著郭允明大聲喊起了冤來：「郭長史，我等萬萬沒想到，少將軍居然跟別人串通來禍害自己人。中午時他說您和韓將軍念我等守渡口守得辛苦，特地派他帶著酒水前來犒勞，我等……」

「夠了！一群廢物，回頭再找爾等算帳！」郭允明越聽，臉皮越燒得難受。狠狠揮了一下橫刀，厲聲打斷。

隨即，再度將頭轉向寧彥章，咬著牙說道：「就依殿下，咱們可以先上船渡河。但是，殿下這些親衛，必須將兵器都先交給郭某保管。等與接應的隊伍碰上頭，才能再行發還！不是郭某出爾反爾，只是今日之事，絕非表面上這般簡單！」

「姓郭的，拉了屎居然還要吃回去！」

「分明連個半大孩子都不如！卻死撐著不肯認帳。好在你不是江湖人，否則，我等都得跟你一起把臉皮丟盡了！」

「小肥，你千萬小心，此人剛剛說過的話，都能立刻不認帳。萬一到了他們的老窩裡頭……」

眾豪傑當然不願意放下兵器，七嘴八舌地嚷嚷。

然而，寧彥章心裡卻非常明白，自己這邊並沒有多少跟對方討價還價的本錢。特別是韓重贇也被抓的情況下，更是不能過分刺激對方。

於是，他筋疲力竭地笑了笑，低聲勸告：「各位叔叔伯伯，就這麼辦吧！把兵器先交給他，過了河再找他要回來便是。他不是江湖人，咱們不能以江湖規矩要求他！」

「也罷！他是劉知遠手下的官兒，咱們不能對他要求太高！」

「也是！咱不跟當官的一般見識！」

眾豪傑雖然不願意，卻能體諒小肥的無奈。一邊冷言冷語，一邊將兵器丟到了濕漉漉的河灘上。

郭允明心裡雖然羞惱，卻急著脫離險地，所以也不跟一眾江湖豪傑做無謂的口舌之爭。給手下人使了眼色，暗示他們將兵器都收走。然後擦掉臉上的血，重新擺出一副文質彬彬模樣，面孔正對著寧彥章，向甲板伸出右手，「天色已晚，微臣恭請殿下登舟！」

「郭長史也請！」寧彥章大模大樣地點了下頭，轉身，龍行虎步走向甲板。

「殿下務必仔細腳下！」郭允明擺足了忠臣的姿態，再度朝著寧彥章的背影施禮。隨即，迅速指揮人馬，兵分兩路。一路按原計畫跟隨自己「護送二皇子」渡河，另外一路星夜返回韓璞處繳令。

給他添了無數麻煩的韓重贇，自然也被他扣在了船上。以免此人冷不防又鬧什麼新花樣，讓他和武英軍都指揮使韓璞兩個更頭疼。

韓重贇正愁如何去面對自家父親，見郭允明不准許自己下船，反而心頭一陣輕鬆。三步並作兩步走到寧彥章面前，大聲安慰：「你不要怕，我陪著你一道去見漢王。他們做的這些事情，漢王未必知曉。即便知曉了，我也一定要據理力爭，讓漢王改弦易張！」

「多謝韓兄仗義！」到了此時，寧彥章才有機會跟韓重贇說上話。趕緊雙手抱拳，向著對方躬身行禮。

「客氣什麼！」韓重贇側開身，苦笑著以平輩之禮相還。「這件事，還不是由我阿爺而起！我這做兒子的，無法勸他收手，替他還些債總是應該的！」

「韓兄不必想得太多。伯父那邊，恐怕也是身不由己！」知道韓重贇是個難得的厚道人，寧彥章不願意讓他難堪，所以微笑著開解。

「老實說，我覺得也是！」韓重贇的臉色，立刻變得好看了許多。迅速扭頭向郭允明掃了一眼，聲音壓到極低，「我阿爺以前真不是這樣子。就是自打幾個月前跟那廝搭夥了，才讓我覺得越來越陌生……」

「噢，原來根子在這兒！」本著讓好朋友寬心的念頭，寧彥章非常體貼地做恍然大悟狀。

「那廝……」

「那廝……」

說著話，二人的目光，不知不覺間，就又同時落在了武英軍長史郭允明身上。卻詫異地發現，此人自打上了船來，面孔就始終對著黑漆漆的曠野，手按刀柄，脊背和大腿都繃得緊緊。哪怕腳下的船隻已經離開了河岸，依舊沒有放鬆分毫！

郭允明站在船側舷後，身體隨著大船的轉動而緩緩轉動，眼睛始終一眨不眨地盯著岸上黑漆漆的曠野，彷彿曠野中，隨時會撲出一隻猛獸來，撲向他的喉嚨。

敵人依舊在岸上，正盯著大夥離開！無論瓦崗眾如何冷嘲熱諷，無論韓重贇如何花言巧語，他郭允明，卻依舊堅信自己先前的判斷。

這是他在屍山血海裡打過無數滾兒，才養成的直覺。只要有危險靠近，他的雙眉之間，鼻梁末端位置，就會隱隱發麻。曾經多次在關鍵時刻，這個直覺救了他的命。所以，郭允明絕不相信，唯獨這次，自己的直覺居然出了問題！

那絕無可能！

即便韓重贇沒有說謊，真的是他主動聯繫了余思文等瓦崗賊，並親手謀劃了整個行動方案。依舊不能證明，夜幕後的那個對手並不存在。

此人之所以遲遲沒有出手，不過是沒找到合適時機而已。

一旦機會臨近，此人絕對就會忽然從墨一般的黑夜中鑽出來，對著大夥的喉嚨，露出銳利的尖牙！

鼻梁骨末端傳來的酥麻感覺是如此之劇烈，令郭允明根本不敢有絲毫的放鬆。然而，令他無比失落的是，直到大船過了河中央，將南岸徹底拋棄在了身後。那個隱藏於黑暗中的敵人，依舊沒有出現。

此人宛若掉在沙地上的露水，就在他的「眼前」緩慢而清晰地消失了。消失得乾乾淨淨，連一絲多餘的痕跡都沒留下。

「長史，回船艙吧，河上風大！」都頭李文豐頂著烏青的眼眶走上前，低聲勸告。

受郭允明的影響，他也全身戒備地在甲板上站了小半個時辰，如今無論精神還是體力，都疲憊到了極點。

「你先下去吧，我再四處巡視一遍。」郭允明友好地笑了笑，臉上的血跡隨著搖曳的燈光，「突突突突」跳動不停。

「是！」李文豐扠手領命，卻不敢真的跑進船艙裡頭休息。堂堂一軍長史還在巡夜，他這個小都頭哪有膽子躲起來偷懶？

「不必客氣，我是說真話！你趕緊下去瞇一覺。照當前這模樣，估計頂多再有大半個時辰，船就能靠上北岸。等上了岸，咱倆再互相輪換！」不想方設法害人的時候，郭允明會變得非常大度體貼。見李文豐遲遲不肯移動腳步，笑了笑，繼續補充。

「屬下遵命！」這回，都頭李文豐沒有繼續糾結雙方職位差距。再度行了個禮，快步跑進了船艙。

郭允明友善地對著他的背影笑了笑，緩緩移動腳步，走到船尾。目光再度轉向正常人已經根本無法看清楚的黃河南岸，把自己重新站成了一個雕塑。

鼻梁末端處酥麻感覺依舊在，這說明對手還沒有離開。這夥人很有耐性，但是郭允明相信，在世間，沒有幾個人能比自己的耐性更好。

因為，在這世間，能做到他這個位置者，沒有任何人比他經歷的磨難更多。

雖然，眼下他以大唐名將郭子儀的後人自居，並且還跟鄜州節度使郭謹攀上了宗親。但是，他卻清楚的記得，自己原本是一個孤兒，從記事起，就不知道父母是誰。而郭這個姓氏，最初則來自一名老乞丐。

那個老乞丐收養了十幾名像他這樣的孤兒，卻並非出於善心，而是需要利用孤兒們的年幼，博取百姓們的同情，以便替他去乞討更多的乾糧和錢財。

每天至少半升米，或者三個銅板。如果天黑後完成不了任務，等待著小乞丐們的，就是柳條、板子，甚至鐵棍。

郭允明曾經親眼看到，老乞丐將一名連續五天沒能完成任務的女孩，用鐵棍硬生生打斷了雙腿。然後作價五十文，將其賣給了另外一名爛鼻子乞丐頭目，由後者和可憐的女孩扮作父女去下一個城市乞討。

殘疾的孩子，總能博得更多的同情。在此後三個月乃至半年內，那名女孩就是爛鼻子乞丐的搖錢樹。至於那個女兒會不會落下終身殘疾，沒人會考慮。通常，被打斷了腿的小乞丐最多也活不過半年。而那時，賺夠了數十倍「成本」的爛鼻子，可以拿著錢再去別的城市買一個「女兒」，打斷她的腿或者胳膊，繼續他的發財大計！

郭允明不敢想像自己斷了腿之後的模樣，所以他每天乞討時，都使出渾身解數。如果到了天快擦黑還沒完成任務，他就不再抱著行人大腿苦苦求告，而是想辦法去偷，去騙！哪怕因為偷竊和詐騙被一次次打得頭破血流，至少那些人不會因為幾個銅錢的損失，就把他活活打斷腿。

即便一天的收穫頗豐，他也不敢睡得太早。每次都半睜著眼睛，直到郭姓老乞丐打起了呼嚕，才敢稍稍放鬆警惕。

因為他長得比任何周圍一個乞丐都清秀，而清秀對於沒有自保之力的孤兒來說，反倒是上天的懲罰。那些乞丐頭子獸性大發時，可不管手下的小乞丐是男是女。有時候，糟蹋一個拚命掙扎反抗的男孩子，往往比糟蹋一個孤女更會令他們血脈僨張。

但是，他那時畢竟還是一個孩子。再有耐心，都比不過一名成年人。

於是，在某一天半夜，當他被突然而來的痛楚驚醒時，整個世界都變了顏色。

從那時起，他跟人比耐心就再也沒輸過。

因為他已經輸無可輸！

按照常理，像他這種無父無母的乞兒，很少有機會長大成人。但幸運的是，有一天，郭允明在行竊時，偷到了一把匕首。

那把匕首來自一名喝醉了的公子哥，非常短小，卻銳利異常，說是削鐵如泥也不為過。

當晚，郭允明在回棲身破廟之前，將匕首藏在了石頭底下。好讓匕首沒有像銅錢一樣，被老乞丐搜走。半夜，在老乞丐像往常一樣，再度醉醺醺地湊湊到他身邊，試圖重溫「師徒之誼」之時，他用那把匕首割斷了此人的喉嚨。

連年戰亂不休，各地乞丐與流民多如牛毛。

每個冬天被凍死的乞丐，也數以百計，官府從來不聞不問。

但有一個定期給差役們繳抽頭的乞丐頭目被殺了，地方官府卻立刻抖擻起了精神。

案子破起來不費吹灰之力，郭允明這個人犯也被抓了個證據確鑿。

就在這個時候，幸運之星第一次照耀了他。

那名匕首原主人，在衙役們拿著「失物」向其邀功時，知道了他。用一封信，將他從殺人重犯，變成了少年義士。

少年義士當然不能再做乞丐，於是乎，郭允明有了新的身份，改姓范，跟在匕首原主人身後做書童。

只是，他這個書童，卻不只負責伺候匕首的原主人讀書。後者是河東制置使范徽柔的長子，自幼胸懷大志。手底下，至少蓄養了上百名像郭允明這樣無父無母，且無法無天的孤兒。日日嚴格訓練，以備將來不時之需。

只可惜，這位范大公子的能力，遠遠比不上他的野心。沒等他將蓄養的死士派上用場，河東制置使的府邸，已經被重兵包圍。范徽柔全家被誅，財產奴僕盡數充公。表面上作為書童的范允明，也屬被充公物品之一。

隨即，幸運之星再度照耀了他。

作為充公物品，他被賞給朱州節度使劉知遠，即現在的漢王。

劉知遠是沙陀人的後代，性喜騎馬射獵。光是輔助追踪目標的獵鷹，在家裡養了十幾隻，每一隻都價逾千金。

而一個奴僕年老體衰時，所能獲得遣散費用，從來不會超過兩吊。

只有伺候獵鷹的奴僕例外，即便年老體衰，依舊可以在府裡拿一份供養。

年老的鷹奴，需要不斷為節度使府培養弟子，以便在他死後，獵鷹不至於沒人照顧。

於是乎，一個叫郭二的老鷹奴，突發善心，收了面目清秀的范允明做徒弟。

從那一天起，他又開始姓郭。並且被師父疼愛有加。

每天晚上，師徒兩個都抵足而眠。

一年後，郭允明學會了鷹奴郭二的全部本事。

一年半後，鷹奴郭二在喝醉了酒，外出時跌倒在路邊，昏迷不醒。被大雪蓋住，活活凍死！

郭允明則繼承師父的空缺，成了節度使府最年輕，最出色的鷹奴。

他調教出來的獵鷹，是整個節度使府，乃至整個河東最好的。沒法不引起節度使劉知遠的關注。

然後，他又從養鷹獵奴變成了節度使的馬童，貼身小廝，內府二管事，如是一步步爬到了刑名書吏位置，一步步洗清了身份，從奴僕變成了良家子，名門之後，一步步變成了現在文武雙全的郭長史。期間所付出的辛苦和代價，不足為外人詳說。

但是，郭允明卻清醒的知道，自己能擁有眼下的這一切，與自己無人能及的耐性息息相關。

他曾經跟節度使府內養的獵鷹比耐心，幾天幾夜不吃不動，只是彼此盯著對方的眼睛。直到那頭獵鷹支撐不住，率先垂下高傲的頭顱，乖乖地去喝水進食。

他曾經把一隻腿上流著血的公雞拴在樹下，自己蹲在樹上幾天幾夜。直到一頭被他盯上多時的紅色狐狸失去警惕，從山洞裡鑽出來撲殺公雞，隨即被他用網子扣住，生擒活捉。最後變成劉知遠愛妾最喜歡的一件皮領。

耐心和警覺，造就了他，給予了他現在的身份和地位。

他要用自己的耐心和警覺，挖出南岸黑夜中那個對手的真容。

盯著，盯著，一眼不眨，他像真正的一座木雕般，從不挪動分毫。

全身的血流都幾乎停止，蒼白的臉孔，也被夜風吹得幾乎麻木。不知道又過了多久，忽然，黃河南岸亮起了幾點火光。

非常微弱，就像盛夏夜裡的鬼火一般，迅速滾上了河灘，隨即，又迅速遠去。

同時，滾滾的濤聲背後，隱隱傳來幾聲微弱的鶴鳴。宛若秋風掠過蘆葦的葉子，纖細而又悠長。是銅胡笳，替劉知遠指揮過獵鷹的郭允明，對此非常熟悉。哪怕是再微弱，也能分辨得清清楚楚。

銅胡笳，是當年沙陀人出戰時最常用的聯絡物品。

如今，天下豪傑麾下的隊伍中，依舊保持著很多沙陀族習慣的，只有兩家。

一個是曾經在後唐明宗麾下效過力的沙陀人劉知遠，現在的漢王。

另一個，就是後唐太祖李克用的養子李存審的第四子，李彥卿。

數年前為避嫌恢復姓氏為符，受封許州節度使，祁國公。

符彥卿麾下的一干細作，卻不知道郭允明如此有耐心，居然堅持到親耳聽見了他們的聯絡信號，方才冷笑著罷手。

他們看不見已經消失於河面上的大船，更看不見郭允明那夜梟一般的眼睛。在認定了大船已經去遠之後，他們立刻放鬆了警惕。陸續從各自的藏身地點鑽出來，彼此用銅胡笳打了個招呼，然後跳上坐騎，星夜向自家老巢疾馳。

「二皇子」已經被劉知遠的人接走了，馬上，就要成為後者手中的傀儡。「挾天子而令諸侯」，可不是當年三國曹氏的獨門絕活。自獻帝之後，幾乎每一次改朝換代，都會出現類似的劇情。而為了應對即將出現的被動局面，符家必須現在就有所行動。

因為眼下符彥卿還接受了契丹天子耶律德光賜予的官職，所以這些細作，並不需要像郭允明等人那樣繞開州縣。他們沿著最近幾年剛剛休整過的馳道，靠著符家的腰牌和懷裡的銀錠銅錢，一路狂奔。並且頻繁地在沿途驛站更換坐騎，只用了兩個夜晚和一個白天，就將辛苦打探回來的消息送入了祁國公府邸。

恰巧符彥卿的長子，衙內親軍指揮使符昭序當值，接到「二皇子」落入人手的消息後，大驚失色。連句慰勉的話都沒顧得上向細作頭目說，起身穿過前衙的後門，三步並作兩步衝向了院子中央位置，自家父親的書房。

符彥卿雖然已經到了耳順之年，精神和體力，卻絲毫不輸於二十幾歲小夥子。這天趁著早晨剛起床興致好，正在仔細品鑒一幅前朝顏魯公留下的墨寶。猛然聽得院子裡頭傳來慌張的腳步聲，忍不住輕輕皺眉，「誰在那？大清早瞎跑些什麼？」。注二三

「阿爺，大事，大事不好了！二皇子，二皇子已經被劉知遠，劉知遠的人送過，送過黃河了！」沒等侍衛們開口回報，門已經被人用力推開。緊跟著，符昭序氣喘吁吁地衝了進來，彎著腰叫嚷。

「荒唐！」見到自家長子表現得如此驚慌失措，符彥卿心中原本只有三寸高的火頭，「突」地一下就跳到了七尺。將手中書札猛地朝案子上一拍，大聲呵斥：「你平時所做的那些養氣功夫，莫非都做到狗身上去了？屁大的小事就亂了方寸！若是劉知遠的兵馬果真打到了家門口，還不是要把你給活活嚇死！」

「不，不是！沒，沒……」符昭序被罵得臉色微紅，卻依舊無法平心靜氣。擺擺手，斷斷續續地補充，「唉！阿爺，您且聽我說完！二皇子被郭允明那廝，給一路護送過黃河了。咱們的人，李守貞的人，還有高行周的人，都沒能把他給搶下來。但是過了黃河之後，還要再經過懷州、澤州、潞州，才算安全進入河東節度使地界。他們，他們在路上，不，不可能每一刻把二皇子保護得潑水不透。只要阿爺您用飛鴿，用飛鴿給咱們布置在太行山內的那支奇兵，下，下一道追殺令。隨時，隨時都可能讓那玩鷂子的傢伙空歡喜一場！」

「然後呢，然後為父我就落下一個弒君的惡名？然後，然後你我父子就等著被天下豪傑群起而攻之！」符彥卿心頭的火苗，頓時從七尺轉瞬跳到了一丈，向前逼了半步，居高臨下看著自家兒子的眼睛質問，「你最近是不是豬油吃多了，還是剛剛從馬背上掉下來過？說話之前，能不能稍微用點兒心思！除了

注二三、顏真卿死後被追封為魯郡公，所以後世尊稱其為顏魯公。符彥卿除了武藝精熟，將略過人之外，在書畫方面造詣也很深。是個五代時少見的儒將。

惹禍上門之外，派人殺了二皇子，到底對我符家有什麼好處？莫非你依舊嫌我符家人丁旺盛，還想再招惹一場滅門慘禍！」

他乃是後唐秦王李存審的第四子，上面還有三個哥哥。然而大哥昭義節度使符彥超和二哥義成節度使符彥饒先後捲入了帝王的家事，死於非命。三哥符彥圖也為此被嚇出了口吃病，五十多歲的人了，卻連一句完整的話都說不全。

雖然從某種程度上，他符彥卿算因禍得福，取代了三位哥哥，繼承了父親留下的全部基業。可符家的實力和人丁，卻因為兩場慘禍而大幅縮水。如果真的再因為謀害「二皇子」，而成了眾矢之的，恐怕符家就得徹底斷送在他這代，再也無法繼續向下傳承！

然而當父親的說得聲色俱厲，卻根本未能觸動做兒子的分毫。符昭序只是又稍作遲疑，就振振有詞地說道：「怎麼會？咱們自己不承認，誰還能把一群強盜的罪行，硬安到符家頭上！照理說，太行山距離他劉知遠的地盤更近。誰知道是不是他劉知遠突然心生歹意，在半路上對二皇子痛下殺手！」

「出去！」實在對這個糊塗兒子失望到了極點，符彥卿狠狠瞪了對方一眼，指著書房的門咆哮，「給我滾出去。從現在起，你的衙內軍指揮使也不必做了。把印信立刻交你弟昭信手裡，然後閉門讀書三年。什麼時候把心思讀通透了，什麼時候再來見我！」

「父親大人——！」沒想到好心替家族獻計，卻落到如此下場。符昭序又氣又急，臉色立刻變得慘白如雪，「二弟今年才十一，以前從沒帶過兵，甚至連馬背都爬不上去！」

「那也好過你這糊塗蟲！」符彥卿咆哮，「至少，他能做到守成有餘。而不會像你，將整個家族往絕路上帶！出去，立刻給我出去。來人，傳老夫的命令。符昭序行事糊塗，忤逆不孝。從即刻起，免去衙門軍指揮使之職，閉門思過。家中大事小事，他都無須再參與！」

這已經不僅僅是簡單的薄懲，而是要剝奪作為長子的家族繼承權了。頓時把個符昭序嚇得「撲通」一聲，跪倒於地，「父親大人息怒，兒子，兒子知道錯了！」

誰料想，他越是急著認錯，反而越是令符彥卿傷心。擺了擺手，咬牙切齒地數落，「你知道個屁！才遇到點風險就不敢堅持自我，將來你怎麼可能管得好這個家？怎麼可能帶好手底下的各軍將士？」

「認錯也不許，堅持到底也不對，您到底想讓我怎麼樣？」符昭序也是三十多歲的人了，聽老父連一點「活路」都不願給自己留，忍不住也火冒三丈。「乾脆，您老一刀把我給宰了算了，好歹能永絕後患！」

「你，你……」符彥卿被氣得眼前陣陣發黑，不知不覺間，手就向自家腰間摸了過去。

「我早就知道是這樣！」符昭序見狀，也不躲避，只是流著淚緩緩搖頭。「您心裡根本沒有我這個兒子，巴不得我早把長子的位置給別人騰出來。無論我做什麼，怎麼努力，也全都是錯！」

「你這個昧良心的王八蛋！」符彥卿打了個冷戰，將手從刀柄處收回，抬腳朝著兒子猛踹。「從你八歲起，我就全心全意培養你。無論吃穿，還是用度，還是聘請文武教習，哪樣計較過本錢？哪樣，不是揀最好的給你？而你，你居然還嫌我這做父親的對你關照不夠。你，你到底想我怎麼樣，到底怎麼樣才能心滿意足？」

他是疆場上衝鋒陷陣的勇將，身手實在比自家養的公子哥強得太多。才三、兩腳下去，就把符昭序給踹成了滾地葫蘆。

後者挨了揍，卻依舊不肯服軟。雙手抱著腦袋，大聲哭訴：「那又如何？從小到大，你真正放心過我做任何事情嗎？說是衙內軍指揮使，沒有您的點頭，我可能調動一兵一卒？甭說是二弟，就連才學會走路的老三，您給他的笑臉，加起來比我這三十幾年都多吧！我又不是石頭，怎麼不知道冷暖……？」

「我，我打，打死你個貪心不足的王八蛋！」符彥卿聽了，心中的失望簡直變成了絕望。抬起腳，向著兒子的屁股和大腿根兒等肉厚之處，繼續狠踹。

周圍的侍衛聽了，都嚇得躲出遠遠，誰都不敢隨便上前攙和。眼看著父子倆個就針尖對上了麥芒，誰都無法下臺。院子的側門處，忽然傳來一聲低低的驚呼，「啊，阿爺，您這是怎麼了？就算父子兩個切磋武藝，也不能下如此狠手吧！來人，還不把我大哥扶起來！阿爺，您小心點兒，大哥細皮嫩肉，萬一傷得狠了，過後您自己可是難免心疼後悔！」

說著話，一道淡藍色的影子，已經飄到符彥卿面前。纖細的胳膊只是輕輕一推，就把百戰悍將，給推得跌坐回了寬大的胡式座椅中，瞪圓了眼睛喘息不停。

「大小姐！」

「見過大小姐！」

……

眾侍衛如蒙大赦，一邊上前給說話的女子見禮，一邊從地上扶起滿屁股腳印兒的長公子符昭序。

大夥誰都知道，符彥卿對女兒比對兒子還親。特別是對剛剛代表符家與李家聯姻，下嫁給天平軍節度使李守貞之子的符贏，更是因為心存負疚，而視作眼中之瞳。

「阿爺，您這是怎麼了。哥哥也三十幾歲的人了，您多少也得給他留幾分顏面！」在眾人略帶欣慰的目光中，符贏走到符彥卿身後，一邊輕輕給父親捶打脊背，一邊柔聲替自家哥哥爭理。

「你問他，今天這頓打挨得冤不冤枉？我要是不狠狠給他個教訓，他永遠不會長記性！」符彥卿剛剛經歷了一番發洩，心中火頭消失了近半兒。指著站在面前滿臉是淚的兒子，恨鐵不成鋼。

他雖然身體強健，精力旺盛，但在繁衍子孫這方面，卻並不怎麼成功。長子符昭序之後，接連三個都是女兒。直到十年前，才有了老二昭信，算是老大的後備。兩年半前，又有了老三昭願，好歹讓家族有了開枝散葉的可能！

所以對於自家長子，他以前著實過於嬌慣放縱了些，根本不曾板起臉來做過一天嚴父。直到現在，才忽然發現老虎家裡居然養出了一隻病貓，開始暗生悔意，卻已經為時太晚。

「你們幾個都退下，順便到廚房，給我父親、哥哥和我，傳今早的飯菜上來。」見父親依舊餘怒未消，而哥哥又始終梗著脖子，符贏的眼睛微微一轉，笑著向侍衛們吩咐。

「遵命！」眾侍衛正巴不得早些離開這「是非」之地，聞聽此言，立刻齊齊答應了一聲，邁開雙腿，如飛而去。

待大夥的身影都走得遠了，符贏又向自己的兩個貼身丫鬟擺擺手，低聲吩咐，「金釧，玉釧，妳們去門口候著。等會兒幫忙斟酒布菜！順便招呼過往的人，讓他們都長點兒眼色，別走得太近！」

說罷，也不管兩名丫鬟如何去執行。裊裊婷婷走到書案前，捧起茶壺，先給父親和哥哥兩個，各自斟了一碗，親手奉給對方。然後又笑著開解道：「父親打兒子麼，當然是愛之越深，責之越切！但除了責之外，您至少得讓哥哥明白，您責罰他的道理。如若不然，非但他挨打挨得稀裡糊塗。您老的一番苦心，不也枉費了嗎？」

「哼！」符彥卿鼻孔裡噴了一口氣，隨即苦笑著搖頭，「怎麼妳不是個男兒身。如果妳哥有妳一半兒強，我這個當父親的，也不會像現在這般累！」

抱怨過後，終究覺得自家女兒說得話有道理。又輕輕嘆了口氣，陸續說道：「劉知遠不知道從哪裡找了個放羊娃來，硬說是二皇子石延寶。結果，妳哥哥聽說了，就慌慌張張地跑進來，催促我動用太行山裡的那支奇兵，半路劫殺。還說過後能栽贓給劉知遠，不讓咱們符家落半分因果。妳說，他的一把年紀，是不是活到了狗身上？」

「這……？」符贏略做遲疑，心中立刻有了答案。但是，她一個攜婿歸寧的女兒，卻不能再挑娘家哥哥的錯失。笑了笑，緩緩說道：「如果真的是二皇子的話，的確有些麻煩。那劉鷂子，雖然也曾派人向耶律德光送過降書，可畢竟沒親自去見他，過後完全可以推托說是緩兵之計。」

「唉——！」符彥卿聽了，立刻再度幽幽嘆氣。

當初朝廷讓杜重威率領十萬大軍迎戰耶律重光，同時命令他和高行周兩個各自率帳下部曲趕去助陣。結果他們二人還沒走到戰場，杜重威已經倒戈投敵。並且派遣精銳直插他和高行周二人身後。走投無路的情況下，他和高行周才不得不也向契丹人屈下了膝蓋。暗地裡，卻都把自家兒子派回了老巢，以備不測之需。

本以為，這番布置巧妙得當世無雙。流水的朝廷鐵打的家！無論契丹人能否在中原站穩腳跟，符家和高家都可以從容進退。誰料想，人外有人，山外有山。那個玩鷂子出身的劉知遠，卻比他和高行周兩個更為聰明。居然自己不出面，只派了麾下一名文職去向耶律德光宣誓效忠，為太原方面爭取準備時間。暗地裡，又高高地舉起了驅逐胡虜的道義大旗。

兩相比較，高下立判。

雖然劉知遠到目前為止，所做的全都是嘴皮子功夫。實際上，並沒有派遣一支千人以上建制的兵馬渡過黃河。但許多「不明真相」的後晉將士和官吏，卻紛紛投效於其麾下。甚至還有很多受了契丹人欺壓的豪門大戶，也與之暗通款曲。雖然不敢明著打出旗號恭迎漢王。私下裡，卻積極出錢出糧，幫助「漢王」招攬山賊草寇，一起「收割」契丹人的腦袋。

反觀符家和高家，卻因為符彥卿和高行周兩人的短視行為，而背負上了「屈身事賊」的污名。軍心、士氣，以及對下屬的凝聚力，都大受影響。

若是契丹人能始終占據中原也好說，反正有後晉開國皇帝石敬瑭給耶律德光當兒子的先例在，符家和高家的行為，只能算順應時勢。然而，誰也沒想到，貌似強大無比的契丹人，事實上卻是有些外強中乾。連續幾個月來，居然被劉知遠和各地豪強花錢雇傭的江湖蟊賊們，給殺得只有招架之功，沒有還手之力。

據符家安插在汴梁的眼線彙報，那契丹天子耶律德光，前些日子竟然因為麾下部眾被割掉腦袋太多，給氣了個吐血昏迷。雖然很快就被郎中用藥石救醒，但是身體和精神卻都大不如前，估計用不了多久，就要駕鶴歸西了！

耶律德光一死，契丹人更難在中原立足。萬一他們主動撤離，萬里江山可就立刻又失去了主人。到了那時，玩鷂子的劉知遠手擎「驅逐胡虜」的大旗，他符彥卿、高行周、杜重威等一眾曾經屈身事賊者，在對方面前連頭都抬不起來，又憑什麼跟對方去一道中原逐鹿？

「阿爺您當初所做的決定，著實太倉促了！杜重威派去抄您後路那支兵馬，能不半路上自己散掉就已經燒高香了。怎麼可能攔得住高節度和您？」明知道此刻符彥卿早已把腸子都悔青了，符嬴卻偏偏哪壺不開提哪壺，沒等父親的嘆氣聲淡去，就微笑著責備。

如果同樣的話從長子符昭序的嘴巴裡說出來，肯定又得把符彥卿給氣得暴跳如雷。然而換了女兒開口說，卻讓他臉上湧不起絲毫的怒容，只是跌坐在寬大的椅子上，繼續低聲嘆氣，「唉，誰說不是呢！為父我當初只是怕，只是怕長時間懸師在外，而家裡邊卻被宵小所趁！」

有些話，他心裡明白，嘴巴上卻不願意說得太清楚。否則，恐怕會更讓自家大兒子難堪。如果當時家中有個靠得住人手的坐鎮，他符彥卿又何必向耶律德光求饒？雙方又不是沒交過手，從早年間的嘉山之戰，到後來的澶淵之戰，再到開運二年的陽城之戰，哪一仗，符家軍曾經讓契丹人占到過便宜？耶律德光憑著杜重威的十萬降兵，想逼走他符彥卿容易，想把符家軍圍困全殲，那幾乎就是痴人說夢！

但是當時，符彥卿卻徹底亂了方寸。他不敢掉頭突圍，不是因為不相信麾下將士的戰鬥力，而是不相信自己被困的消息傳開後，長子符昭序能守好老巢。所以，他與高行周兩人一道向耶律德光投降了。降得非常無奈，非常委屈。然後，他從此就比漢王劉知遠矮了不知道多少頭！

「所以阿爺您在當下，就更加惜名如羽！」符嬴心裡，同樣知道自家父親當初之所以倉促就決定率部投降，其中很大原因是由於不放心哥哥。但是，她卻沒有繼續在這個話題上做過多引申。而是眨了眨眼睛，把重點轉移到今天的事情上來。

「是啊，道義這東西，無形無跡，關鍵時刻，卻不亞於十萬雄兵！」符彥卿咧了下嘴巴，苦笑著點頭。

「大晉開國皇帝石敬瑭，就是一個活生生的例子。雖然他當年認賊作父，是出於形勢所迫。並且燕雲十六州也非他一人所棄。然而他這個『兒皇帝』，卻從登基那一天起，一直窩囊到死。非但對我們這些領兵在外的節度使不敢高聲說話，就連被他一手提拔起來的下屬劉知遠，他也是只敢恨在心裡，卻在明面上不敢給與任何刁難！」

「那劉知遠，不過是想做第二個曹操！挾天子以令諸侯！」根本不理解父親和妹妹的良苦用心，符昭序忽然站了起來，大聲強調。

「坐下！」符彥卿的臉色立刻又變得無比難看，豎起眼睛，沉聲喝令。「你只准聽，不准胡亂插嘴！」

「阿爺您……？」符昭序被喝了個滿臉通紅，梗著脖子，喃喃地頂嘴。

「再敢多說一個字，剛才我對外邊說的那些話，就立刻生效！」符彥卿狠狠盯著他的眼睛，用極低，卻不容置疑的聲音補充。

「倒是誰的孩子姓符啊！」符昭序嚇得打了個冷戰，不敢再多嘴，一邊努力將身體坐直，一邊小聲嘀咕。「不知道的，還以為我是外姓人呢！」

「噗哧！」符贏非但沒被哥哥這句充滿挑釁的話語激怒，反而被說得露齒而笑，「當然是大哥的繩武姓符啊，妹妹我和夫君還沒孩子呢！即便有了，也得繼承他們李家的衣鉢。對了，怎麼沒見繩武？我都回來差不多有小半個月了，他卻未曾拜見我這個姑姑！」

「阿爺說男孩子不能嬌生慣養，送到軍中去歷練了！我已經派人去接，估計這一兩天就能回來！」聽妹妹說起自家兒子，符昭序身上的倒刺立刻全都軟了下去。笑了笑，低聲解釋。

「這麼小就已經去了軍中？這點，倒是像極了當年的阿爺！」符贏想了想，低聲點評。臉上笑容，就像暮春時節的南風一樣溫暖。

符昭序在別的方面也許不夠機靈，一涉及到家族繼承權，卻反應極為迅速。立刻用力點了點頭，大笑著說道：「長子長孫自然需要求嚴格一些。不能當作尋常孩子來撫養。妳呢，在李家過得還好嗎？這兩天跟妹夫一道吃酒，看起來他對妳極為敬重！」

「我可是符家的女兒！」符嬴的眼睛裡，有一絲痛楚迅速閃過。隨即，雙目又瑩潤如水。臉上的笑容，也宛若盛夏時的牡丹花般絢爛。

符家的女兒，祖父是秦王，父親是祁國公，家族中名將輩出，軍中門生故舊無數。而她的公公李守貞，不過在去年剛剛才被封為天平軍節度使。全部實力都加在一起，也比不上符彥卿的一條大腿骨。

娶了這樣的一個妻子，做丈夫的怎麼可能不當作神龕供起來？怎麼可能不敬愛有加？

「那倒是！」符昭序根本沒看到自家妹妹的眼神變化，只是得意洋洋的點頭。「妹妹可是將門虎女。他李崇訓要是敢隨便寵愛小老婆，妹妹妳根本不用向公婆告狀，直接拔出刀來砍了便是！」

「你看你，這麼大了，說話也沒個正經！妹妹我怎麼可能是那種妒婦。《女則》和《女訓》，我可是自小背誦過無數遍的！」符嬴輕輕吐了下舌頭，笑著否認。「咱不說這些，免得二妹和三妹將來找不到如意郎君。咱們繼續說正事，阿爺，剛才咱們說到哪裡了？」

經她刻意拿親情一打岔，書房裡氣氛已經比先前溫馨了許多，符彥卿臉上的怒意，也早已消散近半。猛然間聽女兒問起先前的話頭，便笑了笑，低聲說道：「妳這沒良心的，居然敢拿阿爺我當書童使喚！也罷，誰讓老夫當初養而不教呢！說到妳阿爺我甘心把脖子縮起來，放任劉知遠隨意施為的原因了。他是驅逐胡虜的大英雄，妳阿爺我是屈身事賊的軟骨頭，見了面就自覺低了一頭，沒勇氣跟他相爭！」

「阿爺您又故意考校我們！」符嬴回過頭，嗔怪地白了自家父親一眼，低聲數落。「這些話，是剛才女兒我說的。您是成名多年的英雄豪傑了，怎麼可能如此消沉？」

「我也覺得，阿爺斷然不會任由那玩鷂子的爬到自己頭頂上！」符昭序巴不得自家父親早日動手，所以無論聽懂沒聽懂妹妹的話，都大聲附和。

「唉——！」符彥卿見了，忍不住第三次搖頭嘆氣。自家大女兒真的是男孩子就好了，符家也算後繼有人。可她偏偏不是，平白便宜了那個姓李的，對方還未必真的會拿她的智慧當回事！

「阿爺您嘆什麼氣，大哥和我猜錯了嗎？」符贏睜開大大的眼睛，滿臉無辜。

「行了，收起妳那套鬼把戲吧。我就知道這事兒瞞妳不過！」符彥卿看看兒子，又比比女兒，繼續苦笑著搖頭。「既然已經被劉知遠搶先一步，拿走了首義大旗，此刻咱們符家最好的選擇，就是以不變應萬變。下手去半路截殺二皇子，則屬昏聵到無法再昏聵的招數，損人且不利己，腦袋被驢踢了的人才會想出來。只是可惜了馮莫……」

「他可是您親自派出去的！」符昭序不肯承認自己腦袋有問題，梗著脖子，快速提醒。

「為父我派他去查驗二皇子真偽，卻沒命令他動手搶人！」符彥卿看了他一眼，冷笑著強調。「不過這樣也好，至少他以自己的性命，證實了二皇子的身份為真！」

「您是說，二皇子是假的？」符昭序恍然大悟，一躍而起。

「坐下！」符彥卿低聲呵斥，隨即冷笑著搖頭，目光裡頭充滿了嘲弄，「我沒說過！也許應該是真的吧，管他呢！硬要說是真，肯定能找出許多證據來！其實，真也好，假也好，就看大夥願意相信哪個罷了！」

「那，那劉知遠當然願意相信他是真皇子！別人又無法靠近，怎麼可能證明他是假的？況且馮莫還曾抱過他，斷然不會認錯了人！」符昭序瞪圓了眼睛，語無倫次地嚷嚷。幾乎未能理解自家父親所說的每一個字。

「是啊，為父我其實正巴不得，劉知遠早些擁立二皇子登基呢！」符彥卿又看了他一眼，說出來的話，愈發顯得高深莫測。

「您是說，您是說，您，您希望劉知遠做曹操。然後，然後咱們再，再想辦法向二皇子要衣帶詔。做，做劉備或者馬騰！」符昭序的心思轉得太慢，根本無法追上自家父親的節奏，兩眼發直，說出來的話也變得結結巴巴！

這是他能想到的最好解釋。既然符家已經背負不起「弒君」的惡名，乾脆就暫時選擇袖手旁觀，成全劉知遠挾天子以令諸侯的念頭。待劉知遠志得意滿，準備「劍履上殿」的時候，再與新君暗中取得聯繫，關鍵時刻，給與奸臣致命一擊。

梨園的戲曲裡頭，馬騰和劉備，就得到過漢獻帝的衣帶詔。曹操也曾被劉備等人逼得狼狽不堪，名譽掃地。所以這個解釋，在他看來已經非常完美，完美得幾乎接近了正確答案。

然而，現實卻是無情的。符彥卿只用一句話，就讓自家兒子再度灰頭土臉，「你以後，還是少跟那些梨園子弟來往為好。別忘了莊宗陛下是因何失國！」注二四

隨即，不管兒子的失魂落魄，他快速將面孔轉向符贏，雙目之中，充滿了期待，「妳教教他，為父因何希望劉知遠早點輔佐殿下登基！」

「您老高瞻遠矚，女兒我只能勉力一猜，至於準與不準，卻是難說！」符贏分明躍躍欲試，耐著哥哥的面子，嘴巴上卻謙虛至極。

「沒關係，這裡又沒有外人！妳就當咱們父女三個隨便閒聊好了！」符彥卿笑了笑，低聲強調。

「那女兒就斗膽了！」符贏輕輕蹲了下身，給父親和哥哥行禮。然後緩緩站直，緩緩來回踱步，同時用極低的聲音剖析，「第一，挾天子以令諸侯之策雖然高明，卻是拾前人牙慧，效果未必如他劉知遠自己期盼的那樣好。其二，天下豪傑敬畏劉知遠，敬畏的是他敢帶頭去對付契丹人，卻未必敬畏他敢把二皇子玩弄

注二四、莊宗，即後唐莊宗李存勖。其繼承了李克用的家業之後，奮發圖強，北卻契丹、南擊朱梁、東滅桀燕、西服岐秦，一步一步使得晉國逐漸強盛起來。然而卻因為沉迷於看戲演戲，導致朝政混亂，最後眾叛親離，自己也死於所寵信的優伶之手。

於股掌之上！至於第三……」

又緩緩走了幾步，她的身影被透入窗口的日光一照，竟是出奇的雍容華貴，「我記得小時候聽人說，汴梁城裡曾經有一家做古玩字畫的百年老店，叫做『崇文齋』。生意在整個大晉，原本也稱得上首屈一指。可是有一天，店裡卻有幅王右軍的真跡，被人發現可能是贗品。然後當時的鄭王，也就是被契丹人抓走的那位倒楣天子，就親手去抄了這家店。將店主的三世積聚，盡數掠為己有。整個汴梁，卻人人都認為鄭王此舉抄得天公地道，根本沒有誰替店主一家喊冤！」

話音落下，書房內立刻一片沉寂。

符彥卿的身體仰靠在胡式椅子背兒上，閉著眼睛，面色潮紅，胸口不停地上下起伏。

符昭序則將嘴巴張得老大，兩隻眼睛直勾勾地看著自家妹妹，彷彿面前這個女子是他此生初見一般。

他沒想到，自家父親看似聽天由命的行為背後，還隱藏著這麼深奧狠辣的後手。

他更沒有想到，自己根本看不清楚的東西，在妹妹符贏眼裡，卻是毫末必現。

崇文齋只賣了一件王右軍的贗品，便落了個全部財產被抄沒充公的下場，整個汴梁沒有任何人覺得他冤枉。

如果劉知遠擁立上位的二皇子被證明是個西貝貨呢？

契丹人怎麼會那樣笨，居然不懂得斬草除根的道理，硬是讓兩個皇子在押解途中悄然走失？

瓦崗寨的強盜怎麼運氣如此之好，隨便從死人堆裡翻出個被砸破腦袋的小胖子，就恰恰翻出的是失蹤多時的二皇子石延寶？

韓璞和郭允明南下的時機怎麼如此之巧，居然剛剛率部偷渡過了黃河，就恰恰從瓦崗賊手中認出了已經失去記憶的二皇子？

二皇子的記憶力怎麼如此古怪，早不恢復，晚不恢復，剛剛脫離瓦崗群賊之手，就立刻想起了他自己是誰？

……

有一件巧合是運氣，有兩件巧合是上天眷顧，可若是如此多的巧合都發生在一起，都與同一個人息息相關。那個落入劉知遠手中的二皇子，怎麼可能是真的？

退一萬步講，即便所有巧合都是命中注定，老天爺就是看著玩鷂子的劉知遠順眼，那個胖胖的傻子就是二皇子本人！手握重兵的各方諸侯又不是傻子，憑什麼有如此多的疑點不抓住大作文章？

隨便抓住一個疑點都能掀起遮天巨浪，他們怎麼可能老老實實地承認二皇子的身份為真！怎麼可能任由劉知遠爬到所有人頭上，挾天子以令諸侯？

如果那樣的話，就根本不會有著數十年兵戈！

自打朱溫篡唐之後，中原這地方，規則便是皇帝輪流做，明年到我家。

哪怕二皇子身份沒有任何疑點，諸侯們都不會讓劉知遠遂了心願。更何況所有漏洞都端端正正地擺在了明面兒上。

只要抓住一件以贗品充當真貨的行為，就可以理直氣壯地抄沒了百年老店崇文齋。

同理，只要抓到二皇子身上的一個疑點，同樣也可以認定此人乃劉知遠故意找人冒名頂替！

到那時，只要順勢一推，劉知遠就立刻名譽掃地。他帶頭驅逐契丹人所獲得的道義優勢，也必將在瞬間蕩然無存。

他的聲望與帳下兵馬的士氣，就會被再度拉到與其他諸侯相同的高度。想要做這片江山的主人，就必須憑著武力跟諸侯們一家家去死磕，再也不可能妄想著白撿便宜。

這薑，到底還是老的辣！

在想清楚了以上問題的一剎那，符昭序對自家父親，崇拜得幾乎無以復加。

然而，就在下一個剎那，他就立刻開始慶幸，好在自家妹妹是個女兒身！

如果符嬴也是個男子漢，以她的智慧、心機及在這個家中的受寵程度，繼承權還有別人什麼事兒？

恐怕自己雖然身為長子，卻也只有對她俯首帖耳的份，根本沒有資格與之相爭！

「嬴兒，妳在李家一直過得還好吧！有什麼事情，沒必要憋在心裡！不方便跟為父說，就跟妳娘私下裡念叨念叨。咱們符家的女兒，可不是專門生下來給人家欺負的！」正當符昭序惶恐莫名的時候，耳畔，卻又傳來自家老父的聲音，隱隱帶著一縷發自內心的無奈。

「怎麼可能不好？您多慮了，真的！我可是您的女兒！」妹妹的回答聲也隨即傳來，聽上去輕鬆而又愉悅。

符昭序悄悄掐了自己大腿一把，強笑著抬起頭觀望，恰恰看見符嬴那花一樣絢麗的笑容。

而老父的面孔上，卻明顯帶著幾分愧疚。搖搖滿頭華髮，低聲說道：「當初我心中方寸大亂，很多事情都沒來得及考慮周全。現在回想起來，其中最不該的，恐怕就是倉促把妳給嫁了出去！嗨哈！真是造化弄人！」

「阿爺，您說這些做什麼？難道我還能真的一輩子守在您身邊，做一個老姑婆不成？」符嬴笑了笑，臉上一瞬間又露出了幾分出嫁前的嬌憨，「夫家對我很好，公公和婆婆也都通情達理。不會故意刁難人。況且哥哥剛才不是也說過了嗎，崇訓他，崇訓他待我一向敬愛有加！」

「他居然也長著眼睛？」符彥卿將身體直起來，用眼皮夾了一下長子，不屑地搖頭。

「我……」無緣無故又挨了迎頭一悶棍，符昭序冤枉得幾乎當場吐血。「我的確看到妹夫對妹妹不錯了！不光是我，咱們家很多人都看到了。那李崇訓甭看長得人高馬大，卻是難得的溫和性子。從來都是不笑不說話，無論見到誰都主動搶先打招呼。每次提起妹妹來，他，他連眼神都會變得特別溫柔……」

「行了！」符彥卿滿臉疲憊地揮手，「你也甭替他說好話了。他的那些伎倆，都是你阿爺我當年玩剩下的！」

說罷，又快速將目光轉回符贏，「回去後讓崇訓告訴妳公公，他的信，我仔細看過了。一切都沒問題，就依照他信上說的辦。咱們符家的商隊，過幾天就會啟程。無論是皮革、鐵器還是戰馬，都會加大對他那邊的供給。至於價格，他也可以讓雙方的掌櫃們再度面對面商量！」

「謝謝父親大人！」符贏知道老父是在變著法子補償自己，笑了笑，蹲身行禮。

「自家人，不必客氣！」符彥卿抬了下手，笑著吩咐。在緩緩放下的小臂瞬間，他竟然感覺有上萬斤重。

秦王符存審的孫女，祁國公符彥卿的女兒，嫁入剛剛崛起的李家，原本就是下嫁。更何況，贏兒是個名副其實的將門虎女。夫妻雙方的家世和本領，相差都如此懸殊，這樣的婚姻，怎麼有可能幸福？

而當初自己之所以答應了李守貞的求親，卻只是倉促之間，想多結一個外援罷了。而現在看起來，這個外援非但不可能給予符家任何實際上的支持，並且很有可能，將來會成為符家一個擺脫不了的負累！

這些東西，符彥卿自己只要靜下心來，稍稍看得仔細些，便清清楚楚。才智不亞於他的符贏，怎麼可能視而不見！

但是，此番偕丈夫歸寧，她卻依舊滿臉幸福的做初嫁少婦狀。依舊變著法子彌合父親和哥哥之間的矛盾，依舊想方設法討老父和娘親的開心。她自己在夜深人靜時流下的眼淚，又將要用多大的斗來稱量？

想到這兒，饒是符彥卿的心腸早已被崢嶸歲月磨得麻木不堪，卻也禁不住湧起了幾分酸澀。笑了笑，起身走到牆邊的書櫃前，用力拍了幾下機關，從一排自動挪開的典籍後，默默掏出了一塊表面鏨著蒼狼圖案的鐵牌。然後，又默默將典籍恢復如初，轉過身，走到女兒面前，將鐵牌輕輕地放在她的手裡。

「這是妳祖父當年所佩之物，乃妳曾養祖父的晉王殿下親手所製。當初他膝下十三太保，每人都有一面。妳拿著，貼身收好。將來如果遇到什麼揭不開的大麻煩，無論什麼情況，都可以將它舉起來。屆時說不

定有人會認得，能僥倖保護妳一時平安！」注二五

「這，這太貴重了。女兒，女兒不敢收！」符贏被嚇了一大跳，趕緊將鐵牌往父親手裡推。

符彥卿卻張開大手，當著長子符昭序的面兒，將鐵牌再度慎重地按進女兒的掌心，然後用力將對方的手指一一合攏，「叫妳拿著就拿著，如果符家的兒子也需要此物來保命，那符家存在不存在，早就沒了意義！記住，貼身收好，可以傳給兒子，卻不可以傳給夫婿。」

「謝謝阿爺！」符贏的眼睛中，緩緩閃起幾點淚光。將握著鐵牌的手抽回，然後緩緩下拜。

「行了，你們兩個下去吧！我今天累了，且去睡個回籠覺。就不跟你們兩個一道用飯了！」符彥卿又揮了揮手，倒退著坐回椅子，臉上的神情，竟然如同剛剛打了一場戰役般疲憊，「讓妳哥送妳出去，順便也代表咱們符家再去見妳夫婿一面。畢竟他是咱們符家的女婿，難得回來一次，咱們符家不能過於怠慢了！」

「是！阿爺您休息，我跟哥哥改天再來看您！」符贏低低的答應了一聲，給猶在發愣的符昭序使了個眼色，帶著他緩緩退出了書房。

剛一離開自家老父的視線範圍，符昭序立刻就恢復了活力。也不顧還有丫鬟就跟在兩人身後，低下頭，涎著臉道：「妳今天可是賺大了。九太保的蒼狼鐵牌呢！算上今天，我才只看過三次。一次是小時候，一次是在阿爺的壽宴上。」

「我只是暫且替阿爺收藏一下，等下次再歸寧時，自然會讓娘親轉還給他老人家！然後，他們自然還會再傳給你！」符贏抬頭看了看哥哥的臉色，淡然回應。

「我，我不是那個意思。我，我只是有點羨慕妳而已。」符昭序臉色一紅，趕緊用力擺手，「當年的十三太保，是何等威風凜凜！眼下咱們中原各鎮節度使，幾乎沒有一家跟他們幾個不存在莫大淵源。阿爺把它給了妳，妳若再是個男兒身。嘖嘖，持此牌在手，誰敢不讓妳三分。今後天底下無論發生什麼……！」

「哥哥錯了！」話音未落，符贏已經收住了腳步，正色打斷，「今後別人讓不讓我三分，不在這面鐵牌，

也不在已故多年的晉王。而是在你，在符家！哥哥，不是做妹妹的說你。你如果能幫阿爺把這個家撐起來，無論我嫁給誰，都可以直著腰說話。若是阿爺百年之後，你卻還是今天這副德行。有沒有這塊鐵牌，恐怕妹妹我最後的結果都是一般模樣！」

說罷，也不給自家哥哥思考和反駁的時間。帶著自己的貼身婢女，快步離去！只留下祁國公府衙內軍指揮使符昭序，呆呆地站在原地，半晌發不出任何聲音！

注二五、晉王李克用共有十三個兒子，除了李存勖之外，其他十二位都是養子。這十三個兒子個個驍勇善戰，替他打下了大片疆土。其中符彥卿的父親李存審排第九。其死後多年，才在符彥卿的二哥符彥饒力主下，全族恢復了原本的姓氏。

【第四章】

撲朔

「高祖聖文章武明德孝皇帝，姓石氏，諱敬瑭。乃漢相萬石君奮公之三十一世孫也。石氏侍漢至忠至勤，出將者七、為相者四，富貴綿延四百餘載而不絕。及漢運衰，魏晉相代，石氏為避禍而北遷，徙居雲中……」

一輛寬大舒適的馬車上，小肥捧著卷石氏宗譜，搖頭晃腦。書上的字很複雜，句讀也非常繁瑣。因此他背著，背著，舌頭就開始打結，「晉王李克用起於雲、朔之間，憲祖孝元皇帝策馬相從，每戰必先，不畏矢石。孝元憲皇帝諱，紹雍番，字臬，捩雞……」

「咳咳咳，咳咳咳，咳咳……」坐在他對面矮几後的郭允明噴出一口茶水，大聲咳嗽不停。半晌後，才紅著臉，喘息著糾正，「天吶！是誰只管把你給養得白白胖胖，卻不肯請個先生替你開蒙？句讀是這麼斷的嗎？紹雍，紹雍是令曾祖父的名諱，他叫石紹雍，番字，指的是他的沙陀名字。李克用出自沙陀，他的部將也每人都有個沙陀名字！令先祖和族人久居塞上，沙陀名字叫做臬捩雞，所以這句該斷為，孝元憲皇帝諱紹雍，番字臬捩雞！」

「噢——！」小肥訕訕地答應了一聲，然後繼續埋頭苦讀，「孝元皇帝紹雍，番字臬捩雞，有，有經遠大，大略事後，唐武皇及莊宗，累立戰功，與，與周德威，相亞歷平、洺二州，刺史薨於任，贈太傅……」

「停住，停住，停住，停住！」郭允明忍無可忍，長身而起，指著小肥的鼻子大聲咆哮，「你是不是故意的啊？這都多少天了，連兩頁紙都沒背完？句讀，句讀，不知道句讀就問，別瞎蒙！連剛入縣學的孩子都比你強！」

「我，我沒學過！」小肥被數落得面紅耳赤，非常慚愧地將宗譜遞給對方，虛心求教。唐武皇和莊宗，不是兩位皇帝嗎？他們難道不能連在一起讀？」

「是後唐，大唐社稷絕於朱溫。李存勖雖然復國號為唐，但畢竟是賜姓為李，不是正經的隴右李家！」

郭允明一把奪過宗譜，氣急敗壞。「算了，我念，你一句句跟著。今天如果背不完這頁，就別想吃飯！」

說罷，也不管少年人抗議不抗議，捧起宗譜，大聲讀道：「孝元憲皇帝紹雍，番字臬捩雞，有經遠大略，事後唐武皇及莊宗，累立戰功，與周德威相亞。歷平、洺二州刺史，薨於任，贈太傅……」注二六

「孝元皇帝紹雍，番字臬捩雞，有經遠大略……」小肥耷拉著腦袋，有氣無力地跟隨。

他不是個聰明學生，郭允明也不是個有耐心的老師。所以自打渡過黃河以來，二人幾乎每天都因為讀書的事情，而鬧得極不愉快。今日之事，不過是每天例行一幕的重複。

「聖文章武明德孝皇帝生於洺州，將誕之日，有白虎嘯於高崗。相士卜得上上大吉之卦故憲宗甚喜之。出入皆攜其同行，戰陣亦置於旗下……」郭允明皺著眉，冷著臉，痛苦不堪。

「聖文章武明德孝皇帝生於洺州，將誕之日，有白虎嘯於高崗……」小肥將面孔偷偷轉向車廂壁，不屑地撇嘴。

凡當過帝王的，出生時必有祥瑞。這一套已經用了上千年了，居然還繼續在用，並且還有人相信。怪不得一路上所見，大多數百姓都衣衫襤褸。而穿梭於市井中的和尚們卻個個肥頭大耳，肚皮滾圓……注二七

「撇什麼嘴？他可是你祖父！有你這樣做人家孫兒的嗎？」郭允明眼尖，立刻察覺到了小肥的行為。將宗譜捲起來，狠狠在他腦袋上磕了一下，大聲呵斥。

「我還是你的主公呢！」小肥吃痛，手捂著額頭怒氣沖沖。

孫兒對著自家祖父的光輝事跡撇嘴，乃為不孝。而臣子敲打主公的腦袋，則為不忠。哥倆個，算是半斤正對八兩，誰也沒資格說誰。

「你，你這個無賴頑童！」郭允明被頂得身體打了個趔趄，卻從邏輯上，找不出對方的任何錯誤，頓時

愈發地火冒三丈。

自打離開漢王府出仕之後，他幾曾被人如此頂撞過？更何況對方不過是他隨手撿來的一個野孩子，並非什麼真的鳳子龍孫？

氣急敗壞之下，郭大長史本能地就想動用一些非常手段。然而，還沒等他轉過身走到車廂門口，小肥懶洋洋的聲音，卻又在他背後響了起來。「這可是已經過了潞州了，用不了幾天，就能抵達太原。你現在動了我的人，沒準兒就會傳入漢王耳朵。到時候，他老人家會認為你殺伐果斷呢，還是覺得你行事無狀，居然故意給外人留下了可疑把柄？」

「你……」郭允明立刻收住腳步，鐵青著臉回頭，「你不要逼我！」

「孤不逼你，你也別逼孤。咱倆好說好商量！」小肥朝他聳了聳肩，擺出一副死豬不怕開水燙的模樣。「你明知道孤讀書少，又何必讓孤背這難的東西。咱們弄得簡單點兒，不是對彼此都好嗎？你且來看……」

說著話，他走到矮几前，從郭允明喝過的皮壺裡，倒出幾滴水於左手心。然後再用右手食指蘸著，與光滑的矮几面兒上慢慢勾畫。

「我們石家，是漢代名相石奮之後。魏晉期間為了躲避戰火，遷徙到雲中一帶。唐末追隨晉王李克用，戰功顯赫。我的曾祖父叫石紹庸，跟周德威齊名。我估計是自誇的。周德威這個人，我聽說過。但石紹雍這個名字，我卻是最近才第一次聽聞！他做過，做過洺州刺史，在任上生下我祖父石敬瑭……」

只用了幾個簡單地名和人名，曾經令他和郭允明二人都焦頭爛額的宗譜，就變得無比清晰明朗。

郭允明見了，心中暗吃一驚，皺了眉頭，低聲道：「怎麼能弄得如此粗疏？萬一別人當面試探……」

注二六、這幾句話出自舊唐書。

注二七、唐末及五代，因為政治動蕩，官府對民間控制力單薄。佛教與各類騙子都大行其道。這些人非但四處招搖撞騙，造成國家賦稅的大量流失。並且還試圖染指政務，製造動蕩。後周世宗柴榮即位後，果斷下令限制佛產和僧尼人數，國家財政情況立刻大幅好轉。

「你別忘了，我腦袋受過傷，能想起這些來，已經非常不容易了。」小肥指了指自己的腦袋，對郭某人的擔憂不屑一顧，「這件事早就傳開了，天底下幾乎任何人都知道。一個曾經被鐵鐧打成傻子的人，怎麼可能記得住整卷的族譜，還能做到毫厘不差？那豈不是恰恰證明了，我是個贗品，是漢王故意找來的放羊娃，提前背熟了石家族譜，以欺騙全天下的英雄豪傑？」

有道是，智者千慮必有一失。郭允明日日想著如何把小肥裝扮成如假包換的石延寶，如何讓小肥對著石家的祖宗來歷和兩位皇帝陛下的「豐功偉績」瞭如指掌，卻恰恰忘了，過猶不及這個道理！

甭說小肥曾經頭部受過重傷，即便他是個沒有任何毛病的正常人，十四、五歲年紀上，也不可能將自家族譜背得滾瓜爛熟。更何況，石家族譜裡邊，很多內容完全是石重貴當年仗著皇帝的身份自吹自擂，跟真正的史實一點邊兒都不沾。

然而想讓郭大長史在一個半大小子面前，承認他自己考慮不周，也純屬與虎謀皮。只見此人裝模做樣地皺緊眉頭，沉吟半晌，才非常勉強地說道：「這話聽起來的確有些道理。但是你想得依舊太簡單了。你既然是石家之後，令祖和令尊當年的事跡，平素在家裡，身邊的人多少也會說給你聽！你可以知之不詳，卻不應該毫無印象，更不應該張冠李戴。還有，你的親外祖父張從訓、曾外祖父李存信，當年可是赫赫有名的英雄豪傑。如果連他們做過些什麼，你都一點兒都不清楚，誰敢相信你是真正的二皇子！」[注二八]

「我本來就是假的，只能盡可能弄得像，卻無論怎麼努力，都不可能一點兒破綻都沒有！」小肥笑了笑，坦率承認。「但是，我曾經頭部受傷，有些破綻，自然就不能稱為破綻了！」

「一個藉口罷了，不能沒完沒了的用！」郭允明瞪了他一眼，低聲冷笑。

「總比沒有藉口要強！至於祖輩們的豐功偉績，你可以說給我聽，比起死記硬背不是強得太多？」小肥對此早有準備，又笑了笑，鄭重提議，「把你知道的，用最簡單的方式講給我聽。不必弄得太文縐縐，也不必說得太仔細。有個大概輪廓就行了。我相信，其他人未必比你知道得更多！而你所知道的，也恰恰是其他人通常都記得的。更是我作為二皇子石延寶，平素最容易聽到的！」

「要是別人所問的問題，超過這個範圍呢？」郭允明不願如此敷衍了事，皺著眉頭反問。

「一旦超過了這個範圍，我就可以直接說不知道。反而比事無鉅細都一清二楚，來得更為真實！」小肥聳聳肩，抬手再度指向自己的腦袋。大部傷上都養好了，但頭髮之下，卻留著一個明顯的傷疤。無論他怎麼梳理，都無法將疤痕藏起來。

「你倒是不傻！」郭允明的眉頭猛地往上跳了一下，撇著嘴奚落。

「我只是頭上受過傷而已！」小肥聳聳肩，笑著強調。隨即，又收起笑容，正色補充道：「還有，從今往後，別老像防賊一樣防著我，也別老覺得我存心要壞你的事。已經走到漢王的地盤上了，壞了你的事，對我有任何好處嗎？難道漢王還會因為我故意在他面前自暴身份，就放我平安離開？那只會讓我死得更快而已！換句話說，咱倆現在就是一條繩子上的螞蚱，跑不了我，也蹦不了你！不如暫且聯起手來，把假貨弄得天衣無縫！」

「你可真的不傻！」郭允明楞楞地看了他半晌，然後笑著重複先前的話，只是語氣跟先前已經大不相同。他長得眉清目秀，稱得上是個英俊書生。只是雙目當中的陰毒之氣太重了些，連大笑時，都好像在暗暗發狠。

小肥被他的笑容弄得有些不舒服，舉起右手，大笑著說道：「凡是死過一回的人，通常都更加惜命，我也不能例外！是暫且聯手蒙混過關，還是繼續互相敵視，一路僵持到底，全憑你一言而決！」

「聯手！」郭允明的眉毛迅速跳了跳，果斷舉起右掌跟他在半空中輕輕相擊。

注二八、李存信本姓張，被李克用收為養子，才改姓李。到了其子張從訓這輩兒，又將姓氏改了回來。

「那你還得答應我幾件事！」好不容易從對方手裡搶回了一絲主動，小肥立刻將其發揮到最大，「第一，不要把韓重贇曾經試圖幫我逃走的事情，捅到漢王面前。他父親跟你同在武英軍，一武一文，害了他，對你並無任何好處！」

「我本來也沒打算追究此事，用不到你來做好人！」郭允明看了他一眼，輕輕撇嘴。

小肥淡然一笑，繼續說道：「第二，就是讓瓦崗寨的這些人，有個合適去處。雖說我一直對外宣稱，他們是我的親衛。但是假如我真的拿他們當親衛帶在身邊，估計用不了兩個月，他們就會死得一個不剩！」

「有些難度，但也不是不可能！我需要一個個安排，不能忽然間全都放走。否則，漢王那邊，我也不好交差！」郭允明又皺緊眉頭，上下打量少年人許久，最終決定實話實說。

此地距離太原已經不到十天的路程，繼續對抗下去，對雙方都沒有好處。所以還不如暫時穩住眼前這個難纏的小胖子，也好安安生生地將他送到漢王面前。

「我也沒要求你立刻兌現。但我會想辦法盯著你！看你到底做還是沒做！」小肥也拿出一副做生意的刻薄勁兒，冷笑著補充。

他越是這樣，郭允明反而越不敢拿他當個孩子。又仔細斟酌了一番，用力點頭，「沒問題，你儘管偷偷盯著。不過是幾個嘍囉而已，只要不離開河東，他們就翻不起什麼風浪來！你還有什麼要求，儘管一塊說。別東一件，西一件，沒完沒了！」

「還有，就是你那天在黃河邊答應的事情，請儘快兌現！」小肥稍稍低下頭，認真地看著對方的眼睛，「剩下的，就是最後一件事情了。教我讀書寫字，教我皇家禮儀，並且幫我瞭解眼下天下大勢、時局變化。就像真正輔佐一個皇子那樣，而不光只是為了弄虛作假！」

「你——？」郭允明的眼神瞬間變得極為明亮，白淨的面孔上寫滿了不屑。「你學這些做什麼？郭某又憑什麼要教你？」

「憑你需要這份功勞！」小肥坦然地看著他，目光不再做任何閃避，「你不想這輩子都只做一個長史。你迫切需要引起漢王的關注！而我在漢王面前表現得好壞，將直接關係著你這番功勞的大小。我不需要你教一輩子，剩下的路程，我只需要你在剩下的路程中盡心盡力，不論還有幾天。等進了太原城，咱們倆的師徒關係就徹底終止。今後誰都不要再提起！」

「你？哈！哈哈，哈哈，哈哈哈哈哈！」郭允明撇著嘴，大聲冷笑。同時用刀子一樣的目光，在小肥眼底反覆挖掘。

除了對知識的渴望，他只挖掘到了深深的不甘。不甘心受命運的擺布，不甘心這輩子的生死榮辱，皆操縱於在他人之手。不甘心自己親近的人死於非命，卻無能為力。不甘心……

這個眼神他很熟悉，正如他當初少年時。郭允明忽然覺得眼前的一切都變得非常有趣，有趣得他幾乎要笑出淚來。

「我可以教你，但是所有東西都只教一次！」迅速抬起手，在眼角處揉了一下，他的聲音忽然充滿了愉悅，「至於能學到多少，看你自己的本事。此外，每天咱們倆的首要任務，還是熟悉石重貴家族的掌故，就像你先前謀劃的，我說，你聽，然後將其努力記在心裡！」

「成交！」小肥再度揮動右掌，與郭允明的右手重重相擊。既然已經墜入了天羅地網，無路可逃。他不妨就繼續大步向前，說不定，有機會將蒼天捅出一個窟窿來。

「現在就開始！」感受到對方的決然，郭允明開心地大笑。雙頰之上，露出幾分病態的昏紅。

自從來到這世界上，他就沒得到過任何善意！

他，憑什麼用善意對待別人？

休想，無論是誰，都休要痴心妄想！

主客二人暫且放棄彼此之間的敵意，開始認真地聯手弄虛作假。效果無疑比先前好了許多。很快，大晉僅有的兩任皇帝，石敬瑭和石重貴家族的基本脈絡，就被小肥弄了個清清楚楚，然後牢牢地刻在了心底。有關兩位皇帝，以及兩代皇后家族的概況事跡，也由郭允明按照說故事的方式，一點點填進了小肥的肚子內。

進步更快的，則是小肥在識字、斷句以及對天下局勢的瞭解方面，速度簡直可以用一日千里來形容。馬車還沒等抵達沁州境內，他已經基本能看得懂郭允明在沿途所收集的大部分邸報。再也不是先前提起身外世界來，就兩眼一片呆滯的模樣。

如果就這樣順風順水地走到太原，郭允明甚至相信，只要自己不去拆穿，小肥這個二皇子絕對能以假亂真。然而，人生不如意事卻十之八九。就在二人的馬車剛剛駛過一道木橋的刹那，四下裡，忽然又響起了天崩地裂般的吶喊聲，「救駕！」「救駕！」「殿下勿慌，我等前來救你了！」

「又來了，這是第五波！」小肥厭倦地放下紙筆，朝著郭允明輕輕搖頭。「你家漢王連自家門口都沒清理乾淨。想要問鼎九州，恐怕難度相當的大！」

「時候未到而已！」郭允明不屑地推開矮几，手按刀柄，緩緩站起。「時候一到，如風掃殘荷！太行山綿延不下千里，我家漢王先前只是河東節度使，怎麼可能管得了那麼寬！」

話雖然說得豪氣，他的耳朵，卻開始不停地顫動。努力捕捉外邊傳進來的每一個聲音，無論高亢還是單弱。

情況非常不對勁！這已經是馬車渡過黃河之後，第五波前來「救駕」的山賊了。無論從次數，還是數量，都遠遠超過了他事先預估。雖然漢王這邊也早有準備，派出了足足一個指揮的騎兵前來接應。但連續幾次廝殺過後，將士們也早就人困馬乏。注二九

「半渡而擊！他們的時機把握非常好！」天天聽著喊殺聲趕路，小肥在軍略方面，也大有進步。非常有耐心地陪同郭允明一道側著耳朵聽了片刻，又笑著提醒。「這條河雖然不寬，卻足夠擋住戰馬。而此刻你手下的人還有一大半兒在河對岸，橋這麼窄。他們越是著急，恐怕越不容易趕過來支援！」

「少說兩句，沒人拿你當啞巴！」郭允明聞聽，臉色頓時大變。推開車門，一縱而出。「別指望有人會真心來救你。如果無法平安脫身，我保證，他們第一個要殺掉的就是你！」

「我知道！」小肥拎起一個臉盆，擋住要害，追上去，將身體探出車門。「當日在黃河南岸，如果你無法脫身的話，第一個要殺的也肯定是我！」

「回去！」郭允明的身體晃了晃，扭過頭來大聲命令。

被小肥一句話揭了老底兒，他卻沒功夫跟對方斤斤計較。撥轉坐騎，直奔身後不遠處的木橋。先揮刀砍翻了兩名堵在橋頭驚慌失措的兵卒，隨即，舉起血淋淋的刀鋒，大聲喝令：「各都將士，以番號順序，逐次通過。爭路者斬！遲疑不前者斬！臨陣脫逃者斬！過橋後不聽從指揮者，斬！」

一口氣說了四個斬字，揮落刀鋒，轉身而回。緊跟著，低沉的號角聲就在馬車旁響了起來，「嗚嗚，嗚嗚，嗚嗚嗚嗚……」。將主帥的決斷，瞬間傳遍河谷兩岸。

擁擠不堪的木橋上，秩序立刻為之一肅。各都兵卒迅速想起了自己的番號，或者加速衝過橋面，或者將坐騎和身體貼在了護欄上，為其他袍澤讓開了道路。

已經過了河的一眾將士，也在幾個都頭們的組織下，陸續穩住心神，將蜂擁而至的山賊草寇頂離橋頭。他們都是受過嚴格訓練的精銳，單獨拉出來任何一位的戰鬥力都比前來偷襲的對手高出了數倍。很快，就在橋頭到馬車之間，清理出來了一個六丈方圓的空心軍陣，將小肥和他身邊的一眾瓦崗豪傑們，虛虛地圈在了中央。

「趕緊回車裡去！你剛才說得對，來者不是個善茬子！」又揮舞著血淋淋的鋼刀鞏固了一下防線，郭

注二九、指揮：如前文所注，五代時軍制單位。一個指揮的騎兵，人數為四百。

允明再度大聲命令。

「沒事兒，他們的最後目標才是我！」小肥朝著他笑了笑，沒心沒肺地說道。這幾天耳朵裡灌滿了石敬瑭、張從訓和李存信等人當年的輝煌戰績，令少年人對行伍之事興趣大增。正夢想著將來若是有機會，一定要去戰場親自感受一番，對面的「救駕者們」，便給他送了個大枕頭來！

敵軍的人數眾多，但組織非常混亂。很有可能，不是來自同一座山寨。不知道是哪位節度使花費了巨大血本兒，居然能將他們全都捏合在了一起，共同來營救即將落入虎口的「二皇子」。

反觀「自己」這邊，軍容軍紀就好出許多。只憑著幾個來回縱橫馳騁的騎陣，就令對手輕易無法靠近橋頭。只是騎陣的厚度，實在太單薄了些。並且每每將衝上前的敵軍殺退一次，就會變得愈發單薄。

「這樣下去，恐怕抵擋不了多久！」完全以局外人身份，小肥暗暗地得出結論。不是內行，但好歹也算曾經得到過瓦崗二當家的嫡傳，他相信自己的判斷與事實相差不會太遠。

「殿下，我叫你回去！你到底聽見沒有？別自作聰明。」正看得高興，卻又聽見郭允明的聲音傳了過來，如寒冬時節的烏鴉一般噪呱，「這裡距離太原不過六七天路程，即便他們這次僥倖得手，也很快就會被漢王再派兵追上。到時候，難免玉石俱焚！」

機會如此難得，並且非常有可能是這輩子最後一次。小肥怎麼肯依照他的命令躲回車廂？只是將胖胖的身體往門內縮了縮，用銅盆擋住自己的胸口和小腹，搖著頭道：「我原本也沒指望他們能夠得手啊。但看熱鬧的不怕事兒大。你們兩家打得如此熱鬧，要是連個喝采的都沒有，那多沒意思？」

「你……」稍稍楞了片刻，郭允明才終於正確理解了小肥此刻的心態，恨得咬牙切齒，「你倒是看得開！但也別高興得太早。坐山觀虎鬥，得有坐在山頂上的實力。而你此刻不過是一塊肉……」

他的後半句話，被一片潮水般的叫喊聲迅速吞沒。有一個黑褐色臉孔的山大王領著數十名騎著高頭大馬的綠林好手，終於將「漢軍」的防線衝開了一道血淋淋的口子。一邊繼續向馬車突進，一邊扯著嗓子大聲呼喚：「殿下，殿下在何處？俺呼延琮來救你了！」

他身後，則是更多的綠林好漢，或者騎馬，或者步行，透過剛剛殺出來的缺口，如潮水般洶湧而前。「殿下，殿下在何處？我等奉命前來救駕！」

「救駕，救駕！殿下勿慌，我等來了！」

……

「不要回應他們！」唯恐小肥主動向對方靠攏，郭允明用身體擋在車門口處，大聲提醒。

話音剛落，他身後猛然響起了六當家余思文那特有的公鴨嗓兒，「殿下在這兒，趕緊過來接殿下離開，殿下這些日子天天盼著你們！」

「去死！」郭允明暴怒，回手一刀劈向余思文。卻看見對方早已將坐騎撥開了數尺，手中短斧指著自己，滿臉得意。「這就是二皇子殿下，爾等小心，切莫傷了他！」

「呀——！」鼻梁骨末端猛然傳來一陣酥麻，郭允明立刻意識到危險，身體果斷一翻，甩開一隻馬鐙，墜入坐騎肋下。緊跟著，數十支黑漆漆的羽箭從天而降，把他的戰馬射成了一隻刺猬。

「蠢豬！老子就知道你們沒安好心！」

根本不管郭允明的死活，瓦崗七當家李萬亭策動坐騎，大罵著撲向了正在往弓臂上搭第二支羽箭的山賊們。手中漆槍在半空中揮出了一團濃密的烏光。

二十幾步的距離，戰馬只需要兩個縱躍。黑臉兒山大王呼延琮來不及瞄準，只好匆匆地將羽箭朝著李萬亭的戰馬射來。李萬亭只是輕輕壓了下槍纂，就用槍身將羽箭磕得倒飛而出。緊跟著，槍鋒迅速回歸原位，如怒蛟般，直刺對手的胸口。注三〇

注三〇、漆槍：出現於唐代中晚期的一種制式兵器，類似於馬槊。製造工藝比普通長矛要求略高。槍頭的長度、寬度和開刃，都有相應標準。

「來得好！」電光石火間，山大王呼延琮丟下騎弓，從馬鞍下抽出一根黑漆漆的鋼鞭，向上猛撩。「噹啷！」李萬亭手中的漆槍被撩開了數尺，三尺槍鋒帶著四濺的火星，砸在一名山賊的肩膀處。將後者從馬鞍子上直接砸了下去，然後被陸續衝過來的戰馬直接踏成了肉泥。

「點子扎手，別戀戰！」李萬亭用力控制住手裡不斷顫抖的漆槍，從呼延琮的身邊急馳而過。在二馬錯鐙的瞬間，他完全有機會用槍纂再給對手來一記狠招。然而，兩臂處傳來的陣陣痠痲，卻非常清晰地提醒了他，千萬不要再去冒險。

一旦槍纂再被對方用鋼鞭磕中，他根本沒有把握確保漆槍不直接飛上天空。那樣的話，接下來的戰鬥中，他就變成了徒手衝陣，結果肯定與自殺差不多。

根本無須他來提醒，跟在他身後衝過來的幾名瓦崗豪傑，也早就從鋼鞭和漆槍碰撞的聲音裡，判斷出黑臉漢子是個萬人敵。紛紛於疾馳中，將戰馬拉偏方向。一個接一個，自鋼鞭的攻擊範圍之外，突入敵陣，掠起一道道猩紅色的血光。

對付普通嘍囉，他們的本事綽綽有餘，三兩下，就將黑臉山大王身後的同夥衝了個七零八落。

那黑臉山大王，卻根本不管自家手下兒郎的死活。策馬掄鞭，直撲正在血泊中掙扎的郭允明，嘴巴裡依然大聲高呼「救駕！」，黑漆漆的鞭身，卻恨不得立刻打爛目標的頭顱。

「攔住他！」「休得張狂！」「住手！」郭允明的親信們，紛紛策動坐騎，封堵黑臉山大王呼延琮的去路。卻被呼延琮或者用鋼鞭逼開，或者一鞭抽落於馬背之下。

騎兵作戰，往往一到兩招就分出生死。即便分不出來，最多三招過後，兩匹戰馬也會交錯而過。接下來的戰鬥，就要交給彼此身後的同伴，與雙方都沒有了任何關係。

說時遲，那時快，轉眼間，黑臉漢子面前，就沒有了任何阻擋，烏漆漆的鋼鞭高高地舉起，借助戰馬的衝擊之勢，直奔郭允明的後腦勺。

「我命休矣！」郭允明雙腿拚命邁動，眼睛卻不由自主地閉得緊緊。兩條腿兒的人跑不過四條腿的戰馬，此時此刻，他自知在劫難逃。

「銑！」一記金鐵的交鳴聲，宛若黃鐘大呂，震得他眼前金星亂冒。然而，預料中的解脫卻沒有到來。鐘聲之外，隱隱透出瓦崗六當家余思文焦躁地指責聲，「傻小子，你這是幹什麼？哎呀，快跑，我打不過他！」

彎腰撿起一根不知道被誰丟棄的長矛，郭允明順勢打了個滾，迅速轉身。第一眼，他看到的便是一隻被砸爛了的銅盆，就落在距離自己不到三尺處，破口處倒映著絢麗的日光。第二眼，他看見小肥跌坐在馬車中，一隻腳門裡，一隻腳門外，狼狽不堪。第三眼，他看到原本留在馬車旁貼身保護小肥的六當家余思文，被一桿鐵鞭逼得節節敗退，胯下戰馬卻始終擋在車門前，令後者無法再多靠近馬車分毫。

「呼——！」不再做任何猶豫，郭允明將長矛當作投槍，朝著黑臉漢子擲了過去。雖然在一個呼吸之前，他還恨不得將余思文給碎屍萬段。

黑臉山大王呼延琮聽到半空中傳來的武器破空聲，立刻抬臂揮鞭。「啐嚓」一聲，將投槍砸得一分為二。趁著他分神自救這一瞬間，余思文迅速俯身，左手抄起小肥露在外邊的大腿，猛地向上一帶，將後者如草料包一般，直接給摜入了馬車。緊跟著，他右手的短斧凌空飛出，不是朝著再度揮鞭殺向自己的呼延琮，而是直奔拉車轅馬的屁股。

「唏噓噓——！」轅馬的屁股上，被急掠而過的斧刃，擦出了一條淺淺的口子，疼得悲鳴一聲，奮力張開了四蹄。

「唏噓噓——！」左右兩側的輔馬也受了驚，同時嘴裡發出了大聲悲鳴。四蹄張開，緊隨轅馬的腳步。十二條腿拉著高車，橫衝直撞。正試圖圍攏上前的山寨嘍囉們躲避不及，被撞得人仰馬翻。

「攔——」郭允明本能地喊出一個字，試圖命令趕過來救援自己的「漢軍」騎兵去阻攔小肥。然而，看到緊跟在馬車之後，用身體和坐騎奮力阻擋黑臉山大王的余思文。他的心臟忽然一顫，「攔住那個黑臉狗賊，助殿下脫身！」

下一刻，潮水般的悔意，將他徹底吞沒。從血泊中撿起自己的佩刀，他翻身跳上一匹無主的坐騎，緊追著馬車和黑臉漢子留下的煙塵，呼嘯而去！

馬蹄翻飛，車輪滾滾。

失去控制的馬車，在躲避不及者的身體上隆隆而過，濺起一道道艷紅色的血光。

專門用來供大富大貴之家使用的高車，可不是道路上常見的那種一頭驢子就能拖著走的粗陋貨色。非但車廂造得極為寬大結實，支撐馬車的那雙輪子，也足足有一丈高。柞木揉以為緣，桑木繩以為輻，重量不下百斤。凡是被車輪碾過者，無論身穿寶鎧還是短褐，皆筋斷骨折。注三二

「殺馬，先殺馬，後殺——呃！」眼看著試圖衝上前阻攔高車的嘍囉，被成排成排地撞翻在地，一名蠟黃臉山大王晃動著長刀，聲嘶力竭地提醒。

一支雕翎羽箭凌空而至，將他的話卡在了破碎的喉嚨裡。韓重贇拎著把騎弓，策馬從亂哄哄的人流中衝出，不斷將羽箭射向試圖接近馬車的山賊草寇。

「車裡坐的是二皇子，二皇子殿下此刻就在車裡。你們到底是來救駕？還是前來弒君？」一邊用冷箭射殺敵軍，他一邊扯開嗓子質問，彷彿自己面對的，是一群大晉皇家的死忠一般。

「車裡坐的是二皇子，二皇子殿下此刻就在車裡。你們到底是來救駕，還是前來弒君？」距離韓重贇身後十幾步外，數名剛剛趕過來的「漢軍」將士，一道扯著嗓子重複。他們不明真相，根本不知道大夥最近一路嚴密保護的那個白白淨淨的小胖子，其實是個西貝貨。對山賊們一邊大喊著「救駕」，一邊試圖傷害「二皇子」行為，義憤填膺。

「蠢貨，你問他們，他們一群草寇知道個屁！趕快靠上去，靠上去把二皇子搶回來！」更遠的地方，郭

允明氣急敗壞地嚷嚷，話語卻被周圍人喊馬嘶聲給吞沒，絲毫起不到任何作用。

「蠢貨，韓璞也是個豪傑，居然生了如此一個蠢貨出來！」他又氣又急，偏偏胯下坐騎還生不出翅膀，無法讓他立刻「飛」到小肥身側殺人滅口。只能用兩隻眼睛遙遙地盯著韓重贇的背影，恨得咬牙切齒。

然而，令他無法相信的是，韓重贇那句看似愚蠢到了極點的質問，效果居然好得出奇。許多正試圖迂迴到前方殺死拉車轅馬的小嘍囉們，居然都遲疑著放慢了速度。一道道目光不停地看向各自的大王和大頭目，迫切地需要後者給出一個答案。

「別聽他的，車裡邊坐得根本不是二皇子！」眾山大王和大頭目們，追悔莫及，只好臨時現編瞎話來敷衍各自的部屬。

臨出山之前，為了鼓舞士氣，同時也為了混淆視聽，他們都按照幕後指使者的要求，對各自手下的嘍囉宣稱是去從奸賊手裡拯救二皇子石延寶。只有級別很高的大頭目，以及各位寨主身邊的絕對嫡系，才知道此行真正的目的。如今忽然間任務就從「拯救」變成「截殺」，彎子轉得太快，難免讓嘍囉們不知所從。

「二皇子，二皇子在高車裡，你等到底是來救駕的，還是弒君的！」質問的聲音，再度從一群「漢軍」騎兵嘴裡整齊地喊出來，將眾山大王和大頭目們的謊言，瞬間打壓搖搖欲墜。

更多的小頭目與普通嘍囉相繼拉緊了坐騎韁繩，左顧右盼。他們不在乎弒君，造反者眼裡，沒有皇帝，更不會在乎一個落魄了的皇子。但自家大頭領的真實想法，他們卻不能不先弄清楚。否則，一旦所作所為恰恰與大頭領的想法南轅北轍，回去後恐怕非但領不到任何獎賞，還難免落到個三刀六洞的下場！

「呔！姓石的一家子幹過什麼好事兒？值得你們亂發善心？咱們這次下山就是為了殺他。殺了他給全天下的無辜枉死的人報仇！殺，殺出事情來，我呼延琮擔著！」眼看著周圍一片混亂，黑臉山大王當機立

注三二、封建時代專供王侯之家乘坐之物，明清時北方富商也經常使用。山西的一些博物館裡可以見到實物。車輪為木製，直徑超過兩米。

斷，扯開嗓子大喝。

「呼延盟主有令，殺，殺出事情來他擔著！」一名軍師打扮的讀書人，帶頭大聲重複。

「呼延盟主有令，殺，殺出事情來他擔著！」震耳欲聾的喝令聲緊跟著響起，蓋過戰場上的所有雜音。

「呼延盟主有令，殺，殺出事情來他擔著！」短短幾個呼吸之後，足足有上百名嘍囉，個個長得虎背熊腰，被那名軍師打扮的讀書人調動起來，騎著戰馬四下奔走，將呼延琮的最新命令反覆宣揚。

這一下，眾嘍囉們終於找到了方向，眼睛裡不再寫滿了迷茫。然而，他們的士氣，卻終究大不如前。甚至有人一時半會兒根本無法與新任務適應，胯下坐騎催得飛快，嘴裡卻依舊高聲重複著先前的命令，「救駕！救駕！救二皇子！」

「你救個屁！」黑臉山大王、北太行二十七寨，為了本次行動專門推舉出來的總盟主呼延琮，揮動鋼鞭抽飛一名口不擇言的嘍囉頭目，策馬繼續朝著目標緊追不捨。

「救駕，救駕，呼延琮要弒君，呼延琮要弒君！」瓦崗六當家余思文披頭散髮，如同幽靈般衝向他，用剛剛搶來的一把長矛試圖干擾他胯下的坐騎。

呼延琮又是一鋼鞭，將余思文手中的長矛砸飛。再一鞭抽過去，將余思文所乘坐的戰馬，砸得吐血而亡。六當家余思文，卻在長矛被磕飛的瞬間，就主動跳離了坐騎。身影在別人的馬腿前晃了幾晃，消失不見。下一個瞬間，他又抓著兩塊石頭，徒步追向了呼延琮。胳膊迅速揮動，將對方身邊的一名爪牙，砸得頭破血流。

「老五，你留下收拾掉他！」呼延琮無奈，只好從身邊調遣好手，去專門對付余思文這打不死也趕不走的「陰魂」。然後再度加快速度，追向「二皇子」的高車。

經過這樣手忙腳亂的一陣耽擱，雙方的距離又加大了數丈遠。受了驚的挽馬已經漸漸恢復了正常，只是沒有得到任何人的命令，不知道下一步該不該停下來，完全憑著本能朝著人流稀少方向繼續奔馳。

韓重贇的坐騎，也終於靠近了四敞大開的車廂門。果斷丟下騎弓，他朝著黑洞洞的車廂內邊伸出一隻胳膊，「上馬，我帶你衝出去！」

「我，我站，站不起來了！」回答他的，是小肥哭笑不得的聲音。戰場不是大路，地面高低起伏。而發了狂的挽馬又不知道挑選平坦的地方走，由著性子一路顛簸。雖然僥倖沒有讓高車翻掉，但裡邊唯一的乘客，卻如同湯圓一般，不知道給顛翻了多少個滾兒。早已暈頭轉向，筋疲力竭。

「該死！」韓重贇急得兩眼冒火，卻無可奈何。

高車這東西看著氣派，可乘坐起來未必舒服。特別是在沒有道路的地方飛速疾馳，不散架就已經算難能可貴，根本無法要求裡邊的乘客毫髮無傷。

「嗚嗚嗚，嗚嗚嗚，嗚嗚嗚嗚嗚——————！」就在他急得火燒火燎之際，耳畔卻又傳來一陣低沉的號角聲響。

高車的正前方，大約四百五到五百步左右位置，有一道暗黃色的煙塵伴著角聲滾滾而來。宛若一頭等待撲食的老虎，忽然從藏身處一躍而起，半空中，對著獵物露出了冰冷的牙齒。

前無去路，後有追兵。韓重贇的心臟，一下子就沉到了馬鞍底兒。

非但他一個人絕望，連拉車的三匹馬，也彷彿選擇了放棄。無須任何人再上前阻止，就都自動放慢了腳步。緩緩低垂下去的脖子上面，汗水伴著血水淅瀝瀝往下淌。

「小娃娃，我看你們往哪跑？」黑臉山大王呼延琮哈哈大笑，策動坐騎，越追越近。攔路的那支兵馬雖然看不清楚番號，但只可能是另外一夥綠林豪傑。在出動之前，他們已經預先從潞、澤兩州的鎮守者嘴裡買到了消息，附近絕對不會有第二支「漢軍」騎兵。

而早已筋疲力竭的郭允明，則徹底放棄了爭奪「二皇子」的希望，咬著牙撥轉馬頭，準備看到結果後就立刻脫離險境。半刻鐘前，心中那突然冒出來的善念，讓他到現在還後悔不迭。無論有人許下什麼好處，相同的錯誤，他都不會重犯第二次。

「小肥——！」在五十幾步外，六當家余思文踉蹌數步，轉過身，鑽入一匹無主戰馬的胯下。他已經盡力了，然而，即便差一點兒就搭上自己的性命，終究未能幫助那可憐的孩子逃離生天。

唯有韓重贇，依舊不肯放棄。眼看著呼延琮的戰馬就要靠近高車，他狠狠一咬牙，縱身躍起，撲入車門。下一個瞬間，他一手持刀，一手扶著鼻青臉腫的小肥出現在了車門口。朝著圍上來的山賊草寇們怒目而視。「誰也不能動他，除非從韓某的屍體上爬過去！」

「小子，有種！」呼延琮楞了楞，高高地舉起了鋼鞭，「俺就佩服你這樣有種的男人。但是，今日卻對不住了！」

隨即，左手猛地一提戰馬韁繩，他就準備上前給對方最後一擊。說時遲，那時快，耳畔忽然傳來一聲低低尖嘯，有根兩尺半長的羽箭，凌空射向了他的胸口。

「卑鄙！」黑臉山大王呼延琮顧不上再傷人，只能先揮鞭自救。剛剛將第一支羽箭磕飛，又是一聲尖嘯傳來，第二支羽箭閃著寒光，奔向了他胯下的戰馬脖頸。

「無恥！」呼延琮趕緊舞動鐵鞭，保護坐騎。第二支冷箭被他狠狠地擊落，第三支、第四支卻接踵而至，一支射人，一支射馬，將他逼了個手忙腳亂。

幾乎與此同時，還有數支利箭飛向了高車周圍的嘍囉兵，將他們一個個射得人仰馬翻。

「二皇子勿怕，末將楊重貴，奉命前來接駕！」煙塵湧動，一男兩女如飛而至。僅僅憑藉三把騎弓，就將車門周圍，封了個潑水不透！

那男子銀甲素袍，胯下騎著一匹黃驃馬。

兩個女子當中與男子並轡疾馳者，則是一襲玄色盔甲，背後披著件暗黃色的披風。另外一個位置稍稍落後半丈的，卻是通體大紅，包括胯下的桃花驄，也是如此。整個人宛若一團正在燃燒著火碳般，從裡到外散發著溫暖的光芒。

三個人，三匹馬，三張弓。

男的玉樹臨風，女子英姿颯爽。縱使此刻戰場上漫天煙塵，也無法遮掩住其奪目顏色。

一瞬間，居然有很多人目光被他們三個吸引了過去，手中兵器的揮舞節奏，都不由自主地慢了下來。

「卑鄙無恥，暗箭傷人，算什麼好漢？」有個煞風景的聲音忽然從戰馬肚子下響起，將周圍所有人的注意力迅速拉回。黑臉山大王呼延琮單手拎著鋼鞭，再度翻上坐騎，指著銀甲將軍大聲咆哮。

銀甲將軍楊重貴被他罵得微微一皺眉，正準備出言回應。他旁邊的玄甲女子卻抬起騎弓，又是刷刷兩箭，「囉嗦！官兵討賊，天經地義！哪裡有那麼多講究？」

箭到，她的話也到，把個黑臉呼延琮逼得再度藏身於馬腹之下，哇哇亂叫。

「救大當家！」「救大當家！」附近畢竟還是山賊草寇人數多，看到呼延琮遇險，紛紛呼嘯著衝上前，團團將其連人帶馬圍攏在圈子內。

那楊重貴也沒心思在山賊們身上做任何耽擱，繮繩輕輕一提，胯下黃驃馬立刻貼著高車的邊緣切了進去，緊跟著又是一撥一拉，整個人已經堵在了車廂門口。手裡騎弓，也不知道什麼時候換成了一把素纓樸頭槍。注三二

那玄甲女將速度也不慢，彷彿是楊重貴的影子一般，緊隨其後。待胯下烏騅馬與黃驃馬再度並轡，手中騎弓早已穩穩平端，三支閃著寒光的破甲錐，則齊齊地搭在了弓臂上。

注三二、樸頭槍：唐朝中晚期出現的一種兵器。屬槊的變種之一，與漆槍、木槍、白桿槍俱為制式兵器。按照後人的解釋，漆槍短，騎兵用之；木槍長，步兵用之；白桿槍，羽林所執；樸頭槍，金吾所執也。其中樸頭槍造價最高，模樣也最華貴，屬皇家儀仗。後世以訛傳訛，漸漸稱為虎頭槍。評書中楊延昭、高寵等人，用的皆為虎頭槍。

到了此刻，呼延琮才重新回到了馬背。再想撲上前將小肥一鋼鞭打死，卻是必須先問一問楊重貴和他身邊的那名玄甲女將答不答應了。

而那楊重貴和玄甲女將雖然驍勇善戰，畢竟所部騎兵還沒有跟到近前。暫時在人數上處於下風。所以用身體和戰馬將車廂門堵住之後，也不主動向敵軍發起攻擊。只是擺出了一副居高臨下的姿態，對著馬車周圍的山賊草寇們虎視眈眈。

就在雙方僵持不下之際，那名火焰般的紅衣女子，忽然尖聲叫道：「韓重贇，是你嗎？你怎麼會在這兒？你可越來越出息了，居然連把破橫刀都握不穩！」

「她又是誰？奶奶的，這小娘皮長得可真水靈！」眾山賊草寇們聞聲扭頭，這才注意到紅衣女子並未如同玄甲女子那樣，緊隨著楊重貴去封堵車門。而是始終徘徊在五丈之外，手中騎弓隨時可以瞄準大夥的後心！

「我，我，我跟，跟跟，跟我阿爺……」彷彿還嫌眾人的驚詫程度不夠，緊跟著，車廂口兒就響起了韓重贇的聲音，結結巴巴，語不成句。

「我跟我，跟跟跟我阿爺，主，主，主動請纓！」先前對著呼延琮的鐵鞭，都未曾表現出絲毫畏懼的韓重贇，此刻卻緊張得連話都說不俐落了，吞吞吐吐半晌，才喘息著補充，「跟我阿爺主動請纓。護，護，護送二皇子去，去去去，去太原！」

「哈哈哈哈……」周圍的人群中，立刻爆發出一陣刺耳的哄笑聲。笑過之後，雙方之間的殺意，卻無形中就被沖淡了數分。

那紅衣女子卻彷彿對周圍的鋼刀長矛視而不見，蹙了蹙又長又細的柳葉眉，繼續大聲說道：「二皇子？就你身邊這個鼻青臉腫的死胖子？怎麼和小時候一點兒都不像？你們倆不要怕，有楊大哥和折姐姐在，他們一時半會兒傷不到你們。我這就回去領人馬過來，如果誰敢碰你倆半根寒毛，我常婉淑必將他碎屍萬段！」

說罷，迅速一撥坐騎，竟然沿著來時的路，翻身奔向了正在快速靠近的那支騎兵。從頭到尾，沒有絲毫的猶豫。

「這是誰家的女兒？還婉淑呢，果然是缺什麼叫什麼！將來姓韓的小子恐怕有的是時間頭疼了！」眾山賊草寇雖然個個滿臉橫肉，卻也並非不食人間煙火之輩。見紅衣女子行事魯莽中透著乾脆，忍不住皆輕輕搖頭。

然而對方的話，同時也給他們提了醒。那支騎兵距離越來越近，如果他們還想著把二皇子石延寶殺死後再離開的話，恐怕最好的結果，便是玉石俱焚了！

「楊將軍，我等雖然身居太行，平素卻與你河東井水不犯河水！」呼延琮既然能坐上北太行二十七寨的總瓢把子的位置，心思自然不會像他所表現出來的那般粗疏。迅速判斷了一下「漢軍」騎兵與高車的距離，又快速計算了一下自己周圍能用得上的人馬數量，將左手搭在右手背上，氣喘吁吁地向楊重貴行禮。

「楊某也是奉命而來，不是刻意針對爾等！」自家人馬未抵達之前，楊重貴顧忌著身後的「二皇子」，也不願輕易就跟對方拚命。笑了笑，以平輩之禮相還。「但職責所在，還請呼延大王能高抬貴手，放我家二皇子一條生路！」

「某乃受人之托，先前又折損了許多弟兄，恐怕需要楊將軍給個交代！」呼延琮笑了笑，將鋼鞭緩緩舉到雙眉之間，向對方致以武林之禮。

「大哥，不可！」沒等楊重貴回應，他身邊的玄甲女子再度搶先一步，低聲阻止。「一日為賊，百世為盜。他哪裡值得你如此相待？況且兩軍交戰，比拚的是為將者的謀略，士卒的訓練有素，幾曾比拚的是匹夫之勇？」

她天資聰穎，文武雙全。所以自打呼延琮忽然人模狗樣地向楊重貴施禮的一剎那，就猜到對方沒安什麼好心。

接下來發生的事實也果不其然，這黑碳頭一般的山大王，看到兩軍繼續廝殺下去沒便宜可占。居然想按江湖規矩，跟楊重貴單挑！這真是荒唐透頂！雙方一個出身將門，一個累世為盜，身份地位簡直是天上地下。更何況單挑這種不智的舉動，早在戰國時期就已經成了絕響。秦漢之後，誰見過哪個武將是靠單挑建立的赫赫威名？

一番勸阻的話，說得有理有據，擲地有聲。然而，楊重貴卻在心裡別有一番考慮，笑了笑，輕輕搖頭，「呼延大王不是普通的綠林好漢，而是威名赫赫，能在亂世中保護一方百姓安寧的英雄豪傑。我對他仰慕已久。既然今日難得遇上，不妨就切磋幾招，彼此結個善緣！」

說罷，將目光轉向呼延琮，笑著提議：「不如你我就定個賭約，如果楊某僥倖贏得一招半式，你就帶著麾下豪傑自行離去。不要再打二皇子的主意，楊某這廂，也保證頓兵原地不做追殺便是！」

「多謝楊將軍成全！」黑臉山大王呼延琮再度拱手，撥轉戰馬，緩緩拉開彼此之間的距離，「某這廂也保證，如果僥倖能在楊將軍身上贏上一招半式，就只帶二皇子一個人走。過後，楊將軍自管整頓好了兵馬再來追趕，在你追上來之前，某不會讓任何人動二皇子一根寒毛！」

「不可！」話音剛落，先前那個軍師打扮的書生，已經帶著一群大嗓門護衛趕至。舉起鋼刀，大聲喝令，「來人，聽我的號令……」

「住手！」呼延琮雙眉倒豎，斷喝聲宛若淩空打了一記霹雷，「侯祖德，某才是綠林大當家，沒你說話的份！」

「你……」書生侯祖德的話被他半路打斷，直氣得火冒三丈。扭過頭，就準備尋找幾個依仗跟呼延琮分庭抗禮，卻無奈地發現，非但各家山大王都紛紛將目光側開到了一邊，連平素對他恭敬有加的一眾傳令壯漢，也在悄悄地挪動身體，主動跟他拉開了距離。

綠林道上，想活得時間長。眼界和智力排在第一和第二，武力只能屈居第三。每一天都要面對明槍暗箭，能活五年以上還沒死的，保證頭腦都不會太差。而眼下郭允明所部的騎兵，已經陸陸續續跨過了木橋；楊重貴所部騎兵，又建制完整地趕到了戰場。大夥想全身而退都非常不易，憑什麼還要拚上一死，替無關的人去火中取粟！

的確，某人曾經封官許願，並且灑下了大把金錢。但官得活人才能去做，錢也得活人才能去花。而死人，轉眼便會成為烏鴉和豺狼的血食，用不了三個月，就沒人會在記得他們。更沒人顧得上去照顧他們留在世間的孤兒寡母！

「你們……」侯祖德被眾人的勢利表現，氣得臉色黑青。哆嗦著手臂四下指指點點。依舊沒人理睬他，大夥目光紛紛投向高車，投向高車附近正緩緩相對著拉開距離的呼延琮和楊重貴。

「楊將軍，某家是客，先動手了！」眼看著彼此之間的距離已經拉到了八十步遠，呼延琮大喝一聲，雙腳狠踩馬鐙。胯下烏龍駒「唏噓噓」發出一聲長嘶，四蹄張開，徑直朝楊重貴衝了過去。掌中鋼鞭，也早就換成了一桿黑色的馬槊，霜鋒處，烏光繚繞。

「不可……」郭允明到了此刻，才在數十名「漢軍」騎兵的團團保護下，姍姍來遲。看到楊重貴居然答應與呼延琮策馬鬥將，趕緊扯開嗓子大聲阻止。

無論最後的結果是輸還是贏，拿「二皇子」做賭注，都不是妥當之舉。過後傳到漢王劉知遠耳朵裡，作為當事人之一，他郭允明也少不得吃瓜落。

然而，四下裡震耳欲聾的吶喊，卻將他的聲音徹底埋葬。綠林豪傑們不願意再打下去了，隨行護駕的大部分「漢軍」騎兵也早已筋疲力竭。能用「鬥將」的方式，結束這場短促且慘烈的遭遇戰，符合敵我雙方大部分人的利益。而在戰鬥結束之前，能看到一場精采的高手對決，更是可以最大程度沖淡眾人心中失去袍澤的哀傷。

「大當家，大當家，大當家……」

「楊將軍，楊將軍，楊將軍……」

觀戰的將士，無須任何人協調指揮，就自動分成了涇渭分明的兩支，給各自心目中的英雄吶喊助威。黑臉的呼延琮，是北方綠林道上首屈一指的英雄豪傑，各山各寨都有不少嘍囉聽說過他的大名。而楊重貴在劉知遠麾下的騎兵當中，也擁有數不清的崇拜者。

這各自得益於他們各自的家世和人生軌跡。呼延琮的父親、祖父、曾祖父，都是綠林大豪，占山為王的時間，可以逆推到黃巢亂唐。他自己，更是出類拔萃。自從十六歲接替受傷而死的父親為寨主之後，短短八年時間，見契丹打契丹，見大晉打大晉，見到前來占便宜的綠林好漢也毫不手軟。將整個山寨帶得蒸蒸日上。方圓幾百里內，人人聽了他的綽號都要挑一下大拇指。

而楊重貴的父親、祖父和曾祖父，也都是軍中數得到的悍將。雖然他的祖父和父親，都先後曾經接受過契丹人的官職，但這年頭，連皇帝石敬瑭都能拜比他小若干歲的耶律德光當義父，楊家的那些不光彩歷史，完全可以被其英俊的形象和高超的身手所掩蓋！更何況，自打投靠到劉知遠麾下以來，楊重貴本人每戰必先，斬將奪旗無算，早就博取了軍中第一槍的美名！

「咚咚咚咚咚……」唯恐自家助威聲比不過別人，有機靈的嘍囉果斷敲響了羯鼓。將在場所有人刺激得熱血沸騰。[注三三]

「嗚嗚嗚，嗚嗚嗚，嗚嗚嗚……」騎兵中的號手們，則以激越的畫角聲回應。與對手相較，他們更懂得如何推動氣氛。畢竟，平素訓練時為了讓將士們不覺得過於乏味，軍中經常進行各類比試，策馬對決，就是其中之一。

只不過，平素大夥比試時，長槍都去了鐵頭，並且頂端還裹著厚厚的毛氈子。而今天，呼延琮和楊重貴兩人手中的兵器，卻都寒光四射。

眼看著，兩匹相向奔行的戰馬，彼此間距離越來越近，越來越近，樸頭槍與馬槊相對指向兩位武將的胸口，不晃不避。羯鼓聲瞬間就緊張得失去了節奏，「咚咚咚咚」，「咚咚咚咚」，「咚咚咚咚」，如狂風暴雨。畫角聲也忽然高亢入雲，「嗚嗚嗚嗚，嗚嗚嗚嗚，嗚嗚嗚嗚——」，若萬龍齊吟。

二十步，十步，五步。「看招！」呼延琮猛地發出一聲斷喝。身體側擰，右手前伸，左手平端，丈八長槊如毒龍般刺向對方左肩。

「受死！」彷彿與他心有靈犀，楊重貴也在策馬前衝的同時，果斷擰腰伸臂，掌中樸頭槍宛若閃電，徑直挑向了對方的面門。

「啊——」膽小者嚇得猛地閉上了眼睛，膽大者嘴巴張得足以塞進一顆雞蛋。然而，他們預料中的血肉橫飛場景卻根本沒有出現。呼延琮的長槊被楊重貴在最後一刻躲過，徒勞地留下一團烏亮的寒光。而楊重貴的樸頭槍，也被呼延琮用一個俐落的低頭動作閃開，半空中只蕩起一團銀色的虛影。

「小心！」二馬剛剛錯鐙，呼延琮立刻大叫收肘。以槊纂為鋒，槊鋒為纂，倒著尋找楊重貴的脊梁骨。楊重貴則迅速轉身，用一記乾淨的海底撈月，將倒刺過來的馬槊挑開，隨即，長槍變成了一條鞭子，由單手掄將起來，抽向對方的脖頸，「嗚——！」「著打！」

風聲至，斷喝聲亦至。呼延琮沒想到對方膂力如此之大，招數如此之奇。趕緊藏頸縮頭，身體貼向戰馬。銳利的寒風擦著他頭盔尖端飛過，將一縷盔纓掃得飄蕩而起，紅燦燦晃花了人的眼睛。下一個瞬間，有一條黑色的鋼鞭自他的肋下盤旋著飛出，掛著呼嘯的寒風，砸向了楊重貴的戰馬屁股。

「噹啷！」電光石火間，楊重貴用左手揮動一支鐵鐧，護住戰馬，將鋼鞭磕落於地。雙方的戰馬以極高

注三三、羯鼓：據傳為羯族傳統樂器，兩面蒙皮，中間收腰，便於攜帶。唐朝時廣為流傳，多做樂器和戰時鼓舞士氣用。

的速度，彼此分離。轉眼間，各自跑出了四十餘步，然後隨著兩聲憤怒的咆哮，馬頭盤旋，馬尾飛舞，再度面對面開始對衝。

「大當家……」

「楊將軍……」

吶喊聲此刻才重新響起，伴著如雷的鼓聲和畫角長吟，雙方將士一個個都緊張得滿臉通紅。眼睛瞪圓，雙拳緊握，再也不肯錯過每一個精采瞬間。

數千道熱烈的目光之下，兩匹戰馬咆哮著相遇。馬背上的二人又各自出手兩次，然後迅速分開。楊重貴被長槊上的力道震得膀子發麻，呼延琮則被對方屢屢出乎意料的奇招，逼得哇哇怪叫。

雙方的將士，也各自使出渾身解數，拚命給自己一方的代表加油鼓氣。唯恐喊的聲音小了，或者鼓點兒被畫角聲給蓋過，就導致自家這邊的出場者，不幸輸給別人。

此刻他們當中大多數人心中的賭注，也早已不是那個躲在馬車中，鼻青臉腫的二皇子。而是「河東節度使大營」和整個「太行山綠林」的臉面。無論哪一方，都不希望自己這邊落入下風。

楊重貴和呼延琮，則策馬再戰。第三個回合，第四個回合，第五個回合。當兩匹寶馬第六次開始對衝的時候，楊重貴的額頭上明顯出現了汗珠，原本白淨的面孔，也好像塗了一層厚厚的胭脂，比帶兵趕回來的常婉淑看上去還要嬌艷。

呼延琮的臉色黑，看不出太多的變化來。但是嗓子卻已經「劈」了，發出的聲音宛若破鑼。「我要你好看！」他喘著粗氣，低低地叫喊。手中長槊平端，身體搖搖晃晃，彷彿隨時都會自己掉下馬背。卻在兩次幅度較大的搖晃之間，悄悄地又用左手，將另外一根鋼鞭藏在了槊桿之下。

「小心——！」「漢軍」觀戰的將士中，有人目光銳利，已經發現了對方的上場者在使詐。果斷地扯開嗓子提醒。

但是，大多數的人，卻因為距離遠，或者看得太投入，什麼都沒發現。只顧繼續扯著嗓子，揮舞手臂，大喊大叫。將零星的提醒聲，完全給吞沒在震耳欲聾的助威聲裡。

「大哥——！」黑衣女將的提醒聲，同樣被周圍的吶喊助威聲所淹沒。

她握在弓臂上的右手五指已經隱隱發白，扣著羽箭的左手三指也因為過於緊張，而呈現出一種病態的淡青色。但是，她卻始終不敢將弓弦拉滿，更不敢對準呼延琮射出羽箭。雖然，在百步之內，她有七成以上直接命中對方的要害。

「妳可以給他提建議，但不可以替他做任何決定。因為他早已不是個小孩子，而是妳的男人！」

「妳可以在家中抱怨他，卻不能在外邊質疑他。如果連妳都質疑他的決定，他的話在別人眼裡，更是一文不值！」

「可以事後為他裹傷，卻不能陣前搶著替他出手。除非，妳想著做一個有名無實的掌家大婦。然後看著他一個接一個地往回娶小老婆。」

……

在她出嫁之前，祖父折從遠將她叫到身邊，將上面的話，一條接一條，親口交代。

折家世居雲中，祖上為羌王折掘氏，所以家中許多規矩和生活習慣，都與周圍的鄰里大不相同。但是在為子女謀劃未來方面，大夥彼此間卻沒什麼差別。

「男人的看重臉面不僅僅是貪圖虛榮，而是要取得周圍大多數人的認同。一個在外人面前對老婆言聽計從，且關鍵時候總是需要老婆出手幫忙的男人，絕對不會獲得同伴的尊重。而一個沒有威望的男人，無論做什麼事情，都將力倍而功半。甚至這輩子一事無成！」

「一個在外邊沒有任何成就的男人，即便對妳再百依百順，以妳的驕傲性子，時間久了也會對其生厭！」

「這些話妳可以不愛聽，也可以覺得不公平。但這卻是外邊的真實！除非是妳的親生爺娘，沒有任何人會永遠縱容妳的小性子。哪怕他曾經將妳視為自己的眼睛！」

……

說這些話的時候，祖父臉上一直帶著笑，目光卻像指揮千軍萬馬時一樣慎重。注三四他希望自己的孫女幸福，所以將這輩子最寶貴的東西，都傾囊相授。無論武藝、謀略還是過日子的經驗智慧。

他的目光有一絲始終牽掛在她身上，從她離開家那天起，直到永遠。

作為折家的孫女，她當然很輕易地就判斷出，接下來呼延琮的一招，將是槊裡夾鞭。此乃大唐名將尉遲恭的成名絕技，憑藉此招打遍整個遼東。

她還非常輕易地就判斷出，自家丈夫已經瀕臨力竭。畢竟，正式兩軍交戰，敵我雙方的大將即便策馬對衝，彼此之間也只有一個回合的交手機會。一個回合之內決不出生死，就要把對方交給身後的同伴，根本不可能像現在這樣反覆馬打盤旋，不倒下其中一個絕不罷休。

她甚至還判斷出來了，自家丈夫下一招勢必會刺向呼延琮的左肩窩，因為自家丈夫起了惺惺相惜之心，從出手的第一招起就留了分寸，從沒打算真的要呼延琮的命。而那呼延琮隱藏在馬槊下的鐵鞭如果打在丈夫身上，最好的結果也是吐血落馬，從此再難走上戰場。

但是，除了任由自己的提醒被周圍的吶喊聲吞沒之外，此刻她卻什麼都不能做。因為他是她的男人，他有他的驕傲，他是整個漢軍當中第一用槍高手。

因為，祖父教導過的那些人生智慧，那些夫妻之間相處的道理，時時刻刻保護著她，也約束著她，讓她不敢肆意妄為。

人的頭腦和心臟，越是緊張，往往越會運轉得更快。只是短短一、兩個呼吸時間，黑衣女將已經將出手和不出手利弊，反覆衡量了十幾遍。

下一個呼吸，她的臉色愈發地蒼白，胸口起伏也愈發地急促，目光冰冷如電。

握在雙手之間的騎弓，再度快速拉滿。她不能失去他，寧可讓他覺得屈辱，寧可事後被他責罵，甚至夫妻兩個就此形同陌路，也不能眼睜睜地看著他落入別人的陷阱。

數個寬闊的身影，卻忽然出現在她的視線中，恰恰擋住了羽箭的去路。是呼延琮麾下的山賊頭目們，認定了自家總瓢把子勝券在握，忘乎所以，站在馬鞍子上手舞足蹈。「大當家，大當家，大當家……」

「滾開！」已經搭在弓弦上的破甲錐，沒有機會射出去了。黑衣女將狠狠夾了一下馬腹，向前橫衝直撞。來不及了，一切都來不及了。即便她衝到人群的空隙中，再度彎弓搭箭，也肯定來不及了。兩匹戰馬從起步開始對衝到高速相遇，原本就只需要兩三個彈指，她已經錯過了出手相救的時機，此刻只能趕過去盡可能地替他療傷或者避免別人侮辱他的屍骸。

淚水瞬間就模糊了她的眼睛，她卻強迫自己盯著戰場，盯著戰馬上已經差不多重疊疊在一起的兩道身影。一黑一白，黑的是那樣陰險，白得是那樣光明。

她看到自家夫君楊重貴的招數如預料當中一樣用老，被呼延琮側著身體閃開。他看見呼延琮從長槊下抽出了鋼鞭，半空中掠起一團烏黑的閃電，她閉上了眼睛，無法再堅持，全身的血漿的瞬間被凍結成冰。

「大哥——！」

「楊將軍……」「楊將軍……」「楊將軍……」四周的歡呼宛若山崩海嘯，再度淹沒了她的聲音。

不是大當家，而是楊將軍。她呆立在馬背上，身體顫抖如篩糠，兩隻耳朵下面的肌肉不停地抽搐。沒錯，就是楊將軍，吶喊聲全部來自「漢軍」將士，其中還伴隨著狂熱的畫角，「嗚嗚嗚嗚，嗚嗚嗚，嗚嗚嗚

注三四、折從遠：即是折從阮。本名叢遠，後來為了避劉知遠的諱，才改為從阮。此刻劉知遠尚未稱帝，所以無須避諱。

嗚——」，如夏日裡突如其來的風暴，肆意橫掃。

而周圍的山賊草寇們，則全都被扼住了嗓子，一個個鴉雀無聲。

頭頂的陽光剎那間變得無比燥熱，渾身上下已經被凍結的血脈再度開始流動，碎裂的心臟一點點黏合，強迫自己將眼睛重新睜開，她用手背擦去淚水。卻發現眼前的世界，如同幻覺一樣不真實。

又狠狠擦了幾下眼睛，她終於看清整個戰場。

她看見自家丈夫完好地端坐在黃驃馬上，一手持槍，一手舉鞭，身上流光溢彩，宛若一名下界的天神。

而黑臉黑心的山賊頭子呼延琮，卻楞楞地徘徊在幾十步之外。舉著空空的左手，失魂落魄。

原本應該打在對手後背處的鋼鞭，此刻已經成了楊重貴的戰利品。他不可能要得回來，也沒有顏面再去討要回來。

山崩海嘯的歡呼聲中，楊重貴將樸頭槍掛在德勝鈎上，然後一隻手拎著鋼鞭，穿過周圍的人群，穿過匆匆趕過來助威的「漢軍」將士和不知所措的山賊草寇，就在敵我雙方的眼皮底下，走到了呼延琮面前。

「你剛才如果直接打向我的面門，而不是繞著彎子打我的後背。此刻，我已經躺在地上了！」握住鋼鞭的頂端，將護手遞向呼延琮，他同時用周圍很多人都能聽得見的幅度，高聲道出一個事實。「謝謝你手下留情，走吧，帶上你的弟兄。咱們兩個後會有期！」

「你第一槍和最後那一槍，目標都是我的護肩。」呼延琮喘息著接過鋼鞭，仔細掛在了馬鞍下。「所以，我不能打你的腦袋。我是綠林大盜不假，但是盜亦有道！」

說罷，也不多囉嗦。抬起左手猛地一拉戰馬韁繩，他扯開嗓子朝著周圍的大小寨主們高喊：「走啦！已經輸了，還楞著做什麼？難道還指望人家管飯嗎？」

「走啦，走啦！」眾山大王們先是微微一楞，隨即訕笑著開始收攏隊伍，「偷襲沒得手，單挑也沒贏，咱爺們今天認栽！」

「走啦，走啦。以後見到楊重貴旗子，咱們大夥都躲著走就是！」

「走啦，一會說是要救駕，一會又說要殺人！老子早就被弄糊塗了！」

……

眾頭目和嘍囉們七嘴八舌，趕在「漢軍」改變主意之前，匆匆忙忙離去。連地上同夥的屍體，都沒來得及去收斂。

同樣心中非常失落的，還有武英軍長史郭允明。眼看著敵我雙方之間距離越拉越遠，他輕輕咬了咬牙，策馬奔向楊重貴，硬著頭皮提醒：「楊將軍能不戰而屈人之兵，真是讓郭某佩服至極！然賊心難測，萬一……」

「郭長史一路辛苦了，接下來的事情，全部交給末將便是！」楊重貴非常恭敬地向他行了個禮，大聲說道。

「不敢，不敢！」郭允明碰了個軟釘子，肚子裡頭怒火中燒，卻沒有絲毫勇氣去發洩。只能匆匆側開半邊身體，然後以平級之禮相還。

他是武英軍長史，而楊重貴只是統領一個「指揮」兵馬的騎將。照常理兒，接下來即便兩軍合一，也是他來做主帥，後者只能屈身聽令。然而，這世間，很多事情卻不可用常理來推斷。

首先，楊重貴是近衛親軍的騎將，嫡系中的嫡系，比起武英軍這種匆匆拉起的隊伍，在漢王劉知遠眼裡，地位不知道要高出多少倍。

其次，楊重貴的父親乃是麟州節度使，重兵在握，而他郭允明卻連姓氏都是隨便撿來的，像生長在岩石縫隙中的雜草一樣無根無基。

正暗地裡鬱悶得兩肺生煙的時候，卻又看見常婉淑像一團火焰般衝了過來。遠遠地朝著車廂口揮舞起馬鞭：「小胖子，你真的就是石延寶嗎？小時候你手賤掀我妹妹的裙子，曾經被我打得屁股開花的事兒，你還記得不記得？」

「啊？哈哈哈哈哈哈……！」高車周圍，頓時爆發出一陣驚天動地狂笑，將士們一個個前仰後合，無法自已。

太有趣了，太頑劣了。如果常婉淑不親口說出來，誰能想到被大夥保護了一路的神秘皇子，居然還有偷偷掀女孩裙子的劣跡？更不可能想到的是，原來鳳子龍孫小時候也有被人按在地上將屁股打成八瓣的時候。並且看樣子打人者還活得挺滋潤，至今還沒有受到任何追究。

剛經歷了一場惡戰，他們迫切地需要發洩心中的緊張與喪失袍澤的傷痛。而常婉淑沒頭沒腦的問話，恰恰成了點燃了這個發洩口的契機。因此，上到統兵的將領，下到普通小卒，一個個笑得直揉肚子，短時間內根本停不下來。

只有兩個人沒有發笑，其中一個當然就是被逼著冒充二皇子石延寶的小肥。他哪裡想得到，居然在劉知遠的地盤上，自己還能遇到被冒充者小時候的「冤家」？頓時緊張得滿臉是汗，頭皮發麻，緊握著拳頭不知道該如何是好。

另外笑不出來的就是武英軍長史郭允明。作為整個計畫的主謀與直接執行人，他千算萬算，唯獨沒算到，馬上就到太原了，居然還能遇到二皇子小時候的同伴！而他偏偏無法像先前一樣，直接殺人滅口。甚至連威脅對方的能力都沒有。因為眼前這個被渾身上下火炭般散發著熱力的紅衣女子，正是六軍都虞侯常思的掌上明珠！

而那常思，非但是追隨了漢王劉知遠近二十年的鐵桿心腹，還是馬步軍都指揮使郭威的救命恩人，侍衛親軍史弘肇的兒女親家；其本人手握重兵，跟劉知遠麾下兩大肱骨文臣楊頒和王章也走動甚密。

像郭允明這種級別的雜軍長史如果招惹了他，此人只需要隨便伸出一根手指頭，就能將郭大長史像碾隻螞蟻一樣活活碾死！

所以此時此刻，郭允明唯一能做的，就是像抽了羊羔瘋一般，拚命地向韓重贇眨巴眼睛。期待後者能在關鍵時候頭腦清醒，千萬別把小肥的真實身份給當眾揭開。否則，掌書記蘇逢吉為了替漢王遮醜，少不得要借幾個人頭來用。他郭允明和武英軍都指揮使韓重贇毫無疑問就是兩大熱門人選！

好在韓重贇雖然講義氣，卻還沒到了為朋友而拋棄親人的地步。發覺身邊的情況不太對勁兒，趕緊主動站出來替小肥遮掩：「他，他腦袋被鐵鐧砸漏過。很多事情都想不起來了。妳不要逼他。越逼，他可能越無法恢復！」

「他被人打成傻子啦！」常婉淑聞聽，一雙鳳目圓睜，兩片略顯單薄的嘴唇瞬間張成了半圓形。

說著話，將戰馬向前催動數步，她快速衝到車廂門口，伸手就去掀小肥的頭髮。「我來看看，到底傷在什麼地方？你別怕，我阿爺最近認識一個姓陳的老道，據說醫術很是了得！」

「不妨事了，早已經不妨事了！」小肥被這紅衣女子風風火火的舉動又給嚇了一跳，出於本能就將身體朝車廂裡頭縮。

頭上的傷疤是真的，失憶的病症也是真的。但是，他卻不敢跟這個女子接觸太多。誰知道對方手裡還握著那個二皇子石延寶什麼把柄？一旦又把賬算到他頭上，他拿什麼去回應人家？

「婉妹，妳幹什麼呢？」韓重贇跟小肥心有靈犀，如同貼身侍衛般，晃動身體擋住了常婉淑的手臂，然後皺著眉頭嗔怪，「別胡鬧！這可不是妳們倆小的時候了！好歹他也是個皇子，妳給他留點兒顏面！」

「嗯？」常婉淑先是對著韓重贇輕輕皺眉，隨即，又吐了下舌頭，笑著搖頭，「哎呀，你不說我都忘了，他是要做皇帝的人了，不能再任由我去摸他的腦袋。不過……」

將目光越過韓重贇的肩膀，她笑著向小肥追問，「死胖子，你將來當了皇帝，不會報復我吧？咱們可先說清楚了，當年挨打的事情，十次裡頭有九次都是你自找的。你可不能老想著翻舊帳！」

「哈哈哈哈哈哈……！」四下裡，看熱鬧的將士們又笑做了一團。揉著肚皮，對二皇子的回應翹首以盼。

「不追究，不追究！我保證不翻舊賬！妳放心好了！君，無戲言！」小肥躲在韓重贇身後，用力擺手。對方跟石延寶如此相熟，他將來躲都躲不及，怎麼可能再自己給自己找麻煩。

況且即便自己是真的二皇子，看在好兄弟韓重贇多次捨命相護的份上，也不能跟未過門的嫂子計較。畢竟那些都是幼年時的事情，無論誰欺負了誰都不能算是出於惡意。

他答應得實在太快，說話的語氣也實在古怪，聽在常婉淑耳朵裡，反而像是敷衍。頓時，後者就將眼睛又豎了起來，盯著烏黑的眼眶說道：「我可不是向你求饒。其實你想追究，我也不怕。你阿爺，先帝在位時，都覺得你是活該，沒有因為揍你而責罰我。你要是敢翻舊賬，就是不孝！」

「不翻，真的不翻。我一點兒都想不起來了，真的！」小肥巴不得這個女子趕緊從自己面前消失，舉起手來賭咒發誓。

「先帝要是敢為了小孩打架的事情，去跟漢王翻臉，才怪？」武英軍長史郭允明在旁邊雖然插不上話，卻也忍不住偷偷撇嘴。

常婉淑的父親常思當年官職雖然不高，卻是劉知遠留在汴梁的「大管家」。平素在汴梁城內跟誰接觸應酬，到哪一座府邸拜訪探視，都代表著劉知遠本人。而大晉開國皇帝石敬瑭在位的最後兩年中，就已經對劉知遠忌憚萬分。他的繼承人石重貴除非腦袋也被鐵鐧砸過，才會因為自家小兒子在舅舅家被常思的女兒痛揍的事情，去小題大做。

站在郭允明角度的推測，石重貴說不定還巴不得自家小兒子被常思的女兒多欺負幾次，然後他再通過這種始終一笑了之的態度，向劉知遠傳遞敬重安撫之意。畢竟小女孩下手打人，再狠也有個限度。而萬一劉知遠造了反，卻足以掀掉他石家的半壁江山。

正腹誹間，卻又聽見常婉淑大聲問道：「還有你，韓重贇，你先前怎麼被人逼得那麼狼狽？要不是楊大哥跟嫂子兩個趕來的及時，你今天估計連小命兒都得交代了！我阿爺當年教你的那些本事呢？難道你都當飯吃了不成？」

「他，他居然還是常思的弟子！」郭允明的身體，立刻又打了個哆嗦，無數隻麆子從心臟上飛奔而過。注三五

他先前答應小肥不把韓重贇的事情捅到漢王劉知遠面前，可沒答應不以此事作為把柄要挾自己的搭檔韓璞。甚至一路上已經想到了無數辦法，可以讓武英軍都指揮使韓璞從此之後對他言聽計從。

而現在，郭允明卻開始才慶幸自己沒有功夫去將心中的那些陰險謀劃付諸實施。這匹夫韓璞平素不顯山不露水，兒子卻早已拜入了常思門下。而從韓重贇與常婉淑兩個說話時的語氣和眼神上來看，常韓兩家將來少不得就是鐵桿姻親。那常思即便再看韓璞本人不順眼，也不會由著自己的親家公被一個無名小卒拿捏。

「我，我沒忘。只是，只是師父他老人家教的那些東西太，太過高深，我，我一時半會兒還掌握不全！而那，那呼延琮的本事，跟，跟楊大哥都不相上下。我怎麼可能打得過他……」韓重贇弱弱的回應從車廂門口傳來，讓郭允明愈發心裡抓狂，臉色也變得青灰交替，宛若一口氣喘不勻，就會當場死掉一般。

六軍都虞侯常思的弟子加未來的女婿，小王八蛋你怎麼不早說！早說出來，瘋子才會當著你的面，謀劃如何弄出個假皇子來向漢王邀功！

然而轉念一想，既然韓璞這個常思的親家公，知道弄假成真的計畫出自蘇逢吉之手後，都肯積極主動配合。這豈不說明，常思不會因為這點兒小事兒，就去拆蘇逢吉的臺？

換句話說，只要郭某人繼續去魚目混珠，別讓人抓住明顯破綻。常思等人應該就會樂見其成！而不是會主動跳出來拆穿此事，讓漢王劉知遠好不容易才建立起來的高大形象，瞬間掉在泥坑裡摔個粉碎！

注三五、麆子：一種類似鹿，但比鹿小的野生動物。繁殖力頗強，早年在山西內蒙等地都很常見。因為其智商很差，所以被稱為傻麆子。

迅速理清了與事情相關的各種利害，郭允明的臉色，終又恢復了幾分人樣。豎起耳朵，振作精神，以防常婉淑再忽然使出什麼「殺招」。

令他慶幸的是，世間總是一物降一物。風風火火的常婉淑，與柔中帶剛的韓重贇，竟然是天造地設的一對兒。很快，就被後者溫吞吞的話語聲給磨得銳氣盡消。一雙明亮的鳳目中，也慢慢寫滿了柔情。

「那你，那你剛才沒受傷吧！周圍全是山賊，而你身邊又帶著這個又蠢又笨的死胖子！」少女天，六月的臉，發威時電閃雷鳴，溫柔起來也有如和風拂面。

韓重贇對此，反倒變得略微有些不適應。楞了楞，才紅著臉搖頭：「沒有，我好著呢！這身上的血都是別人的。不信，妳看，我這樣輕輕一抹就全擦掉了！啊呀——，我的腿——！」

「撲通！」一翻眼皮，他倒栽於小肥懷中。雙目緊閉，斷裂的大腿護甲處，有一行鮮血正淅淅瀝瀝而下。

「韓重贇！你怎麼了！你別嚇唬我！」常婉淑驚得花容失色，一翻身從戰馬上跳了下來，直接躍入了車廂。

其他圍在高車附近的將士，也都亡魂大冒。紛紛擠上前，查探韓重贇的傷情。先前大夥都忙著替楊重貴吶喊助威，根本沒留意到韓重贇受了傷。而此刻把注意力集中過來，才發現車廂的地板已經被血漿潤濕了一大片。

「完了！」郭允明眼前一黑，心中湧起陣陣悲涼。那麼長的一道傷口，鮮血很難止住。而萬一韓重贇因為傷重而死，他郭某人即便弄出個真皇子出來，恐怕這輩子仕途也徹底到了頭。

「你不要死，不要死！我以後不欺負你了，不欺負你了還不行嗎？我什麼都聽你的，你讓我在家裡就在家裡，讓我綉花就綉花。我阿爺都說了，等忙過了這陣子，就帶著我去汴梁……！嗚嗚，嗚嗚——」常婉淑的哭聲透過人群傳來，如刀子般割得人心裡難受。

「婉淑……」黑衣女將眼圈一紅，手捂住嘴巴，將頭遠遠地扭了開去。

身為武將之妻，她何嘗不是日日為自家郎君的安危擔憂？而今天，她卻眼睜睜地看著好姐妹未等出嫁已先喪夫，那種撕心裂肺的傷痛，簡直感同身受。

「都別慌，也別亂。讓我先看看，讓我先看看有沒有辦法給他止血！」楊重貴的動作，總是比語言快上半拍。話剛出口，人已經跳下了坐騎。分開了亂哄哄的將士，硬生生擠向了車廂門，「我這裡有上好的金創藥，如果能止住血，他未必……，殿下，殿下你在做什麼？」

後半句話，他幾乎是本能地吼出。立刻讓周圍的人齊齊一楞，注意力瞬間就集中在了始終被大夥當作首要保護對象的「二皇子」身上。卻驚詫地發現，這位體態略顯臃腫的二皇子，此刻竟然以很少人比得上的靈活，用一把不知道什麼時候折斷的橫刀，割斷了韓重贇大腿根處的絆甲絲縧。

緊跟著，只見他左手輕輕一扯，便除掉了韓重贇襯在護腿甲阻擋流矢的綢布短褌，將半截毛茸茸的大腿和嬰兒嘴巴一樣傷口，同時給露了出來！注三六

傷口附近的遮蔽物一去，血頓時流得更快，滴滴答答，轉眼間就在地板上彙聚成了一條小溪。這一下，把常婉淑頓時給驚得連哭都不敢哭了，右手一扣一拉，就將腰間的護身短刀扯出了半截，「住手，你幹什麼？他剛才可是為了救你才受的傷！」

「蹲下，抱住他的頭！低一些，如果妳不想他現在就把血淌盡了！」先前被她嚇得大氣兒都不敢出的「二皇子石延寶」，此刻卻完全變成了另外一個人。單手托住韓重贇的腰，快速移向常婉淑的懷抱，「再低些，坐下，妳坐在地板上，把他的頭抱在懷裡，對，就這樣！刀子給我，早點兒拿個短傢伙來，我也不用去折斷了橫刀湊合湊合！」

注三六、短褌：就是後世的短褲雛形。從胯部到膝蓋，然後膝蓋上再加兩條護脛，就構成了完整的褲子。中國古代短褌分為絝和褌，區別是絝為開襠，褌為合襠。唐朝後期，基本已經全是褌，絝已經不多見。

說著話，劈手奪過了短刀。在剛剛從韓重贇腿部剝離的短褲上乾脆俐落地一割，「嗤啦」一聲，將短褲下半截割成了一根細長的布條兒。隨即，又用布條沿著韓重贇的大腿根處繞了兩圈，雙手用力一勒一繞，三下五除二，就將布條打兩端繫在一起打成了活結。

說來也怪，韓重贇腿上那條傷口看著雖然長，出血的速度，卻立刻慢了下來。令所有人覺得頭上的陽光一亮，吐氣聲頓時此起彼伏。

軍中有不少人都攜帶著金創藥，臨近稍大一些的城池裡頭，也肯定能找到郎中。只要韓重贇腿上的傷口能止住血，把命撿回來的機會就能倍增。即便最後不幸變成了瘸子，也照樣能坐在馬車上排兵布陣，更不會影響他與常婉淑兩個將來給老韓家散葉開枝。

「誰帶了酒，越濃的越好！」抬起胖胖的手背在他自己額頭上抹了一把，「二皇子石延寶」沉聲問道，聲音鎮定得就像見慣了生死的沙場老兵。

「我有！」「我有！」「我這就去取！」高車周圍，人們紛紛答應著，從腰間或者馬鞍下取出一個個裝酒的皮囊。

「二皇子石延寶」非常挑剔地，將遞過來的皮囊挨個打開嘗了一口。然後，選了口感最衝的一囊酒水，緩緩倒在了韓重贇的傷口上。傷口處的血痂和血漿，迅速被衝開，露出裡邊深紅色的瘦肉和白白的幾片筋膜。

就在大夥驚詫的目光下，「石延寶」用酒水把常婉淑的短刀也清洗乾淨，然後單手擎著刀柄，用刀尖在傷口處緩緩翻動，來回兩次，直到看得大夥的心臟又揪了起來，才將短刀放下，對著常婉淑微微一笑，「還好，沒傷到大血管，也沒傷到筋。只要能扛過今晚和明天，他就死不了！」

「啊——嗯！」常婉淑失魂落魄地看了看「二皇子石延寶」，又看了看懷中昏迷不醒的韓重贇，噙著淚回應。

「誰去生個火，把這柄刀子給燒紅了，順便再去折一根乾淨的樹枝來！」少年人在變聲期特有的公鴨嗓子再度響起，聽大大夥兒耳朵裡頭，卻如聞天籟。

無論他們是不是韓璞的部屬，先前韓重贇捨身救友的壯舉，都被大夥看在了眼睛裡頭。而當兵的心中，最佩服的就是這種為了袍澤可以不顧自家性命的人。只有這種人，大夥在戰場上才敢真正放心地把後背交給他。而一支隊伍裡這種義薄雲天的好漢子越多，整支隊伍在戰場上存活下來的機會也會越大，甚至可以打出百戰百勝的威名。

當即，有人快速策馬跑到附近收集乾柴，就在高車旁邊架起了火堆。有人小心翼翼地用乾淨布子裹著短刀的木柄，去用內層火焰灼燒。還有人拿出自己用來在關鍵時刻保命的人參、鹿茸等物，滿懷期待地送到車廂裡，希望此物能被「二皇子」選上，為少將軍韓重贇增加幾分活下來的可能。

大夥眼睛裡的「二皇子石延寶」，則將眾人剛剛砍回來的一根嫩樹枝，用半截橫刀削成了圓棍，輕輕塞進了韓重贇的嘴裡。然後，向著滿臉不解的常婉淑交代，「一會兒，你仔細看著他，讓這根棍子一定卡在他的上下牙之間，免得他自己咬斷了舌頭！」

說罷，又將頭迅速看向了火堆。「燒紅了沒有？燒紅了就趕緊拿過來！」

「來了，來了，來了！」郭允明親自上前，搶過短刀，用布抱著已經冒了煙的木柄遞入了高車。「二皇子石延寶」也不跟他客氣，先取了短刀在手，然後大聲命令，「幫忙，按住他的這條大腿。無論如何不准鬆開！」

「是！」郭允明完全忘記了抗拒，像以前給別人當書童時一樣，大聲答應。隨即，兩隻手按住韓重贇大腿，咬著牙彙報：「按，按好了！你儘管放手施為！」

「嗤——！」他的話音未落，「二皇子石延寶」手中的短刀，已經貼在了韓重贇的傷口上。頓時間，青煙四冒，焦臭撲鼻。

「啊——！」昏迷不醒的韓重贇嘴裡發出一聲慘叫，腰桿本能地上挺，大腿小腿一起往回收。郭允明胳膊一軟，就要被對方硬生生地拖進高車。說時遲，那時快，楊重貴側肩頂住郭允明，雙手同時下按，「忍住，就這一下，馬上便好！」

「啊——啊——！」韓重贇掙扎不得，嘴裡繼續發出淒厲的慘呼。兩眼一翻，再度疼得昏迷不醒。

「二皇子石延寶」手中的短刀，恰恰在這個時候，從他腿上傷口處抬起。刀身兩側，餘煙裊裊。

再看原本血淋淋的傷口，竟被燒紅的刀子，給硬生生地焗在了一起。再也沒有半滴紅色的血液往外流。

「金創藥！誰的最好，趕緊自己說！」石延寶頭也不抬，丟下短刀，一邊用胖胖的手指翻看韓重贇的眼皮，一邊沉聲詢問。

「我的最好，我的是鹿鳴軒老字號！」

「我的，我的花了四吊錢，才能買回來一小包！」

「我的是五臺山鐵和尚……」

「我的……」

眾人如夢初醒，爭先恐後地上前獻藥。

「還是用我的吧！」楊重貴緩緩鬆開按在韓重贇大腿上的雙手，大聲說道，「我的，是『白雲先生』親手所製。他最近一段時間剛好在漢王那裡做客，家父求了他好幾次，才求到了一小盒。」

白雲先生陳摶的大名，整個華夏北方，幾乎無人不曉。此人中過科舉，煉過仙丹，還精通一身好武藝。但此刻最出名的，卻是他的一手好醫術。簡直可以用「生死人肉白骨」六個字來形容。據說只要閻王爺沒派鬼差來勾魂，多重的病，多厲害的傷，他都能妙手回春。

有這位老道士賜下的金創藥在，別人家的，就都可以收起來了。「二皇子石延寶」雖然沒聽說過白雲先生的名號，卻也從大夥隨後的表情上推斷出了一二。於是乎，便從善如流，接過來楊重貴遞上前的木盒，用洗乾淨的刀尖挑出一些灰白色油膏，緩緩地塗在了韓重贇剛剛被強行燙合的傷口處。

油膏被體溫化開，焦黑的燙痕，看起來立刻不像先前一樣醜陋。「二皇子石延寶」滿意地點點頭，隨手取過一根蘿蔔粗細的老參，用刀子細細地削下數片，塞進韓重贇嘴裡，然後用酒水一點點餵了下去。

韓重贇的臉色雖然因為失血過多而顯得蒼白，但隨著藥力和酒力的散開，呼吸明顯變得有力起來。脖頸下的兩根大血管兒，也又開始輕輕地跳動。

眾人見此，頓時又齊齊鬆了一口氣。趕緊七手八腳地幫忙收拾車廂，鋪開行李，將韓重贇小心翼翼地抬上去，塞了枕頭躺穩，然後迅速趕起馬車，奔向距離此地最近的城池。

當車廂門重新關好之後，郭允明一直懸在嗓子眼兒處的心臟，方才緩緩落回肚子。看了一眼累得滿頭大汗的小肥，帶著幾分慶幸說道：「今天多虧了殿下你！虧得你居然精通岐黃之術。否則，韓大少爺可真要遇上大麻煩了！」

「是啊，殿下什麼時候學的岐黃之術，手段好生老到？」主動留下來陪同好姐妹的黑衣女將也轉過頭，帶著幾分好奇詢問。

「壞了！」郭允明心臟一抽，後悔得恨不得來回給他自己兩個大嘴巴。好不容易躲過了一劫，自己心中偷偷樂會兒便是，怎麼一得意起來，就忘乎所以！

正急得噴煙冒火間，卻看到常婉淑快速將目光從韓重贇臉上移開，看著大夥，低聲說道：「他小時候就喜歡這個，估計是無師自通。我記得當年上林苑中，被他活活折騰死的鹿兒幾乎每個月都有好幾頭。當時我還為此揍過他，沒想到今天反倒多虧了他當時的折騰！」

「也不是完全如此！」小肥皺著眉頭想了片刻，指指自己的腦袋，低聲補充，「我好像跟人學過這些，剛才突然間就想起來了。但是除了二當家寧采臣之外，卻又想不起來誰曾教過我！唉，無論如何，韓大哥沒事兒就好！」

「是啊，是啊！」郭允明如蒙大赦，在旁邊連連點頭。「想不起來就不用想了，沒什麼大不了的。反正你今天救了他的命，大夥都親眼看到了！」

「那倒是，的確沒什麼大不了的！」黑衣女將想了想，笑著點頭。

「那你還記得不記得我妹妹，就是小時候老被你欺負哭的那個？」常婉淑抬手在自己眼角處擦了幾下，笑著提起了另外一件遠比「二皇子」精通醫術更重要的事情，「她可是一提起你就恨得牙根兒都癢癢。等將來見了她，你可別指望她會像我這樣好說話！」

「嗯，我知道。我讓她罵幾句出氣便是。小時候的事情，我真的一點兒都想不起來了！」小肥訕訕地賠了個笑臉，如同真的犯下過石延寶當年的那些「罪行」一樣，低聲表示歉意。

「你知道就好！」常婉淑意味深長地看了他一眼，將頭轉向昏迷中的韓重贇，不再哆嗦。

黑衣女將除了她之外，跟馬車中其餘任何人都不熟悉。也把面孔轉向了病榻，低下頭，閉目假寐。只有郭允明，一會兒偷偷看看疲憊不堪的小肥，一會兒又用眼角的餘光偷偷打量幾下忽然變溫柔了的常婉淑和閉目養神的黑衣女將，心中波濤翻滾，「莫非他真的就是二皇子本人？否則，常大小姐怎麼跟他如此親近？居然連半絲破綻都沒有看出來？並且還主動替他澄清疑點？」

上午的陽光透過官道兩側的樹林，落在少年人的臉上。把少年人的面孔照得忽亮忽暗，神秘莫名。

離迷

韓重贇的生命力很是頑強，只昏迷了一天一夜，第二天早上，就已經能靠在常婉淑的臂彎裡，一口一口地慢慢喝粥。

臨時被楊重貴徵用的郎中不敢貪功，非常誠懇地告訴眾人，韓將軍之所以能逃過一場生死大劫，一方面是由於傷口處理得及時恰當，另外一方面，則是因為其當時身邊有個命格貴不可言的大人物，尋常那些污穢骯髒的東西，都不敢趁弱欺身。

傷口的處理，是小肥親自動的手。整個隊伍當中命格最貴的，到目前為止恐怕也是他。當然，這一切是建立在他的「二皇子」為真的前提下。否則，「貴不可言」四個字，無論如何也落不到他的頭上。

能把好朋友的性命從閻王爺手裡給搶回來，小肥當然非常開心！這證明他至少不算是個單純的累贅，不再單純地只是依靠別人，而從不付出。但是他的好心情只維持了不到一個白天，傍晚的時候，所有快樂就一掃而空。

「二皇子身邊有神明襄助！」

「二皇子用龍氣給韓將軍續了命！」

「韓將軍當時原本已經死了，是二皇子跟菩薩許下了五臺山頂塑金身的宏願，才給韓將軍換了回來五十年陽壽！」

……

林林總總，類似的傳言不脛而走。甚至連當時就在旁邊看著他給韓重贇包紮傷口的一些基層將領和兵卒，都煞有其事地跟周圍的人宣布，「嗯，就是！當時我們都看到頭上的天都變黑了，陰氣逼人。心想糟了，肯定是閻王爺派了鬼差來勾少將軍的魂兒了！但二皇子把橫刀就往空處那麼一揮，你說怎麼著……？」

「怎麼著？」臨時架起的篝火旁，其他兵卒一邊吃著乾糧，一邊滿臉緊張地捧場。

「只聽噹啷一聲。」如同戲臺上的優伶一樣，說故事的人把眼睛微閉，右手五指做握刀狀一起朝火堆虛劈，「橫刀明明什麼都沒砍上，就自己斷成兩截。緊跟著，我們大夥兒就覺得頭頂上一亮，陽氣頓時就回來了。」

「嘶——」聽眾們一邊倒吸冷氣，一邊用眼神偷偷朝著二皇子身邊打量。都希望能看出這鳳子龍孫身邊的護駕神靈，到底藏在哪裡，長得是何等模樣？

一不小心就成了「半仙」的小肥，當然不可能跑到一座座火堆身邊，對著每個編纂故事的人解釋，自己肯定沒有神明護體，更不是什麼狗屁二皇子。自己就是一個死人堆裡爬出來的孤魂野鬼，如果不是當日瓦崗寨幾個當家發了善心，屍體早就餵了野狗，怎麼可能貴不可言！

他也不可能去抱怨，大夥故意將自己架在火堆上烤。那些編故事的廝殺漢們，只是閒極無聊才找點樂子緩解旅途疲憊而已，沒有任何惡意。更不可能包藏著什麼禍心。也完全沒有想到，他們現在極力推崇的二皇子，實際上是個西貝貨。

他們只是最底層的一群，沒有楊將軍和郭長史所具備的那種眼力和心機。想不到隨口編造出來的故事，能給自己帶來什麼危險。更想不到，大夥一路上名為保護二皇子，暗地裡還承擔著隨時準備殺人滅口的任務。他們甚至想不到，漢王劉知遠花費這麼大力氣將「二皇子」接到太原，不過是欲「挾天子以令諸侯」。還一廂情願的認為，自家漢王是程嬰杵臼那樣的千載孤忠，而二皇子注定在將來某一個時刻，會成為如同戲文裡的趙武子那樣，奮祖宗之餘烈，重整大晉江山。

地位越來越尷尬的小肥，沒有勇氣去指責身邊這群質樸的廝殺漢。也沒有能力，去查找到底是哪個在背後推波助瀾，試圖將自己的二皇子身份徹底釘死，讓任何人都做不得半點兒更改。他只是本能地覺得身邊正在發生的事情，越來越不對勁兒，越來越危險。而眼下他唯一能做的是，找到整個事件的始作俑者，提醒後者及時出手去解決麻煩。

找了個恰當的機會，小肥把武英軍長史郭允明拉到僻靜處，低聲說出了自己的發現和擔憂。後者比他閱歷廣，也比他更懂得權謀，應該能看出來，眼下流言傳播得越離譜，將來的局面恐怕就越難掌控。

誰料郭允明卻一改前幾天殺伐果斷模樣，而是如同被丈夫拋棄了多年的怨婦般，冷笑著向他拱手：「殿下，這不正是你想要的嗎？先通過韓重贇，交好他岳父常思。而後再於軍中拉起一斑鐵桿死忠。將來在漢王面前，您只要把真實身份一亮。即便不能如前朝德宗陛下那樣中興大晉，至少也能像懿宗陛下那般，逍遙快活一輩子！」注三七 注三八

「你胡說些什麼？」見了對方不陰不陽的模樣，小肥急得直跺腳。「我這二皇子是不是真的，你還不清楚嗎？如今捲進來的人越來越多，要是哪天露了餡兒，我自己不過是一死而已，他們，他們又是何等無辜？」

自己不過是一死，而自己，已經死過了一回，照理兒就不該怕第二次。這，是少年人先前勉強能保持鎮定的原因。那時，他所需要考慮的，僅僅是用自己的小命兒，給余思文、李萬亭瓦崗眾換條生路，並且讓韓重贇替自己出頭的義舉不會受到追究。而現在，此事卻把越來越多原本不相干的人給牽連了進來，萬一日後出了紕漏，他真的不敢想像在劉知遠的盛怒之下，大夥當中有幾人能逃離生天！

然而，著急的卻仍然只是他一個人。郭允明聽了他的解釋，臉上的表情卻愈發地冰冷。只見此人再度

注三七、前朝德宗：大唐德宗李適，唐朝第九任皇帝。曾經因節度使的逼迫而倉皇逃命，後來又依靠另一個節度使李晟成功復位。當皇帝期間整頓吏治，依靠藩鎮打擊藩鎮，取得了相當不錯效果。

注三八、懿宗：大唐懿宗李漼，唐朝第十七位皇帝。在位期十四年，終日吃喝玩樂。將政務交給宦官和權臣，自己什麼都不做，卻平安到老。

躬下身體，長揖及地，「二皇子殿下，您就饒了微臣吧！微臣知道自己罪孽深重，當初不該拿別人的性命來要挾您。可您老人家如今已經平安脫離險境了，一路上也把微臣給耍了個團團轉。您老人家馬上就要登基了，就不要再跟微臣這個小小的武英軍長史計較了吧！微臣求饒，求饒還不行嗎？」

說著話，連連俯身行禮，蒼白面孔上，寫滿了無奈與委屈！

「不可理喻！」小肥氣得推了對方一把，轉頭就走。

別人可以把他當二皇子，他犯不著去過分計較。可自己這個「二皇子」的身份，完全是姓郭的一手炮製出來的。當初說好了互相行方便，只要自己主動配合，姓郭的就想辦法讓瓦崗眾脫身。如今，還沒等走入太原城內，姓郭的居然就開始倒打一耙！

「你才不可理喻！」郭允明望著他的背影，惡狠狠撇嘴。「放著好好的真皇子不當，非要裝傻當假的。老子要是再繼續上你當，腦袋，腦袋就活該被鐵鐧砸！」

想想自己最近所作所為，他忍不住一陣恨從心來，有股又冷又腥的東西，從嘴角直接淌入心底。

好不容易外放做個長史，偏偏協助掌控的是完全由山賊草寇整合而成的武英軍。好不容易抓到了武英軍主將韓璞的把柄，結果卻又發現對方身後還蹲著一頭大老虎常思。好不容易搭上掌書記蘇逢吉的線兒，在此人的授意下炮製了個假皇子出來，得到了向漢王展示自己本領的機會，卻萬萬沒想到，假皇子從一開始就是真的，只不過始終在跟自己裝傻而已……

郭允明啊，郭允明，你上輩子到底造了什麼孽？這輩子活得如此努力，卻總是處處碰頭！

據說某些人心思過於陰鷙，眼睛裡頭永遠看不到陽光。

此時此刻的郭允明，無疑就是這樣的人。

終日與陰謀詭計為伴的他，根本不相信人世間還有巧合這種事情發生，更不相信人和人之間還有坦誠相待這一說。
當發現局面已經完全脫離了他自己的掌控之後，此人第一時間想到的便是自己被人利用了！然後順著這個先入為主的觀點再去尋找證據，當然越是尋找，心中就越是恐慌莫名。而越是恐慌，他便越堅信自己不小心著了一個半大孩子的道兒，這些日子一直被對方當棋子擺弄！
對自己沒好處的事情，郭允明絕對不會幹，更何況在他眼裡，二皇子石延寶跟漢王劉知遠鬥，根本沒有絲毫勝算。所以他現在唯一想做的便是，儘量將前一段時間的功勞拿到手，然後從現在起跟對方做一個徹底的切割。免得將來漢王劉知遠被激怒後，追本溯源，讓自己平白遭受池魚之殃。
既然已經打定了主意要切割，他當然不可能再去理睬是誰在暗中為這兩天愈傳愈離譜的「神跡」推波助瀾。而小肥身邊除了他這個可以請教的智者之外，卻找不到任何謀士可用。跟楊重貴不熟，跟其他武將沒任何交情，對好朋友韓重贇已經虧欠太多，不能再把此人拖下水更深。至於六當家余思文和七當家李萬亭，人品方面肯定沒問題，可找他們問計，還真不如問自己的膝蓋骨。
但是無論如何，有些該做的事情還必須去做。從郭允明身邊走開之後，小肥又偷偷地找到了兩位瓦崗當家，催促他們儘快想辦法自行脫身，「趁著我現在還被別人當成二皇子，你們倆還是帶著大夥趕緊離開吧！走得越遠越好，最好離開河東。郭允明現在魔怔了，未必顧得上派人追殺你們！」
「咋，你現在身份確定了，就要趕我們走？這也太不仗義了吧！咱們只想跟著你混口熱乎飯吃，又沒想著讓你封一字並肩王？」六當家余思文把眼睛一瞪，厲聲抗議。
「你真的不是二皇子？你可別故意糊弄我們！連那姓常的傻大姐兒，都認定你是二皇子了，你怎麼可能是假的呢？就她那樣子，像是能替你圓謊的人嗎？李萬亭表面看上去鬍子拉碴，橫肉滿臉，心思卻多少比余思文細膩一些。把眉頭皺成疙瘩，低聲質疑。
「我真的不是什麼二皇子，我可以發誓！否則，我早就承認了，何必廢這大勁兒折騰來折騰去？」小肥大急，迅速四下看了看，低聲咆哮。「即便我真的是那二皇子，你以為劉知遠會當諸葛亮嗎？他頂多是個曹操，甚至連曹操都不如，只待利用我壓服了其他幾個節度使，就會立刻要了我的命！」

「那我們更不能走了，我們走了，你豈不連個可以依靠的幫手都沒有？」李萬亭見他不似在說謊，楞了楞，非常用力地搖頭。「在黃河邊上我就發過誓，從那時開始，你就是我們的大當家。生也罷，死也罷，咱們幾個都跟定了你！」

「君子坦蛋蛋，小人露雞雞！」余思文也是一晃腦袋，開始咬文嚼字，「我們可不是郭允明，整日想著利用你。每次看到丁點兒危險，就立刻躲得遠遠。實話實說，六叔這二百多斤兒，早就準備交給你了。從現在起，你隨便拿去用。即便拚不過別人，至少還能濺他一臉血！」

「六叔、七叔——！」小肥紅著眼睛，低聲喊叫。

平心而論，瓦崗寨這些當家們雖然曾經從死人堆裡救出了他，但是除了二當家寧采臣之外，其餘幾個人平素跟他的關係並不算多親近。而被吳若甫出賣了一次之後，他自己心裡對眾人也有了幾分猜忌，唯恐一不留神，再度被人賣了還幫人數錢。

而現在，那些猜忌與隔閡，卻都像晚春時節的積雪一樣，轉眼就融化得無影無踪。能留在他心裡的，除了感激還是感激。

「別怕，無論接下來有什麼難關，六叔和七叔都陪著你一起闖！」聽少年人叫得認真，余思文心裡也動了真感情。紅著眼拍了拍他的肩膀，低聲承諾。

「你也別覺得欠了我們。無論你是不是二皇子，劉知遠恐怕都不會讓我們平安離開。跟在你身邊，他們好歹對你的態度有個忌憚，只要沒打算立刻除去你，輕易就不會動我們幾個。如果離開了你，呵呵……」李萬亭撇了撇嘴，不屑地搖頭。「殺人滅口的辦法可就多了，保證過後讓你一點音訊都得不到！」

「啊！」小肥楞楞地看著他，好半晌，才輕輕咧嘴。「我又把他們看得太善良了！我以為姓郭的既然答應了跟我做交易，就不會再對你們下狠手！」

「姓郭的那廝，什麼時候講過信譽？」李萬亭又撇了撇嘴，輕輕聳肩。「況且河東這疙瘩，哪裡輪到他說了算？」

「是啊，你沒看他這兩天的德行嗎？」余思文也冷笑著搖頭，「見了楊重貴，就像狗兒見了主人一樣，就差屁股上安根尾巴了。見了楊重貴的婆娘，也恨不得能汪汪幾聲。這人啊，當官兒當到這份上，還真不如去當強盜呢，好歹還能落個痛快！」

「楊將軍的父親是麟州節度使楊信，他夫人姓折，祖父是振武軍節度使折從遠。」小肥最近天天跟常婉淑這個心直口快的女子打交道，消息倒也靈通。聽二人說起郭允明的古怪態度，立刻給出了具體原因。

「原來是河西一折的孫女，怪不得武藝如此了得！」

「也不怪郭允明對她畢恭畢敬，如果我早知道他祖父是折老將軍，也會敬她三分！」

六當家余思文和七當家李萬亭兩個，立刻改了口風，滿臉欽佩地說道。

見少年人聽得懵懵懂懂，二人又相繼解釋道：「那折從遠是個英雄，三十多年前，就奉命鎮守府州。自打他到了任，非但契丹人不敢輕易再去府州打草穀，就連党項人見了他的旗號，也要避讓三分！」

「難得的是此人有骨氣。當年兒皇帝石敬瑭，抱歉，我不管他是不是你祖父，反正此人挺沒臉沒皮的。當年石某人為了當皇帝，下令割讓燕雲十六州給契丹。那麼多成名多年的將軍，一個個只會哭泣著領軍民南遷。唯獨河西一折，把契丹人派去接受的官員全給打了出去。隨後耶律重光多次派兵去征討，都被他老人家給幹得屁滾尿流！」

「石重貴那糊塗蛋，唉，你別介意。不管他是不是令尊，他肯定都是糊塗蛋一個。不過他骨子裡的硬氣，倒真是跟你有幾分相似。即位後，不肯給耶律重光當孫子，導致雙方翻臉。契丹與大晉連年交戰，別的節度使頂多是把契丹人打退，根本占不到什麼實際便宜。唯獨折老將軍，接連收復了十幾座城池，從府州一路推進到了朔州和勝州……」

二人你一言，我一語，很快把黑臉女將的祖父，安北都護、振武軍節度使折從遠的英雄事跡介紹了個清清楚楚。雖然對方是朝廷的高官，而他們兩個身在綠林，卻依舊不妨礙他們把折從遠當作真正的英雄來崇拜。

「原來是這樣！我還奇怪呢，楊夫人身手怎麼會那樣了得，有如此英雄了得的祖父，當然養不出窩囊兒孫！」對於能守護一方安寧的真豪傑，小肥心裡也是仰慕得緊。愛屋及烏，連帶著對黑衣女將也多了數分欣賞。注三九

「那是，將門虎女！」余思文和李萬亭兩個贊同地點頭。

三人隨便聊了幾句閒話，又商量了一下今後的安排，便分頭散去。小肥繼續去裝他的皇子，而余、李兩個，則偷偷找到其餘瓦崗眾，說明情況，讓大夥自行決定去留。

與先前李萬亭的想法類似，一眾瓦崗豪傑也覺得，與其走在路上死得稀裡糊塗，不如繼續留在小肥身邊，彼此間好歹還有個照應。

反正如今天下大亂，到處都在打仗。大夥即便僥倖能從劉知遠的眼皮底下溜走，到了別人的地盤上，也難免死於刀矛之下。索性豁出去陪著小寨主賭一把，說不定將來還有個賺頭！

既然大夥都決心同生共死，小肥也不能再多廢話。第二天早晨出發前，乾脆擺起了二皇子的架子，當著眾武將的面兒，要求郭允明把余思文等人調到自己身邊充當護衛，並分別給予都頭和十將的待遇。

郭允明心裡，當然非常不高興。但已經到了最後一段路程，他也不願意再多生事端。猶豫了片刻，便硬著頭皮躬身領命。

隨即，小肥又向楊重貴討了個人情，請對方替自己的護衛們每人提供一套鎧甲和兵器。楊重貴雖然覺得二皇子和郭允明兩個今天的表現都十分奇怪，卻也不認為幾套鎧甲和兵器是什麼大不了的事情。跟自家

妻子稍稍交換了一下眼神，便笑著派人去辦理。

「如果兩位不反對的話，從今天起，我也和大夥一塊騎馬！」趁著眾人還沒把自己的身份看破，小肥想了想，笑著拋出第三個要求。「馬車雖然大，我在裡邊，總是顯得擠了些！」

「嘿嘿嘿嘿……」眾武將們個個會心地點頭，包括老成持重的楊重貴和聰明練達的楊夫人，都滿臉促狹。

自打韓重贇醒來之後，驚嚇過度的常婉淑，就像換了一個人般，每一刻都柔情似水。而韓重贇本人又是個知冷知暖的。結果小兩口終日膩在一起蜜裡調油，連折女俠這種過來人在車廂裡都不敢久留，更何況二皇子這種氣血方剛的童子雞？

「死胖子，你等著瞧！」唯獨常婉淑，費了好大力氣，才明白大夥的笑容為何如此詭異。頓時窘得滿臉失火。狠狠踹了始作俑者小肥一腳，旋即，一個縱身躍入馬車當中，再也不敢露頭。

「哈哈哈哈……」除了郭允明之外，其餘將士個個笑得前仰後合。

能看到鳳子龍孫被女人欺負不容易，更難得的是能看到同一個鳳子龍孫被同一個女人反覆欺負。

這讓大夥心裡頭頓時有了一種將神明從雲端拉下來，按在泥坑裡痛打的快意。同時或多或少也對二皇子殿下，產生了一種自己人的感覺。彷彿他就是鄰居家一個懵懂少年，而不是即將登上皇位的泥塑木雕一般。

小肥自己，也只能苦著臉訕笑，根本拿那常家的傻大姐兒沒任何辦法。首先，對方是韓重贇的未婚妻，相當於他未過門的嫂夫人，看在好朋友的面子上，他也不能過分計較。其次，在內心深處，他對火炭一樣炙

注三九、楊重貴的夫人，本名叫做折賽花，也就是楊家將的祖母，折太君。戲曲裡以訛傳訛，才傳成了佘太君。

烈的常婉淑，隱隱有一種說不出的忌憚。彷彿對方舉手投足間，就能令自己萬劫不復一般。

「莫非我真是那個倒楣蛋二皇子？」這幾天在輾轉反側的時候，他心裡其實對自己的身份也非常懷疑。種種跡象都表明，他真的應該是二皇子。因為他自己與周圍的人格格不入。

他就像被大風吹來的一顆種子，稀裡糊塗地就落在了某一片農田裡。既不是紅彤彤的高粱，也不是沉甸甸的穀子，更與黍子、芝麻和豆子沒任何關係。無論跟誰相比，他都是個異類，性格不同，想法不同，待人接物的方式還不同，看事情的角度方面也差別甚巨。

他既沒有余思文、李萬亭等人那粗糙的皮膚與歪歪斜斜的牙齒，也不像楊重貴、楊夫人、常婉淑那樣，學了一身家傳的好武藝。他甚至跟韓重贇都沒多少相似之處，後者除了對朋友仗義的優點之外，待人接物方面也非常圓潤。而他，卻根本不知道即便是平輩之間交往，不同職位、年齡的人也有一整套相應的規矩和禮儀，除非彼此已經成為莫逆。

只有帝王之家出來的孩子，才會如此。因為他們身份已經高到無法再高，除了親生父母之外，不需要向任何人見禮，所以從小到大，根本不需要學這些東西。

此外，身上突然冒出來的醫術，也讓小肥自己倍感困惑。那天他只是不想讓韓重贇死在眼前，然後就立刻想到了一整套止血和救治辦法。好像這套本領他曾經勤學苦練多年，早就刻在了骨髓當中。需要用的時候，就自然而然地想起來了，根本不需要專門去回憶。

但是，能想起來的，僅僅就是這套醫術。其他，關於他的身世，他的名姓，他以前的經歷，依舊如同白紙般乾淨。

他不是沒有努力去想，幾乎每個晚上都把自己想得筋疲力竭。結果卻始終都是一樣，要麼疼得大汗淋漓，要麼稀裡糊塗地睡著，等再睜開眼睛時已經是日上三竿。

「如果，如果常婉淑那天不是刻意替我圓謊的話……」當對某個謎團束手無策的時候，一些不是很有力的證據，往往也會被當作關鍵。郭允明之所以忽然堅信小肥是二皇子，最重要的證據便是常婉淑當天所說的話。而小肥自己，同樣被常婉淑那天所說的話弄得方寸大亂。

他想不明白，常婉淑為什麼要替自己圓謊。如果當時韓重贇是清醒狀態，還能歸功於好朋友在關鍵時刻，給了常婉淑一個誰都看不到的暗示。但當時韓重贇因為失血過多而昏迷，不可能給出任何暗示。常婉淑自己又像七當家李萬亭所說那樣，是個心直口快的傻大姐兒，她怎麼可能在那種情況下，瞬間就決定幫助一個假冒二皇子瞞天過海？並且做得一點兒破綻都沒有？

越來越多的謎團，越來越多的證據，即便小肥自己還記得自己過去的經歷，如果心志稍有些不堅定的話，都會產生自我懷疑。更何況，他的記憶裡，關於過去本來就是一片空白？

所以少年人現在，特別希望有個機會單獨接近常婉淑，好仔細問一問，此女那天說自己小時候通過折磨上林苑裡的動物鑽研醫術，到底是事有其真，還是急中生智想替自己遮掩，以報答自己對韓重贇的救命之恩。但是在同時，他也非常害怕去跟常婉淑單獨接近，因為萬一此女當天所陳述的是事實，他就再也無法讓自己相信自己跟那個倒楣蛋二皇子石延寶是兩個人，再也沒機會擺脫做一輩子傀儡，然後最後稀裡糊塗死掉的悲慘命運。

接下來幾天時間，他都被這種矛盾的心態所左右。騎在馬背上，既不敢離自己原來那輛高車太近，也不想離得太遠。這種欲說還休的模樣，給大夥平添了更多的笑料。甚至一些膽大包天，卻又沒太多見識的兵卒，仗著曾經跟「二皇子的侍衛都頭」並肩作戰的交情。偷偷地找到余思文，問後者殿下是不是喜歡上了寧氏女子，將來有沒可能橫刀奪愛？

「放你娘的狗屁！」凡是遇到這種缺心眼兒的傢伙，余思文立刻用拳頭和罵聲讓對方清醒，「殿下跟韓大少是生死兄弟，生死兄弟，知道嗎？別以為皇家就都是孤家寡人了，劉備當年要是沒有關羽和張飛，能打得過曹操？『妻子如衣服，朋友是手足』，你什麼時候聽說過劉備搶關二哥老婆了？」

「那倒是！」挨了打的兵卒也不生氣，陪著笑臉連連點頭。回去之後，卻立刻將余思文的話添油加醋地傳成了，二皇子跟寧家小姐原本青梅竹馬，但念在跟韓大少的手足之情上，忍痛割愛成全了後者。這可比劉備當年還仗義，劉備對關二哥再好，也沒見他把糜夫人和孫尚香中之一成全了關二哥吧？

「這是什麼狗屁說辭！」相關的話題很快又傳回了余思文耳朵裡，氣得他暴跳如雷。找了半天，沒抓到那個嚼舌頭根子的傢伙，只能臉紅脖子粗地來找小肥抱怨，「你這兩天到底怎麼了？整天跟在馬車後邊像丟了魂兒一般。再這樣下去，甭說別人覺得奇怪，我都覺得你跟那姓寧的傻大姐之間不太對勁兒了？」

「我……」小肥立刻被問得面紅耳赤，半晌不知道該如何解釋。

「那傻大姐其實長得不錯！比起楊夫人毫不遜色！」在這方面，李萬亭想得更多，所以比余思文還沉不住氣。見小肥紅著臉始終不說話，便低聲鼓勵道：「你要是真喜歡她，就去搶好了。甭提什麼手足不手足的。韓大少跟她不是沒成親嗎？即便成了親，你是君，他是臣……」

「六叔、七叔，停，不要再說了，完全不是那麼回事兒！」小肥被說得額頭上虛汗直冒，趕緊舉手制止。「我只是一直想不明白，她那天為什麼替我圓謊？準備找個機會問問她，卻總是被人盯得死死的，無法獨自進入那輛馬車！」

「這你當初不是自己作的嗎，為何要把馬車讓給他們小兩口兒？如今，甭說周圍每天這麼多雙眼睛盯著，就是沒人盯著，你也不方便再進去啊！萬一人家小兩口正在親個嘴兒，拉個小手什麼的，你冷不丁這一進去……」余思文一聽，心神大定，立刻笑著數落了起來。

「六哥，拜託你有點兒正經！都什麼時候了，你還顧得上這些？」七當家李萬亭在旁邊聽著實在受不了，皺著眉頭大聲打斷。「這件事，咱們倆替他想辦法。早點兒把事情弄清楚了，早踏實。殿下，你也得想明白。萬一她那天說的是實話，接下來大夥該怎麼辦。不能總是見招拆招，一旦進了太原城，咱們這些人即便全都是老虎，也等於給人關在籠子裡頭了！」

「我知道！其實無論她的話是不是真的，咱們都越早脫身越好！」小肥聽了，立刻毫不猶豫地點頭。

「只是……」

猶豫了一下，他打住話頭。背著手在樹林煩躁地走動。

又到了打尖時間了，將士們都在靠近汾河的一處樹林裡休息，順便讓戰馬吃一些剛剛冒芽兒的青草。對於騎兵來說，戰馬就是他們的命。能把坐騎伺候好了，戰場上活著下來的機會就多一些。苛待了坐騎，等同往自己脖子上拴繩套。別人只需要輕輕一拉，就讓自己變成孤魂野鬼。

余思文和李萬亭能看出他心情不好，都閉上了嘴巴，默默地跟在了他的身後。陪著他一道四處查看，以期能找出一個明顯的破綻來，將來也好被自己這邊所用。

他們看到了在不遠處給戰馬餵水的楊重貴和楊夫人，伉儷情深，羨煞無數英雄豪傑。他們看到了韓重贇在常婉淑的攙扶下，在樹林中緩緩走動，以疏通血脈，恢復筋骨。他們還看到，有數以百計的騎兵圍攏於自己周圍，既給了自己足夠隱私空間，卻又像籠子一樣保護著自己。外鬆內緊，疏而不漏。

「殿下想要逃走嗎？」郭允明的聲音，忽然在一棵樹幹下傳了過來，很低，卻充滿嘲弄。「我勸你別做夢了。昨晚咱們休息那座城池是汾州，距離太原不足兩百里。如果到了這地方還能把您給弄丟了，咱們河東的十萬將士，就全成廢物點心了！」

「我為什麼要逃？」小肥快速向他走了幾步，壓低了聲音反擊，「連你都認定我是二皇子了，我為什麼要逃？我還等著做皇帝呢，怎麼可能逃走？」

「你不是個甘心受制於人的人！」郭允明眉頭豎了起來，笑得好生詭異，「不用搖頭，我能看得出來。但是，我還是勸你，老老實實去做個傀儡！」

咬著牙，他左顧右盼，眼睛裡好像閃著兩團鬼火，「你不是漢王的對手，永遠不是！甭看韓重贇一心想幫你，楊重貴對你也禮敬有加。但是，如果你想對付漢王，他們會第一個跳起來幹掉你。我敢保證！」

「我為什麼要對付漢王？笑話！」被對方說得心裡一陣陣發寒，小肥卻故意裝出一臉不屑，不給郭允明任何開心的機會，「漢王，漢王……」

搜腸刮肚，他試圖證明漢王劉知遠與自己能夠和睦相處，卻發現，郭允明的笑容愈發詭異，而自己肚子裡的詞彙，是如此的貧乏。

正恨得牙根兒癢癢之時，忽然，鼻孔處傳來一股濃烈的松香味道。猛抬頭，看見一股藍黑色的濃煙，順著風朝自己滾來，遮天蔽日。

「起火了，起火了，護駕！」郭允明一個跟頭從地上竄起，提著刀，擋在了小肥身側。與其說是在保護，不如說在押解。

「護駕，護駕！」樹林中正在休息的其他將士，也被突然而來的濃煙，熏得手忙腳亂。紛紛舉著兵器，拉著戰馬，向「二皇子」周圍靠攏。

然而，那團藍黑色的濃煙，卻越滾越近，越滾越近。夾著紅星和火苗，毫不客氣地吞噬掉周圍一切生機。

仲春時節，青草剛剛冒出一個芽，樹林裡卻有的是乾了一冬天的枯枝敗葉。轉眼間，火勢就失去了控制，逼得眾人各不相顧，爭先恐後往林子外的汾河邊上退去。

「救駕！」送上門來的好機會，余思文跟李萬亭兩個怎麼可能不去把握？猛地在郭允明身後高喊了一嗓子，驚得對方本能地回頭。隨即，「砰」地一聲，將此人敲暈在地。拉起小肥，撒腿就跑。

「救駕，救駕！」其他瓦崗豪傑，反應也不慢。一邊扯開嗓子擾亂視聽，一邊紛紛向小肥靠攏。脅裹上後者，貼著濃煙與烈火的邊緣，撒腿向林子深處猛衝。絲毫不管清涼的汾河水其實就幾百步遠的林子外，更不管周圍騎兵們驚慌失措的提醒。

「二皇子，不要慌，末將在此！」近千騎兵當中，此刻唯一還能保持絕對冷靜的，只有楊重貴。發現二皇子殿下沒有跟大夥一起跑向河邊躲避野火，而是被親信們挾裹著朝另外一個方向逃去，他的心裡立刻湧起了幾分警覺。猛地跳上黃驃馬，像閃電般，在密密麻麻的樹林裡晃動了屬下，轉眼就追到了小肥身後三十步之內。

「你們先走，我攔住他！」聽到身背後越來越近的呼喚聲，六當家余思文猛地一咬牙。雙腿如同棵大樹般，牢牢地扎在了原地。隨即，他又來了一個烏龍擺尾，屁股朝前，胸口向後，手中短斧「呼」地一聲，穿過滾滾濃煙，砸向了楊重貴的面門。

只可惜，他的武藝跟對方差了不止一點半點兒，志在必得的一記飛斧，被楊重貴輕輕一側身，就躲了過去。旋即，後者在奔跑的馬背上舉起了騎弓，搭上了羽箭，「二皇子，末將得罪了！」

「嗖——！」一支雕翎忽然從濃煙後穿出，直撲黃驃馬脖頸。楊重貴被嚇了一大跳，毫不猶豫鬆開弓弦，單手擎住騎弓向下猛抽——

「啪！」雕翎落地，他自己那支原本要射向小肥身側的羽箭，也不知所終。

正準備拉開弓再補射一次，「嗖！嗖！嗖！」接連三箭又從濃煙後鑽了出來，上中下排成一列，射向了他的胸口、小腹和戰馬前腿。

「卑鄙——！」饒是楊重貴身手高超，也被逼了個手忙腳亂。磕飛射向胸口羽箭，砸偏射向小腹的雕翎，最後一支卻再也顧不過來，眼睜睜地看著黃驃馬膝蓋上方冒出了一團血花。

「稀噓噓——！」可憐的坐騎吃痛，大聲悲鳴著便要跌倒。楊重貴一個縱身跳下馬背，雙手撐住戰馬的身側，避免坐騎因為跌倒的速度太快，而造成更重的傷，從此無法挽回。待他把黃驃馬給伺候著臥倒下來，又喊來了跟上前的親信幫忙拉去河邊照料。再找二皇子石延寶，哪裡還能看得見半分蹤影？

「卑鄙小人！」打遍河東從未吃過虧的楊重貴，如何忍得下此等奇恥大辱？換了匹坐騎，拎起弓箭和樸頭槍，就準備追殺到底。然而，就在此刻，她的夫人卻緩緩走了過來，輕輕搖頭。「別追了，大哥，我知道他們會去哪？」

「啊？」楊重貴楞了楞，滿臉難以置信。

「你看這支箭！」黑衣女將舉起剛剛從地上收回的雕翎，苦笑著提醒。「畢竟是第一次，百密終有一疏！」

「這……」楊重貴的目光迅速落在了箭桿上，來回掃視。一絲同樣的苦笑，迅速出現在了他的嘴角。「這，瞎折騰什麼勁啊！有話就不能當面兒明說？」

沿著煙與火的邊緣奪路狂奔，好幾次差點就被野火給團團包圍。在變成一堆烤肉乾之前，小肥等人終於焦頭爛額地脫離了險境，蹲在一處天然形成的窪地中，吐著舌頭像狗一樣喘粗氣。

風是由西南往東北颳的，所以蹲在這裡，不用擔心被野火追上燒死。而樹林中滾來滾去的濃煙，也限制了楊重貴調集大軍來拉網搜索的可能。他們現在唯一需要擔心的，就是楊重貴和他的那位將門虎女夫人。如果二人不顧被燒死的危險追上來，十二名，加上小肥一共十三名瓦崗豪傑，沒有絲毫勝算。

「殿下，喝水！」一名年紀二十出頭的瓦崗嘍囉，從腰間摸出一個乾癟的皮囊，主動送到了小肥嘴邊上。

他自己的嘴唇，也被野火烤得全是裂口。但是他的眼睛中，卻不帶半點兒虛偽。小肥就是二皇子，劉知遠是個大奸臣，試圖抓了殿下去威懾其他諸侯。而大夥，此時此刻是全天底下最勇敢的忠義之士，比戲臺上唱的那些忠義之士還要勇敢十倍。

「我不渴，你自己先喝吧！」被對方期待的目光，看得心裡直發虛。小肥舔了舔嘴上的血絲，將水囊又推了回去。

「不髒，真的不髒！」小嘍囉顯然感覺受到了蔑視，紅著臉將水囊收回來，用衣服上最乾淨的地方，反覆擦拭囊口。「我每次喝完都會擦乾淨，今天早晨還特意好好洗過一遍……」

他的聲音，被小肥用動作打斷。後者笑著將水囊抓了過去，仰起脖子，「咕咚咕咚」先乾掉了一大半兒。然後用自己的衣角把水囊口擦了擦，笑著遞了回來，「別說了，咱倆一人一半兒！喝吧，喝飽了，才有力氣繼續趕路！」

「嗯！」有一抹幸福的笑意，從嘍囉臉上綻放出來，暖得就像頭頂上的陽光。接過水囊，他大口大口地喝著，如飲瓊漿。

其他幾個嘍囉則滿臉羨慕地看著此人，非常後悔自己怎麼沒先把水囊遞給二皇子。那可是注定要當皇上的人啊，能跟他用一個皮囊喝水，回家鄉後這輩子都可以始終抬著頭。雖然，雖然從他爺爺石敬瑭開始，大晉朝的皇上就沒幹過什麼正經事！

「大當家，下一步咱們去哪？」六當家余思文的聲音從窪地的邊緣處傳了過來，瞬間打斷了眾人的幸福。「這裡距離汾河太近，火勢持續不了太久。趕在濃煙散了之前，咱們得抓緊時間跑得遠點兒。」

「大當家？六叔，你是問我嗎？」小肥激靈靈打了個冷戰，從地上跳起來，舉頭四望。這裡，按照原來的座次，沒有人比六當家余思文本人更高。所以，大當家這個頭銜，只可能是自己。

眾人把性命交給了他，等著他帶大夥走一條光明大道。而此刻周圍入眼的，卻只是一片片連綿無際的樹林。小肥自己現在連東南西北都分辨得很勉強，突然之間，怎麼可能決定該去哪？

可如今之際，再愚蠢的決定，也好過不做任何決定。加上他自己一共有十三個人，誰也沒帶乾糧，手中拿的也全是短兵器。如果不早點兒走出樹林，找到一個可以安歇的地方，即便楊重貴沒追上來，大夥早晚也得活活餓死。

「剛才放火的那些人，也不知道是誰？」看到小肥滿臉茫然，七當家李萬亭低聲提醒。「如果你跟他們認識的話……」

「我也不知道是誰放的火！」小肥迅速搖頭，苦笑著打斷。

脫身的機會來得太突然，以至於他到現在，還唯恐自己是在白日做夢。而他的救命恩人們，卻在他剛才急著逃命的時候，悄然無息地失踪了，從頭到尾，也沒給他說一聲謝謝的機會。

「會不會是那個傻大姐兒，韓重贇那小子使用美男計，迷暈了她。然後她就為了搏美男一笑……」余思文的思路很開闊，很快就描述出了一個眾人都喜聞樂見的香艷場景。只是男女角色對調了個，令所有人起了一身雞皮疙瘩。

「肯定不是！」小肥皺著眉頭打斷，「她很少下馬車，即便下來透氣，通常也都跟楊夫人在一起。怎麼可能有時間去搬救兵？況且她阿爺是劉知遠的鐵桿兒心腹，也不可能出手幫我！」

「這倒是啊！女生再外向吧，她的家裡頭長輩也不能由著她胡鬧！除非，除非……」余思文搔著自家後腦勺，小聲附和。新配發的鐵盔稍微有點兒重，他戴著很不舒服。但是即便在剛才差點兒葬身火場的時候，他也沒捨得將鐵盔摘下來扔掉。

這東西防護力還在其次，關鍵是很打扮人。無論是誰帶上一頂，都立刻從江湖好漢變成了正經的官老爺，從百會穴一直到湧泉穴，都透著股子驕傲。

「是不是那呼延琮？輸給了楊重貴一次，還不甘心？」先前跟小肥分享水囊的那名瓦崗豪傑想了想，猶豫著提醒。

「八成是，那個人一看就不是輕易認輸的主！」

「那他何必救咱們？」

「先救了，然後把二皇子，把大當家抓走，然後再殺人滅口！」

……

其他人恍然大悟，七嘴八舌地議論。

從西南方吹過來的春風，瞬間就變得料峭無比。吹得人心裡頭涼涼的，脊背和額頭等處也是一片冰冷。

如果剛才是呼延琮出手的話，大夥相當於才離開了虎穴，就又奔向了狼窩。而那頭老狼，還領著一群狼子狼孫，在旁邊樂呵呵地看著大夥自投羅網。

河東是劉知遠的勢力範圍不假，可劉知遠的控制力只限於城市和平原。到了地勢險要陡峭的山區，就是綠林豪傑們的天下。

這年頭，官府做事情，往往還沒綠林好漢講道理。所以許多綠林好漢在山區，就相當於老百姓頭上的官府。即便做不到共同進退，至少，讓百姓們主動替他們做眼線，通風報信不成問題。

而那些家住山區的莊主、寨主們，暗地裡更是跟綠林道上有著千絲萬縷的牽連。交保護費買莊子平安，出錢請好漢們出馬對付仇家，甚至自己主動去扶持一夥山賊，以便隨時用來做一些見不得光的買賣。

俗話說，同行皆冤家。對於綠林中的那些門道，瓦崗眾豪傑全是內行。而正因為是內行，他們才會不寒而慄。

先前落在劉知遠手裡，好歹大夥能借助小肥的二皇子身份將風險拖延一二，令對方不至於明著動手殺人。而遇上了做人頭生意的呼延琮，大夥連拖延的機會都沒有，只能拎著刀子拚命！

「不會是呼延琮！」正當眾人被自己的想像嚇得臉色發白的時候，小肥卻又搖搖頭，低聲否認。「呼延琮是受了別人的委託來對付我，死的活的沒太大差別。這裡又距離太原沒幾步路了，他生擒了我，反而很難從容脫身。所以剛才如果是他的話，根本沒必要發箭阻攔楊重貴，直接一箭把我射死了，豈不是更好跟委託人交割？」

「這倒也是哦！」眾瓦崗豪傑紛紛點頭，包括六當家余思文和七當家李萬亭，都覺得小肥的分析很是在理。

大夥以前在瓦崗寨白馬寺時，很少動腦筋考慮問題。遇到麻煩要麼由大當家吳若甫一言而決，要麼等著二當家寧采臣運籌帷幄，其他人只管躬身領命就是，何必明知道自己不擅長此道還要瞎操心！而現在，失去了當初的那兩個決策者，大夥才突然發現自己有多笨拙。居然還沒一個半點小子心細，更不知道接下來的出路到底在何方？

「是福不是禍，是禍日子也得過！」六當家余思文忽然朝身邊樹幹狠狠踹了一腳，震落葉如冰雹般掉落成塔。「既然不是呼延琮，那就沒什麼好擔心的了。咱們自己向南走，救命恩人如果想好人做到底，肯定還會主動過來聯絡咱們！」

「那也是！吉人自有天相！」七當家李萬亭也不忍心眼睜睜地看著大夥的士氣一寸寸降低，笑著大聲附和。「不知道怎麼走就往南走。越往南，距離劉知遠那老王八越遠。大夥也就越安全！」

這是沒辦法的辦法，總好過蹲在原地等著追兵來捉。眾人朝小肥看了看，見他沒有反對到底意思，便紛紛起身。

春天已經來了，樹梢頭隱隱已經有了綠色的痕跡。所以大致方向倒也不難分辨，朝著樹頂上綠色較濃的那邊走，自然就離北方的太原城越來越遠。

兩個多時辰之後，他們飢腸轆轆地在某個避風的土溝裡停了下來。濃煙已經被甩得很遠了，耳畔也再沒有了追兵聲和流水聲。按照七當家李萬亭判斷，如果大夥沒迷失方向的話，如今已經脫離了汾州府治下。再堅持走三到四個時辰而不遇到截殺，極有可能在後半夜，活著走進呂梁山區。

進了山區之後，大夥的生存機會就更多。甚至可以找個廢棄的道觀或者寺院安頓下來，繼續幹老本行。當然，這一切的前提是他們沒遇到其他綠林好漢，或者老虎、狗熊這類的大型猛獸。

「你們留在這保護大當家，順便動手生個火，我去找點兒吃的！」七當家李萬亭蹲在地上喘息了片刻，掙扎著站起身，對著大夥吩咐。

「我也去，剩下他們幾個已經足夠了！」六當家余思文想了想，也晃晃悠悠地站起來，晃晃悠悠地走向李萬亭。

他們兩個武藝最高，山間討生活的經驗也更豐富。不一會兒功夫，就帶著一頭麅子，幾隻山雞，還有兩大捧早已風乾的蘑菇走了回來。

其他眾豪傑早已生起了篝火，眾人圍著火堆，七手八腳。很快，就將麅子處理乾淨，架在了火上。然後用幾頂頭盔當作鐵鍋，丟進山雞肉、蘑菇和剛發芽的野蔥去熬湯。

經歷了一個冬天的風吹，柴禾乾得厲害，燒出來的火頭極硬。很快，頭盔裡的湯汁便開始翻滾，將濃濃的香氣，送進了每個人的鼻孔。

「好湯！」六當家余思文到向陽處找了塊表面掛著白霜的石頭，丟進自己面前的鐵盔裡煮了煮。然後用剛剛拿木頭削成的勺子舀了一些，放在嘴巴喝了一小口，滿臉陶醉。「劉知遠老王八可真會挑地方啊，河東山西，易守難攻的金窩窩。就是連這山野裡頭，都到處藏著吃食。咱們爺們只要耐得住寂寞，隨便找個山溝蹲上一輩子都不成問題。他們誰愛做皇上誰儘管去做，跟咱爺們兒沒關係！」

話雖然說得痛快，他的眼睛，卻有意無意又落在了小肥的臉上，「我說大當家，你到底什麼時候能想起自己是誰來啊！算了，算我沒說，你不要急，喝湯，喝湯！」

說著話，他就把木頭湯勺，往小肥眼前遞。卻不料小肥忽然跳了起來，一巴掌就打翻了湯勺。緊跟著，接連出腳，將幾頂鐵盔裡的雞肉蘑菇湯全部踢翻在火堆上，紅星亂濺。

「小肥，你瘋了！」眾人被嚇了一大跳，顧不上心疼肉湯，趕緊上前將少年人緊緊抱住。又犯病了，早不犯，晚不犯，偏偏這時候犯。六當家也是，明知道他想不起自己是誰來，老刺激他幹什麼？

「六叔，六叔！」懷中的「病人」小肥，卻不肯躺下休息。一邊奮力掙扎，一邊聲嘶力竭地叫喊：「六叔，趕緊吐，趕緊摳嗓子眼兒，吐湯。這不是普通蘑菇，這是『和尚打傘』，一朵蘑菇能毒死兩匹馬！」

「啥，怎們可能？我這可是……」余思文根本不相信，皺著眉頭低聲辯解，「可是上好的松蘑，從小吃了半輩子……」

話音未落，他的嘴巴已經無法合攏。有團亮亮的口水，順著嘴角淅淅瀝瀝拉出老長。

「六當家！」眾豪傑見狀，再也不顧去抱著小肥。一個個衝上前，抱緊搖搖欲倒的余思文，淚流滿面。

「去，都別楞著，趕緊幫他摳嗓子，把肚子裡所有東西都吐出來。然後再讓剛才那種帶著白霜的石頭，洗了鹽水給他往肚子裡灌！」關鍵時刻，小肥忽然又變得無比鎮定。狠狠踢了地上的鐵盔一腳，大聲命令。

有幾天前救韓重贇的先例在，眾人誰也不敢質疑他的權威。手忙腳亂地跑去找石頭和清水，然後朝著余思文的肚子裡猛灌。

接連灌了幾大盔冷水，余思文終於吐無可吐。頂著一腦袋紅色的毒包睜開了眼睛，喃喃地道：「我，我這是上好的松蘑。吃，吃了大半輩子，怎麼可能認錯。你，你小子，賠，賠我一鍋好湯！」

說著話，頭一歪，再次昏睡過去，呼嚕聲打得山響。

眾人又是心疼，又是高興，一個個蹲在地上抹眼淚兒。唯獨小肥，用一根頂端被燒焦的木棍，在蘑菇的殘骸上翻了又翻，半晌之後，走到七當家李萬亭身邊，低聲問道：「七叔，這蘑菇是從哪撿來的？不太對勁兒啊！大冬天剛過去，照理，林間很難見到蘑菇！」

「啊？」李萬亭如夢方醒，跳起來，手按刀柄四下張望。「是他奶奶的不對勁兒。這蘑菇躺在向陽的地方，密密麻麻一大片。我先前還跟你六叔說呢，你福大命大造化大，菩薩專門派山神爺給你送蘑菇來了。誰想到來的不是什麼山神，是閻王老爺！」

說罷，他快步衝到地勢相對高聳的位置，扯開嗓子，朝著周圍大聲咆哮：「誰故意禍害老子，有種出來，跟老子一決生死。下毒害人，藏頭露尾，算什麼好漢？」

「好漢，好漢——！」回聲與松濤來回激蕩，除此之外，四下裡卻沒有任何其他動靜。送蘑菇的閻王爺躲起來了，躲在隱蔽處，冷笑著盯著大夥，隨時準備布置下一道陷阱。

「出來——！」

「出來單挑！」

「爺爺這一百來斤兒給你了，你有種出來拿。藏頭露尾，算什麼英雄？」

「那邊，我看見你了。別跑，就是你，站住！」

眾瓦崗豪傑咋咋呼呼，用盡各種辦法想把敵人從隱藏處挖出來。然而他們的所有努力，卻與七當家的李萬亭先前的激將法一樣，沒有收到任何效果。

架在火堆上的麅子被烤糊了，油脂的香味伴著藍色的煙霧，不停地往大夥鼻子裡鑽。先前還餓得頭暈眼花的眾人，卻忽然間都失去了食欲。站在乍暖還寒的春風裡，你看看我，我看看你，從彼此的目光中，都看到了深深的忌憚。

躲在陰影裡不肯現身的敵人，才是最可怕的敵人。即便是再遇到呼延琮或者楊重貴，大夥至少能知道對方實力如何，位置在哪裡，替誰在賣命？打不過還可以逃，逃不了還可以向另外一個仇家尋求庇護，然後看著兩個仇家自相殘殺。

而現在，大夥卻僅僅知道有一個狠辣的對手在盯著自己，卻連他藏在什麼地方都不清楚，更不清楚此人到底為誰做事，到底想要一個什麼樣的結果？

北國二月的春風還是有些冷，很快，就吹透了大夥身上的鎧甲，吹透了大夥的皮膚、肌肉，將寒意深深地刺進每個人的骨頭裡。很快，小肥就帶頭哆嗦了起來。「咯咯咯，咯咯咯，咯咯咯……」上下牙齒彼此撞擊不停。

「咯咯咯，咯咯咯……」其他瓦崗豪傑當中，也有一小半兒人開始打冷戰。不僅僅是因為山風凄冷，同時還因為無法預測的命運。

唯獨沒有感覺到寒冷的只有六當家余思文。躺在火堆旁昏迷不醒的他，忽然用力翻了個身，手臂高高地舉起，長滿紅斑的巴掌在半空當中抓來抓去，「香，真香！好久沒吃到這麼好的松蘑了，真過癮，就是採得少了點！」

「六叔——！」小肥被嚇了一大跳，趕緊又衝回火堆旁，查看余思文的情況。卻看見此人又昏睡了過去，嘴角淌著口水，鬍子拉碴的老臉上，清晰地寫著幸福和滿足。

「六，六當家連做夢，做夢還沒忘了蘑菇湯呢！」先前跟小肥分享過清水的那名瓦崗豪傑被余思文的貪吃模樣弄得哭笑不得，指著此人的口水，低聲說道。

「咕嚕嚕——！」話音未落，他的肚皮裡緊跟著就發出了一陣巨響，彷彿無數空心水泡兒在裡邊來回翻滾。

這下，大夥誰都顧不上緊張了。一個個捂著肚子，笑得前仰後合。「哈哈哈，哈哈哈，你還好意思說六當家？」

「哈哈，哈哈，小蘇，你可真會說話！」

「哈哈哈，哈哈，老鴰落在了豬屁股上，光看見了別人的黑……」

「哈哈哈……」

「我，我只是，只是說明白了一個事實！」小蘇窘得滿臉通紅，梗著脖子低聲自辯。沒有人肯聽他的解釋，大夥自顧繼續放肆的狂笑。待笑聲漸漸平息了，心中的緊張情緒也散去了大半兒，一個個相繼走回火堆旁，抽出腰間橫刀在幹樹枝上蹭了蹭，就開始分割麅子。

「是福不是禍，是禍躲不過！老子不管了，先吃了再說！」

「就是，老子就不信他還能把毒藥塞進麅子嘴裡頭！」

「去他個球，死了也做個飽死鬼！」

……

大夥議論著，咒罵著，很快就將烤熟的麅子分割成了數大塊。每人抄起一塊，吃了個狼吞虎咽，滿嘴流油。

小肥自己，也分到了最嫩的一塊胸脯肉。坐在六當家余思文的身邊，用刀子慢慢削成小片，一片一片慢慢地咀嚼。

春天不是個好的狩獵季節，餓了一冬天的麅子，身上的肥肉已經被消耗殆盡。瘦肉也又乾又老，咬起來極費力氣。更無奈的是，此刻大夥身上誰都沒有帶著鹽巴，只能靠從石頭表面刮下來的「土鹽」調味兒。而那些「土鹽」本身的苦味兒遠遠超過了鹹味兒，令麅子肉的味道更加難以下咽。

「還是儘量多吃一些吧！多吃一些，才有力氣繼續趕路。」見少年人吃得愁眉苦臉，七當家李萬亭走上前，低聲勸說。

「還走？」小肥猶豫了一下，遲疑著詢問。「六叔身上的毒……」

「抬上他，抬上他進山。進了山裡，敵我兩家就又扯平了。他們對這一帶的地形很熟悉，卻不可能連山裡也熟悉！」七當家李萬亭點了點頭，非常認真地解釋。

他的聲音稍微有點兒高，一瞬間就把眾人的目光全吸引了過來。瓦崗豪傑們陸續放下手上的麅子肉，低聲附和，「對，進山。我就不信，到了山裡，他還能躲起來讓咱們找不到！」

「進山，山裡是咱們的天下！」

「進山，哪怕遇到老虎和豹子，也比身邊始終藏著一條毒蛇強！」

……

「那就進山！」小肥用力點頭，然後狠狠一口咬在手裡的烤肉上，彷彿咬的是敵人的喉嚨，「都吃飽了，喝足了，然後朝山裡頭走。我就不信了，他能背著一筐子毒蘑菇跟在咱們身後趕路！」

「呵呵呵……」大夥被他故作凶惡的模樣，逗得莞爾。心中的緊張，頓時又降低了許多。瓦崗群雄是山賊，山賊到了山裡，自然會比別人占據更多的優勢。至少，誰也甭再指望，再利用地利之便來對付他們。

豪傑們說幹就幹，很快，就解決掉了整隻麅子。然後就近處尋了處小溪，將水袋重新灌滿。砍來粗樹枝綁成滑竿，將昏睡中的六當家佘思文抬在上面，朝著太陽下落的方位邁動了雙腿。

一邊走，大夥一邊不停地輪換著抬滑竿兒。足足又走了一個時辰，才在某座不知名的小山的頂上，再度停住了腳步。

地勢的起伏已經漸漸增大，身邊的林木也從落光了葉子的楊樹、榛樹、橡樹，松樹，變成了完全由松樹組成的海洋。山風越來越冷，越來越硬，而陽光的溫度卻不斷地變低。一些被山洪沖出來的深溝中，殘雪被風吹成了一整塊白色的殼子，平滑如鏡。而人的目光從深溝的邊緣或者殘雪殼子表面向山外看去，一眼就能看見遠處的山底。

「他們還在追，應該不只是一個人！」小蘇氣喘吁吁走到小肥身邊，指了指天空中盤旋的一個小黑點兒，大聲提醒。

那是一隻金雕，北方山區常見的一種猛禽。雙翅展開時有一丈多寬，能從空中撲下來直接撲食狼和野鹿。但是今天，這隻金雕的「撲食」目標，卻好像就是他們。無論如何盤旋，圓心所指，都恰恰是大夥的頭頂。

「歇息一會兒，找點兒東西吃。然後接著往山裡頭走，老鷂子都是雀蒙眼，天只要黑下來，就無法繼續跟著咱們！」沒等小肥做出判斷，七當家李萬亭已經果斷地替他做出了決定。

大夥轟然響應，迅速分散開，去尋找食物。這次，他們不敢再碰山裡的蘑菇，哪怕有十足把握其是土生土長，而不是有人故意放在大夥周圍的，也堅決不動其一手指頭。至於野葱、山花椒等物，也是成片發現時，才多少採上少許。以免稍不留神又著了敵人的道，步了六當家余思文的後塵。

如此小心戒備，的確沒給敵人可乘之機。只是一頓飯也吃得更加沒滋沒味，唯一的功能就是補充體力而已。

用過飯後，大夥繼續朝西南方向逃命，腳步絲毫不敢放慢。終於在太陽落山之後，徹底擺脫了天空中陰魂不散的那頭金雕，也將隱藏在黑暗中的敵人甩得不知蹤影。

「加把勁兒，再繼續走半個時辰，等天徹底黑下來，就找地方宿營！」七當家李萬亭回頭張望了片刻，高聲給大夥打氣兒。背後的敵人來意不明，能走得更遠些，就多一份把握。

「走啦，走啦！有種就讓他們繼續跟著！」眾豪傑們相視大笑，互相攙扶著，用挑釁的話語自己給自己壯膽兒。

經過了一整天的磨難，七當家李萬亭已經取代了小肥和六當家，成了大夥唯一的決策者。他的話，當然也成了所有人的指路明燈。

「金雕應該是漢王養的吧。這幾天聽韓大少說過，漢王最喜歡養鷹。姓郭的早年就是他的鷹奴！」眼看著希望在即，小蘇的頭腦也變得更加活躍。一邊走，一邊低聲向小肥提醒。

「我也不知道除了劉知遠外，還有誰能養得起這種吃肉的傻鳥！」小肥笑了笑，輕輕向他點頭。「但奇怪的是，他們為什麼跟楊重貴不是一夥？」

這個問題非常令人困惑，隊伍中，包括七當家李萬亭在內，誰都無法給出答案。如果追兵跟楊重貴有牽連的話，他們應該更努力地將「二皇子」活著捉回去才對。為何偏偏要選擇下毒？而如果楊重貴本人也在追兵當中的話，他只要一人一槍衝過了，就足以把大夥統統幹掉，更無需如此大費周章。

「殿，大當家您不會跟什麼人有仇吧？！」半晌之後，一名叫做邵勇的瓦崗豪傑低聲詢問。「通常，江湖人報不共戴天的大仇，才會使用如此手段。原本能殺掉也不會立刻動手，而是像貓兒捉到老鼠那樣，先慢慢地玩，直到對方被玩得受不了了，主動求著自己快殺了他，才捅下最後一刀！」

「你胡說！」話音剛落，李萬亭立刻跳起來反駁。「你胡說些什麼，大寨主連自己是誰都不知道，怎麼可能跟人有不共戴天之仇？」

「我，我的確是胡說，的確是胡說！我只是，只是看大夥都走得無聊，所以信口跟大夥逗個樂子。大夥別往心裡頭去，千萬別往心裡頭去！」邵勇被罵得微微一楞，立刻明白自己錯在了哪裡。趕緊擺著短粗的五根手指頭，大聲解釋。

然而，一切為時已晚。除了他自己和李萬亭之外，其餘所有嘍囉都本能地打起了冷戰，臉色煞白，目瞪口呆！

怪不得這場大火來得如此突然，既給眾人創造了逃脫機會，又沒傷到楊重貴和郭允明兩個人統領的「漢軍」騎兵分毫！因為放火者就出自劉知遠帳下，對楊、郭兩人的行軍路線了然於心。

怪不得楊重貴只是裝模作樣追了一下，就果斷放棄了糾纏！原來他也早就看出來放火者跟他是同僚，所有作為不過是為了貓捉老鼠！既然老鼠最終還是跑不出劉知遠的手心，他楊重貴就沒有必要跟自家同僚較真兒。

怪不得躲在暗處的下毒者對河東地區的一草一木都無比熟悉，他日日在這裡摸爬滾打，對自己的勢力範圍中的一切，當然早就瞭如指掌。

怪不得……

整日裡，包圍著大夥的那個巨大謎團，在一瞬間全部解開。然而謎團消失後所暴露出來的真相，卻又是那樣的冰冷。

從一開始，大夥就沒能逃離別人的掌控，包括擺脫追兵，都是別人故意放的水。

劉知遠麾下的某個大人物，與楊重貴兩個人相互配合著，演了一場戲個給大夥看，具體原因和目的卻無從得知。

所有一切都在劉鷂子的掌控之下，到目前為止，唯一出現的疏漏，就在那個大人物身上。他跟小肥，或者說跟大晉朝皇家有不共戴天之仇。所以在執行的過程中，對劉知遠的意圖進行悄悄的調整，準備將獵物全部置於死地，然後帶著一個被「誤殺」的二皇子去向劉知遠交差。

「今夜我們繼續摸黑趕路，分成兩波走。」趕在大夥全身上下的血脈都被山風凍結之前，七當家李萬亭咬著牙做出了決定。「追兵只帶著一頭金雕，並且在夜裡根本用不上。咱們分成兩波，向西南和東南兩個方向逃。一則，明天早晨天亮之後，可以讓金雕不知道該去追哪個；二來，最後好歹也會有一撥人能逃出去，將劉知遠的陰險歹毒告知天下英雄！」

「我跟著大寨主！」

「我抬著六當家！」

話音落下，眾豪傑立刻自動分成了兩波。沒有任何人站出來多說半句廢話。

如果今天的逃亡，的確是一場早就設計好的貓捉老鼠遊戲，那大夥分頭走，就肯定比繼續聚集在一起，活命的希望更大。而兩波人中，只要最後有一波脫險，就有給另外一波報仇的可能。

退一萬步講，即便無法報仇，活下來的人也能拆穿劉知遠的虛偽面孔，讓全天下的人都知道他其實就是當年的曹操，跟董卓、李傕之流沒任何區別。

「大夥都小心些，真的逃不掉，不妨就去投奔呼延琮！」對於七當家李萬亭的安排，小肥也沒有做任何質疑。只是抬頭看了看頭頂上的天空，小聲補充，「他雖然曾經想要我的命，卻不失一個磊落漢子，也跟大夥無冤無仇。另外……」

笑了笑，他故作輕鬆地聳肩，「那廝身邊好像還有個軍師，應該來自別的節度使手下。好不容易才抓到一個劉知遠的痛腳，他一定會竭盡全力保全大夥。」

「二皇子！」「大當家！」「小肥……」眾人立刻紅了眼睛，低聲呼喚。誰心裡都明白，今晚一別，可能就是永訣。少年人沒阻攔大夥跟他分頭走，實際上等同於把活路留給了大夥。

「別廢話了！今晚月色不錯，趕緊抬著六叔走吧！」小肥朝著大夥笑了笑，將目光再度轉向周圍的群山，儘量不讓大夥看見自己眼睛裡的淚水。

如水月光下，群山的輪廓宛若一顆顆尖利的牙齒。尚未化開的積雪，環繞在山峰最頂端，隱隱倒映出一團團蒼白色的光芒。

「既然命中注定要成為魔鬼牙齒上的一團血肉，又何必拉上更多無辜的人，況且這些日子來，已經有那麼多善良的人因我而死！」在扭過頭的一瞬間，少年人的心裡，居然湧起了幾分寧靜。

死過一次的人會更加珍惜生命。

自己的命是命，別人的也是。

將所有哽咽與嘆息聲丟在身後，他邁動雙腿，開始朝西南方向大步前行。人走路的速度，注定比不過金雕用翅膀飛。但自己能走得更遠些，六當家他們逃命的機會就大。

身後跟上來的李萬亭、小蘇、邵勇等人，大抵也懷著跟少年人一樣的想法。個個都緊閉著嘴巴，不說一個字，只是讓自己儘量走得更快。

他們走過茂盛的松樹林，爬下一個長滿野杏樹的山坡，然後又把更高的一座山丘踩在了腳底。隨即，又在月光和星光的照耀下，朝著視野中最高處努力攀登。

呼嘯的山風裹著刺骨的幽寒，吹得每個人臉色蒼白，頭盔的邊緣結滿了青霜。然而，他們每個人心裡都好像藏著一團火焰，照亮周圍那些吞噬生命的懸崖峭壁，照亮樹林裡的經年黑暗，將整個冰冷無情的世界也照得一片通明。

有些地方根本不存在道路，但人的腳卻總能踩過去，將身體送上更高位置。有些地方則兩側全都是斷崖，深不見底。他們不得不彼此牽著手，一寸寸從唯一的通道上往前挪動。有些地方，會忽然變得平坦無比，四周流水淙淙，頭頂星大如斗，早開的杏花，在星光下繽紛如雪，令人感覺彷彿已經走進了傳說中仙境。然而下一個瞬間，連綿不絕的狼嚎聲就逼迫著大夥繼續邁動雙腿。

仙境是「有主兒」的，儘管這個「主兒」並非人類。

一整夜他們只停下來休息了兩次，第二天早晨天亮的時候，每個人都筋疲力盡。太陽就在隔壁那座山的頂上升了起來，將積攢了一整夜的寒氣瞬間驅散。鷹啼聲也緊跟著響起，如刀子般刺破每個人的耳朵。

「咱們迷路了！」小蘇反應最快，踉蹌著向前爬了幾步，俯身朝距離自己最近的岩石下張望。

金雕是從大夥腳下飛起來的，翅膀被晨風拂動，每一根羽毛都泛著溫暖的陽光。鷹奴們昨晚休息的帳篷，距離大夥也沒多遠，如果忽略高度差別的話，也許還不足三里！

而這三里路，卻是他們一整個晚上所走出的距離。

他們一整個晚上，都在繞著別人的帳篷兜圈子，爬過了一座座高高矮矮的山丘，最終結果，只是把自己累得再也沒有力氣逃命。而對方，此刻卻精神飽滿，只需要按照金雕的指引，撿最近的路程爬上山頂，就能將他們全部生擒活捉。

「我去把那扁毛畜生引開！」扭頭朝著大夥喊了一嗓子，小蘇就斷然做出了決定。如果必須有人要捨棄性命，他情願做第一個。不說別的，就說二皇子殿下曾經跟自己喝過一個皮囊裡的水。

然而，只跑出了兩步，他就覺得自己的後心處猛然一痛。身體內最後的力氣瞬間也全部溜走。扭過頭，他看見七當家李萬亭那陰森的雙眼，就像一頭老狼，在盯著自己嘴邊的獵物。

「你，你，你……」小蘇楞楞地看著七當家，緩緩栽倒，到死都不敢相信自己看到的是事實。

這一切發生得過於突然，讓其他人根本無法做出正常反應。直到七當家李萬亭將血淋淋的橫刀從小蘇後心處拔出來，眼睛看著大夥，用猩紅色的舌頭舔起了嘴唇，才有三名瓦崗豪傑驚叫著將手探向各自的腰間，準備抽刀自保。

雪亮的刀光，就在他們的耳畔閃過。小頭目邵勇像毒蛇一樣悄無聲息地吐出「芯子」，將距離自己最近的同伴刺倒。隨即，他與李萬亭兩個一前一後，開始夾擊剩餘兩名瓦崗豪傑。三招兩式，就徹底結束了戰鬥。二人身上，都灑滿了同伴的血。舉著刀逼向目瞪口呆的小肥，將後者緩緩逼向了身邊的斷崖。

「為什麼？為什麼，七叔，你到底為了什麼？為什麼？你告訴我到底為了什麼？」小肥手裡，只有兩塊剛剛撿起來的石頭。瞪大了眼睛，他一眨不眨地看著李萬亭，不斷地追問。

他不必理睬邵勇，很顯然，此人是七當家李萬亭的跟班兒。

他需要的答案也在李萬亭那裡，跟姓邵的沒半點兒關係。

「對不起，殿下。要怪，你只能怪自己命不好！」被少年人的無辜眼神看得心裡一陣陣發虛，李萬亭咬咬牙，低聲回應。「如果你半路上被人劫走，無論是誰，今天的事情都不會發生。」

這是一句實話，事到如今，他已經沒有必要再撒謊。

小肥可以落在任何人手裡，就是不能落在劉知遠手裡，除非，除非他變成一具屍體。

「你明知道我不是什麼殿下！」小肥被說得滿臉愕然，在他僅有的記憶裡，七當家李萬亭是個難得的忠厚長者。作戰勇敢，待人坦誠，對他也始終關愛有加。他早已將此人當作了自己的長輩，卻沒想到，這個長輩在很早以前，就偷偷地用刀子頂住了他的後心窩。「我是你們從死人堆裡撿回來的，你應該非常清楚。而六叔他，他一直拿你當生死兄弟……」

「毒蘑菇不是我丟下的！」一提到六當家余思文，李萬亭心中就湧起深深的內疚。跟此人搭檔了多年，即便對方是他養的一隻小狗兒，彼此之間也不可能沒有絲毫感情。更何況，六當家余思文還在無數場戰鬥中，一次次護住了他的脊背。「下毒的肯定在追兵裡邊，不是我。我原本打算帶著你逃出河東。但是他們追得太緊了，我不得不採用第二套方略！」

「第二套方略，就是讓我死掉，然後把弒君的罪名，按在劉知遠頭上！」小肥一瞬間，恍然大悟。手中石塊舉起來，牙齒咬得咯咯作響。「反正只要我死了，你就可以回去交差了。身份真假並不重要！」

自己根本不是二皇子，這點自己已經解釋過無數次，也沒有人比瓦崗眾豪傑更清楚。而七當家李萬亭，卻依舊想要自己的命。只為了能夠向漢王劉知遠栽贓，只為能向他的主人搖幾下尾巴！這些所謂的英雄豪傑，怎麼一個比一個卑鄙無恥？

「你就是真的，別再說瞎話了，二皇子殿下。事到如今，你還想能騙得了誰？」李萬亭被戳破了心事，難得地臉色發紅。不敢與小肥的目光相對，他像受了傷的野狗一樣，嘴裡發出低低的咆哮。「早在剛剛把你救回來時，我已經就開始懷疑了。大當家更是，第一眼就看出你出身不凡。否則，我們一群山大王，跟你一介凡夫俗子發哪門子善心！」

「我還以為你跟吳大當家不是一路人！」渾身上下最後的力氣也被抽走，小肥身體一軟，高舉著的石塊緩緩放下。「我還以為你是個英雄，像傳說中的秦瓊、程咬金他們一樣，是個真正的英雄。你們根本不配叫瓦崗寨，一點兒都不配！」

「老子是永興軍的大將，要不是身負使命，誰稀罕做個山賊！」李萬亭被說得氣急敗壞，舉著刀向前迫近兩步，聲嘶力竭地咆哮，「別想再拖延時間，落到劉知遠手裡，你肯定生不如死。麻溜地現在就自己從懸崖上跳下去，一了百了！快跳！好歹能落個全屍。別逼老子用刀子砍你……！」

「那就一起死！」小肥要的就是這個機會，手中兩塊石頭，同時砸向李萬亭的面門。後者猝不及防，趕緊用橫刀格擋，「當！」「當！」兩聲，石頭落地，橫刀也被砸崩了刃，徹底變成了一把鋸子。

「一起死！要死一起死！」少年人像瘋了一般，瞪著通紅眼睛，雙手去攬李萬亭的腰。小蘇死了，其他幾個他連名字都沒記住的豪傑也都死在了此人手裡。自己如果不拉著此人一起下地獄，怎麼對得起那些先走一步的弟兄？

「楞著幹什麼，還不上前幫忙？！」李萬亭被逼得手忙腳亂，一邊快步後退，免得被小肥抱住自己，同歸於盡，一邊大聲向小頭目邵勇吩咐。

「去死！」小頭目邵勇微微一楞，大喊著橫刀撲了過來。雪亮的刀光在半空中畫出一道弧線，只奔少年人脖頸。

「噹啷——！」忽然又是一聲脆響，第三塊石頭從半空飛來。將邵勇手中橫刀直接砸成兩段。有個漆黑色的身影凌空撲下，飛起一腳，將此人踹下了斷崖。

「啊——！」小嘍囉邵勇慘叫著下墜，不知所終。黑色的身影穩穩落地，看著滿臉難以置信的李萬亭，撇嘴冷笑：「看什麼看，又不是沒見過？某家本以為自己已經夠不要臉了，今天才知道，人外有人，天外有天！」

「你，你……」李萬亭指著從天而降的黑衣人，快步後退，「呼延琮，你不是輸給楊重貴了嗎？你怎麼還有臉追過來。」

「我輸給了楊重貴，不是輸給了你！」呼延琮緩緩向前逼近了一步，惡狠狠地回應。「至於你，現在就逃。如果某家收拾完了這臭不要臉的，你已經逃得沒影了，某家絕不繼續追趕。如果你自己累趴下跑不動了，被某家追上。那就別怪某家沒給你機會！」

後半句話，明顯是對小肥說的。令少年人頓時感覺眼前發生的一切，都好像是在夢中。然而很快，李萬亭嘴裡發出的咒罵聲，就提醒了他。讓他知道，自己的確還在現實世界裡，如果不抓住機會，就只有死路一條。

不再管李萬亭的死活，他果斷地轉身，以最快的速度向山坡的另外一側逃去。躲開劉知遠的人，躲開來歷不明的七當家李萬亭，躲開此刻救了他的命，又隨時準備殺掉他的呼延琮，沿著懸崖和斷壁的邊緣，奪路狂奔。

他們都想讓他死。他們都在欺騙他，謀害他。自打他從昏迷中醒來，整個世界就一片漆黑。除了偶爾幾點火星之外，幾乎沒有任何光明。而如今，最後這幾點火星，有可能也都是鬼火。

大當家是個見利忘義的小人，七當家是個陰險狡猾的魔鬼，看似飄然出塵的楊重貴，是個只知道討好上司的屠夫，至於韓重贇和常婉淑，小肥現在不敢去想他們所表現出來的善意裡，究竟還有幾分屬真實？

數不清的怪石亂樹，從他身邊一閃而過。一道又一道懸崖斷壁，朝著他張開血淋淋的大口。他邁動雙腿，在死亡的邊緣快速奔跑。周圍一片黑暗，但他的眼睛卻始終未曾放棄光明。

忽然間，有座黑色的鐵塔，擋在了他面前。

路斷了，呼延琮殺掉了李萬亭，追上來攔住了他。

「小子，你的命真的很差！」略帶著一點愧意，此人高高地舉起了搶來的橫刀，「認命吧！來世切莫再生於帝王家！」

「休想！」猛地一閉眼，小肥迎著刀刃向對方撲了過去。

沒人能讓他引頸就戮，哪怕是武藝高了他十倍的呼延琮也不能。幾個月的山寨生活還教會了他最後一件本事，拚命。即便拚了命也贏不過，至少，他也能濺對方一身血。

然而，呼延琮的橫刀，卻沒有劈在他的身上。因為就在他已經徹底絕望的那一瞬間，有三支雕翎羽箭，忽然從側面朝此人射了過去。「黑大個，你答應過楊大哥的。你到底要不要臉？」

含憤而喊出的斥罵，當然不會太動聽。然而這一刻，小肥卻如聞天籟。

踉蹌著停住腳步，睜開眼睛。他看到這輩子最美麗的一道風景。

有個身穿淡青色衣衫的女子，拉滿了一張空蕩蕩的角弓，對準呼延琮。

修身細腰，長髮和衣袂在山風中飄舞，眉目如畫。

她長得並不高，並且身材有點偏瘦。臉上稚氣未脫，胳膊和大腿此刻都因為用力過度而輕輕的顫抖。她身上的衣服質料很好，卻因為趕路匆忙，邊緣處被樹枝刮破了很多地方，一條一條的隨風擺動。她左腳上的麂皮靴子頂端，也被岩石磨出了一個窟窿。隱隱已經能看見足衣上的血痕。

然而此時此刻，在呼延琮眼裡，對面的青衫少女之形象卻一點兒也不狼狽。相反，少女因為憤怒而漲紅的面孔和秋水般明澈的眼神，竟然令他感覺有些自慚形穢。

本能地向後退開半步，北太行綠林總瓢把子呼延琮揮舞著橫刀虛劈：「不關妳的事，我只答應楊重貴不再從漢軍手中搶人，卻沒說這輩子都不再打他的主意！小娘皮，識相的就趕緊閃開，否則老子連妳一起收拾！」

「你卑鄙無恥！」青衫少女被氣得兩眼噴煙冒火，左手本能地鬆開了弓弦。「嗡！」裂帛般的聲音，瞬間隨著山風傳出老遠。

然而呼延琮卻連躲都懶得躲，只是撇著搖頭，「無箭也能殺人，妳以為妳是神仙呢？還是以為某家，某家是，是那個什麼什麼之鳥？麻溜回家去吧，趁著老子不改變主意，趕緊走人。喂，那姓石的，你難道就會躲在女人身後頭嗎？」

「我不姓石！」小肥原本也沒指望，青衫少女能憑著一把射沒了箭的角弓，就把呼延琮驚走。搖了搖頭，緩緩走上前。無視呼延琮手中正在滴著血的橫刀，先朝著少女長揖及地：「在下寧彥章，多謝姐姐援手之恩！倘若今天大難不死，他日必有所報。」

說罷，彎腰撿起兩塊石頭，將身體迅速轉向呼延琮，「來吧，有本事衝著我來，別牽扯無辜！」

「你打不過他！」少女先是被小肥的文縐縐的行為弄得目瞪口呆，隨即回過神來，一個箭步跨上前，用自己的身體擋住他的半邊身體，「趕緊走，我拖住他！快走——！」

「不關妳的事！」小肥即便再惜命，也沒臉讓一個素不相識的女子替自己去死。迅速向側面跨出數步，躲開少女的庇護範圍。同時朝著敵人大聲喊道：「姓呼延的，你還楞著幹什麼？放馬過來，咱倆一決生死！」說罷，也不管呼延琮如何回應。順著山坡側面，撒腿就跑。

他是存了心要把呼延琮引開，以便陌生的少女能平安脫身。誰料想，一番好心卻沒得到任何好報。「怎麼不關我的事情？」青衫少女如影隨形追上前，再度擋在他跟追殺者二人之間。背靠著他，揮著空蕩蕩的角弓朝呼延琮亂抽，「不關我的事情，我為何要冒著被漢王責罰的風險救你？不關我的事，我又何必追了你一天一夜？石延寶，你到底是真傻了，還是故意裝傻！難道你到現在還沒想起來我是誰？」

「妳……？」感覺到後背處傳來的微微戰慄，小肥的內心深處，忽然像接連被捅了上百刀一樣疼。這個青衫少女是為了石延寶來的，為了救石延寶，她不惜以身犯險。但自己何德何能，接受她救助？自己何德何能，死到臨頭還要拖累於她？

「我不是石延寶，姑娘妳肯定認錯人了！」轉過身，一邊將石塊砸向呼延琮，避免他趁機衝上來傷害青衫少女。少年人一邊大聲糾正，「你們都認錯人了，我姓寧，叫寧彥章。我是瓦崗二當家寧采臣的兒子。妳趕緊走，別為了一個陌生人把自己的命搭上？」

「你不是石延寶，為何你認得和尚打傘？」少女眼睛裡，忽然間掉出了成串的淚水。淅淅瀝瀝，滑過玉石般瑩潤的面孔，「你不是石延寶，你怎麼會用火炙法替韓重贇療傷？你不是石延寶，你又怎麼懂得用鹽石水替那個強盜頭子清洗腸胃排毒？你不是石延寶，為何你始終不敢抬起頭看我的眼睛，不敢拿自己的正臉對著我？」

「我……？」對方所問的前幾個問題，正是他自己連日來百思不解的，他當然無法給出答案。而後面的問題，卻是他自己也沒留意到的，彷彿出自潛意識裡的本能。

那股來自心底的刺痛，瞬間變得無比強烈。千刀萬剮般，折磨著他的心臟。令他的臉色瞬間變得雪白，空空的兩手像被山風吹僵了一般高舉著，無法落下，亦無法合攏。

「喂，你們倆有完沒完啊。真當我是石頭呢？」呼延琮的聲音忽然從耳畔傳來，帶著明顯的憤怒。「小娘皮，趕緊滾蛋！老子剛才看在楊重貴的面子上，已經接連讓了妳十幾招了。妳要是再不識好歹，老子就真不客氣了。」

青衫少女的注意力迅速被他給吸引，眼睛裡的悲傷瞬間全都變成了鄙夷，「誰稀罕你讓了？你這出爾反爾的蟊賊，說話不算的賤骨頭！還綠林好漢呢，我呸！賊就是賊，活該世世代代都下十八層地獄！」

呼延琮的祖父，父親都是山大王，到他這輩已經算傳承了三代。然而，他自己內心深處，卻從沒覺得做山大王是什麼榮耀的事情。相反，每當想起自家兒子早晚有一天也要子承父業，他就感覺猶如掉進在爛泥坑裡，從頭到腳全是污穢之物，連張口呼吸都無比地艱難。

所以此刻猛然被青衫少女詛咒「世世代代都下十八層地獄」，他感覺簡直比挨了十幾個大耳光還要難堪。原本黑紅色的臉孔迅速變得青紫，兩隻牛鈴鐺般的大眼睛裡，也冒出了咄咄凶光，「沒人要的小娘皮！他不想認妳，跟某家何干？居然敢辱及老子的先人。老子今天不把妳按在地上，先姦後殺，殺了再姦，老子就不姓呼延！」

說著話，把橫刀一擺，就準備上前行凶。還沒等橫刀與角弓發生接觸，忽然間，身背後傳來了一聲低低的道唱，「無上太乙度厄天尊！呼延寨主，光天化日之下，你居然心裡生出如此歹毒的念頭，你就不怕蒼天有耳嗎？」

「找死！」呼延琮猛地擰身，原本劈向青衫少女的刀光在半空中迅速拐了個彎，閃電般劈向了聲音來源。

今天的事情實在不順，好不容易能殺了二皇子，向鳳翔侯家交差了，半路上忽然殺出來一個不講道理的少女。看在她跟楊重貴身後那個紅衣女子長得依稀有幾分相似的份上，自己對她一讓再讓，她卻惡言惡語詛咒呼延家的祖宗八代。自己受氣不過，說了一句狠話，本以為除了即將死掉了二皇子石延寶之外，不會有第三個人聽見。卻萬萬沒想到，不知什麼時候，自己身後又冒出了鬼魂般的老道士來！

然而無論老道士是真鬼也好，假鬼也罷，既然他把呼延大爺的丟人行為給看在了眼裡，呼延大爺就只好送他跟二皇子一起上路。想到殺掉老道士，就能避免落下一個欺負女人的惡名。呼延琮將橫刀揮得更急，半空中劈出寒光數道，道道不離先前喊話者的身體。

「無上太乙度厄天尊！」喊話者是個乾瘦的道士，穿著一身淡灰色的長袍，兩隻長袖如同一雙徜徉於花叢的蝴蝶般，伴著刀光上下舞動。一邊跟呼延琮交手，他還能一邊分出神來跟青衫少女抱怨，「妳這不孝的徒兒！連招呼都不打，就一個人四下亂跑。好歹為師來得及時，否則，真的被這黑碳頭污了名節，妳豈不只能跟著他上山，去做個壓寨夫人？」

雖然是在教訓徒弟，呼延琮青紫色的臉上，卻被羞得差一點兒要滲出血滴來。「你個賊老道，休要血口噴人。老子，老子先前只是說兩句氣話，老子乃北太行二十七寨總瓢把子，才不會幹此等傷天害理的事情！」

「多少寨？」老道忽然語風一轉，瞪圓眼睛追問。

呼延琮被問得眼神一亂，本能地大聲回應，「二，二十七。不，前幾天折了兩個寨主，合併之後，只剩二十六，不對不對不對，是二十五，啊——！」

只聽「噹啷！」一聲脆響。他手中的橫刀居然被老道士用袖子給捲飛了出去，落在石頭上，火星四濺。

「無上太乙度厄天尊！」如一頭展開雙翅的仙鶴般，老道的身體飄然後退。站在距離呼延琮半丈遠的一塊山岩頂端，背負著雙手勸告，「呼延寨主，暗室虧心，神目如電，竊竊私語，天聞若雷。你良心未泯，何不早日自脫污濁？莫非真的要世世代代，永遠為賊嗎？」

「你個老不死，今日老子不跟你一般見識。咱們高山流水，後會有期！」呼延琮羞得以手掩面，根本沒心思再做糾纏，掉頭便逃。身體三縱兩縱就從山坡上跑了下去，轉眼在亂石怪樹後失去了蹤影。

「師父，抓住他。抓住他交給我阿爺砍了腦袋示眾！」青衫少女仍然覺得不解氣，跳上前，抓住老道士的衣袖，不停地搖晃。

「嘶——！嘶——！妳輕一點兒！」先前還滿臉仙氣的老道士，頓時皺起了眉頭，齜牙咧嘴，「妳個不孝的東西，師父都多大年紀了，怎麼可能追得上他？況且人老不逞筋骨之能，今天若不是他多少還要點兒臉皮，咱們師徒全得躺在這兒！」

說著話，迅速從青衫少女手中掙脫出袍袖。對著陽光輕輕一舉，只見兩條寬大的博袖上，到處都是大大小小的窟窿。一雙乾瘦的小臂上也布滿了無數條細細的刀痕，血珠一粒接一粒正往外冒。

【第六章】

君王

太原，城北，漢王府。

燭火幢幢，河東節度使劉知遠踞坐在一把鋪著黃色綢緞的寬大胡床上，目光銳利得如同即將撲食的蒼鷹。

楊重貴站在他面前不遠處，依舊是銀盔銀甲。神色多少有些疲憊，彙報時的聲音和語調，卻依舊從容不迫。

整個事情經過從他嘴裡說出來都很簡單，沒有任何添油加醋。他從武英軍長史郭允明手裡接到了二皇子，用比武的方式逼退了呼延琮。然後一路平安走過了汾州，在距離太原城不到百里的地方，功虧一簣。

「你的意思是，有人在汾河邊上兒，從你手裡搶走了二皇子？」劉知遠非常有耐心地，聽完了他的彙報。臉上依舊帶著笑，聲音裡卻不包含任何感情。彷彿得到的答案稍有不如意，便要凌空撲下，啄破回應者的眼珠。

「末將無能，請漢王責罰！」楊重貴的臉上，卻沒有顯現出絲毫畏懼。相反，他的嘴角微微上翹，雙眉下彎，兩眼當中露出一絲明顯的笑意。而同時捧在雙手上的，卻是一支雕翎羽箭，四稜形箭鋒邊緣處，跳動著一團幽蘭色的光芒。

「這是什麼？」劉知遠的怒氣撞在了一團棉花上，軟軟的彈回。眉頭微微一跳，沉聲問道。

「偷襲者留下的羽箭，主公一看便知！」楊重貴上前兩步，將箭矢雙手遞給劉知遠。

「你是說，當時有人拿這樣的箭射你？」劉知遠的眉頭又跳了一下，伸手抓起箭矢，目光如閃電般從頭到尾一掃而過。

箭長二尺九寸，箭頭為鐵製四稜錐，末端有個隆起的鐵鼓。椴木剁成的箭桿插在鐵鼓內，嚴絲合縫。箭桿表面，塗抹著均勻的黑漆，又亮又滑。箭桿的尾端，則是兩根整齊的白鵝翅羽，長短、模樣都毫厘不差，顏色光潔如雪。

這樣的羽箭，破甲能力強，空中飛行穩定，並且能最大程度上保證射擊的準確度，可謂軍中一等一的利器。只要是個精通射藝的將領，得到之後肯定都會愛不釋手。

然而，這樣的羽箭，造價也絕對會超過尋常軍中所用之物數十倍，乃至上百倍。在這兵荒馬亂的時代，甭說尋常山賊草寇捨不得使用，就連劉知遠自己，如果拿著此箭去射人，事先也會估量估量對方的身價，到底有沒有手中的羽箭值錢！

如此想來，再結合偷襲者出現的位置，答案就呼之欲出了！怪不得楊重貴先前一點兒都不害怕，明顯是在自己這個漢王帳下，有某個老人嫉妒外來的楊重貴又立新功，故意在給年輕人使絆子。

而既然二皇子沒離開河東，楊重貴這個機靈鬼，也不願意讓麾下的弟兄做無謂的犧牲。反正自己這個漢王還不至於老糊塗，已經拿到了如此重要的證據，卻依舊要怪罪他沿途護衛不力。

想到這兒，劉知遠的目光終有了幾分溫度，笑了笑，柔聲詢問：「究竟是誰家，才有這麼大的手筆？你可曾猜到一二？」

「末將愚鈍！」楊重貴笑了笑，揣著明白裝糊塗。「此人雖然放了一把大火，卻手下留情，沒有傷到末將麾下的任何弟兄。所以末將以為，他只是想考校一下晚輩的本事而已，未必心存惡意！」

他乃是麟州節度使之長子，憑著顯赫的家世和一身過人的本領，即便不立任何功勞，將來在新的朝廷中也不會失了一席之地。更何況在他和妻子折賽花兩個的眼裡，某些功勞立下了未必比沒立下好！

「你這小子！年紀輕輕，就如此老成。將來若是老了，豈不是要成了精？」見楊重貴一臉泰然模樣，劉知遠忍不住搖頭而笑。「罷了，老夫不逼你。得罪人的事情，讓老夫來做。蘇書記，你拿著此箭去查一查，究竟是誰，居然做下如此荒唐之事？」

「是！」掌書記蘇逢吉答應一聲，從燈影下走上前，寬大的袍袖下掃起陣陣陰風。

他個子中等，生得疏眉郎目，文質彬彬。但走在一群身經百戰的武夫之間，卻絲毫不顯得單弱。相反，從他身上散發出來的風流倜儻之態，倒是令很多武將自慚形穢。

楊重貴對此人極為忌憚，緩緩地退開半步，避免自己擋了此人的路。然後，又深深向劉知遠俯首，「稟漢王，末將有一故友，姓韓名重贇。乃武英軍都指揮使韓璞之長子。久慕漢王威名，此番奉父命護送二皇子北來，特地托了末將向漢王您請求賜見。他想要拜見漢王，並替其父向漢王當面進言！」

「韓重贇？是不是你家大女婿？」劉知遠微微一楞，隨即迅速將目光看向身側，滿臉笑容。

既然二皇子依舊落在河東一系的將領手中，他的心情就不再如先前一般煩躁了。乾脆先跟親信們聊一些無關內容，以調節眼下大殿中的壓抑氣氛。

「正是！」站在他身邊不足四尺遠位置的六軍都虞侯常思心有靈犀，立刻躬身回應。「那小子天生一副木訥樣，不知道這回怎麼變聰明了！來到太原，竟然沒有先去末將家，反而顧起了正事來！」

「你家的女婿，能木訥了才怪！」劉知遠看了常思一眼，笑著撇嘴。「來人，宣韓重贇進殿！正好今天人齊，咱們大夥一起幫著常克功相看一下女婿！」

「遵命！」門口的親衛們大聲答應著，眉開眼笑地跑了下去。心裡都為自家頂頭上司能如此被漢王信任，而感到由衷地自豪。

大殿內的其他若干文武，看向常思的目光，頓時也充滿了笑意。彷彿即將被召喚進來拜見漢王的，是自家的晚輩一般。

誰都知道，常思老東西命好，年輕時家中妻妾一個接一個替他生兒子，一直生到他快五十歲了，才終於產下了第一個女兒。所以常思對自家的大女兒，從小就視若掌上明珠，從不准任何人慢待。而既然他如此看中女兒，能被他挑做女婿的少年，必然就不會是什麼木訥愚鈍之輩。相反，此子身上肯定隱藏著什麼過人的長處，所以才會被常思慧眼識珠。

劉知遠本人，差不多也這麼想。在一片驚羨乃至嫉妒的眼光裡，繼續笑著說道：「你膝下那個千金，今年已經及笄了吧？韓璞派人下聘了嗎？還是你不捨得讓女兒出閣，準備招個上門女婿？」

「韓家只有一個獨苗，末將可是幹不出搶別人兒子的事情！」常思笑了笑，輕輕搖頭。「況且末將膝下那千金，您也不是沒瞧見過。年紀越大，越是無法無天。末將早就受夠了她，巴不得早點兒打發得遠遠的！」

「嘴硬，有本事你當著你家千金的面兒說這話！」劉知遠又撇了撇嘴，再度笑著打趣。跟常思兩個，與其說是君臣，倒不如說是相交了多年的異姓兄弟。

事實上，他們兩個也的確算得上是異姓兄弟。早在劉知遠自己還在李克用的養子李嗣源帳下做一個騎將的時候，常思就是他的親衛都頭。隨後一路持盾相伴直到如今，非但在戰場上，替他擋下過無數明槍暗箭，在前幾年大晉朝的汴梁城中，也將無數陰險的殺招替他化解於無形。

可以說，如果沒有常思，劉知遠連自己能不能活到今天都不敢保證，更不敢想像自己差一步就要成為九五至尊。所以他無論懷疑誰，也不會懷疑常思對自己的忠誠。

並且對於常思這個人，劉知遠也非常地瞭解。貪財，好色，並且有些勢利眼兒。才能做個黃忠、趙雲那樣的爪牙之輩綽綽有餘。倘若讓此人去出鎮一方的話，恐怕用不了三個月，就得灰溜溜地夾著尾巴跑回來！注四〇

也正因為瞭解常思，並且相信對方的忠誠，劉知遠才愛屋及烏。聽了楊重貴替常思的女婿轉達了求見之意，便立刻下令招其入內。打算在自家侄女出嫁之前，盡可能地替她把一把關。免得老兄弟常思真的看

走了眼，日後追悔莫及。

他這番心思，不可謂不周全。誰料，偏偏有人就喜歡顯擺自己本事大。沒等韓重贇應宣入內，猛地向前走了兩步，俯身及膝：「啟稟漢王，微臣有一件事，想請漢王明察！」

「你？」正在跟常思說笑的劉知遠猛地將頭轉過來，狼顧鷹盼，「蘇書記，你又有什麼事情？剛才本王不是交代過，叫你立刻去追查那支羽箭的主人了嗎？」

「微臣知罪！」掌書記蘇逢吉被訓得面紅過耳，卻不肯立刻退下。而是又躬身施了第二個禮，大聲補充道：「請主公准許微臣把話說完。若主公認為微臣的話乃無的放矢，微臣願領任何責罰！」

「說罷，別囉嗦！」劉知遠擺了擺手，冷著臉吩咐。

雖然覺得蘇逢吉的行為掃興，但多年用人識人的經驗卻在心中告訴他，蘇逢吉不是個不知進退的妄臣。相反，此人平素處事圓滑狡詐，絕對不會毫無理由地，去跟比他地位高出一大截的常思過不去。

「微臣當初曾經向漢王舉薦郭允明出任武英軍長史。此番能從民間尋回二皇子，郭長史功不可沒。然而據此人數日前給微臣的書信所言，常將軍的女婿韓重贇，行事似乎頗為輕佻。只是因為曾經跟二皇子有過私交，就三番五次，試圖替其遮掩身份。並且還曾當面頂撞其父，認為韓將軍不該將二皇子送往太原！」

「竟然還有此事？」劉知遠眉頭一皺，雙目當中寒光四射。

作為最有希望問鼎天下的一方諸侯，他可以容忍麾下的武將們互相傾軋，可以容忍文官們貪污受賄，卻絕對無法容忍有人居然敢擋在自己進入汴梁的道路上。

皇位面前無父子，更何況是別人家的女婿！而將二皇子石延寶立為傀儡號令其他諸侯，則是他邁向

注四〇、陳壽在三國志中，對趙雲和黃忠的評價。原文是：黃忠、趙雲強摯壯猛，並作爪牙，其灌、滕之徒歟？陳壽其人才華橫溢，但品行頗為不佳，著述《三國志》時，對蜀漢將相多有貶低。後世很多人受其影響，都把黃忠和趙雲定位為侍衛長這類的勇將，而不是一方統帥。

汴梁城中皇帝寶座至為關鍵的一步。無論是誰企圖破壞阻撓，都必須承受他的雷霆之怒。

「末將還沒跟他見過面，不敢說此事到底有無！」看到兩道無形的刀光向自己逼來，六軍都虞侯常思笑了笑，輕輕搖頭。「不過……」

稍微斟酌了一下，他繼續笑著補充，「既然他人已經到了外面，主公何不親自審審他？如果此事真的是他所為，無論是主公打他的板子，還是罰他的俸祿，於公於私，都是應有之舉。末將亦不敢替他求情！」

「常將軍可真會說話！」蘇逢吉狠狠地剜了常思一眼，冷笑著撇嘴。

明明是一件該族誅的罪行，到了常思這裡，居然就變成了打幾板子，罰幾個月薪俸就可以脫罪了事。還假惺惺地說不敢求情。不敢求情都如此寬縱了，若是敢求情時，漢王還不得因為他公然抗命而給他們翁婿兩人加官進爵？

被人當著所有文武的面兒嘲諷，常思也不生氣。胖胖的大手抱在一起，非常坦誠地向蘇逢吉行禮，「哪裡，哪裡，常某乃一介武夫，動刀子比動嘴的時候多。怎比得上蘇書記，旁徵博引，高談闊論。談笑間，便能殺人於無形！」

「你……」迎面撞上了一個軟綿綿大釘子，頓時將蘇逢吉撞得眼前金星亂冒。想再拿幾句狠話還以顏色，一時間，卻發現自己無論說些什麼，恐怕都脫不開「旁徵博引，高談闊論」八個字。只能強忍怒氣將目光轉向漢王劉知遠，請對方替自己主持公道。

哪想到，漢王劉知遠卻不知道被常某人哪句話給說軟了耳朵。擺擺手，笑著替雙方打起了圓場，「克功，你不要耍無賴！雖然韓重贇是你的女婿，如果郭允明的指控為實，孤也絕不能輕饒了他。至於你，蘇書記，你也不要聽信郭允明的一面之詞。雖然此子才華過人，心機卻太深了些。若是不經歷練打磨，實在不宜過於倚重！」

「遵命！」蘇逢吉明明憋了滿肚子青煙，卻不得不拱手領命，後退歸列。

「唉——！」其他一干謀臣以目互視，悄悄搖頭。

漢王殿下什麼都好，唯獨護短這一項，有時候實在令人哭笑兩難。

那韓重贇分明已經做下了大逆不道之事，蘇逢吉對他的指控也是份內之舉。但常思只是用了「於公於私」四個字，就立刻把這件武將公然抗命的重罪，輕飄飄地變成了自己家晚輩在長輩面前任性胡鬧。而漢王殿下，居然立刻接受了這個說法，並且開始懷疑郭允明信中所述，乃是為了跟韓璞爭奪武英軍的控制權。屬於未必可信的一面之詞，必須加以嚴格甄別。

在場的武將們，則一個個點頭微笑，得意洋洋。漢王能從一個小小的騎將走到今天，都是大夥捨生忘死陪著他打下來的。關那些光會耍嘴皮子給人挑毛病的書生屁事？如果因為一個書生的幾句讒言，就不分青紅皂白處置了常思的大女婿，那才真是倒行逆施！

凡事就怕開了頭。只要漢王今天掃了常思面子，明天說不定就會收拾左軍都指揮使郭雀兒，後天便會責罰右軍都指揮使史弘肇。然後一個接一個往下輪，在座的武將最後誰也跑不了。反正大夥平素粗野慣了，怎麼可能像書生般一門心思做表面文章？又生得個個笨嘴拙舌，被人誣告了甚至連自辯的能力都沒有！

正當文武們分成兩波各懷心事之際，門口忽然傳來一個宏亮的男聲，「報，武英軍近衛都頭，韓重贇拜見主公。祝主公早日駐蹕汴梁，重整九州！」

眾人聞聽，立刻齊齊轉頭。恰恰看一個八尺多高，肩寬背闊的少年豪傑，遠遠地對著劉知遠的座位躬身施禮。

好一個厚重沉穩的少年英傑，不怪常思能挑他做女婿！剎那間，先前還針鋒相對的文臣和武將們，心中的意見竟然難得地達成了一致。

此人年紀只有十六七模樣，比楊重貴還要年輕許多。渾身也穿著一套銀白色盔甲，看上去乾淨俐落，儀表堂堂。但是與楊重貴不一樣的是，此人的鎧甲和戰靴雖然纖塵不染，骨頭裡卻沒有前者那種傲然絕世的清冷，相反的他臉上謙和的笑容和微微躬下的身軀，會給人一種親近淳樸的味道，讓大夥稍微多看了幾眼，就覺得此子放心可靠。

輕輕撇開頭，再用眼角的餘光打量常思，透過高高隆起的「宰相肚兒」和笑得跟喇叭花一樣的大胖臉，亦彷彿隱隱又看到了此公當年的英姿。

想當年，常思沒有奉命留在汴梁替河東應付大晉朝兩任皇帝的時候，可不是像現在這般大腹便便的土財主模樣。那時的常思，弓馬嫻熟，反應機敏，每戰必親提刀盾護衛在節度使劉知遠身側。只要有他在，河東節度使的大旗就永遠不會倒下。而只要河東節度使的大旗不倒，便意味著劉知遠本人平安無事。戰鬥無論進行得多慘烈，大夥就都有可倚靠的核心，絕不會因為驚慌失措而讓對手白撿了便宜。

「你叫老夫什麼？」唯獨劉知遠，絲毫不為韓重贇臉上的笑容和謙卑的姿態所動，依舊如一頭金雕般坐在胡床上，居高臨下地俯視著韓重贇，沉聲發問。

「主公！」韓重贇回答得不帶任何猶豫，「末將乃武英軍都指揮使之長子，按照咱們河東慣例，成年後替父執盾擎旗，出任親兵都頭！所以，末將斗膽稱漢王為主公！」

「好一個咱們河東，好一個替父執盾擎旗。」劉知遠深深地吸了一口氣，故意裝出一臉惱怒。玉不琢不成器，越是前程遠大的年輕人，越需要長輩經常敲打。而對於麾下的老將們，有時候也得給他們一點教訓，免得他們恃寵而驕。「你既然還知道自己是河東子弟，為何忤逆犯上，三番五次替二皇子掩飾身份？你莫非以為，老夫帶著爾父，還有一眾叔叔伯伯，打下今天這片基業過於容易嗎？所以才想暗中去給別人行個方便？」

一番話，隻字也沒提自己要把二皇子石延寶握在手裡的目的何在，卻恰恰跟常思先前那「於公於私」四個字扣得嚴絲合縫！

於公，韓重贇作為漢軍的一個在職都頭，跟他阿爺武英軍都指揮使韓璞對著幹，就是公然抗命，按律當斬！於私，漢軍入主汴梁，代表著所有河東文武的共同利益，韓重贇千方百計替二皇子掩飾身份，就是自絕於親朋，按家法抓起來亂棍打死也不冤枉！

追隨了劉知遠半輩子的常思，豈聽不出對方話裡的試探之意？剎那間，就犯了「哮喘病」。俯身下去，咳嗽不停，「嗯哼，嗯嗯，嗯哼。主公，主公，末將君前失儀，請，嗯哼，嗯哼，恩哼，請主公責罰！」

這護犢子也護得太明顯了吧！剛才可沒見你主動請罪！蘇逢吉看到了，忍不住又悄悄撇嘴。

常思的意圖很明顯，根本瞞不住任何長著眼睛的人。他是在向自家女婿暗示，用實際行動告訴後者，別在漢王面前死撐。該認錯就立刻認錯，看在一眾叔叔伯伯面上兒，誰也不會過分為難你。

誰料韓重贇看似挺聰明的一個人，反應卻著實魯鈍得厲害。對自家岳父常思那麼明顯的暗示竟視而不見，只顧當眾大聲扯謊，「啟稟主公，末將從未替二皇子掩飾過身份。末將一路北來，甚至從沒聽說過，還有什麼二皇子！」

「狡辯！」劉知遠這下，可真的有些生氣了。大手輕輕拍了下桌案，沉聲質問，「小子，莫非你欺老夫年邁糊塗嗎？還是覺得老夫帳下這些文武，個個都已經耳聾眼瞎？」

「嗯哼，嗯嗯，嗯哼！」常思的咳嗽聲，愈發劇烈。胖胖的大手不停地在身側搖擺，恨不得直接告訴自家女婿該如何應對。

然而韓重贇卻依舊兩眼空空，好像既沒看見他的手勢，也沒看到劉知遠眼睛裡頭漸漸湧起的怒火，搖搖頭，第二次向劉知遠躬身施禮，「主公何出此言。切莫說主公尚未步入暮年，即便主公日後年逾古稀，也必將是趙之廉頗，漢之黃忠。末將有幾個腦袋，敢以為您年邁糊塗？」

還好，這小子還不是傻到無可救藥！一眾跟常思平素走動甚密的武將們聽了，終於暗暗鬆了一口氣。

身為武將，有哪個不希望自己如同廉頗和黃忠兩人那樣，老而彌堅？眼前這個小子雖然行事狂悖，反應遲緩，至少還生了一張好嘴巴。不至於讓漢王下不來臺，真正拿他行了軍法。

然而，還沒等大夥一口氣鬆完，卻又聽見韓重贇飛快地補充，「不過末將可真的沒見過什麼二皇子。也不知道主公和各位叔叔伯伯，為何對一個失了國的皇子，念念不忘？竟恨不得隨便抓一個人，就當成是二皇子！」

「啪！」劉知遠又一巴掌拍在了桌案上，身上殺氣四溢。如果先前他的惱怒，還有一大半兒是故意裝出來試探年輕人膽量和頭腦的。此刻，卻是如假包換。

「嘩啦啦！」擺在書案邊緣處的金批令箭被彈起來，四散著落了滿地。殿中文武一個個滿臉驚愕，無論先前如何欣賞韓重贇，到了此刻，除了常思自己之外，再也沒人願意替他說情。

這小子白生了一副好皮囊，卻是一個外強中乾的綉花枕頭。明明已經做錯了事情，不借著自己是河東子弟的身份主動向漢王謝罪，反而要當著所有人的面兒，扯下彌天大謊。

這，不是自己找死嗎？漢王現在雖然沒有稱帝，也畢竟是君。而欺君自古便罪在不赦，更何況，如此拙劣的謊言，那小子扯完了一次還不過癮，居然緊跟著就又扯了一次！

帶著幾分憐憫，眾人看著手足無措的常思，然後偷偷打量蠢笨如牛的韓重贇。卻驚愕的發現，面對著海浪一樣重重撲來的殺氣，此人居然依舊能保持從容不迫。先是第三次向劉知遠拱了下手，然後笑著說道：「主公何不容末將把話說完？末將只是否認他是二皇子，卻沒否認曾經幫助過他。更沒有妄言相欺，說自己此舉純屬出於年少無知！」

「嗯？」劉知遠眉頭輕輕一跳，四溢的殺氣緩緩收斂。

見過不怕死的，卻很少見到如此不怕死，並且唯恐自己死得不快的。就衝著這份膽色，自己也值得讓他多活半炷香時間，免得常思覺得自己不念舊情。

撲面而來的殺氣稍退，韓重贇愈發舉重若輕，笑了笑，繼續補充，「主公，末將不是有意替他掩飾身份。而是末將從一開始就認為，郭長史弄錯了人。萬一主公也一時失察，將其當成二皇子擁立入汴，必將貽笑天下。而其他各鎮節度，亦必將落井下石！」

「什麼？」劉知遠雙臂猛地撐在了書案上，俯身而視。就像一隻正準備撲食的老鷹，緊緊頂著一隻剛剛學飛的白鶴。「你到底知道不知道你自己在說什麼？爾父、郭汝明、閻晉卿，還有老夫麾下那麼多細作，都反覆辨認過，確定過他的身份。居然到了你這兒，真的就立刻變成了假的。莫非你以為，你比全天下所有人都聰明不成？」

「末將不敢！」韓重贇第四次躬身施禮，風度翩翩，不卑不亢。「末將資質愚鈍，所以，凡事就都喜歡較真兒！末將幼年時，曾經聽人說過一個故事。昔日有帝王想要獵一頭真龍，結果不出兩個月，天南地北，就進獻了無數頭真龍進京。從贔屭、巨蟒到鱷魚，應有盡有。非群臣故意欺君，乃爭相投其所好也！」

「你胡說！」話音未落，蘇逢吉第一個忍無可忍，大步流星出列指責。「小小年紀，就如此陰險狡詐，若是再長大些，可怎麼得了。主公，微臣請主公速做決斷，將此子明正刑典。」

當初是他私下指示郭允明，「無論那個傻子是真二皇子，還是假二皇子，都必須當真的送到太原」。漢王劉知遠對他的行為，似乎也採取「睜一隻眼閉一隻眼」的態度。但這些，都必須建立在沒人跳出來拆穿的基礎上。一旦有人跳出來指控河東方面造假，那承擔責任的人就是他，欺君罪名無論如何都不會落在別人頭頂。

「請主公將此子明正刑典！」不光蘇逢吉一個人心虛，其他幾個參與進此事頗深的文官，也紛紛出列拱手。

「此子狂悖無狀，公然抗命在先。巧言令色，離間我大漢君臣於後。主公若仍然對其寬容愛護，將置我大漢國法軍法於何地？」

……

「常將軍！你還有什麼話說？」被野鴨子叫喚般的催促聲，說得心頭烈焰騰空，劉知遠長身而起，手扶桌案，將目光最後轉向自己的心腹常思。

成大事者不必拘泥於小節，無論二皇子是真的也好，假的也罷，只要將其扶上皇帝寶座，自己就可以挾天子以令諸侯。至於死較真兒的韓重贇，也只能犧牲掉了。其中不得已之處，相信常思本人也能理解。

「主公……」史弘肇、郭威，還有一干追隨了劉知遠多年的老兄弟，個個滿臉緊張，卻不知道該說些什麼好。

如果韓重贇一進門就認錯請罪，或者在劉知遠第一次出言考校時就以小賣小，撒潑打滾兒，他們看在常思的面子上，無論如何也要保證此子性命無憂。而韓重贇一進來就以河東軍將領身份，當著所有人的面兒說假話，接連兩次公然欺騙劉知遠，並且含沙射影，暗示專門替漢王幹黑活的蘇逢吉指鹿為馬，就徹底將問題弄得無法收拾了。

當然，此刻他們若是一味地聯手護短。也許依舊能保住韓重贇的小命兒，但給漢王留下的，必然是眾將聯合起來逼宮的惡劣記憶。以他們這些年來所親眼目睹和所親身經歷的事實，君臣之間，此等裂痕一旦生出，便會越裂越寬，永遠無法彌補。

「常克功——！」劉知遠故意不看眾人焦急的臉色，拖長了聲音催促。

「末將，末將……」這輩子都未曾頂撞過劉知遠的常思額頭見汗，嘴角囁嚅著不知道該如何回應。事態已經完全脫離了他預先估計，如果不選擇大義滅親，恐怕失去的不僅僅是劉知遠本人的信任。在座當中，也有不少老兄弟，會覺得他常思不識大局。

正恨不得跳起來，狠狠給自家女婿幾個大耳光，逼著他跪地討饒的當口。門口處卻再度傳來韓重贇的聲音，如同鶴鳴九天，令人耳目當時就為之一清，「蘇長史切莫忙著逼主公殺人，主公亦切莫動雷霆之怒。

作為河東軍的後生小輩，末將心中還有一問。若是主公和在座叔叔伯伯能給末將一個答案，末將朝聞道，夕死可矣！」

「你說！」沒想到這狂悖少年，居然膽色到了斧鉞加身而不驚的地步，劉知遠微微心動。深深吸了一口氣，強忍著滔天殺意表態。

「主公，蘇書記。照理，此等軍國大事，晚輩斷無資格置喙。然而作為河東子弟，有幾句話，晚輩這些日子卻如鯁在喉。」韓重贇笑了笑，身上的甲冑被搖曳的燭光照耀，亮得就像一顆冉冉升起的星星，「諸位皆認為二皇子貨真價實，可萬一有人手裡握著確鑿證據，足以證明那人不是二皇子，諸位將如何應對？挾天子以令諸侯固然省事兒，可萬一天子是個假貨，我河東豈不立刻就成了眾矢之的？屆時，諸位還能像今天殺晚輩一樣，讓天下群雄皆鴉雀無聲嗎？」

「嘭！」彷彿當胸被人射了一記冷箭，劉知遠的身體晃了幾晃，緩緩坐回了胡床。

自打聽聞有可能找到了二皇子以來，他幾乎日日夜夜想的都是，如何利用二皇子石延寶的身份，壓服其他手握重兵的節度使；如何以二皇子為傀儡，執掌天下權柄，然後一步步地將石家江山，轉移到劉家。跟楊邠、王章、蘇逢吉等親信謀臣商量時，所有計畫，也都是圍繞著「挾天子以令諸侯」這唯一的核心而制定。卻從沒仔細想過，一旦諸侯手裡有寧彥章不是二皇子的確鑿證據，並利用其為把柄，對河東軍群起而討之，大夥將要如何去應對？

的確，眼下河東的實力天下無雙，除了契丹人之外，無論對上哪個節度使，都可以輕鬆將其拿下。但如果群雄聯手而戰，最後被滅掉的，卻必然是河東。先前也許群雄還找不到聯手的理由，河東軍可以合縱連橫，拉一批打一批，然後挨個收拾他們。若是河東漢軍輔佐一個假皇帝登上大位，群雄還需要再找聯手的理由嗎？

「你，你小子危言聳聽！」

「你，你小子胡說。大人的事情，你，你一個小孩子瞎攙和什麼？」

……

非但劉知遠一個人如遭重擊，大殿內凡是心思稍微仔細一些的文臣武將，剎那間也個個額頭見汗。大夥原來所想，過於簡單，過於取巧，過於一廂情願了。如今被一個小小後生晚輩拿手指頭輕輕一戳，就立刻走風漏氣。換成了雙頭老狼符彥卿、人面巨熊杜重威，還有兩腳毒蛇李守貞，大夥看似完美的夢想，豈不是徹底變成了一個吹起來的豬尿泡？

整個大殿內此刻最為尷尬者，無疑就是整個事情的主謀蘇逢吉。只見此人臉紅得如同猴子屁股般，身體顫抖，氣喘如牛。半晌，才將手指哆嗦著舉起，遙遙地點向韓重贇的鼻子，「你，你一派胡言。真的，就是真的，怎麼可能是假的？那麼多人就親眼驗證過，怎麼可能全都不如你一個乳臭未乾的半大小子？」

「不怕一萬，就怕萬一！」韓重贇迎著他的手指向前走了一大步，渾身上下甲冑鏗鏘。「想要以假亂真，恐怕就必須做得天衣無縫。而想要指證一個東西為假，則只要抓住任何破綻刨根究底便可！蘇大人，不知道你可否保證，二皇子身上，任何疑點都沒有？」

「呃！」蘇逢吉被問得接連後退，一個字也回答不上來。

他原本身材就偏瘦小，與年輕魁梧的韓重贇兩相對照，更顯得陰沉猥瑣。那韓重贇卻絲毫不知道給長者留面子，又繼續向前逼了兩三步，如乳虎欺凌一隻野雞。直到將蘇逢吉的身體全都逼進了燭光稀薄的陰影裡，才忽然露齒一笑，轉身第五次向劉知遠行禮，「主公，末將還有一問，想請主公和諸位叔叔伯伯指點。」

「你說罷！」劉知遠抬了下胳膊，意興闌珊。剎那間，眼角額頭的皺紋被燭光照了個清清楚楚。不服老不行，如果光陰倒退二十年，甚至十年，他劉知遠絕對不屑去投機取巧。而先前整整一個半月時間，他卻一門心思地想利用那個不知真假的二皇子去威懾群雄，從沒考慮過一旦陰謀敗露，自己將會面臨何等惡劣的局面。

「末將多謝主公！」韓重贇第六次拱手，脊背挺直，聲若洪鐘，「末將就不明白，主公為何偏偏要利用石家二皇子的身份去挾天子以令諸侯，而不是堂堂正正地領兵進入汴梁？想那大晉兩代帝王，前一個認賊作父，割讓燕雲十六州。後一個也是昏庸糊塗，任人唯親，導致外虜入寇，生靈塗炭。他們何曾施一恩與天下？天下百姓，又何嘗念過他石家一絲舊情？」

整個大殿，鴉雀無聲。雖然按道理，他們眼下還都算大晉國的文武。卻是誰也沒勇氣和臉皮，替大晉國的兩任皇帝據理力爭。石敬瑭和石重貴，前一個注定要遺臭萬年。而後一個，在所有亡國之君裡頭，昏庸程度恐怕也能排進前三。

「就算勉強還有個皇家正朔之名，也是個爛了大街的污名。哪比得上漢王您，先是拒不投降，保全了我河東百姓不受胡虜凌虐之苦。後又果斷舉起義旗，帶領天下豪傑殊死搏殺，令契丹群醜顧此失彼，惶惶不可終日，進而自生退意……」空蕩蕩的大殿中，韓重贇的聲音繼續迴響。如黃鐘大呂，不停地敲打著人的心臟。

他很年輕，比在場所有人都年輕。年輕得令人羨慕，令人覺得心中恐慌。而他的話，卻如同一灣灑滿了陽光的溪水，驅散了乾涸與黑暗，在所有人心裡，瞬間染出了融融綠意。「漢王光是這兩件大功德，就不知道甩了石家幾百條街。隨便拿出一條來，都足以令天下諸侯俯首稱臣，不敢仰視。主公又何必捨本逐末，非要那早已被萬民唾棄的石家大旗，舉上頭頂？退一萬步講，即便那人真的是二皇子，他們石家的餘威，就能夠幫助主公壓服群雄嗎？況且主公眼下聲望如日中天，尚不敢自立為帝，堂堂正正地問鼎逐鹿。他年群雄和百姓漸漸忘了主公今朝『首舉義旗，驅逐契丹』之德，主公又憑著什麼取石家而代之？」

靜！

大殿內忽然變得無比安靜。

韓重贇的話早已說完，餘音早已不再繞梁。大殿內，卻沒有任何人開口接茬兒。只剩下潮水般的燭光，層層疊疊，照出一張張忽明忽暗的面孔。

挾天子以令諸侯，乃是大夥先前所能想到的最佳方案。歷史上也有無數成功的先例在，全體河東文武，包括漢王劉知遠最為倚重的郭威，都未曾提出任何異議。

大夥習慣了師從古人，也習慣了利用權謀來為河東爭取利益，打擊對手。誰也沒有嘗試去跳出前人的窠臼之外，換一個角度來考慮問題。

而後生小子韓重贇，卻從一開始，便未曾進入前人的巢臼。

因此他才能看得更遠。

也更準確。

昔年曹孟德擁立獻帝做傀儡，卻終身不肯篡位。是因為兩漢四百年統治已經深入人心，他身側還先後有袁紹、劉備、孫權等人虎視眈眈。

昔年唐高祖李淵擁立楊侑為帝，是因為楊廣還好好地活在江都。大隋如百足之蟲死而未僵。

而大晉朝如今還剩下什麼？高祖石敬瑭靠認契丹大可汗耶律德光為乾爹，才換回了皇位，從登基的那一天起，就倍受世間豪傑鄙夷。

先帝石重貴行事莽撞，任人唯親，有功不賞，有過不罰。導致豪傑心冷，將士離德。這才有了國戚杜重威率領大軍臨陣投敵，反戈一記的慘禍發生。國破家亡之際，此人又沒勇氣自殺以殉社稷，最後竟然如奴僕一樣被契丹人抓去塞外苟延殘喘，把漢家男兒的臉面給丟盡了！放眼天下，有哪個有識之士，會為他的結局感到惋惜？

換句話說，大晉朝早就該亡了，即便不亡在契丹人手裡，也該亡在中原人自己之手。沒有任何遺澤於天下，對豪傑們也沒有任何號召力。跟當年的大漢、大隋，更是無法相提並論。

大晉皇家的名號，早就成了一塊又髒又臭的破抹布。將它掛在戰旗上，只會令河東軍蒙羞，不可能起到任何有益效果。

比起大晉太子這個沒有任何價值的招牌，河東文武在漢王的帶領下英勇不屈，首先豎起起義旗驅逐契丹的壯舉，才真的有影響力，更值得所有人重視和珍惜。

如果需要在「兒皇帝石敬瑭的後人」和「驅逐契丹的大英雄」之間選一個做中原之主的話，凡是長著脊梁骨的男人，都知道該如何去選擇。

況且傀儡用過了之後，早晚有一天還要拋棄。

而那時，漢王「驅逐契丹」的功勞已經慢慢被天下人忘記，又平白擔上了一個篡位者的惡名，想要群雄低頭，恐怕比現在還要難上十倍！

……

「噗！噗！噗！」燭火跳動，將在座每個人的影子投在四壁上，忽長忽短，也照亮他們每個人深邃的眼睛。

也不知道過了多久，武將隊伍中，有人終於緩過了幾分心神，低低的讚嘆，「常克功果然有眼光，不服不行！」

宛若沸油中忽然落下一滴冷水，周圍頓時跳起了無數嘈雜。並且聲音越來越大，越來越大，轉眼間，就將先前的寂靜驅逐到九霄雲外。

「是啊！那小子不是傻大膽兒，而是借機勸進啊！這心眼兒長得……，嘖嘖，嘖嘖！」

「老子剛才白替他擔心了，不行，這賬早晚得跟老常算！」

「吃他，吃死他！不吃窮他，難消老夫心頭之恨！」

「哈哈哈哈……」

與武夫們的簡單直接不同，文官隊伍裡，有些突然冒出來的話語，卻繞了不知道多少個彎子。

「後生可畏，真的是後生可畏。跟這小子比起來，我等的年紀，可的確活到狗身上！」

「人老糊塗，人老糊塗啊！老夫從今往後，可再也不敢替漢王出謀劃策了。」

「怪不得當初，老夫就覺得哪裡不對勁兒。今天聽了小韓將軍的一席話，才恍然大悟！」

「不只是因為我等身在局中，而是我等先入為主，沒有餘暇考慮其他！」

……

聽著周圍的竊竊私語聲，漢王府掌書記蘇逢吉的臉上，愈發是烏雲翻滾。有些話，明顯是說給他聽的，譏笑他這個所謂的王府第一謀士，見識居然還不如一個半大小子。有些話，卻是試圖推卸責任，落井下石。

無論是哪一種，蘇逢吉都不能讓對方的圖謀得逞。因此咬了咬牙，再度從陰影裡走了出來，走過韓重贇身側，在比對方靠前數尺遠的位置，大聲向劉知遠提醒：「主公，微臣以為，此子是在故作驚人之語。所圖，無非是替他自己先前的行為脫罪，替其好友掩飾……」

「你放屁！」右軍都指揮使史弘肇最恨這種明明有錯卻死不認帳，還試圖顛倒黑白，倒打一耙的人。猛地從座位上跳起來，指著蘇逢吉的鼻子破口大罵。「他剛才說的話，有哪一句錯了？難道漢王此刻的名頭，還比不上兒皇帝石敬瑭的孫子？還是你覺得漢王不配做中原之主，非得先脫褲子後放屁，推個傀儡坐龍床？老夫看你，分明是才能不如人家，所以心生嫉妒，想置人家於死地。你這種鼠肚雞腸的小人，早晚會壞了漢王的大事！」

他生得魁梧雄壯，滿嘴黃牙。吐沫星子居高臨下噴出來，頓時淋了蘇逢吉滿頭滿臉。後者被噴得以袖子遮額，接連後退，直到退出了吐沫星子的殺傷範圍之外，才放下長袖，正色回應道：「史將軍，主公面前，你不該如此輕慢於蘇某！」

「老子就是輕慢你了，你又怎地？」史弘肇虎目圓睜，臉上的絡腮鬍子根根豎起，「難道挾持個狗屁二皇子去汴梁，不是你給主公出的主意嗎？分明見識不如人家，還死不承認，你還敢說你不是鼠肚雞腸？你們這些讀書人啊，就沒一個生著好心眼的！」

最後一句話，可是橫掃一大片。氣得蘇逢吉身後的謀臣們個個臉色大變。然而，卻是誰也沒勇氣出頭跟蘇逢吉並肩應付史弘肇，同舟共濟。

首先，大夥先前替漢王所制定的方略全是圍繞著「挾天子而令諸侯」這一目標，如今看來全都臭不可聞。

其次，史弘肇乃劉知遠麾下數一數二的大將，手握重兵。在這武夫當國的時代，甭說罵了大夥幾句，就是他動手打了人，只要他不是故意找茬，大夥就算白挨。漢王頂多會罰他幾十串銅錢，根本不可能秉公處置。

「你，你，你……」蘇逢吉左顧右盼沒找到任何援手，只能自己孤軍奮戰。伸出一根纖細修長的手指，從下而上對著史弘肇的大粗手指頭。宛若綉花針對上了韋陀杵，「你血口噴人。他，他，他，那，那小子怎麼可能不是二皇子，那麼多人都確認過。怎麼可能憑著他幾句話，就，就……」

「老子從來沒否認過你抓了個二皇子回來！」史弘肇撇了撇嘴，繼續俯視著蘇逢吉，像老虎俯視一隻老掉了毛的野雞，「問題是，他說得對。漢王根本不需要一個狗屁二皇子。漢王自己麾下兵強馬壯，且威望如日中天，看上了皇帝寶座儘管自取便是。何必借了石家毫無用途的名頭，給自己找麻煩？你這個書呆子，非但心胸狹窄，而且鼠目寸光！見識連個毛孩子都不如，老子若是你，早就買塊豆腐碰死了，哪還有臉繼續站在這裡胡攪蠻纏？」

「我，我，我……」蘇逢吉又羞又怒，偏偏一句犀利的反駁之詞都說不出。比起韓重贇所建議的「直中取」，他先前的那個「挾天子以令諸侯」的主意，的確繞了一個巨大的彎子，且風險性極高。一不小心，有可能就是弄巧成拙。

「行了！蘇書記，你且退在一邊。到底該如何做，本王稍後自有定奪！」畢竟是朝堂不是菜市，漢王劉知遠不想再看到麾下文武大臣繼續爭執下去，更不想看到蘇逢吉當眾出醜。輕輕用手指敲了一下桌案，低聲吩咐。

「是，微臣遵命！」蘇逢吉終於找到了臺階下，立刻轉過身，朝著劉知遠施禮，隨即倉皇後退回到了陰影當中，已經變成青紅色的老臉上，汗流如注。

「化元，你也入座吧！」劉知遠又看了一眼史弘肇，叫著對方的表字，和氣地吩咐。

「末將魯莽了，主公勿怪！」史弘肇大咧咧地向劉知遠拱了下手，倒退著落座。

他是最早追隨劉知遠的老兄弟之一，後者當然不能對他過於苛責。況且劉知遠本人心裡一直都非常清楚，史弘肇雖然不尊禮法，脾氣暴戾，卻絕對不會對自己起什麼二心。因此又疲倦地抬了手，有氣無力地說道：「算了，過後跟蘇書記道歉。他先前也是一心為公。孤不想看著你們文武相輕！」

說罷，也不看蘇逢吉臊成了豬肝般的臉色，將目光再度轉向站立在大殿中央的韓重贇，「你的話未必沒有道理。但這些不能成為你公然抗命的理由！韓重贇，孤現在只問你一句話，你可知罪？」

「末將知罪，請主公依律嚴懲！」韓重贇不用任何人提醒，乖乖地躬身回應。

「算了，你年紀尚幼，且是初犯。就功過相抵，無賞無罰算了！」漢王劉知遠又懶懶地揮了下手，臉上的倦意愈發明顯。

對方的行為，肯定嚴重違反了軍律。並且從始至終，都未曾放棄救他的朋友脫身。但對方剛才那番話，卻一下子就理清了他的思路。讓他原本在心中非常模糊的入汴道路，瞬間就暢通無阻。

老子名聲比石敬瑭都好。

老子實力也遠勝於當年的石敬瑭。

連石敬瑭那種認賊作父的東西，都可以自立為帝。

老子為啥不能，為啥還要玩什麼先擁立後禪讓？

老子為何還要去撿他們石家的破旗子？

史弘肇說得對，老子先前就是在脫褲子放屁！

並且放得都扭扭捏捏！

想到這兒，劉知遠心中豪氣頓生。用手指隔空點了點韓重贇，繼續說道，「你此番做事雖然魯莽，見識卻沒有差。爾父，爾父雖然追隨老夫多年，忠心耿耿。但眼界和擔當方面，卻終究……」

「主公，末將是人子，不敢聞父過！」韓重贇微微一楞，立刻正色打斷。

「哦？」劉知遠也是微微一楞，後半截關於青出於藍而勝於藍的誇讚之詞，立刻無法說出。老鷹餵食般歪著頭看了年輕人半晌，才笑著說道：「好一個不敢聞父過，想不到你竟然是個孝子。老夫說爾父的幾句不是，你聽著都嫌刺耳。怎地先前偏偏要跟他對著幹？」

「卻可改之！」韓重贇想了想，非常認真地回應。

「好一個子不敢聞父過，卻可改之！」劉知遠手扶書案，哈哈大笑，聲音如同夜梟的嘶鳴，刺得眾人耳朵一陣陣發痛。「照你這麼說，先前爾父韓璞，老夫，還有我們所有人都錯了？唯獨你一個人聰明絕頂，眾人皆醉我獨醒？」

話音落下，笑容也瞬間收斂。從書案後探出半個身子，居高臨下，死死盯著韓重贇，等待年輕人給自己一個恰當解釋。

「末將不敢！」韓重贇萬萬沒想到，劉知遠的臉色說變就變，比六月的天氣還要劇烈。被撲面而來的殺氣吹得遍體生寒，卻硬撐著站穩了身體，半步不退。「末將不敢自詡聰明，只是食君之祿，忠君之事而已！」

刷！大殿內瞬間又是一片死寂。所有人都無法判斷，漢王此刻的憤怒，究竟有幾分為真，幾分為假。所以只好謹慎地閉上了嘴巴，以免不小心把自己捲了進去，或者破壞了漢王考驗人才的大計，遭受池魚之殃。

在一片關切或者惋惜的目光中，韓重贇也不做更多分辯。只是繼續拱著手，靜靜地等待。等待眼角上已經明顯出現魚尾紋的漢王，做出最後決定。

大約十幾個呼吸，他的等待終有了結果。劉知遠終究年紀有些大了，體力大不如當年。緩緩又坐回了胡床，意興闌珊地將手背向外揮動，「算了，你下去吧！這次算你年少無知，孤不跟你計較。下去好好讀書練武，最近這幾天不要離開太原。說不定，過些日子孤還有事情要安排你去做！」

「是，末將告退！」韓重贇偷偷將手心裡頭的汗水朝披風上抹了抹，又行了個禮，準備離去。在轉過身的瞬間，卻又停了下來，遲疑著問：「那，那末將的朋友寧彥章……」

「滾！軍國大事，豈能由你個小毛孩子幾句話來決定！」沒等他把一句話說完，六軍都虞侯常思搶上前，抬腳將他踹了個踉蹌，「滾回家去，閉門思過！什麼時候想清楚自己錯在哪裡，什麼時候再出來！滾，快滾！」

說罷，又接連幾腳，徑直將自家女婿給「踢」出了門外。

回過頭，他卻立刻換了副皮條客般的笑臉，晃著肥肥的身體走到漢王劉知遠近前，低聲求肯：「這小子不知進退，我回去一定拿家法狠狠處置他。主公您事情多，犯不著為這小子浪費功夫！」

「常克功，你不要撿了便宜還賣乖！」漢王劉知遠又是好氣，又是好笑。再度站起來，指著常思的鼻子罵道。

「這不是，這不是自家女婿嗎！主公您剛才也說過，一個女婿半個兒！」常思不閃不避，油光光的大圓臉上，寫滿了無賴。

「滾！」劉知遠又罵了一句，頹然坐回了胡床。伸出右手五指，扶住自己的額頭。

「漢王！」眾文武被他這個動作嚇了一大跳，紛紛圍攏上前，試圖施以援手。劉知遠卻又將手指向外拂了拂，低聲道：「沒事兒，剛才站得有點猛而已。爾等都退下吧，有關進軍汴梁的事情，咱們明天再商量！」

「遵命！」眾文武以目互視，憂心忡忡地躬身。剛才從劉知遠的臉上，他們看到明顯的老態。彷彿在短短一個晚上就透支了所有精力，轉眼就老了十幾歲一般。

「楊邠、王章、史弘肇、郭威留下！」沒有睜開眼睛看眾人，劉知遠想了想，又低聲補充。

「是！」被點到名字的文武齊聲答應，在其他人羨慕的眼神裡，重新坐回各自的座位。

「常克功，你也給老子留下。別想輕易開溜！」劉知遠的聲音忽然變高，卻依舊沒有看眾人，只管隨心所欲地發號施令，「還有蘇書記，你也留下吧。孤還有另外的事情，要交代去你做！」

「末將遵命！」已經走到門口的常思停住腳步，無可奈何地返回。

「微臣遵命！」同樣已經一隻腳邁過了門坎兒的蘇逢吉，則喜出望外，拉起袍服一角，大步流星返回書案近前。

漢王劉知遠不再說話，閉著眼睛恢復精神。留下來的眾文武知道自家主公謀劃大事之前的習慣，也主動閉緊嘴巴，眼觀鼻，鼻觀心，一個個宛若泥塑木雕。

「來人，送些茶水和點心進來！」不知道過了多久，漢王劉知遠的臉色終於又恢復了幾分紅潤，將搭在自家前額上的手指緩緩移開，輕輕敲了幾下書案，大聲吩咐。

「是！」伺候在後門口的太監們答應一聲，小跑著離開。須臾之後，就排成一長串，端著各色點心和熱茶魚貫而入。

「大夥隨便用些，不必拘禮。」劉知遠將自己的身體坐直，朝著眾人笑了笑，和顏悅色地吩咐。與先前狼顧鷹盼模樣無半點相似之處。

「謝主公賜茶！」幾個文武重臣齊聲答應，端起太監送上的茶水和點心，慢慢品嘗。

茶的品級很高，點心做得也非常精緻。劉知遠成名之後，一直在享受方面很捨得下本錢，並且隨著年紀越大，口味越刁。

楊邠、郭威、史弘肇等人，鑒賞力卻非常一般。牛眼睛大小的點心，一把能抓起四五個。盛在掐銀越瓷浮華盞裡頭的茶湯，也一口能乾掉一整碗。轉眼間，就風捲殘雲般，將太監們端在手裡的點心和茶水給掃蕩得一乾二淨。只留下空空的銅壺，和十幾面光光的銀盤子。

劉知遠牙齒不太好，吃相比大夥斯文。只來得及吃掉了兩塊點心，待想拿第三塊時，面前的盤子已經被站起來的史弘肇清理完畢。楞了楞，笑著數落，「你們這些老貨，可真不跟孤家客氣！」

「主要是點心做得太精緻了，有點兒不經吃！」常思鼓著圓滾滾的腮幫子，一邊咀嚼，一邊甕聲甕氣地解釋。

「你吃得最多！也不注意一下，再這樣吃下去，以後小心連馬背都爬不上去！」劉知遠朝他翻了翻眼皮，大聲提醒。

「不上了，不上了。以後你做了皇帝，不用再親自上陣。我當然也不用上馬了。出去時能坐車就坐車，不能坐車就坐轎，都比騎馬舒服得多！」常思擺了擺手，大咧咧地補充。

如今大殿中沒先前那麼多人，所以他的言談舉止就徹底沒了拘束。一口一個「你，我」，甚至把點心渣子都噴到了劉知遠的書案上。

而劉知遠居然也不計較。笑著用手向下撣了撣，然後像兄弟間嘮家常般說道：「你的女婿不錯，剛才的話很有意思。是你預先教過他的？無論如何，這小子膽氣都相當不錯！」

「我都有些什麼本事，你還不知道嗎？哪可能教得出這樣的人物來！」常思咧了下嘴巴，訕笑著搖頭，「這小子，我也有好長時間沒見到了。雖然做過他的便宜師父，卻是有名無實。」

「那便是無師自通了？真是後生可畏！」劉知遠笑了笑，臉上帶出了幾分欣賞，「要說你常思的眼睛可真夠毒的，挑女婿都能挑出一匹千里駒來。」

「那是，我家可是太原城內數一數二的大商號，什麼時候做過虧本兒買賣？」常思一點兒也不知道謙虛，滿臉得意地回應。

不做虧本買賣，是他的口頭禪。當年劉知遠仕途不順，勸他棄自己而去時，他就做過類似的回答。而劉知遠後來的發展，也的確證實了他的「投資」眼光，從小小的都校一步步升到侍衛親軍指揮使、許州節度使、河東節度使，乃至中書令、漢王。

想起二人都年富力強時，互相扶持著走過的那些艱難路程。劉知遠的笑容裡，瞬間又增添了許多溫暖，想了想，低聲道：「對，你從不做虧本買賣。當年就認定了老夫能位極人臣。還認定了他……」回頭看了看滿臉笑意的郭威，他繼續補充，「還認定了他能出將入相。不知道你的這位女婿，在你看來，又能走到哪一步呢？」

「嘿嘿……」聽漢王提起自己的當年舊事，郭威也笑出了聲音。看著常思，目光中充滿了感激。

「他，他可不行，日後前途，頂多跟微臣差不多！照著你，可是差了不止一點半點！照著老郭，也遠遠不如。」常思想了想，非常認真地搖頭。

「這又是因為何故？」劉知遠眉頭挑了挑，饒有興趣的追問。

「這個，聽我給你慢慢算啊——」常思反覆掐著自家胖胖的手指，神叨叨計算了一番，然後煞有介事地解釋，「你和老郭，少年時經歷都頗為坎坷，所以性情堅韌，百折不撓。而他，畢竟從小就生在將領之家，算不上大富大貴，但也衣來伸手飯來張口。性子被養得綿軟了，不遇到大挫折還好，稍微遇到些挫折，就容易一蹶不振！至於武藝，你和老郭當年都是射虎之將，絲毫不亞於如今的楊重貴，而他，在楊重貴面前，恐怕一個照面都走不下來！第三，咱再說智慧，真正的聰明人，往往是聰明卻不外露。而他，絲毫不懂得收斂！」

一番話非但說得條理清楚，證據詳實，順帶著，還大大地拍了一番漢王劉知遠的馬屁，令劉知遠老懷大慰。抬起頭，酣暢淋漓地笑了好一陣兒。才又將目光看向郭威的脖頸，帶著幾分認真勸告，「老郭，等過幾天再見到陳摶，找他要個方子將刺青擦了去吧！你畢竟已經是嘍啱宿將，脖子上頂著個大刺青，容易被人小瞧了去！」

「末將想留著它，時刻提醒末將不要忘本！」郭威下意識地抬起右手，摸了摸脖頸處刺著的家雀兒，笑著回應。「況且主公您手背上的刺青不也留著呢麼？咱們君紋鷹，臣紋雀，倒也搭配得當！」

他和劉知遠，都是從大頭兵一刀一槍搏出來的富貴。當年戰亂頻繁，從軍乃是萬不得已才做的賤業，將領稍不留神，手底下的士卒就會捲了兵器和鋪蓋逃走。所以通常對前來應募吃餉的大頭兵，都會在身上顯眼位置刺上難以除掉的青紋，以避免他逃入民間，無法分辨。

二人既然選擇了當兵搏富貴這條路，少不得就要遵從規矩。而在成名之後，原本都有機會將刺青用藥石除掉。卻又不約而同，選擇了保留此物。只是一個則將脖頸處的紋身變成了麻雀，另外一個將手背上的紋身改成了金雕。

如今河東軍攻占汴梁在即，馬上做皇帝的人手背上趴著隻金雕，馬上做三公的人脖子上蹲著隻家雀兒，著實有點兒不倫不類。所以劉知遠才提議郭威將家雀兒用藥石之力塗去，順帶著自己也一塊兒將問題解決。免得留下話柄，被其他各鎮節度譏笑是一群大頭兵沐猴而冠。卻不料郭威居然當場拒絕，並且說出了如此合情合理的一番話來！

「你個郭家雀兒，倒是不跟孤繞彎子！」沉吟數個呼吸之後，劉知遠又搖頭而笑。指了指左軍都指揮使郭威，低聲點評。

郭威笑了笑，正色補充：「末將說的乃是實話，昔日陳王勝曾經有云：『王侯將相，寧有種乎？』主公和威出身貧賤又如何？最後成就卻不比任何王孫公子來得差！留著這刺青，也好告訴全天下的大頭兵，功名但在馬上取！」

「好個功名但在馬上取！既然你早有此心，也罷，孤不勉強於你就是！」漢王劉知遠以掌拍案，大聲讚嘆。

「主公也沒必要把手背上的金雕去掉。就留著它，告訴天下人，你是何等一個英雄！咱們河東文武，取功名不仰仗爺娘，去江山也不玩那些三禪三辭的花樣，堂堂正正，去馬上搶了天下！」郭威忽然後退了半步，正色拱手。

沒想到他說著說著，居然從兩個人的過去經歷，直接就轉到了軍國大事上。王府掌書記蘇逢吉驚得臉色大變，不待劉知遠做出回應，就搶先一步嘶聲阻攔，「郭將軍此言差矣！取天下怎麼可以全憑兵強馬壯？至少也得師出有名，也好讓天下人信服。否則今天你的實力強了，你就起兵入汴。明天我的實力強了，我再起兵造反。殺來殺去，何時是個盡頭！」

若是史弘肇被他如此打斷，恐怕又要指著其鼻子痛斥。然而郭威卻表現得非常克制，笑了笑，大聲回應，「那就始終保持著我大漢最強就是。如果誰有膽子造反，威自替主公提兵平了他。否則，要我等這些武夫何用？至於師出有名，況且韓重贇方才說得好，『驅逐契丹，光復山河』，就是最好的名頭。無論在誰人面前，哪朝哪代，都理直氣壯！」

「是啊，主公。當年石敬瑭那龜孫要認契丹人當乾爹，帳下文武當中，也只有你一個人出言反對。只可惜當時你人微言輕，而石敬瑭那廝又被豬油蒙了心。如今契丹人為禍中原，群雄要麼為虎作倀，要麼袖手旁觀，又是你帶著我等奮起反抗。要我看，這天下如果主公都沒有資格坐，還有誰人坐得？」史弘肇唯恐郭威一個人的進諫不夠份量，上前幾步，跟他並年而立。

蘇逢吉最怕的就是此人，向劉知遠身邊躲開數尺，用力跺腳：「兩位將軍，兩位將軍平素也算睿智，今天怎麼偏偏就上了韓重贇那小子的當？那小子根本就是出於私心！先將石家貶得一無是處，讓主公打消了扶二皇子登位的念頭。然後好趁機蒙混過關，讓他自己和二皇子兩個脫身……」

「問題不在於他藏著什麼私心，而是，他的話的確有道理！」郭威低頭看了他一眼，不慌不忙地點明。「以主公現在的聲望，根本不用借助於石家。先擁立再禪讓，反倒是給自己找麻煩。此外，二皇子來得過於蹊蹺，身上疑點頗多。一旦身份為假，我等非但前功盡棄，還會淪為全天下的笑柄！」

「怎麼會假，怎麼可能是假？就那姓韓的小子一個人空口白牙，我們，我們好幾百人……」蘇逢吉急得團團轉，一時間，除了人數優勢外，卻找不到任何有利的證據來支持自己的觀點。

「郭某不是因為他一個人，就懷疑蘇書記和其他所有人的努力。」郭威輕輕擺了擺手，像是說給蘇逢吉，又像是說給在場所有人聽，「郭某一直很奇怪，放眼天下，可以憑實力與主公相爭的，首先得數到符彥卿那斯才對。為何他只是在最初派人試圖救二皇子走，失敗後就再無動靜。這些日子，別的節度使殺招迭出，即便搶不走二皇子，也要置其於死地。而他，卻幾乎是眼睜睜地看著郭允明將二皇子送到了主公的地盤上？」

「他，他……」蘇逢吉打了個哆嗦，喃喃不知該如何回應。

要硬抵賴說符彥卿對皇位毫無窺探之心，恐怕有失他王府第一謀士身份。可符彥卿明明也想當皇帝，一路上那麼多截殺二皇子的隊伍當中，偏偏就少了他符家。就一直能沉得住氣去按兵不定，眼睜睜看著二皇子馬車駛向了太原。

他到底想幹什麼？

他跟漢王有什麼交情，居然做出如此大的讓步？

如果是他故意讓漢王得到二皇子呢？這裡邊隱藏的東西可就太多了，不用細想，都足以讓人不寒而慄。

「算了，不用想了。符彥卿那老東西，不會如此好心！」正搜腸刮肚，百思不解之時，漢王劉知遠再度主動接過了話頭，「擁立二皇子之事，就此作罷。蘇書記，先前的謀劃，也作廢。誰都不用再想了，就當徹底沒這回事！」

「主公三思！」蘇逢吉的心，一下子就沉到了底。硬起頭皮，用顫抖的聲音勸阻。

「楊邠、王章，你們兩個以為如何？」劉知遠看都沒多看他一眼，徑直把目光轉向了兩位心腹謀臣。

「臣亦但憑主公差遣！」

「臣亦覺得，擁立二皇子，對主公大業毫無作用！」

楊邠和王章兩位心腹文臣先後從座位上站起，拱著手回應。

他們兩個都是小吏出身，讀書不多，但做起事情來卻非常幹練，見識和謀略兩方面，也頗有獨到之處。所以劉知遠對他們二人的倚重，更甚於蘇逢吉。

此刻聽二人都回答得乾脆，劉知遠更徹底下定了決心，「那好，從明日起，你們兩個負責調集錢糧，郭威、史弘肇，你們兩個負責整頓兵馬，五天之後，咱們起兵南下！」

「遵命！」被點到名字的眾文武大喜，齊齊起身，拱手領命。

「那個二皇子？」蘇逢吉知道自己先前的策略，已經徹底被放棄。卻不甘心就此做一個旁觀者，舉了舉手中的雕翎羽箭，灰溜溜的請示。

「你繼續去找。無論是誰家子弟將其截了去，都必須讓他把人交出來。除非，除非那個假冒二皇子的傢伙，已經變成了一具死屍！」劉知遠用力拍了下桌案，白髮飄動，被燭火照得極為扎眼。

「微臣遵命！」蘇逢吉肚子裡長長出了一口氣，躬身施禮。

有道是，聽話聽音，鑼鼓聽聲。漢王剛才的話，分明是準備殺人滅口。而既然這等重要的事情還交給蘇某人來做，就說明在漢王殿下心裡，蘇某人還占據一個非常重要的位置，沒有任何人可以取代。

然而沒等他高興夠兩個呼吸時間，右軍都指揮使郭威忽然再度拱手，直言相諫：「主公，眼下絕對不能讓二皇子死，無論他是真的假的，在主公坐穩皇位之前，都必須讓他活著。否則，弑君的惡名，別人就會硬栽於主公您的頭上！令我河東，未待出兵，先士氣大折！」

「如此一說，我還搶了個爺回來？」漢王劉知遠輕拍桌案，心裡頭感覺說不出的煩躁。

原本覺得挺簡單的一件事，歷史上也有無數成功的先例在。結果到了自己這裡，就忽然變得破綻百出。弄得自己如今想殺人滅口都不行，都得先反覆權衡消息傳開後的一系列相關變故，完全是偷雞不成反蝕一把米。

「我等先前考慮不周，所以如今才要更加倍的小心謹慎！」郭威扭過頭，先意味深長看了蘇逢吉一眼，然後才正色回應。「其實漢王更應該為此欣喜才對，能讓符彥卿等人都不敢明面與漢王相爭，只敢背地裡做一些陰險勾當。更說明漢王成為中原之主，乃眾望所屬，天命所歸。」

「嗯——！」劉知遠撇著嘴，長長地出氣。臉色多少變得柔和了一些，但內心深處，卻依舊覺得憋出了一堆石頭疙瘩，沉甸甸，硬邦邦，硌得人渾身上下沒一處不彆扭。

「如今之際，無論殺了二皇子，還是扶其上位，主公都會授人以柄！」見他雙眉之間始終藏著一抹難以消除的抑鬱，漢王府長史楊邠拱了拱手，笑著分析，「但我等只要不出手，符彥卿等人不管當初存的是何種居心，就都成了無的放矢。」

「此言甚是，就像兩個人比武打架，我本無招，看他如何破招！」史弘肇聞聽大樂，咧著嘴巴用力撫掌。

「一天到晚，除了比武打架，你心裡還有什麼？」劉知遠不高興地瞪了他一眼，低聲呵斥。隨即，又換了一副溫和口吻向楊邠發問，「你的意思是，咱們先把二皇子養起來！」

「找到他，養起來，無論他是不是二皇子都無所謂！」楊邠笑了笑，用力點頭。「如果他果真是二皇子，那主公也算報了當年大晉高祖的知遇之恩，令石家不至於斷了香火。而如果過後有人跳出來拆穿他不是二皇子，我等沒利用他謀取任何私利，世人頂多也只能說我等報恩心切，以至於不辨真偽。然後主公將假二皇子推出去一刀喀嚓，自然就能令世態平息！」

「嗯——！」漢王劉知遠低聲沉吟。楊邠所說的辦法，有可能是最穩妥的辦法。畢竟有那麼多雙眼睛看著二皇子到了河東，想殺掉此人，卻不走漏任何消息，根本沒有任何可能！

「然萬一他日後受了奸人挑撥，或者被別人所利用……？」略作沉吟之後，他皺著眉頭，幽幽地問道。

「他手中一無兵，二無將，三無錢糧。吃的穿的都是主公所給，能折騰起什麼風浪來？」屯田使王章忽然笑了笑，在一旁大聲給楊邠幫腔。

「如果他真的不安心做一個山陽公，主公賜他一杯毒酒便是。相信別人也再說不出什麼話來！」楊邠更是乾脆，直接給出了最後一招。

山陽公是漢獻帝禪位之後，被曹丕恩賜的封號。曹丕也因為此舉，落下了個「仁義」之名。如今二皇子石延寶的影響力遠不如當年的漢獻帝，只要被河東方面當個安樂王爺養起來，時間越久，存在感就越低。除了最後悄無聲息地被人遺忘之外，簡直不會有任何其他可能。

「嗯——也罷！」反覆權衡所有利弊，劉知遠意興闌珊地揮手，「既然你等都不想殺他，老夫就也跟著假仁假義一回。希望他自己，他自己能好自為之吧！」

「主公聖明，日後在史書上必將是一代仁君！」王章趕緊站起來，拱手補充。

「主公今日待二皇子以仁，日後必能以仁義待天下百姓。微臣不才，願為天下百姓賀！」長史楊邠也笑著起身，輕輕向劉知遠拱手。

以他的察言觀色能力，可以清晰地感覺出劉知遠此刻的不甘。但作為一個馬上要成為宰相的人，他就不能再對自家主公過分曲意逢迎。否則，即便河東眾人能成功進入汴梁，也必將是下一個黃巢。

「重整河山？呵呵，還早著呢！」劉知遠的臉色終於稍稍好看了些，再度輕輕揮手。「行了，今天就到這吧！你們下去各自做好準備，不管有沒有二皇子，咱們也得跟契丹人再打一仗，才可能進入汴梁。如果依然打不贏的話，就什麼都不用想了。」

「主公放心，我等必竭盡所能！」史弘肇、郭威、楊邠、王章等人站成一排，齊齊拱手。

眾人知道劉知遠今天果斷將先前所做的謀劃盡數推翻，心中肯定會非常疲憊，所以也不再耽擱，紛紛告退回家。

唯獨掌書記蘇逢吉，總覺得自己的能力沒有完全發揮出來。跟在大夥身後向外走了幾百步，趁著沒人注意到自己，又偷偷折了回來。

他是劉知遠的私聘幕僚，為後者執筆起草各項文書政令多年，早就出入節度使府邸如同自家。所以也不用費周章通報，熟門熟路，順著側院小徑就走到了王府後院的演武場中。

劉知遠果然正在演武場裡，拎著把九耳八環大砍刀四下劈殺。眼角的餘光看到一個熟悉的身影，立刻手上加了把力氣，將幾名陪練的親兵「殺」得落荒而逃。然後猛地將刀纂往地上一戳，「嘩啦啦」，數百鐃鈸齊鳴。

「主公威武！」蘇逢吉立刻躬身下去，大聲拍劉知遠的馬屁。「古人嘗說廉頗九十歲，依舊據鞍舞槊，力敵萬夫。微臣一直不敢信，今天見了主公，也知道古人所言非虛！」

「哈哈哈，你這阿諛奉承之徒，就長了一張好嘴巴！」劉知遠抬起腿，虛虛地踢了他一腳，大笑著搖頭。「老夫才五十出頭，怎麼好跟那廉頗相比？不過這上陣廝殺的功夫麼，老夫倒是也還沒全扔下。偶爾活動活動筋骨，倒也覺得神清氣爽！」

「當然，主公一刀在手，六軍辟易！」蘇逢吉笑著「硬」挨了一腳，然後拍了拍衣衫下襬上的靴子印兒，繼續用力拍劉知遠的馬屁。

劉知遠被拍得很受用，神智卻不糊塗。搖了搖頭，笑著道：「那有何用？打江山豈能光憑萬夫不當之勇。昔日霸王項羽、武悼天王冉閔兩個又如何，還不是最後都身死名滅！」

說罷，又抬手擦了擦額頭上的汗，笑著催促：「說罷，別繞圈子了，你又回來幹什麼？是不是又要說別人的壞話？」

「主公果然慧眼如炬！」蘇逢吉笑著點頭，臉上的表情也未見絲毫尷尬。「微臣總是覺得，郭將軍、史將軍和常將軍他們三個，今天的判斷，並非完全出自公心。即便是，至少對主公也有失禮敬！」

「他們都是兵痞，你還要他們如何知書達禮？」劉知遠搖了搖頭，對蘇逢吉的後半句話絲毫不以為意。「但是公心嗎？呵呵！」

他忽然笑了笑，反手拎起自己的九耳八環大刀，舞出一團滾動的閃電。

周圍的親衛們沒得到命令，誰也不敢上來接招陪練。事實上，他們雖然年輕力壯，單打獨鬥的話，也的確不是劉知遠對手。後者少年從軍，這半輩子大刀下砍倒的敵人數以百計，一路從大頭兵殺到節度使位置。無論經驗、技巧和出手的狠辣果斷，都遠非常人能比。

蘇逢吉也從沒見到過自家主公一個人揮刀獨舞，楞了楞，有些不知所措。剛才那兩句話，他敢保證自己並非無的放矢。史弘肇等武將在議事廳裡舉動太粗魯，完全沒有一個柱國將軍應具備的沉穩模樣。而漢王府即將就要升格為大漢朝堂，一堆兵痞動不動就在御前擼胳膊挽袖子威脅打人，當皇帝的看在眼裡，心中肯定也不會太是滋味。

他的判斷果然沒錯，劉知遠的確是在靠著舞刀來發洩怒氣。一個人與周圍的空氣狠狠廝殺了足足半炷香時間，才又滿頭大汗地停下來，手戳刀桿冷笑著搖頭，「公心，他們肯定是有一些的！你原來那個主意，怎麼看都怎麼透著一股子餿臭味道。倒是郭兄弟，雖然跟老夫一樣出身行伍，見識卻強了你不止兩倍！」

「微臣，微臣當初，當初也沒想到，二皇子還有可能是別人故意送上門來的！」蘇逢吉臉色微紅，誠懇地認錯。「微臣疏忽了，請主公責罰！」

「責罰你什麼？責罰了你，別人就不知道，其實是我自己默許你弄假成真的嗎？」劉知遠輕輕瞪了他一眼，繼續冷笑。

「是，是微臣失職。辜負了主公的信任！」蘇逢吉聞聽，心中微喜，臉上卻擺出一副內疚的模樣，低著頭繼續悔過。

「罷了，誰還沒有失手的時候？就是老夫，這輩子也沒少打過敗仗。輸了之後，總結教訓，想辦法下次找回來就是。若是輸一次就劃自己幾刀，不用別人來殺，自己就把自己的血給放乾了！」劉知遠笑了笑，再次大度的擺手。

剛剛出了一身透汗，他的臉色看起來異常地紅潤。精氣神兒也比先前在大殿中時充足了數倍。所以一言一行，都透著恢弘和霸氣，讓人不知不覺間就為之心折。

蘇逢吉揉了揉眼睛，嗓音有些顫抖，「主公如此相待，微臣，微臣真恨不能粉身，粉身……」

「將來用著你的地方多著呢，沒必要說這些廢話！」劉知遠將手中大刀用力朝地上戳穩，快步走到一名侍衛手裡，搶過只盛滿了酒的皮囊，朝嘴巴裡猛灌幾口，然後隨手塞住塞子，去到蘇逢吉懷中。「你也喝點兒，天寒，你身子骨又單薄。喝點酒能活絡血脈！」

「是，謝主公賜！」蘇逢吉抱著皮囊，看著囊口殘留的唾液痕跡，嗓子眼兒一陣陣犯噁心。但君王所賜，他不能拒絕。只能裝作什麼都沒看見。擰開塞子，嘴對嘴抿了幾滴，然後學著劉知遠模樣把塞子塞緊，雙手還了回來。「微臣不善飲，怕君前失儀，所以不敢多喝！」

「你這讀書人啊，就是費勁！」劉知遠看了他一眼，接過酒囊，一邊對嘴慢品，一邊笑著數落。「都跟你說過了，我不在乎這些。我在乎的是心裡頭到底拿沒拿我當回事，不在乎表面這些繁文縟節。並且，如今咱們河東，也沒法太講究！」

不待蘇逢吉插嘴，他頓了頓，快速補充，「都是一道從死人堆裡頭滾出來的老兄弟，我跟他們擺君王架子，擺得起來嗎？知道的會說，朝廷要有朝廷的規矩，不能像當年一樣由著性子胡來。不知道的，還不是會覺得我劉知遠小人得志，剛有了坐上皇位的希望，就不能跟大夥共富貴？」

「這……？」蘇逢吉對此觀點，心中是一百二十個不贊同。但是，又沒有勇氣跟劉知遠據理力爭，所以只能苦笑著點頭。

「規矩肯定是要改的，但不是現在。咱們不能一個饅還沒吃到嘴，先為了該拿筷子吃，還是該拿手撕著吃，互相打起來。我這麼說，你可聽明白？」劉知遠對他寄望頗重，所以不厭其煩地解釋。

「微臣先前又想得淺了，此刻經主公點撥，茅塞頓開！」蘇逢吉躬身到地，心悅誠服。

對方不是真的不在乎朝堂規矩就好，只要在乎，自己眼下所持的態度就沒出錯。至於被史弘肇等匹夫當眾折辱的事情，就算臥薪嘗膽好了。反正自己如今忍得越多，日後收益也就越大。

「還有你說的公心，孤知道被一個後生小輩掃了面子，你肯定不舒服。換了誰，也不舒服！」劉知遠喝得有些急了，舌頭稍微有些硬，臉色紅潤欲滴。「但你不能否認，他說得對。我，我跟你當初，都把我自己看得太低了。我如果想當皇帝，儘管提兵入汴梁就是，何須借助別人的名頭？」

「那小子是個人精！明著是抗命，實際上是跳出來第一個勸進。您當然覺得他的話有道理？」蘇逢吉心裡頭嘀咕了一句。閉著嘴巴，微笑點頭。

「還有，即便他今天說的話毫無可取之處。我，我也不可能殺了他！」劉知遠忽然抬起頭，對著天空長長地吐氣，「他是常思的女婿，常思與郭威當年有贈飯之恩。史弘肇心腸最直，花錢卻大手大腳，這些年一到債主上門，就得讓常思替他還帳。累計下來欠常思的，就算把他自己賣了恐怕都已經還不上。我今天要是二話不說就把常思的女婿給剁了，他們幾個會怎麼想？甭說我現在還沒登基，就是登了基，做了皇上，也不可能為所欲為。」

「可畢竟您是君，他們是臣！」蘇逢吉楞了楞，皺著眉頭說道。

「君臣，君臣，你當現在的君臣，還是兩百餘年之前嗎？玄宗一道聖旨，就能砍了高仙芝和封常清兩人的腦袋？規矩早就變了！」劉知遠又狠狠灌了幾大口酒，紅著臉用力搖頭，「當年大晉高祖又何嘗不對老夫恨得牙根兒癢癢，可老夫出入汴梁面聖好幾次，每回頂多帶著史弘肇和一個指揮的騎兵，你看到高祖對老夫下手了嗎？」

「這，這又是為何？」蘇逢吉聽得滿頭霧水，皺著眉頭追問。

「殺不得啊！還不簡單嗎？殺了老夫，郭威肯定會扯旗造反不說，其他原本就心懷忐忑的節度使，有誰還敢再靠近汴梁？甚至高祖麾下的那些跟老夫一樣的心腹，也會兔死狐悲。如此一來，只要外敵入侵，高祖就得自己披掛上陣了。他即便再驍勇善戰，早晚也得死無葬身之地！」

「您，您是說，您是說史將軍他們……？」蘇逢吉被嚇了一大跳，額頭上瞬間冷汗滾滾。

他原來敢跟郭威和史弘肇等人硬頂，是因為他相信漢王劉知遠會站出來主持公道，同時也相信史弘肇等人都對劉知遠忠心耿耿。

而現在，劉知遠分明是在暗示，他自己對史弘肇、常思、郭威等人並沒有絕對的掌控力，後者被逼急了時也會跳起來造反。他蘇某人先前那些作為，不是自己找死又是在幹什麼？

見把他嚇成如此模樣，劉知遠心中暗暗嘆了口氣。想了想，繼續補充，「他們不會造反，但也不會任老夫宰割。這是從安史之亂後就既成的規矩，大夥彼此雖然不說，但都心照不宣。不信你仔細想想，當年魏搏、武寧舊事。凡是待麾下將士刻薄寡恩者，幾人能得善終？」

魏搏、武寧，是唐末實力最強的兩大藩鎮。但魏搏十任節度使中，竟然有四人死於兵變，四任節度使為將士所擁立。武寧軍前後三十年裡，三任節度使被驅逐，朝廷和其他藩鎮竟然都無法阻止。至於晚唐時代的其他各藩鎮，情況更為複雜。在安史之亂到黃巢造反這段時間，各類兵變加起來近兩百起，其中對抗武力朝廷的還不到十分之一。另外十分之八九，都是將校帶著大頭兵們作亂，與節度使互相攻殺。注四一

蘇逢吉飽讀詩書，當然瞭解劉知遠所說的典故，心中頓時愈發覺得冰冷。武夫們仗著兵權橫行，縱使他們的主公也不敢對其要求過分嚴格。這樣建立起來的朝廷，怎麼可能能夠強盛得起來？甭說他年北伐燕雲，洗雪前朝之恥。就連保證內部不起狼煙，恐怕都很成問題。

「啪！」劉知遠忽然抬手拍了他一巴掌，像是在給他打氣，又像是在自我鼓勵。「你也不用怕，心裡先弄清楚這些，然後行事注意分寸就好。畢竟，不成文的規矩，已經存在了好幾百年了。不是你我想改就能改的！咱們慢慢來，一步一步地走，只要花上足夠的時間和功夫，總能找到兩全其美的辦法。」

「是！微臣願粉身碎骨！」蘇逢吉打了個冷戰，咬著牙根兒表態。

「老夫今年不過五十出頭，你也剛剛過了不惑之歲。咱們還都有時間！」劉知遠放下酒囊，再度從地上拔起九耳八環大刀，緩緩舞動，如同西楚霸王在烏江畔單騎面對十萬漢軍，「你知道嗎？高祖未引契丹人入寇之前與老夫，就如眼下老夫與常思。老夫當年至少有三次，替高祖擋了必殺之刀。常思救老夫於絕境，恐怕也不止三次。所以老夫不想重蹈大晉高祖之覆轍，弄得當上了皇帝，卻徹底成了孤家寡人。每天都擔心曾經捨命替自己擋刀的弟兄，會跳起來造反。那樣的皇帝，當起來很沒趣！老夫已經看到過了，老夫自己不想往同樣的坑裡跳。但老夫卻知道，自己每一步其實都走在坑邊上，稍不留神就會變成高祖。所以，老夫必須先埋了這個坑，然後再考慮其他什麼規矩不規矩。如果能做到，你我之功業，就不亞於當初的大漢高祖與蕭何。將來無論誰寫史書，無論他心裡服氣不服氣，即便他被老夫的兒孫給閹了，他都得對此大書特書！」注四二

注四一、據學者張國剛統計，七六二（安史之亂）－八七四（黃巢起義）年間，涉及所有類型藩鎮的一七一起動亂中，與唐中央衝突的有二二起，占十三％，兵變（九九起）和將校作亂（三七起）合占八〇％，其他不明。

注四二、劉知遠早年在李克用的養子李嗣源（即後來的唐明宗）部下為軍卒。當時，石敬瑭為李嗣源部將，在戰鬥中，劉知遠不顧自己的生死安危，兩次救護石敬瑭脫難。石敬瑭感而愛之，將劉知遠留在自己帳下做了一名牙門都校。石敬瑭當了七年兒皇帝，對劉知遠既倚重，又百般提防，非常矛盾。到石重貴登基後，情況依舊如此。

【第七章】

鹿鳴

除兩百年之積陋，名留史冊！

一直到走出了漢王府大門五百步之外，蘇逢吉的心情依舊不能平靜。他發現，自己先前的確看輕了劉知遠。根本沒想到這樣一個大頭兵出身的武夫，胸內居然藏著如許溝壑。更是沒想到，此人的志向居然不僅僅是做一個皇帝，而是要比肩秦皇漢祖。

蘇逢吉不敢笑對方自不量力。因為一千二百餘年前，那個姓劉的皇帝，同樣不曾讀過詩書。而漢王劉知遠，目前的條件無疑比當年那個姓劉的亭長好得多，頭頂上沒有義帝，也沒有兵強馬壯的西楚霸王項羽。至於樊噲、韓信之流，河東更是不缺。史弘肇就是個萬人敵，郭家雀兒在將兵方面的本事，更是當世無雙。

而蕭何與張良……，正心裡想得一團火熱，忽然，有人從街邊的陰影裡衝了出來，三步兩步越過親兵們的阻攔，躬身施禮，「恩師，學生恭候多時，請務必下賜一談！」

「啊——！」蘇逢吉被嚇得打了個哆嗦，接連倒退數步才勉強穩住了身形。待看清楚了來人的面孔，忍不住低聲怒叱道：「郭竇十，你想見我不去家門口投帖子，守在半路上成何體統？黑燈瞎火的，想讓侍衛們亂刀砍死嗎？」

「學生，學生今天本以為，本以為漢王召見完了韓，韓將軍，就會立刻召見學生。所以一直在府門口等著。結果左等又等，直到天黑，實在沒指望了，才掉頭回家。卻沒想到，半路上仍舊能遇到恩師您！」郭允明抽了抽被晚風凍出來的清鼻涕，滿臉委屈地解釋。

他的職位是武英軍長史，照理比韓重贇級別高得多，卻依舊沒有隨時入府覲見的資格。倒是後者，今天在劉知遠面前表現了很久，從始至終，漢王臉上也沒見到任何不耐煩。

「漢王今天需要處理的公務太多，老夫也剛剛才能離開他的府邸。所以你那些雞毛蒜皮的小事兒，他根本沒功夫搭理！」不想讓自己手下的幹將冷了心，蘇逢吉斟酌了一下說辭，笑著開解。

「學生當然知道漢王公務繁忙！」郭允明立刻擺出一副受教模樣，拱著手回應。「所以學生也不敢貿然求見。一直等在府外，就是想請恩師指點迷津。誰料恩師居然如此被漢王倚重，從上午入府議事，一直議到了月明星稀。」

「你呀，倒是生得一顆七竅玲瓏心！」蘇逢吉被拍得渾身通泰，笑了笑，輕輕搖頭。「怎麼，你已經知道漢王的最新決斷了？」

「學生的確約略聽聞了一些！」郭允明抬起頭，臉上的憤懣一目了然。

他與蘇逢吉原本沒有師生之誼，但從劉知遠府邸被外派之後，他發現自己舉目無親，所以才主動投靠到對方門下。而蘇逢吉，也看中了他這副機靈和隱忍，所以將一次又一次立功露臉的事情交給了他，讓他職位如風箏般青雲直上。

作為那個放風箏的人，蘇逢吉知道今天自己有必要收一收繩子。於是乎，輕輕皺了下眉頭，笑著問道：「怎麼，覺得憤憤不平了？還是想當街吟一闕〈行路難〉？」

「學生不敢！」郭允明聽得脊梁骨微微一緊，立刻再度躬身，「漢王如此取捨，肯定有漢王的道理。連恩師您都沒有覺得不妥，想必學生先前那些作為，都過於魯莽了！」

「你能這麼想，是一件好事！」蘇逢吉點點頭，臉上再度浮起幾分讚賞。「須知當年蕭何、張良，尚不能令高祖言聽計從。更何況今日之你我？有道是，疾風知勁草，板蕩識誠臣。只要你我事君始終如一，漢王早晚會知道誰才是真正的國之干城！」

「恩師說得極是！」郭允明認真地點頭，「浮雲障日，終有散時。」

「他們也未必都是浮雲！」蘇逢吉心有所感，笑著搖頭。隨即，又用極低的聲音補充道：「只是占了一時先機罷了！算了，咱們不說這些。總之，你以後別再去招惹那韓璞父子。短時間內，做一些容讓，對你日後沒任何壞處！」

「多謝恩師指點！」郭允明早就打定了主意，對韓璞父子敬而遠之，當然不會不依。「學生對他們退避三舍就是。」

「也不是一味地退讓，該爭的時候還是要爭。但一定要爭在要害處，並且相爭為國而非為私，至少讓人落不下什麼話柄！」見他孺子可教，蘇逢吉又忍不住多補充了幾句。「比如……」

稍作遲疑，他轉過頭，從親衛手裡拿過白天剛剛得到的雕翎羽箭，小心翼翼地按在郭允明掌心，「拿著，把這支羽箭的主人給老夫儘快找出來。二皇子雖然沒用了，但漢王卻不允許他就此消失，更不允許他活著離開河東。所以無論是誰當日從楊重貴手裡搶走了他，都必須把人給老夫交出來！」

他本以為給了郭允明一次立功露臉的機會，後者將如以往一樣欣然領命。誰料這一回，郭允明卻猶豫了半晌，雙手將羽箭還了回來，「恩師，學生這麼晚了還要等您，就是為了此事。此事，恐怕學生力有不逮！」

「怎麼？你不敢去查嗎？漢王雖然對那幫武夫縱容，卻絕不會容忍他們在此等大事上肆意妄為！」蘇逢吉眉頭一跳，低聲強調。心中對郭允明的膽小怕事非常失望。

「不是不敢，而是查了也白查！」郭允明苦笑著搖頭，隨即，將羽箭交到左手上，右手在自己腰間解下一個軟布包，「這裡邊還有兩支羽箭，與恩師先前叫學生去查的，一模一樣。當日學生就在楊重貴身邊，不敢說看了個一清二楚，至少他得到的線索，學生半分都沒少。」

「嗯？」蘇逢吉猜到他話裡有話，眉頭再度皺成了一個川字，「如此說來，你私底下已經查過了？」

「學生派人稍微留意一下，就在今天下午，基本已經弄清楚了此箭的歸屬。」郭允明繼續苦笑，憔悴的臉上寫滿了無奈。

「誰家兒郎，有如此大的膽子？居然敢從楊重貴嘴裡奪食？」蘇逢吉好奇之心大熾，立刻瞪大一雙三角眼兒刨根究底。

「具體不敢說！」郭允明想了想，遲疑著給出答案，「此箭乃太原城中巧器坊所造，每一支所消耗的材料，都不下百文，所以從未進入軍隊當中。據巧器坊的大夥計透露，這東西造出來，就是專門給大戶人家打獵時用來炫富的。最近兩年，總計才賣出去不到一千支。其中最大的主顧，便是世子殿下！」

「世子殿下？」蘇逢吉滿臉陰雲，花白色的眉毛不自然地上下跳動。

劉知遠有三個兒子一個女兒，其中長子劉承訓最為受寵，很早以前就被他當眾確立為繼承人。所以河東眾文武，皆以世子殿下稱之。

此人文武雙全，少年老成，品行又是難得地端正，做事向來也極為認真。凡是劉知遠交到他手上的任務，無論大小，最後結果都讓任何人挑不出毛病來。包括漢王府最為老辣的文臣楊邠，私下裡都無數次對其讚不絕口。

按理說，這樣一個聰慧又謹慎的少年英杰，斷然沒有故意跟自家父親做對的道理。除非，除非他心裡和韓重贇一樣，還藏著其他不可告人的圖謀。而韓重贇當初三番五次跟他父親韓璞對著幹，在蘇逢吉看來，乃是為了變相地吸引漢王的注意力。身為世子的劉承訓這樣幹，圖的又是什麼？難道以他的智慧，還不清楚只要漢軍入汴成功，他就是除了劉知遠之外受益最大的那個人嗎？

「殿下本人很少外出打獵，倒是二公子承祐樂此不疲。此外，巧器坊的東主，據說姓常。」郭允明又向前湊湊近了半步，同時將聲音壓到最低。

「常思，怎地什麼事情都有他一條腿？」蘇逢吉的眉毛再度高高地跳起，臉上的皺紋縱橫如溝壑。

如果說在今天之前，他最不願意招惹的人是史弘肇。現在，這個史弘肇卻要讓位於常思常克功。漢王劉知遠的心腹兄弟、右軍都指揮使郭家雀兒的貧賤之交、左軍都指揮使史弘肇的背後債主。這三項無論哪一項，都可以令他退避三舍。偏偏全落在了常思一個人身上，試問他怎麼可能有勇氣去逆對方鋒纓？

但是找到那支羽箭的主人，並將二皇子握在手裡，卻是劉知遠交給他的任務。即便他心裡再忐忑，也必須去不折不扣地執行。因此，稍微猶豫了片刻，蘇逢吉就咬著牙做出了決斷，「先別去查世子那邊，老夫相信他知道輕重。咱們把他放在最後一個，不到萬不得已，絕不招惹。你先安排幾個得力的人，順著常家這條線往下查。老夫再派其他人去盯著二公子和三公子。無論是誰，只要咱們手裡拿到了切實證據，就不怕把官司打到漢王面前！」

「這……，學生遵命！」郭允明先是遲疑了一下，隨即正色答應。「學生這就去安排，五日之內，必然給恩師一個交代。」

「別著急走！」蘇逢吉一把扳住他的肩膀，乾瘦的五指看起來像是老母雞的腳爪，「查常家不一定直接去招惹常思，你且把目標定在韓重贇身上。那小子既然先前擺出一副義薄雲天狀，今後就不可能對二皇子的下落不聞不問。其次，萬一你不慎失了手，我這邊也好回護你，說是你跟韓重贇之間的私人恩怨。如此，即便常思再不高興，也不能拿你怎麼樣！」

「是！多謝恩師提點！」郭允明滿臉感激地給蘇逢吉行了個禮，然後再度轉過身，緩緩消失在路邊的陰影當中。

他從小沒少吃了苦，因此身手被磨練得極為矯健。看似速度不快，但十幾個呼吸之後，身影卻已經出現在了另外一條狹窄陰暗的街道上。

犬吠陣陣，四下裡沒有任何過客，巡街的士卒也很少出現在這裡。璀璨的星光下，人和樹木的影子，都顯得格外孤寂。

而此刻的郭允明，卻與先前在蘇逢吉面前那個膽小猥瑣的模樣截然不同。腰桿挺得很直，步子邁得很大，曾經寫在臉上的憤懣與無奈也完全消失不見，取而待之的，則是一種陰謀得逞後的怡然。

世子不可能跟漢王對著幹，他心裡其實非常清楚。常思與郭威、史弘肇等人之間的關係，他也早就心知肚明。非但如此，他甚至還知道楊邠、王章等人與史弘肇之間的過節，以及漢王劉知遠膝下三個兒子與河東諸多文武之間的親疏遠近，還有其他許多別人不可能看到，包括蘇逢吉也想像不到的各類隱秘。

但是，他不會讓別人知道自己知道。更不會拿出來跟任何人分享。這些秘密，是他所掌握的最大財富，也是他將來的晉身之階。

他就像一隻蝙蝠，生於黑暗中，長於黑暗之中，也必將借助黑暗一飛沖霄。至於蘇逢吉，從一開始，在他眼裡就跟老乞丐和馴雕師父沒任何區別，能利用時他會盡可能地利用，利用過後，再讓他們都以最恰當的方式從這世界上永遠地消失。

「參見東主！」一棵奇形怪狀的老柳樹下，有個身穿黑衣的傢伙忽然飄了出來，朝著郭允明屈膝下拜。

「罷了，不必多禮。孩兒們都撤出去了嗎？」郭允明頭頂星空，腳踏大地。淡然擺了擺手，全身上下都透出一股子上位者的不凡。

「已經撤出去了，東主儘管放心。只要姓韓的出了常府，哪怕是去逛窯子，床底下也會有您的人盯著！」黑衣人抬起頭，眼睛裡頭倒映出數點寒芒。

「還有他媳婦，就是常思的女兒常婉淑，你也派人……，不，你親自去盯。」郭允明笑了笑，快速做出決斷。「我要她的所有消息，包括她見了誰，去了什麼地方。以及她怎麼向外傳遞的消息。記住，千萬不要掉以輕心，她能在我和楊重貴兩個人的眼皮底下，一邊跟韓重贇卿卿我我，一邊將隊伍的行踪送出去，絕對不會是個傻瓜。萬一栽在她手上，誰也救不了你！」

「東主放心，屬下知道輕重。萬一失手，東主聽到的，肯定是屬下的死訊。不會牽扯任何人進來！」黑衣人點了點頭，單手在地上一撐，整個人如鬼魅般再度飄然而起，三轉兩轉，就不見了踪影。

郭允明伸手朝著他消失的方向擺了擺，嘴唇上下輕輕碰撞。沒有發出任何聲音，被星光照亮的嘴型，依稀是兩個字，「活著！」

有道是，蛇鑽窟窿鼠打洞，各有各的門路。

在幾名「有心人」的分頭努力下，本來已經足夠「熱鬧」的太原城，轉眼就又「熱鬧」了一倍。白天，騎馬的，挎刀的，成群結隊，沿著城裡的大街往來巡視，絕不放過一張可疑的面孔；夜裡，要飯的、撈偏門兒，拍花子的，則三一波五一股，順著小巷四處亂竄，用耳朵和眼睛追尋任何風聲鶴影。

與城內的喧鬧相比，距離太原三百五十餘里遠的雲鳳嶺，則顯得格外清幽。這裡已經是呂梁山的腹地，四下裡層巒疊嶂，平地稀缺，所以人丁非常單薄。即便是山腳下的離石城，也只聚集了區區一千五百多戶人家，放在東京汴梁附近，估計連個下縣都不夠格。卻因為地理位置臨近定難軍，而破格被稱為石州。

自黃巢之亂後，党項人在拓跋家族的帶領下，沿無定河不斷向西南方向滲透。而正北方的嵐、憲兩州，又成了對抗契丹人的前線。所以石州百姓的日子過得越來越艱難。有錢有辦法的高門大戶，紛紛想辦法遷往晉州、西京，甚至更遠的江陵。沒有錢也沒有辦法的平頭百姓，則只有把頭別在褲腰上捱一天算一天。注四三

苦日子過得久了，人就會變得越來越麻木。不再關心外邊正在發生的大多數事情，也不再去思考自己有沒有改變命運的可能。然而最近一段時間，石州人的臉上，卻難得出現了一絲亮光，路上相遇，也難得多了一個大夥都愛參與的話題。那就是，城外雲鳳嶺上廢棄多年的臥佛寺裡頭，來了幾個道士。看病施藥，分

注四三、唐末到後周時期，石州緊鄰定難軍。而定難軍節度使拓跋思恭本為部族首領，因為替唐朝鎮壓黃巢起義受封，並賜姓為李。此後一直到宋初，拓跋（李）家都採取悶聲發大財的方式向四下擴張，表面上，卻接受了後唐、後晉、後漢、後周、大宋五個朝代的冊封。直到一〇三八年，李元昊正式宣布自立，國號大夏。

文不取。

荒廢的佛寺裡住了道士不足為奇，和尚們講究的是佛靠金裝，當一個地方沒有什麼大號施主可以依靠了，自然就拔腿走人，換個地方繼續去行騙，不，化緣。而道士們卻講究的是清心寡欲，不拘於外物。四處遊歷時看到一間破廟打掃打掃住下來，剛好能養性修身。稀奇的是，那些道士的醫術，遠遠超過了大夥以往見識過的任何高明郎中。即便不能說是「生死人而肉白骨」，讓一些當地郎中們解決不了的疑難雜症大幅減輕，甚至藥到病除的奇跡，在大夥眼皮底下都屢屢發生。

「怕是神仙吶，憐我世人苦多，特地前來施救了！」高門大戶都走了，等同於把文氣也都帶走了。剩下零星數個與普通百姓一起等死的讀書種子，大多是既沒有太多的見識，又對聖人教誨不夠虔誠的半桶水。親眼看到一個又一個原本病入膏肓的鄉鄰，一接連死裡逃生，立刻就聯想到了超凡之力之上。

偏偏他們嘴巴裡吐出來的話，往往還能自圓其說。故而三傳兩傳，雲鳳嶺[注四四]上來了神仙的消息，就不脛而走。這下，非但方圓百里的病患都紛紛被家人抬著往臥佛寺方向走，就連一些手腳齊全，筋骨強壯的閒漢，也紛紛跑到寺院門口要求拜師學藝。

學不成點石成金的奇術，被仙家賜下幾招劍術也總是好的。下次党項鷂子如果膽敢越境來打草穀，就掐訣念咒，隔著羽箭射不到的距離，直接將他們連人帶馬用飛劍劈成兩段。

那夥「陸地神仙」卻也大方，無論是前來求醫問藥的，還是拜師修仙的，都來者不拒。但唯獨有三個前提對誰都不肯通融，那就是，第一，任何人非經允許，不准跨入道觀大門。第二，改稱雲風觀的臥佛寺只管看病施藥和傳授所有前來學藝的人強身健體之術，卻不管伙食和住宿。哪怕是刺史家公子來了，也得自備帳篷和乾糧。第三，不准隨便打聽觀中之事，有刺探消息嫌疑者，立刻逐走，無論誰求情都絕不寬恕。

對第一條，大夥勉強還能理解。畢竟臥佛寺原本的規模就沒多大，隨便來一個人都能住進去，光是每天產生的五穀輪迴之物，就得把仙人給活活熏死。但對於後面兩條，則非常的無法理解。眼下時令雖然已經是春天，可山裡的風依舊銳利得如同剪刀，你讓大夥露宿在外，不是要把人生生吹出毛病來嗎？況且大夥既然稱你一聲「神仙」，自然是想廣傳你的名頭。你連名字姓氏都不准問，不是連大夥報恩的機會都不想給嗎？

但無論門外的人如何不滿，門裡的道士，都我行我素。並且，他們也的確有我行我素的本錢。某幾個急於拜入山門的壯漢守不住心性，試圖聯袂硬闖。居然被門口的掃地道士，直接用掃帚打了個落花流水。而那名道士看年齡，足足有七八十歲，白鬍子從下巴頦直接垂到膝蓋處，哪怕是提著掃帚滿山追殺「潰兵」，都飄然絕塵，一絲不亂。

連一個掃地的道士，都能將五個壯漢打得滿地找牙，那些親傳、嫡傳弟子，豈不更是了得？至於神仙觀主，雖然到目前為止，僅有幾個身患重病的人曾經看到過他的真容，但是他既然能從閻王爺手裡搶人，又怎麼可能不是法力無邊？

「這等大能門下，估計考驗也多，規矩也大，我等肉眼凡胎，恐怕很難被列入門牆！」硬闖山門者被打了個頭破血流，循規蹈矩等著被「仙家」看中者，每天卻只能學到簡單的拳腳功夫。慢慢的，前來拜師學藝的人中，就有人受不了風餐露宿的苦楚，主動掉頭而去。

但也有少數幾個心性堅韌者，不顧一切留了下來，在道觀門前結廬而居。他們的理由很簡單，神仙不是不收弟子，而是要考驗大夥是否心誠。不信你看，這兩天主動出來幫忙施藥的道士裡頭，怎麼又多出來了一個白白淨淨的小胖子？就那笨手笨腳模樣，一看便知道是剛剛被神仙收入門下的，時間只會比大夥晚，不可能比大夥早。不信，你再看他身邊跟著那個小道姑，分明是塵劫未了，舊情難捨追過來的。若是已經修道多年，四目相對時，又怎麼可能流露出那麼多的痴纏？

注四四、陳摶一生四處遊歷，曾經在呂梁山中部的鳳山隱居，所以宋初，有人在該地建立了天貞觀，來傳承其香火。陳摶弟子眾多，除了最後安葬他的賈德升之外，還有親傳弟子若干。其中在民間傳說裡留下名號的有幾個。火龍先生（無名，亦說姓鄭），傳劍術，比陳摶還要長壽，張三豐稱其為師。种放，傳先天圖，後傳給了邵雍。後世道家隱修各派，通常都自稱傳自陳摶。

王孫公子看破紅塵遁入空門，美貌少女難捨情緣生死相隨。

也不怪門外的人想得多，並且個個恨不得自己能跟小胖子易位相替。男女之間的風月戲，自古以來就是老百姓最為喜聞樂見。從《任氏傳》、《柳毅傳》到《鶯鶯傳奇》，哪一個不是剛剛付梓便令洛陽紙貴？倒是那些只有鬚眉大漢的故事，哪怕寫得再慷慨義烈，也賣不出幾本兒，很快雕版就只能劈了作乾柴！注四五

只可惜，此刻小胖子寧彥章本人的感覺，卻遠不如門外的人想像得那般香艷幸福。相反，對於這份從天而降的少女，他心裡還有許多抗拒，乃至恐慌。只是一時間無處可逃，所以只能逆來順受而已。

而「逆來順受」的日子，也不是那麼容易打發的。平素跟著道長們出去施藥，或者在老道士扶搖子的指導下讀書識字時還好，有個其他人在身邊陪著，少女都表現得如同一個大家閨秀。讓人很難把她跟其姐姐常婉淑聯繫在一起。可在周圍沒有第三雙眼睛時，姐妹兩個的性格中的相似之處，便立刻暴露無遺。

少女的名字叫做常婉瑩，據當初她姐姐常婉淑在馬車中的說法，二皇子石延寶小時候經常掀她的裙子，所以彼此之間結仇頗深。如果寧彥章能確定自己是石延寶的話，他肯定願意跪在佛前剁下自己當初那隻罪惡之手，以示懺悔。好好的二皇子，想要女人跟自家長輩說一聲就是，滿汴梁的官宦之女估計都能隨便挑，幹什麼非下作到學那世間的登徒子去招惹常家這個煞星？這下好了，小時候欠下的債，長大了來還，並且還是驢打滾兒的利息。當初頂多是打腫了幹壞事那隻手，如今，一不留神，卻要賠上身家性命。

「寧師兄，寧師兄，你在哪？」正所謂，人越怕什麼，越會遇到什麼。寧彥章越不想個跟常婉瑩獨處，對方越是如跗骨之蛆。每次都能在恰當的時間恰當的地點找到他，並且每次都能令他無路可逃。

無路可逃也得逃。生死關頭，寧小肥寧彥章激發出全身的潛力。緊閉嘴巴，屏住呼吸，貓腰，低頭，雙腳移動如飛。只可惜，他的身手太差了些，目標也實在大。剛奔出二十餘步，耳畔忽然有微風拂過，緊跟著，一堵會移動的青灰色「城牆」，就擋在了必經之路上。

「別躲了，躲得了初一，躲不過十五！」城牆頭，露出常婉瑩那姣好的瓜子臉。手中藥汁一滴未灑，雙目

之內全是萬年寒冰。

「這，這又是什麼藥？味道真重，姑娘，妳不會弄錯了方子吧？」小肥打打不過，跑也跑不過，只好停住腳步，裝傻充愣拖延時間。

「少囉嗦，喝下它，你自然就會知道是什麼藥！」怎奈常婉瑩根本不上當，將藥碗單手朝他面前一遞，空出來的右手直接摸向了腰間佩劍。

「不是囉嗦，真的不是囉嗦！不就是一碗藥麼，話說，師妹妳煎藥的手法，可真是越來越老到了。看看這湯色，聞聞這味道……」寧彥章硬著頭皮接過藥碗，同時用眼角的餘光四下尋找逃命的可能。

湯藥熬得很稠，一看就知道在控制火候方面，下了很大心思。而藥汁的味道也調理得非常恰當，君臣互佐，奇正相濟。「彼岸花、九死離魂草、黃芪，當歸尾，赤芍，地龍……，師妹，你這劑藥用得有些狠了。我要是一口全喝下去，肯定得當場吐血而死！」

「嗆啷！」回答他的是一記寶劍出鞘聲，還有少女眼裡深深的絕望。

寧彥章如同被劍鋒刺中了胸口般，頓時疼得滿臉煞白。咬了咬牙，低聲道：「行，行，別動手，更別哭。我喝，我喝還不成嗎？」

他不忍拒絕對方，更不敢看見對方眼睛裡的淚水。欠債的人雖然可能不是他，然而他卻不知道為何，一看到對方的眼淚，心裡就有股子刀扎般的痛。那種痛來得突然，去得卻纏綿，每每令他幾乎無法呼吸。

所以，他寧願再賠著對方賭一次，哪怕賭上的是自己的性命。不再說話，不再掙扎，閉上眼睛，屏住呼吸，少年人將碗裡的湯藥如烈酒般一飲而盡。

有股無名之火立刻在丹田處燒了起來，緊跟著，又是透骨的深寒。少年人的臉色，瞬間紅了又白，白了

注四五、任氏傳，柳毅傳、鶯鶯傳，都是唐傳奇裡膾炙人口的名篇。第一個寫的是狐仙少女與人類的愛情。第二個現在叫做柳毅傳書，是京戲裡的名劇。鶯鶯傳奇則是西廂記的最原始版本，作者為元稹。

又紅，彷彿盛夏與嚴冬反覆交戰。最終，還是無法將牙關繼續咬緊，呻吟著蹲了下去，額頭上大汗淋漓。

「還想不起來嗎？還想不起來嗎？你什麼都想不起來，為什麼光憑著味道，就能辨認出湯藥的取材？」常婉瑩眼睛中的寒冰，卻瞬間崩潰成水。身體顫抖，雙手戳著寶劍才能勉強站穩。

「我，我早說過，我不是石延寶，真的不是！師妹，妳認錯人了！」雙手捂住肚子，小肥臉上努力擠出一抹艱難的笑容。

他想安慰對方，雖然這不是他的責任。誰料，換回的卻是一陣絕望的哀求，「那你到底是誰，為什麼要搶了他的身體？你把他的魂魄弄哪去了？你趕緊走，趕緊走，趕緊把他換回來，把他換回來！我求求你，我給你修一座廟，給你用純金塑身！一年四季，香火不斷……」

「我答應，成交，咱們成交！」強忍著肚子裡的刀攪斧劈，寧彥章結結巴巴地回應。如果奪舍這件事真的成立的話，他的確寧願還了石延寶的身體，哪怕自己為此魂飛魄散。因為他早已看出來，少女的眼睛裡的恨，全是對他這個孤魂野鬼的，而不是針對那個曾經掀過她裙子的石延寶。對於後者，只有無盡的關愛與痴纏。

但這次和先前那幾次一樣，他的承諾注定無法兌現。石延寶的靈魂沒有被喚醒，他的靈魂卻要繼續承受寒冰與烈火的雙重煎熬。

「這方子是活，活血通絡的，哪怕妳用了九死還魂草和彼岸花，效果也，也是一樣。或者妳，妳將彼岸花的份量再加大些。另外，紅參份量酌情刪減，那東西適用於久病老人，不適於年輕力壯……」眼前有無數金星亂冒，他的話卻越來越溫柔。彷彿被下了毒的不是自己，而是另外一個人。

「嗆啷！」少女手中的寶劍在地上折成了兩段，跌倒在地，掩面嚎啕。「嗚嗚，嗚嗚嗚……」

寧彥章雖然被她折磨得痛不欲生，卻不知道為何，心裡竟然依舊沒有絲毫的恨意。相反，兩行眼淚也不受控制地流成了河。哆嗦著伸出一隻手，試圖將拍打一下對方的後背以示安慰。誰料，又是一陣劇烈的疼痛從腹內襲來，眼前一黑，他直接昏了過去。

「你，嗚嗚……」骨子裡的善良，最終還是驅使著少女本能地伸開雙臂，將他的腦袋抱在了懷裡。「你不要死！我不是想毒死你。我帶了紫藕根，你的魂魄可以先藏在裡邊。我找人給你塑金身，立刻就去。嗚嗚，嗚嗚……」

「冤孽！」關鍵人物，總是在關鍵事情已經過去之後，才會姍姍來遲。身為觀主的扶搖子，也不能免俗。忽然從角門處飄然而至，先搖著頭低低的罵了一句，然後單手從少女臂彎搶過早已昏迷不醒的寧彥章，用鶴爪一般的右手翻了翻眼皮，大聲罵道：「看什麼熱鬧，都給老夫滾出來？老夫教你們醫術，就是叫你們害人用的嗎？還不趕緊抬著他去解毒，他要是有個三長兩短，老夫將你們全都逐出師門！」

「我，我們也是才來！」幾個青衣道士一改在人前高深莫測模樣，連滾帶爬地衝上前，抬了寧彥章就往後院跑。

「德升，德勤，你們兩個回來！」老道把手往下一拍，地上的青磚四分五裂。「去山裡打一頭狗熊，要公的不要母的。打回來燉了前腿給他調養身體！有你們這樣當師兄的嗎？看著師弟被師妹下毒，還袖手旁觀？」

「哎，哎！」兩個年齡最大的道士不敢分辯，大聲答應著，越牆而去。

此刻氣溫剛剛回暖，剛剛醒來的狗熊一個個餓得兩眼發綠，見到老虎都恨不得撲上去咬上兩口。特別是成年公熊，你不主動招惹牠，牠還準備拿你當滋補大餐。這回主動送上門去，恐怕不被牠連皮帶骨吞進肚子，至少也會被拍個鼻青臉腫。

老道士扶搖子卻不肯再顧兩個年長徒弟的死活，回過頭，如同民間愛護自家孫女的尋常老漢一樣，輕輕在常婉瑩後背上拍了幾下，低聲安慰道：「行了，不要哭了。我早就跟妳說過，奪舍之事，原屬荒誕不經。妳就是把他用藥汁泡上三天三夜，他還是現在的石延寶，根本不可能變回從前！」

「他不是，肯定不是！」常婉瑩忽然高高地跳起，聲音尖利得如同受了傷的孤鴻，「他不是石延寶。他根本不知道我是誰！也不知道一年前發生的所有事情。他，他甚至連，連小時候答應過人家什麼都沒記住，他，他……」

說著話，身體又是一陣陣發軟。她緩緩蹲了下去，雙手抱住自己膝蓋，泣不成聲。

那跳脫眼神，那飛揚的面孔，還有那些不經意間流露出來的關切與溫柔，在剛才那個胖子身上半分都找不到！然而，耳根後的黑痣，手掌的紋路，還有小腿上的輕微疤痕，卻與石延寶別無二致。

他不是石延寶，絕對不是，石延寶從小跟自己玩到大，怎麼可能才分別一年多，就能把自己和兩個人之間的一切，全都從心裡抹得乾乾淨淨。

他就是石延寶，被孤魂野鬼奪了舍，無法奪回身體的控制權。否則，為什麼每次自己哭泣的時候，他的眼睛裡卻寫滿了同樣的哀傷。為什麼明知道可能被自己毒死，他居然也要硬著頭皮喝掉那碗藥汁？僅僅是為了讓自己開心，他，他居然會答應交還身體，去做一個土偶木梗……

「冤孽！」扶搖子又長長地嘆了口氣，伸手輕輕撫摸少女的如瀑黑髮，「他記得為師當年傳授的所有藥材，一味都沒有落下。他記得至少上千張方子，還有藥材的配比增減。為師當年要不是覺得他在這方面天分過人……」

「嗚嗚嗚……」一句話沒等說完，少女已經再也無法忍住悲聲。是啊，他記得那些藥材，那些藥方，甚至連熬藥時的控火手法也記得毫厘不差。他唯獨不記得他自己是誰，不記得兩個人之間的所有事情。

「為師在古書中，讀過一種病症，叫做失魂症！」扶搖子也被哭得心裡發澀，又輕輕拍了拍少女的後背，用極低的聲音安撫，「說人如果突遭大難，會本能地忘掉一些事情，本能地把自己當成另外一個人，以圖能活得輕鬆一些。他從誰也不敢碰一手指頭的鳳子龍孫，忽然變成了一名引頸就戮的死囚，還眼睜睜地看著親生父母無力相救，眼睜睜地看著親生哥哥在鐵鐧下腦漿迸裂……唉！所謂大難，還有比這兒更淒慘的嗎？」

「啊——？」少女的哭聲戛然而止，瞪著哭紅了的淚眼，滿臉震驚，「那，那他還可能治好嗎？師父，師父，你是不是已經有了救他的辦法？師父……」

聲音很快就小了下去，到最後，幾不可聞。因為她在對自己有求必應的師父臉上，明顯地看到了難以掩飾的悲愴。

「如果有的話，老夫怎麼會等到現在？」大半生已經看盡了人間悲歡離合的扶搖子，嘆息著搖頭，「老夫查過，他腦袋上的傷，早就好利索了。那段記憶，也許正像書上說的一樣，是他自己主動封閉掉的。除非他自己以後想要記起自己是誰，否則，藥石之力對他將無任何效果。」

「那，那……」少女呆呆地望著自家師父，千言萬語，卻一個字也說不出。如果石延寶真的不是被奪舍，而是主動選擇了遺忘。那麼，當他再度想起二人之間曾經的海誓山盟，就意味著同時想起那段無比黑暗的人間慘禍。而忘掉那些慘禍，則意味著自己跟他，就永遠成了現在這般模樣。既算不得兩情相悅，也無法成為路人。

「他手中無兵，無將，無錢，無糧！」扶搖子緩緩站起身，背對著自家女徒弟，臉上的表情說不出的蕭索，「妳又何必逼著他想起自己是誰來呢？忘就忘了吧，他現在這樣子，對妳，對他，對所有人，都好！」

一個父母都被契丹人掠走，手中無一兵一卒的前朝皇子，即便能想起自己的身份來又能如何？除了令他自己終日活在煎熬之中外，根本沒有其他任何效果。

而符彥卿、杜重威、高行周等手握重兵的節度使，又豈肯讓一個前朝皇子安安穩穩地活在民間？他們要麼會把這個皇子抓去當傀儡，就像前些日子劉知遠試圖做的那樣。要麼會果斷下手將這個皇子除掉，以免白白便宜了他人。

退一萬步講，即便節度使們互相牽制，二皇子石延寶聰明過人，能巧妙地利用諸侯們互相忌憚的心思，謀取自身平安。並且能悄悄地積聚實力，重奪江山權柄。屆時，他又怎麼可能放過常家？畢竟，自己的父親常思是漢王劉知遠最信任的臂膀和最後一面盾牌。天下凡是有見識的人都知道，想要除掉劉知遠，首先就得幹掉常克功！

常婉瑩年齡雖然小，卻並非沒見識。相反，像她這樣自幼跟著父親，走遍全汴梁權貴之門的孩子，通常都非常早慧。先前之所以用盡各種手段想將侵占了石延寶軀殼的「鬼魂」驅走，幫助對方恢復記憶，只是因為無法接受二人從情侶變成陌路的現實而已。如今經扶搖子道長輕輕一點，立刻就意識到了自己先前的想法有多麼的荒唐。

一個自己都不知道自己是誰的二皇子，身份介於真假之間，對於此刻的石延寶來說，才是最好的選擇。確定不了身份為真，就沒有太多的利用價值，不值得眾節度使們全力爭搶。也沒人敢冒著被天下豪傑恥笑的風險，擁立他做傀儡。而確認不了身份為假，短時間內，劉知遠也不好動手殺他。畢竟眼下河東方面的實力還沒有強大到可以對抗所有諸侯連橫的地步，萬一背上了個「弒君」的污名，等同於把聯手相攻的最佳藉口給其他諸侯送貨上門。

此外，一個失去了記憶的二皇子，同時也失去了重新奪取皇位的希望，失去了對劉知遠、符彥卿、杜重威以及所有地方實權人物的威脅。在江山沒坐穩之前，任何人對這樣一個可有可無的「痴肥廢物」，都生不起太多的殺心。而以如今的局勢，任何人想坐穩江山，恐怕都得花費十年、二十年乃至更長的時間。有這麼長的時間做緩衝，石延寶就有可能被別人徹底遺忘，或者找到機會逃入深山大海，從此不知所終。

一瞬間，常婉瑩的臉色變得無比之蒼白，大顆大顆的眼淚，不停地滑過瓷器般的面孔。傳承自父親的智慧，早就告訴了她，怎樣才是最佳選擇。然而心中那一縷扯不斷的情愫，卻將她的五臟六腑勒得百孔千瘡。

就此放棄，從此相忘於江湖。他既然已經不是石延寶，兩人之間的那些海誓山盟就可以徹底當成兒童之間的戲言。今後他被當成傀儡也好，做個逍遙王爺被幽禁一生也罷，都徹底與自己無關。自己青春年華正好，又何必非陪著他一輩子活在屈辱和恐懼當中。

再全力一試，萬一他能恢復正常呢？哪怕將他變成正常人之後，自己立刻就棄之而去。至少，至少自己跟他算得上是兩不相欠。至少，自己今後想起來不會有太多的痛苦和內疚。那些曾經的承諾，也許對他來說只是隨口一說，說過便忘。但是對於自己，卻是一輩子只對一個人。今後哪怕還會披上嫁衣，相夫教子，卻不可能再許下同樣的諾言！

「唉，冤孽！冤孽！」扶搖子一輩子追尋大道，不近女色，對男女之情更是懵懵懂懂。看自家愛徒神色淒苦，愁腸百結，也不知道該如何勸說。只能邁動雙腿走得稍遠一些，嘆息著長吟，「且夫天地為爐兮，造化為工！陰陽為炭兮，萬物為銅……」

「哇！」常婉瑩聞聽，再也堅持不住，雙手抱膝，嚎啕大哭。

她這一哭，扶搖子更是頭大如斗。轉過身，向近處走了幾步，又皺著眉頭將雙腳停下。帶著幾分懊惱地口吻說道：「別哭了，妳這妮子，除了哭之外，還有什麼真本事？我輩修道，修的是一個清靜無為。妳這也捨不下，那也斬不脫，還跟著我做什麼女冠？」

「嗚——！」哭泣聲戛然而止，常婉瑩怯怯地看了他一眼，默默流淚。

這無聲之哭，比有聲之啼殺傷力還大，扶搖子被哭得心中一陣陣發酸。又皺了皺眉頭，低聲數落道：「沒出息，妳就不會跟為師說，妳當初修行，只是為了學點藥理的本事，好留著日後給阿爺盡孝？妳當初原本就沒想著真的做女道士，自然就斬不斷這些紅塵恩怨。為師自然也就不好對妳過分深究！」

「師父！」常婉瑩嘴裡發出一聲悲鳴，俯首謝罪。

她當初和石延寶兩個一道跟扶搖子學習藥理和武藝，完全是出於好玩，對道家所秉承的那一套理念半點都沒往心裡頭去。然而扶搖子對他們這兩個小徒弟，卻是關愛有加。特別是對於她，簡直算得上傾囊相授，凡是她主動提出來想學的，就沒藏過半點私。

「行了，我又不是第一天知道你們想幹什麼！」扶搖子被她這一拜弄得半點兒脾氣都沒有，只好自己給自己找臺階下，「妳想學岐黃之術，好給你阿爺治身上的老傷。他想煉仙丹，好讓他那個糊塗父親長生不老。這都沒什麼，孝乃世間有靈識之物的天性，烏鴉尚知反哺，何論人哉？況且無論他那個糊塗皇帝父親，還是妳那個精明阿爺，都沒少給了貧道好處，貧道當然不能白拿了人家東西卻不予任何回報。」

他說得全是事實，常婉瑩既無勇氣接口，也不知道該如何接口。跪在地上，身體單薄得如早春時節的苦杏。

扶搖子見狀，搖了搖頭，語氣漸漸放緩，「但凡事都不能太貪，不能剛念了半本黃庭經，就指望能氣通八脈，結丹飛升。妳既然一時做不出決斷，何不暫時放一放？先揀最重要的事情做了，然後再慢慢考慮如何了結這份孽緣？否則，不儘早做些準備，莫非還要等著妳阿爺親領大軍殺上山來，妳再將寶劍架在自己脖子上，逼著他成全妳跟石延寶嗎？」

「師父？」常婉瑩被嚇得打了個哆嗦，抬起一雙哭紅了的眼睛，滿臉疑惑。注四六

「妳平素的精明勁兒都哪去了？莫非發傻也能傳染不成？」扶搖子老道被氣得直跺腳，伸出一根枯瘦的手指，點著她的腦門兒數落，「妳那天雖然使詭計把截人之事，栽贓給了劉知遠的兩個兒子，可畢竟禁不起仔細推敲。也就是楊重貴這種方正君子，原本就不屑劉知遠的劫持婦孺之舉，對於河東來說又算半個外人，所以才懶得繼續攙和下去。等那些證據落在蘇逢吉和楊邠、郭威這等老狐狸手裡，誰還看不穿妳這障眼法？頂多是三天到五天功夫，他們就必將此事查得水落石出。到時候，別人不好出手找妳要人，又怎麼可能不把事情推給妳親阿爺？」

「那，那……」常婉瑩的眼淚徹底被嚇了回去。望著扶搖子，滿臉祈求。

「妳先派人給妳阿爺送封信，讓他心裡多少有個準備，免得被人逼得手忙腳亂！」扶搖子無奈地嘆了口氣，苦笑著支招，「然後再把為師前幾天剛剛煉出來的養心通絡丹，以咱們雲風觀的名義，派人用快馬送到劉知遠府上。記住，盒子的造型，要弄得詭異些，越是詭異，效果也就越好！」

「師父是想施恩給劉知遠，讓他放八師兄一馬嗎？」一用其他事情上，常婉瑩的頭腦就變得無比機靈。

順著扶搖子的話，立刻將對方的具體想法猜了個八九不離十。

「不光是施恩，而且是在示威！」扶搖子看了她一眼，撇著嘴道。「師父這輩子，還沒做過如此傷天害理的事情，這回，算是徹底墮落了！」

彷彿是為了讓自己心安，又搖了搖頭，他繼續解釋，「那劉知遠跟妳阿爺一樣，是軍漢出身，喜歡大塊吃肉，大口喝酒，大半輩子飲食全無節制，又造下了太多的殺孽。所以心竅被死氣鬱結，稍有大喜大怒，便會痛得兩眼發黑。偏偏他又唯恐無法鎮得住手下這群悍將，所以諱疾忌醫。妳師父我是上次受邀去他的府上，給他講解養生之道時，才發現的這件事。所以回來之後，就特地四處尋找藥材，煉了這份靈丹。本想借此交好與他，然後借他的手給我道門在北方謀些方便，免得老受禿驢們的氣。如今，卻不得不將此物浪費在了你們兩個小傢伙身上。」

「師父，師父你把這靈丹給了他。他吃掉後，翻臉不認帳怎麼辦？」常婉瑩對劉知遠的人品極不放心，猶豫了一下，低聲提醒。

「心裡頭積聚了死氣，哪那麼容易就能治好？」扶搖子白了她一眼，繼續輕輕撇嘴，「他吃了後，只能令發作的次數少一些，每次都痛得不那麼厲害罷了。要想根治，他只能斷酒，斷肉，吃素，念經，從此不再做殺戮之舉。對他來說，這怎麼可能？」

先跟自己的父親通氣，利用家族力量，爭取更多的緩衝時間。然後再用救命藥方來跟劉知遠討價還價，令其暫且收起對二皇子的殺心。

在沒有其他辦法的情況下，扶搖子給指點的這兩招，貌似已經是最好的選擇。可這兩招真的會有效果

注四六、黃庭經，道門經典。女冠，女道士。

嗎？常婉瑩卻不敢確定。她不敢確定父親對自己的疼愛，能不能抵得上對劉知遠的忠誠？更不敢確定，漢王劉知遠對前朝皇子的戒心，會不會低於他自己的性命？

「妳現在先照我說的做。至少在坐穩皇位之前，漢王不敢明著謀害妳八師兄。至於他坐穩了皇位之後……唉，屆時咱們再見招拆招吧！凡事總得有個開頭，不能指望著一蹴而就！」看到自家徒兒臉上的遲疑之色，扶搖子想了想，嘆息著補充。

「謝師父！」常婉瑩猶豫再三，終究還是給自家師父行了個禮，然後遲疑著站起身。

在沒有任何最佳對策的時候，做一些事情總比什麼都不做強。這是她父親常思的處事法則，不知不覺間早已刻在了她的骨頭裡。讓她在任何時候都不會選擇閉目等死。

「行了，擦擦眼睛，去做事吧。山裡風大，當心做下病根兒！」扶搖子又擺了下手，轉過身，背影被山風吹得極為蕭索。

他被人稱為陸地神仙，可他這個神仙，終究還是陸地上的，飛不到天空中，也沒有撒豆成兵的本事。而世間諸侯和帝王，卻據說個個都是真龍轉生。諸侯一怒，赤血千里，帝王一怒，血流成河……

常婉瑩又默默對著師父的背影行了個禮，緩緩走入道觀的西跨院。在那座院子，有十幾個專門負責保護她的家將，可供她隨意差遣。個個都忠誠可靠，武藝了得。然而，跟河東漢軍這支龐然大物相比，十幾個家將簡直連根寒毛都算不上。因此，她不得不打起十二分精神，規劃下面的每一步動作。待一切都在自己力所能及範圍內布置妥當之後，已經是太陽西斜。

儘管已經累得筋疲力竭，少女卻沒有立刻躺下休息。而是鬼使神差般，就被雙腳帶著朝東跨院客房走去。那個被她用一碗「還魂湯」放翻了的傢伙，平素就睡在東跨院從前面數第一個房間。也不知道現在醒來沒有？如果遺忘一切對他來說是最好的選擇，他先前到底是不是在裝傻？是不是內心裡對過去所有的事情其實都記得清清楚楚……

不放心，不甘心，還有一點點少女所特有的好奇，驅使著她必須再去多看上一眼。

也許一眼之後，所有謎團都水落石出。也許他醒來之後，忽然意識到她是他最該相信的人，然後就會像小時候犯了錯一樣，立刻裝出一副痛心疾首的模樣請求她的原諒。那樣的話，她是該原諒他呢，還是先狠狠收拾他一頓？好像收拾他一頓也挺好的，這小子從小就欠揍，每次都不挨打不長記性。

迷迷糊糊地想著，她已經來到了自己的目的地。幾個正百無聊賴的師兄見了，趕緊主動躲得遠遠。對於自家這個精靈古怪的小師妹，大夥可不想招惹太多。首先誰都吃不消她那些匪夷所思的報復手段。其次，自家師父是出了名的「護小頭」。只要小師妹的眼淚一開閘，招惹了她的那個人肯定吃不了兜著走。

常婉瑩卻突然變得非常靦腆，紅著臉站在門口遲疑了半晌，才輕輕推開了虛掩著的房門。練過武的人聽覺非常敏銳，她早就聽清楚了，屋子裡邊除了均勻的呼吸聲之外，沒有其他動靜。很顯然那個混蛋還在昏睡。

他不會被真的毒成一個傻子吧？猛然間，心中沒來由地湧起一陣緊張，所有羞澀被驅逐到了九霄雲外。抬腿向裡衝了兩步，她又再度將雙腳硬生生地停住。身體因為慣性不受控制地向前傾斜，一雙眼睛，恰恰看到了這輩子最為熟悉的那張面孔。

膚色比去年差不多這個時候黑了一些，但眉毛、鼻子、嘴唇和臉型都絲毫不變。連熟睡時的表情都與往昔依稀相似，帶著幾分滿足和頑皮。

在她記憶裡，他是最知足常樂的一個，從沒想過跟自家哥哥爭奪什麼太子之位。哪怕某些有心的人出言慫恿，他通常也是以裝傻充楞的行為來拒絕。對了，裝傻！裝傻是他三大絕技之首，從小就玩得出神入化。無論闖下多大的禍，只要他把黑溜溜的眼睛睜到最大，然後露出一臉無辜，就可以逃脫絕大部分責罰。當然，除了自己的姐姐常婉淑的拳頭例外。

如果他最近表現出來的一切都是裝出來的呢？自己先前所做的那些，會不會是幫了倒忙？可他為什麼連自己都信不過？自己和姐姐分明在盡一切可能地在救他的命，這裡又是荒山野嶺的小道觀，而不是太原城內的漢王府？

不對，他失去記憶的事情肯定不是裝出來的。可世間怎麼會有如此離奇的病症，可以選擇性地忘掉一些，而留下另外一些？哪怕忘掉和留下的事情彼此緊密相連！師父先前說要治好這種病，唯一的辦法是他自己肯主動打開心結，可他的遭遇那麼慘，周圍又危險重重，他怎麼可能去主動敞開心扉……？

一樁樁，一件件，越想，少女的心思越亂，頭腦越昏沉。不知不覺間，便走到了床邊，抱著自家的雙膝開始發呆。不知不覺間，就閉上了雙眼，背靠著床頭的桌子腿兒沉沉睡去。

待一覺醒轉，卻發現自己睡在了一張溫暖的床上。粗布做的帷幔合得緊緊，透過布料的縫隙，是昏黃的燈光。

「啊——」常婉瑩被嚇得魂飛魄散，本能地就坐了起來，伸手去摸腰間佩劍。劍依舊在，腰間革帶也繫得牢牢。鯊魚皮的劍鞘，因為與身體長時間接觸，已經變得微溫。不小心壓在劍鞘上的大腿外側，卻被硌得隱隱發疼。

這個混蛋，一點兒也不會照顧人！下一個瞬間，少女心中的恐懼，完全變成了羞惱。房間是八師兄石延寶的，不可能還有第三個人毫無眼色地闖進來。把自己抱上床的，也只有他。知道蓋被子，知道放下床帷，卻不知道把佩劍解下來放在一邊兒，真是長了個榆木疙瘩腦袋！碰自己的衣服一下自己又不會吃了他，況且小時候他不知道碰了多少次。

猛然間想起幼年時的往事，她的臉上頓時一片滾燙。抬起手用力揉了揉自家面頰，然後翻身下床。剛將床帷拉開一條縫，眼前就出現了一個大大的托盤。有股濃郁的米粥香氣立刻鑽入鼻孔，令人的喉嚨不受控制地上下移動。

「小師妹醒了，起來吃晚飯吧！我剛從廚房打來沒多久，還熱乎著呢！」八師兄，不知道該叫他石延寶還是寧彥章，笑著將托盤向前遞了遞，低聲說道。

「嗯！」強壓住將此人按在床上揍一頓的衝動，常婉瑩接過托盤，放在桌子一角。然後伸手抓起上面的勺子，大口大口的喝粥。

米的味道很可口，色澤也非常誘人。河東這地方別的糧食品質都一般般，唯獨這粟，遠遠超過了其他地方所產。讓人看上一眼，就食欲倍增。再搭配一小碟兒農家醃製的黃齏，更是錦上添花。非但尋常百姓家離它們不得，就算一方王侯的餐桌，在非招待貴客的場合，往往也少不了它們的一席之地。注四七

一口氣將米粥伴著黃齏掃蕩了大半兒，少女才忽然想起來還有別人在場。楞了楞，訕訕地放下筷子，低聲道：「師兄你也吃一些吧！別嫌清淡，師父說過，粗茶淡飯最為養生。」

「我先前已經吃過了。剛才正準備去還碗！沒想到妳醒來的如此及時！」寧彥章笑著向牆角處另外一套餐具指了指，溫和地解釋。

「你是笑話我貪吃嗎？」常婉瑩眉頭輕皺，臉上迅速湧起一抹薄薄的怒容。然而轉瞬之間，她卻又想起了失去記憶後的八師兄應該算是外人，怒容便被羞意迅速覆蓋，「讓師兄見笑了，我剛才有些餓得厲害，所以，所以就……」

「沒有啊，妳比我想像得斯文多了！」寧彥章擺擺手，很自然地回應。旋即，也意識到這話裡邊似乎充滿了調笑之意，趕緊迅速補充道：「我是說，我先前以為妳會跟妳姐姐一樣。不，不，不是這個意思。我沒有笑話妳的意思。我曾經見過妳姐姐吃東西，不，不是，我以前沒怎麼見過女人。妳姐姐算是第一……」

越是解釋，越驢唇不對馬嘴。眼看著少女的眼睛越瞪越圓，他只好咬咬牙，起身施禮，「抱歉，小師妹。我不是故意氣妳。我真的不在乎妳的吃相如何。我壓根兒就不是石延寶，雖然長得可能跟他很像。其實，其實目前這副樣子我也很頭疼。你們都說我是石延寶，可我自己知道我肯定不是！偏偏說出來之後，你們大

注四七、黃齏：古代鹹菜。宋代和元代的文人筆記中常見。多為僧侶，尼姑們所醃製。因為價格低廉，地位不受重視，所以也常常成為文人們自嘲的謙詞。

夥又誰都不信！」

「我信！」出乎他的預料，這一次，常婉瑩沒像先前幾次那樣，立刻珠淚盈盈。而是忽然展顏而笑，雙目流波。令整個房間都頓時亮了起來，每一件物品上都灑滿了光明。

自打被瓦崗眾從死人堆裡頭扒出來那天起，寧彥章總計接觸過的女子全都加起來也湊湊不夠一個巴掌，並且要麼對他冷眼相待，要麼將他呼來斥去，哪曾經得到過半分溫柔？猛然間，看到常婉瑩笑靨如花，不由得心中怦怦亂跳。趕緊將目光避到一邊，低聲說道：「多謝師妹！其實妳先前逼著我吃藥，我也沒怨過妳。雖然，雖然妳用的藥太霸道了些，但，但我也希望早點弄清楚，自己到底是誰。如果，如果奪舍之事的確有之，我，我其實……」

越說，他覺得心臟跳得越厲害，一張白淨的面孔也被羞得如同煮熟了的螃蟹般。到最後，聲音幾乎已經弱不可聞。

常婉瑩聽了，心中也是一暖，本能地就順口問道：「如果我把石延寶的魂魄找回來，你就只能做鬼了，你也，你也願意？」

一句話問完，忽然又覺得這句話裡邊好像存在很大的問題。好像自己在逼著對方替自己去死一般。頓時，被羞得將頭轉向了一邊，面色嬌艷欲滴。

「妳先前不答應替我在寺廟裡塑像了嗎？如果奪舍之事成立的話，魂魄當然也能像傳說保存在塑像裡邊！」寧彥章的眼睛此刻正面著牆壁，當然看不見少女的神色變化。只當對方還在懷疑自己的誠心，想了想，繼續補充，「況且真的做鬼也不見得有多可怕，我是說假如鬼神之說非屬虛妄的話，我真的寧願把這具軀殼還給石延寶。妳想想，我如果是石延寶，接下來要麼被劉知遠之流抓回去做傀儡使喚，一輩子戰戰兢兢，最後恐怕依舊逃不了稀裡糊塗死於非命。要麼被他們直接一刀殺了，永絕後患！反正，反正落不到什麼好下場。」

正如他自己的口頭禪所說，他只是腦袋受過傷，卻不是真的愚笨。連日來經歷了那麼多的磨難，又被郭允明這種陰狠之人言傳身教，心中早就明白了二皇子這個身份，只會給自己和自己身邊的人招來災禍，卻帶不來半分好處。因此一番話絕對發自肺腑，不帶半分虛假。況且他內心深處，亦覺得自己欠了少女一份救命之恩，因此拿命來還，也是理所應當。

而這番話落入常婉瑩耳朵裡，卻完全是另外一番效果。先前還羞不自勝的少女，猛然從曖昧的氣氛中清醒。先皺了幾下眉頭，然後又展顏而笑：「的確，你還是別做二皇子的好。不過，光我一個人相信你不是二皇子沒什麼用，你還得讓更多的人相信才行！」

無論眼前人是真的失去了記憶，還是故意在跟自己裝瘋賣傻，至少有一點，他自己說得沒錯，做二皇子絕對落不到什麼好下場，還不如不做。既然如此，常婉瑩乾脆放棄了繼續刨根究底，開始設身處地的給對方出起了主意。

「我沒辦法讓別人相信啊！我跟所有人都解釋了無數遍了，明明那麼多疑點，他們卻全都視而不見。」寧彥章不知道少女在短短時間內，一顆七竅玲瓏心已經轉了這麼多彎子。聽對方說得懇切，忍不住將手一攤，滿臉無奈地抱怨。

「那就繼續把疑點增大，讓別人看到你，就立刻意識到根本不可能跟二皇子是同一個人！」常婉瑩畢竟是將門虎女，一旦做出了決定，就乾脆俐落地去執行，「把二皇子先前最不喜歡和最不擅長的事情，你都努力做到最好。二皇子原本喜歡和擅長的事情，你全都裝，全都棄了別學。然後再把臉曬得黑一些，身子骨練得結實一些。到時候別人一看到你，就知道是個努力上進的鄉下小子，自然就跟二皇子聯繫不到一處！」

後半部分，寧彥章覺得沒有任何難度。自打離開瓦崗寨之後，他的膚色已經比原來「黑」了許多，再多在太陽底下曬曬，自然能變得更黑。至於打熬身子骨，對他來說更求之不得。這些日子幾乎天天走在生與死的邊緣，讓他迫切地感覺到自己的身手不足以自保。如果能多學些本事，至少今後逃命時也能更輕鬆些，而不是總等著別人來救。

但是，取二皇子石延寶長處與短處反其道行之，卻有些複雜了。記憶裡，所有涉及到二皇子的部分，全是道聽塗說。哪部分屬以訛傳訛，哪部分屬事實，他都分不清楚，怎麼可能棄其長而補其短？

正猶豫間，少女已經明白了他的為難所在。一把拉住他的手，非常自信的說道：「你不用為難，我來幫你制定一個方略。你只管照著做就行了。你，二皇子原本最擅長什麼，不擅長什麼，相信這世間沒有人比我更清楚。」

感受到對方掌心處傳來的關切與溫柔，寧彥章的心神又是一蕩。趕緊將手抽出來抱在胸前道謝，心中卻暗自罵道：「寧小肥，你真是豬油吃多蒙了心！都什麼時候了，居然還顧得上想這些？況且人家是好心救你，你又怎麼能再拖累人家。你這些日子，拖累的人還不夠多嗎？」

感覺到眼前人掙脫自己時的果決，少女的心口兒又微微發疼。將手背到身後握成拳頭，然後強笑著補充：「二皇子自幼跟我一起拜在了扶搖子道長門下，對岐黃之術頗有心得。所以這一點，你千萬不要再學他。第二，他不肯下功夫吃苦，所以武藝很是稀鬆，真的打起來，身手估計也和你不相上下。你別誤會，我沒有貶低你的意思。你，你……」

「我的確沒好好練過武，也沒得到過名師指點。師妹，妳沒必要不好意思說。」寧彥章被說得好生窘迫，紅著臉拱手。

「你可以跟師父學，他對付呼延琮的樣子你也看到過，空手對白刃，一樣勝得輕輕鬆鬆！」常婉瑩點點頭，然後給出最佳解決方案。

「如果他已經看出我不是石延寶，還肯教我嗎？」寧彥章非常沒信心，遲疑著詢問。

常婉瑩微笑著抿嘴，低聲解釋，「師父他老人家一向豁達。否則，他早把你趕出道觀了，怎麼可能容你賴到現在？」

「這……」寧彥章想了想，果然覺得很有道理。於是乎，便又訕訕地說道：「那我明天一早，就爬起來跟師兄們一道練武好了。這幾天我一直想學，但是想想自己根本就是個贗品，所以就沒勇氣偷師！」

「你去吧，說不定師父見到你忽然振作了起來，會非常高興呢！」常婉瑩笑著點頭，言語中充滿了鼓勵意味。

寧彥章聞聽，士氣大振。「那以後，我不再展露我的醫道水準就是！可……」

話說了一半兒，他忽然覺得自己好生奇怪。光聞到湯藥氣味兒，就能大致辨別出裡邊的的藥材成分，這本事恐怕已經不能僅僅算是頗有心得了。可自己的心得究竟是從何而來？莫非奪舍之事真的並非無稽嗎？

「你還要儘量讀些書，練練字！」常婉瑩可沒功夫再繼續跟他糾纏奪舍之說無稽不無稽之事，笑了笑，繼續謀劃：「二皇子雖然懶惰了些，卻有過目不忘之才，所以書讀得非常好，一筆字也寫得顏筋柳骨。這點上你跟他沒有任何相似之處，但差距若是太遠了，反而給人感覺是故意裝出來的。凡事得講究個度，不能有過之而無不及！」

「我，我真的不是裝出來的。我這輩子讀書時間，加起來不超過二十天！」寧彥章慚愧得滿臉通紅，舉起手掌大聲解釋。「我可以對天發誓，如果……」

「好好的，你發什麼誓啊，還嫌老天爺不夠忙嗎？」常婉瑩迅速伸出手掌，輕輕按住了他的右手，「我都說過相信你了！只是在教你怎麼做，才能將自己更利索地摘出來而已！」

寧彥章的手臂明顯一哆嗦，像真的被閃電給劈了般，半邊身子都變得僵硬無比。「多，多謝師妹。還，還有什麼事情需要我去做，妳，妳不妨一併說出來。我聽妳的便是！」

「當然得聽我的！」常婉瑩朝他輕輕翻了個白眼兒，笑著回應：「無論是對二皇子，還是對那些人，我都比你瞭解得更清楚。除了多少讀些書，努力練武，以及不要再輕易展示你的醫道造詣之外，還有待人接物時的神態動作。在我跟師父之前，你就保持現在這樣子就行。但在外人面前，你得多少謙卑一些。我知道你是瓦崗寨二當家的義子，所以也算個江湖人物，不拘泥於虛禮。可你畢竟還是個草民，見了楊重貴、郭允明這些人，不能表現得太淡然，更不能彷彿對方地位遠不如你一般，居高臨下地跟人家說話。」

「這個，我有嗎？」寧彥章楞了楞，多少感覺有些冤枉。他瞧不起郭允明，是因為對方心理和行事都過於陰暗，卻不是因為對方官職太低。至於楊重貴，在他眼裡一直是銀甲銀槍的大英雄形象，崇拜都來不及，怎麼可能把自己擺得高高在上？

「我說有就有，別頂嘴！」常婉瑩輕輕拍了一下桌案，板著臉呵斥。

寧彥章被嚇了一哆嗦，趕緊閉上了嘴巴，做受教孺子狀。見他居然被自己給收拾成了這般模樣，常婉瑩忍不住又是抿嘴而笑。搖搖頭，低聲道：「時間不多了，所以你別跟我爭論。我也沒法跟你一樣樣解釋。你只管先按我說的做，自然就會有收穫。我說的居高臨下，不光是說你在表面上。而是你在骨子裡，根本就沒真正高看過誰。彷彿所有人都可以平輩論交一般。如果你想把自己當皇子，這種姿態算是平易近人。如果你想做個普通人，這種姿態，就與你的身份格格不入！」

寧彥章聞言頓時一楞，旋即眼前一片光亮。

怪不得無論自己先前怎麼解釋，也沒人相信自己不是二皇子。包括最疼愛自己的二當家寧采臣和六當家余思文，大多數附和自己的時候，臉上的表情也虛假至極。原來最大的根子在這兒。

如果自己是二皇子，當然以往的地位高於世間絕大多數人，所以難免就跟任何人都習慣性地平輩論交。可既然自己不是，人世間該守的謙卑和禮數，就必須守。否則，要麼是恃才傲物，要麼是呆傻糊塗！

想到這兒，他眼前的光亮又迅速變成了模模糊糊的燭影，上下跳動，搖曳不停。自己有什麼才華可恃？自己為什麼會跟所有人都沒大沒小？難道說……

「你幹什麼呢？到底聽沒聽見我剛才的話？」常婉瑩正忙著給他出主意，忽然看到他對著燭光開始發呆，忍不住像小時候時那樣，用手輕輕拉住他的耳朵，低聲抱怨。

「聽，聽！我改，我以後一定改！」寧彥章頓時鬧了個滿臉通紅，連聲表態。「我覺得妳說的都對，都說到了點子上。妳真是女中諸葛。我如果能早點遇到妳就好了，肯定不至於被別人誤會得如此之深！」

「我也覺得，該早點找到你！」常婉瑩也迅速收回拉在他耳朵的手，幽幽地說了一句。隨即，又笑著搖了搖頭，甩掉所有遺憾與羞澀，「還有一些，我一會寫在紙上，你拿回去照著……，不對，這是你的房間。我走後你自己背熟了然後照著做。筆呢，八師兄，你屋子裡有紙和筆嗎？」

「有，有！」寧彥章不敢看對方的神態，跳起來，手忙腳亂去找毛筆、硯臺和皮紙。耳垂處，少女的指溫久久不退，令他心裡癢癢的，麻麻的，跳躍著一股說不出的渴望。

然而理智卻清晰地告訴他，對於此刻的他來說，任何渴望都是絕對的奢求。常婉瑩喜歡的是二皇子，不是他寧小肥。他如果故意混淆二者之間的區別，等同恩將仇報。更何況，哪怕他今後以二皇子的身份繼續活在世上，也注定是被人圈養起來的傀儡。這種朝不保夕的日子，他自己一個人過就足夠了，又何必把善良熱情的常婉瑩給牽扯進來。

「他好像故意在躲著我？莫非他真的是在裝？怕跟我走得過近，露出太多破綻？」望著少年人那慌慌張張的身影，常婉瑩忍不住又輕輕蹙起了眉頭。「可是他，算了，不想了。師父說得對，先保住他的小命才是最重要的。其他都可以慢慢再說！」

念及對方時刻都有喪命的可能，少女又迅速恢復拋開那些雜七雜八。開始專心致志地替對方勾畫最近一段時間的訓練細則。並且很快就沉浸於其中，無暇再考慮其他。

聽到背後沒有了動靜，寧彥章也終於強行壓制住心中的濕熱，送上了紙筆，磨好了墨汁。然後遠遠地站在一邊，耐心地等待。

二人配合得頗為默契，很快，一整套「如何讓寧彥章看起來不像二皇子」的特訓方案，便被常婉瑩謀劃出籠。二人對著燈火又反覆推敲了兩遍，修改了一些不切實際的地方，然後笑著放下紙筆，互相道別。

第二天天剛濛濛亮，寧彥章就爬了起來，按照常婉瑩給自己的制定的特訓方略，開始「洗心革面，脫胎換骨」。觀裡的同門師兄們修得是清靜無為，所以雖然覺得他的舉止與先前有很多不同，卻也沒人過來問這兒問那。只是到了大夥一起練武的時候，大師兄真無子看到他在一旁跟著比劃出來的動作實在過於笨拙，忍不住走上前低聲指點道：「道生萬物，無形無象、無始無終；處柔守雌，無為不爭；是以咱們師門，講究的是清靜，修得是自然。你我雖學拳腳，卻不是為了殺人放火。而是為了溝通天地陰陽，淬練筋骨內丹。因此，你在練武之時，得時刻記得以下八個字，『柔、靜、虛、空、圓、中、正、和』，而不是……」

「謬，大謬也。以己之昏昏，使人之昭昭，豈不是推人下崖哉？」話音未落，卻被一個沙啞的聲音打斷。回過頭，恰看見扶搖子如同一隻蒼鷹般站在不遠處的樹枝上。身體隨著松濤聲起起伏伏，雙鬢與道袍皆被晨露打得透濕，誰也不知道他在那裡已經站了多長時間。

「見過觀主！」雖然昨天常婉瑩已經信誓旦旦地說過，扶搖子不會介意他跟大夥一起練武。寧彥章依舊感覺像偷東西被抓了個正著般，紅著臉，小心翼翼地躬身行禮。

「師尊！」真無子和眾道士們也趕緊收起拳腳，以道門之禮向扶搖子問安。

「該幹什麼就幹什麼去，就當我不存在！」扶搖子卻是個隨意性格，懶懶地揮了下手，命令眾人繼續。然後又看了一眼滿臉不安的大弟子真無道士，笑著補充：「你的塵緣早盡，這輩子都注定要做個道士，當然要內外兼修，趨靜逐動。他卻是注定要在塵世間歷盡百般劫難的命兒，你教他清靜無為，不是誤人子弟嗎？」

「師尊說得極是，弟子魯莽了！」真無子聽得額頭見汗，再度躬身認錯。

「這也不完全怪你。是老道兒沒教你如何帶凡俗徒弟，因材施教。你且去帶著其他師兄弟修行，他，還是交給老道兒算了！」扶搖子又懶洋洋地揮了揮手，打發大弟子真無道士離開。隨即，將目光迅速轉向寧彥章，低聲命令：「你跟我到後山來，我教你點兒其他馬上就能用的本事。唉，老道兒當年貪心不足，沒事兒非要跑到汴梁去湊湊熱鬧。所以活該這麼大年紀了，還為你們這些小輩們勞心勞力！」

說著話，將雙膝微微一曲，竟然如同猿猴般，從腳下這棵松樹上，跳到七八尺遠之外的另一棵松樹上。然後三縱兩縱，就沒了踪影。

「這，這是輕身術！」寧彥章大吃一驚，兩眼頓時瞪得滾圓。

在瓦崗寨中，他也曾經看到過一些當家和大頭目們平素顯擺所謂的什麼輕功，卻不過都是翻牆翻得比別人稍快一些，跳得比別人稍遠兩三尺罷了。像扶搖子這般直接從樹梢飛來縱去的，卻是平生僅見。

「楞著幹什麼？還不快去後山！」正瞠目結舌之際，耳畔卻忽然傳來一聲輕喝。隨即，有塊樹皮凌空而至，重重地打在了他的後腦勺上。

這下，即便傻子也知道自己該幹什麼了。在眾人善意的哄笑和羨慕的眼神當中，寧彥章雙手抱頭，拔腿直奔後山。

待他氣喘吁吁地趕到，扶搖子已經在那裡等候多時。看了看少年人充滿渴望的面孔，老道士略作斟酌，正色說道：「我知道你背負著深仇大恨。但已經死去的人，卻不可能再活轉回來，無論你殺了多少仇敵替他們殉葬，結果都是一樣。實際上他們都未必看得到，而你自己，也絕不會因為殺戮而得到任何解脫。所以，在老夫教你本事之前，你還得對著蒼天給我發個誓。今後不到萬不得已，不要拿我教你的東西來殺人。更不能濫殺無辜！」

「那是自然！」寧彥章曾經親眼看到老道士空手擊退呼延琮，對此人的本事極為欽佩。立刻跪了下去，大聲說道：「蒼天在上，我石，我寧彥章今日在此立誓。此生絕不拿扶搖子道長所傳授的本領濫殺無辜。如有違背，天打雷劈！」

「嗯！你起來吧，去折一根樹枝來！」扶搖子對少年人的乾脆表現非常滿意，手捋鬍鬚輕輕點頭。

寧彥章卻沒有立刻起身，而是坦誠地揚起臉，看著扶搖子，繼續補充道：「有一件事情，還請容弟子稟明。弟子真的不認為自己就是石延寶，所以，所以弟子現在，還只能算個外人。不能算做……」

「嗯？哈哈哈……」扶搖子先是微微一楞，隨即仰起頭，放聲狂笑。直到把眼淚都給笑出來了，才不屑地擺了擺手，大聲說道：「是又怎麼樣？不是又怎麼樣？莫非老道我還真能掐訣作法，將你的魂兒拘走，換了石延寶回來不成？也罷，既然你如此在意這些，老道兒今天就成全與你。你再給我磕三個頭，我收你做老九便是！」

「啊！」這下，輪到寧彥章發楞了，半晌，才終於理解了老人家的一番良苦用心。紅著眼睛俯首於地，「砰、砰、砰」，毫無保留地磕了三個響頭。「師父在上，請受徒兒三拜！」

「起來，起來！」扶搖子伸出枯瘦的大手，將他輕輕地拉起。皺紋密布的臉上，隱隱透出幾分悲憤。「當初老道兒收那石延寶為徒，乃是看中了他宅心仁厚，孝悌恭謙。誰料他全家突遭大難，老道兒這個假冒的神仙居然只能眼睜睜地看著他去送死，一點兒辦法都拿不出來。本以為師徒之緣分，這輩子已經盡了。卻沒想到，不久之後就又遇到了你。」

一番話，說得跟世間普通喪子老漢沒什麼兩樣，充滿了白髮人送黑髮人的無奈與淒涼。寧彥章雖然自認不是石延寶，聽在耳朵裡，心內也覺得酸澀無比，兩隻眼睛當中，不知不覺間就湧滿了淚水。

「所以咱們師徒，也算有緣！呼——」老道士扶搖子忽然又張開嘴巴，朝著山間長長地吐出一道白霧。「老夫今天就收了你，做第九弟子。他第八，你第九。還沒來得及傳授給他的本事，你也可以學。以前沒想過傳授給他的本事，也專門傳給你一套！」

說罷，一個縱身跳開數尺，手腳揮舞，打出一套拳法。招式套路，與真無子等人在道觀內每天早晨所練別無二致，但舉手投足間，卻多了幾倍的飄逸絕塵之氣。到後來，衣袂隨著身體在半空中翩翩飛舞，彷彿立刻就要升仙而去。

寧彥章看得心曠神怡，卻始終只能學到一點兒皮毛。學著老道士的樣子比劃了幾下，略顯壯碩的身體非但沒有半點仙家氣象，反而差點一跤跌倒，直接滾下山後的陡坡兒。

「小心！」老道士扶搖子反應極為機敏，看到情況不對，立刻收了拳腳，揮臂一拂。長長的道袍袖子如同巨蟒般纏了過來，將他捲得向後接連退了十幾步，終於穩住了身體，倖免於難。

「你沒走心！」不待他拱手道謝，扶搖子皺起了眉頭，低聲呵斥，「莫非你不想學老道兒的功夫嗎？還是你依舊不願忍受那份辛苦？」

「師尊，請恕弟子資質魯鈍！弟子真心想學，只是，只是倉促之間，看都沒看明白！」寧彥章大急，趕緊躬下身體解釋。

一個多月來被人像野鴨子一般趕來殺去，卻沒有絲毫的還手之力。他怎麼可能不想學一身精妙的武藝？把武藝練到如楊重貴、呼延琮一樣高明，即便日後不能用來報仇雪恥，至少，逃命的時候，也可以讓自己不再成為別人的負累，不再眼睜睜地看著身邊關心著自己的人一個接一個無辜枉死。

可師父扶搖子剛才那套拳腳，打出來好看歸好看，中間卻不帶絲毫殺氣。他寧彥章雖然不識貨，卻好歹也跟著瓦崗寨的頭領們學過一些殺人的本事，能感覺出兩種路數本質上的差別。

「是了，老夫剛才還說別人不懂得因材施教。剛才光顧著高興，卻把這個茬給忘了！」扶搖子老道是何等的高明，見寧彥章請罪時的動作明顯帶著幾分生硬，立刻就猜到了其中緣由。笑了笑，搖著頭道：「既然你不識貨，也就罷了！這套道門功夫，的確是用來鍛練筋骨，調理內息的。老夫等會兒傳你一套拳譜，你以後自己照著筆劃便是。咱們現在，且換另外一套本事！」

說罷，也不徵求寧彥章的意見。身體又是輕輕一縱，跳到一棵松樹旁，隨手折了根樹枝，捋掉針葉和毛刺，輕輕一抖，直奔少年人的喉嚨。

「啊——！」寧彥章被嚇得一哆嗦，趕緊側身閃避。誰料那樹枝卻像活了一般，隨著老道的腳步中途轉彎。「噗！」地一下，在他剛剛長出來沒多久的喉結上點出了一道青綠色的痕跡。然後飄然收回，立在老道兒的手中顫顫巍巍。

「此乃殺人之術！」老道兒寧彥章收起姿勢，對著滿臉震驚的少年人沉聲指點。「與先前那套長生拳相比，實屬下乘。但以你現在的眼光和境遇，學它卻恰恰合適。須知道門雖然講究的是清靜無爭，可我扶搖子的徒兒，也不是誰想殺就能殺的！即便是劫數天定，卻也必須讓那些殺人者付出足夠的代價！」

說到最後，已經是聲色俱厲，令聞聽者無法不覺得寒氣透體。

寧彥章被對方話語中的凜然殺機逼得後退了半步，紅著眼睛施禮：「弟子明白。弟子不拿師門功夫去亂殺無辜，卻也不會再做那束手就戮之輩，墜了師門臉面！」

「臉面這東西，無所謂！但命卻是自己的，哪怕是親生父母，都沒權力拿走，更何況是什麼狗屁王侯？」老道士扶搖子擺了擺手中樹枝，大聲冷笑，「你記住，長生的功夫，需要日積月累，活得越長，越能感悟出其中三昧。但殺人的功夫，卻是離不開「筋強骨壯，穩準狠決」八個字。你這副軀殼吃肉長大，原本就比普通人結實。再把握住動作的靈活和出招的果斷狠辣，什麼刀槍劍戟，斧鉞鈎叉，其實拿在手裡都是一個樣。練到極致，哪怕是手裡只剩下根樹枝，削尖了一樣能戳瞎對手的眼睛，直貫入腦，取了他的性命！」

「這，這麼簡單？」寧彥章有點不敢相信自己的耳朵，遲疑著小聲嘟囔。

在山寨裡，每個當家人都把自己的武藝，視為獨門絕技。公然展露在外邊和傳授給其他人的，永遠都是皮毛。關鍵招數，縱使生死兄弟都不准偷看偷學。而到了扶搖子口中，所有秘籍卻全都成了笑話，只剩下了簡簡單單的八個字，扼要無比。

「當然只是說起來簡單，實際修練時，還是要靠個人的悟性和資質。就像你，身子骨這麼強壯，想要急於求成的話，當然是要選長槍大戟這類霸道兵刃。只要學成了三分皮毛，等閒人就難以近身。而像老道兒我這種身上總計也沒幾兩肉的，跟你比拚力氣就是自己找死。所以初學時，一定要學劍、刺、吳鉤、短戈這類輕便靈巧兵器。對陣時飄忽來去，一擊即走。如此，才能以己之長，擊他人之短，而不是反其道勉強而為！」

唯恐少年人像先前那樣又只聽了個皮毛，一邊說，他一邊比比劃劃。幾個縱躍往來，就又在寧彥章的胸口、小腹、額頭等處，留下了若干道綠痕。每一道都是若隱若現，力氣控制得無比精妙，根本沒讓少年人感覺到絲毫的疼痛。

寧彥章見此，知道老道所言絕非胡吹大氣。趕緊也去折了個樹枝，準備照著葫蘆畫瓢。誰料那老道兒扶搖子卻又忽然收了勢，搖著頭罵道：「蠢材，蠢材，不是剛剛跟你說嗎，你要學，就從長槍大戟學起，入門容易，見效也快。想學劍，等將來有了時間，自己慢慢感悟便是。反正都是捅人身體上的要害，最終目標沒什麼太大差別。」

「謝師尊點撥！」少年人聞聽，趕緊老老實實地認錯。然後重新去下面的山坡折了一根手臂粗的楊樹來，用石頭砍去了枝條，當作長槍端在手裡請求扶搖子賜教。

「所謂槍，實際上是槊和長矛的合體。只是長槊那東西，造價實在太高，而隨便砍根木棍套了個鐵頭做長矛，給人的感覺又過於廉價。所以自中唐之後，用槊的人就越來越少，用槍的人就越來越多！」扶搖子見少年謙遜好學，也起了幾分欣然之意。放下樹枝做的寶劍，手把手地指點寧彥章學長槍。

「而槍也罷，槊也罷，基本動作無非就是那麼幾個。刺、攪、遮、推，你身強力壯，以後還能長得更高，膂力更強，自然可以再加上一個掃和砸。掃的時候，槍的兩刃可以當作刀子來割，來砍。砸的時候，整支槍就是一根棍子，對方哪裡最受不住力，你就集中全身力氣朝哪裡招呼便是！」

「若是碰上力氣與你不分伯仲的，如呼延琮，或者浸淫長槍十數年的，如楊重貴。你就把前面那個攪字使到極致。槍貼著槍，力往圓了使。陽極陰生，陰極復生陽……」

正所謂行家一伸手，就知有沒有。老道士獨身一人在世間行走幾十年，狼蟲虎豹不知道宰了多少。所以在殺人搏命方面，絕對是行家中的行家。只是短短幾句話，就將長槍的精髓總結了個清清楚楚，然後化作幾十個零散招式，傳授給寧彥章一一揣摩。

而那寧彥章，也不知道是連日來被人追殺得狠了，殺出了幾分悟性，還是天生與長槍有緣，竟是掌握得極為迅速。只用了短短一天功夫，就已經將所有分解開來的招式學得有模有樣。接下來的事情，便剩下熟練掌握，自由組合，一步步化繁為簡，直到渾然天成了。

扶搖子見他孺子可教，忍不住又將那套長生拳拿了出來，對著拳譜，仔細給他講解了一回。這次，寧彥章總算沒有光顧著發傻，反覆練了二十幾遍，將其中招式都比劃得有幾分形似。但是說初窺門徑，乃至登堂入室，則不知道還要花費幾萬年的功夫，反正整個道觀的同門師兄弟們，這輩子估計是誰也沒機會看得著了。

道家畢竟修的是清靜無為，所以扶搖子心中雖然有些遺憾，卻也沒有再逼他在長生拳上多浪費時間。只是將拳譜給了他，叮囑他日後有了時間，再慢慢領悟。而眼下，主要精力還是放在長槍上，以應不測之需。

寧彥章當然知道輕重緩急，連連點頭答應。接下來十幾天，兩隻腳就在道觀後面的山坡上生了根，日日勤學苦練不輟。而真無子等道士念及同門之誼，只要能抽出時間來，也輪番到後山跟他拆招，以增加他的實戰經驗和對槍術的領悟。如此，也算功夫不負有心人。在小半個月之內，他的武藝突飛猛進。雖然遇到楊重貴這等軍中猛將，還是一招就死的份兒。遇到吳若甫、李萬亭等尋常武夫，卻也能勉強支撐幾下，不至於再如板子上的活魚般任人宰割了。

【第八章】

烏鵲

所有前來給他餵招的同門當中，來得最勤，每次逗留時間最長的，當然還是常婉瑩。只要有空幾乎從不去別處，並且只要一來後山，便能起到清場的效果，令其他同門師兄立刻就紛紛找各種藉口告辭。

寧彥章臉皮薄，對此頗為負疚，常婉瑩卻不以為然。見少年每次都滿臉歉意，便忍不住低聲呵斥道：「他們都拿你當小師弟，動手前先留五分氣力，怎麼可能教得好你？要餵招，當然得我這樣的才行。至少我下得了狠手，你若是敢偷懶，就難逃一頓好打！」

「這，這還成了妳的長處？」寧彥章哭笑不得，卻沒地方說理去。無論身材還是力氣，他都遠勝於此女。但在進退靈活與招數精熟方面，卻差了十萬八千里。而對練又不是拚命，有些兩敗俱傷的狠招根本不能使用，誰的動作靈活，誰的招數熟練，自然就能占據絕對上風。

「怎麼，不服是吧，不服就起來較量，什麼時候你能贏得一招半式，我立刻從你眼前消失！」見他總拿自己的好心當作驢肝肺，少女把杏目一瞪，蹙著柳眉質問。

「服，服，師妹武藝高強，寧某能得到您的指點，是上輩子修來的福氣！」寧彥章對少女又敬又怕，趕緊垂下眼皮賠罪。

春日的陽光下，常婉瑩的皮膚被照得像玉石一樣瑩潤剔透。讓他每每都不敢多看，偏偏眼睛又經常不受控制。所以，垂下眼皮說話，才能最大可能地控制住自己心中的渴望。否則，真不知道哪天會一發不可收拾。

然而常婉瑩卻不肯就此放過他，硬逼著他跟自己打了三場，每次就用樹枝抽得他落荒而逃才算解了心頭之恨。過後，卻又迫不及待地找來藥汁替他擦拭被抽腫的胳膊和腦門，並且滿臉歉意地解釋道：「你別怪我下手重，我這也是為了救你。給父親和漢王的信，已經送出去好幾天了。至今還沒有任何回音。說實話，要不是逃到別人的地盤結果也是一樣，我早就帶著你逃命去了，根本不會耽擱到現在！」

「其實妳讓師尊早點把我交出去，反而更好！妳們不也推斷過了嗎？無論我是不是二皇子，漢王都不可能在近期明著動手殺我。而拖上一段時間之後，妳和師尊還可以想別的辦法，總好過跟他硬頂！」聽他說得認真，寧彥章非常坦誠地建議。

逃到別人的地盤結果也是一樣，這是他目前所面對的最大問題。幾乎就是無解。只要中原的皇位一日沒定，二皇子石延寶就還能起到「挾天子以令諸侯的作用」。而各方諸侯，恐怕跟劉知遠都是一個德行。即便能發現他身上很多地方與皇家血脈格格不入，也寧願揣著明白裝糊塗，硬把他打扮成二皇子，繼而掌控於自己之手。

然而，對他的建議，常婉瑩卻嗤之以鼻。「你太不瞭解劉伯……，不瞭解那個劉知遠了。你若是永遠不在他眼前出現，他想不起你來，當然不會輕易動殺心。而一旦你被送到他面前，他首先想到的，肯定是永絕後患。然後下面自然有一群謀士替他出謀劃策，先在最短時間把你的可利用價值榨乾，然後找出一千個辦法讓你死得名正言順。」

「那我更不能連累你們！」寧彥章聞聽，心中大急，鐵青著臉低聲嘶吼。

常婉瑩笑了笑，固執地搖頭，「眼下還算不上連累。師尊手裡握著劉知遠的救命藥方，我阿爺在劉知遠那裡也有幾分顏面。所以即便被他抓了個人贓俱獲，我們師徒倆頂多也是閉門思過而已。倒是你，屆時恐怕想再如今天這般自由自在，就難了！」

「那，那……」寧彥章當然不信後果會如此輕鬆，可一時間，也找不出更多的理由說服對方，只能瞪圓雙眼乾喘粗氣。常婉瑩見了，卻又撿起樹枝，笑著相邀，「別想了，想破腦袋想不出辦法來。外邊的事情交給師姐我，你儘管好好習文練武就是了。來，歇息夠沒有，歇息夠了咱們就再打一場。讓我看看你剛才那頓打，到底是不是白挨沒白挨！」

說著話，又是以樹枝為劍，招招刁鑽狠辣。寧彥章不能眼睜睜地站在原地挨揍，只好撿起樹幹做的長槍，挺身迎戰。

二人從日上中天打到日落，方才暫時休戰。第二天有了新的機會，再繼續「殊死搏殺」。如是日子一天天過去，寧彥章的本領一天天見長。外邊也不斷有好消息由常府的家將傳上山來，讓常婉瑩的額頭一天天舒展，笑容一天比一天輕鬆。

「漢王府內的名醫驗過了二小姐以道長名義送去的藥，視為救命仙丹！」

「漢王正式自立為帝，國號大漢。下詔從即日起，禁止各地官員再為契丹人搜刮錢財，否則必將嚴懲不貸。」

「漢王下達大赦詔書，凡地方文武主動驅逐契丹官吏，率部來投者，過往降敵之舉一律不與追究，官職也都保持原樣不動！」

「漢王下詔，將親領大軍四十萬，直搗汴梁。沿途各地契丹人，無論軍民，必須在大軍抵達之前主動撤往燕雲各州，否則，定斬不饒！」

「漢王……」

劉知遠自立為帝了，石延寶這個傀儡的重要性，就大大地降低。而出征在即，他估計也沒太多時間去考慮如何處置二皇子。所以只要拖過最近這十幾天，拖到大軍離開，「石延寶」的活命機會就大增。今後劉知遠能想起他的時間也將越來越少。

而無論劉知遠出征前將看管二皇子事情交給哪個臣子來執行，憑藉常家的勢力和道門在北方的影響，「石延寶」在熬過最初的三五年後，未必沒有機會假死脫身。

希望越來越大，常婉瑩心情當然變得越來越好。不知不覺地，就縮短了「虐打」寧彥章的時間。相應著，督促後者讀書識字的時間也成倍增加。

就這樣「痛」並快樂著，寧彥章漸漸習慣了身邊總有一個俏麗身影的存在。哪天若是常婉瑩來得晚了，就有些神不守舍。他知道自己這樣不對勁兒，也知道即便自己將來洗清了「二皇子的嫌疑」，與對方之間也絕無可能。然而每次他打定主意要跟對方劃清界限，待到目光與常婉瑩的目光相接剎那，卻瞬間就失去了所有勇氣。

這一日，二人剛剛練武結束，又並作一對兒溫習《詩經》。正讀到「死生契闊，與子成說。執子之手，與子偕老……」，並怎麼感覺這幾句都不該在戰歌中出現時，頭頂上，忽然有一大群鳥雀如雲而過。

「今天的風有點兒大！」寧彥章單手在地上一撈，扶著長槍迅速跳起，並且迅速朝鳥雀飛來的方向瞭望。

只見山坡下，迅速跑過一片黑壓壓的人影。每一個人都手持刀槍，明晃晃的白刃照日生寒。

風大，是他在瓦崗寨時學到的一句江湖黑話。意思是對手實力很強，大夥審時度勢，必要時就果斷跑路。沒想到今天竟然一語成讖！

「快走，他們是來抓你的！」還沒等他看清楚到底來者到底打的是哪家旗號，就在距離二人半丈遠處的某塊山石後，猛然躍出了一個衣衫襤褸的身影。三步兩步衝到近前，伸手去抓他的胳膊。

「住手！」常婉瑩大急，抽出寶劍，朝此人分心便刺。然而她的劍，卻被寧彥章用樹幹做的長矛輕輕推歪，「別殺他。自己人，他是我二叔！」

話音落下，他手中的長槍也隨即落地。雙手扶住搖搖欲倒的來人，大聲叫喊：「二叔，你怎麼來了？是誰，是誰把你給傷成了這樣？」

「別問了，一言難盡！」來人正是瓦崗二當家寧采臣，渾身上下絲毫不復當初那份倜儻模樣。下巴上的鬍鬚亂得如同稻草，破爛的衣衫下，到處都是深深淺淺的傷口。

然而，他卻沒有時間停下來敷藥。一口氣喘過之後，立刻再度拉住寧彥章，大聲催促：「走，你們兩個趕緊走。從前面衝出去。後面下山的道路早已經被堵死了！他們是來殺你的，他們要殺人滅口！」

「他們，他們是誰？」常婉瑩到了此刻，也發覺了來人是友非敵，拎著寶劍，寸步不離地跟在寧彥章身後，大聲詢問。

「我也不清楚。我是半路發現他們的。原本想靠近了打探一下，結果很快就失了風。差點就被他們生擒活捉！」寧采臣扭過頭，迅速掃視了常婉瑩一眼，氣喘吁吁地補充。

女娃子不錯，臉盤好看，個子細高，對小肥這孩子看起來也一往情深。就是不知道她爺娘是哪個，捨得不捨得自家女兒和一個來歷不明的人一起過顛沛流離的日子。

「你是誰？怎麼會是他的二叔。我怎麼從來沒見過你？」常婉瑩也在此人回過頭來的一瞬間，看清楚了他的長相。寬額頭、高鼻子，雖然臉上有一道難看的疤痕，但嘴巴裡的牙齒卻生得整整齊齊。很顯然，這傢伙的出身相當不錯，就是後來遭遇可能有些差，所以才落到今天這般光景。

「他是瓦崗寨二當家，也是我的救命恩人。我現跟了他的姓。這些，我都曾經跟妳說起過！」回答她的，是寧彥章略帶薄怒的聲音。

雖然小半個月來跟常婉瑩之間的距離在不斷地縮減，但是他卻很難容忍對方一而再，再而三地像審問賊一樣，對瓦崗二當家寧采臣盤問不休。

自從他決定改姓寧的那一刻，後者在他心裡，就早已成了唯一的親人和長輩。任何對寧采臣的懷疑不敬，都跟加諸於他自己身上差不多。

「原來是寧二叔，怪不得我從來沒見過！小女子失禮了，還請二叔勿怪！」常婉瑩眉頭迅速皺起，旋即又迅速舒展。換了一副甜美的笑容，以晚輩對長輩的語氣誠懇謝罪。

寧采臣年輕時是個花叢老手，對這個階段的女孩子心思算不得瞭如指掌，卻也能猜個八九不離十。聽到常婉瑩的話語深處隱藏著濃濃的委屈，趕緊喘息著擺手，「不妨，不妨！我來得的確太突然了，妳盤問得對。但咱們現在沒時間細說，前面一共有幾條路可以下山？我擔心……」

話音未落，道觀正前方，也響起了一陣巨大的喧嘩。緊跟著，慘叫聲，哀哭聲，求饒聲和憤怒的指責聲，就交替著傳了過來，聲聲刺激著人的心臟。

「師兄他們正在前面施藥！」到了此刻，常婉瑩再也顧不上寧彥章心中把瓦崗二當家擺在了自己前面的委屈，驚呼一聲，大步便從他身邊衝過。三縱兩縱就進了道觀後門，隨即便消失了蹤影。

寧彥章心裡頭也急得火燒火燎，奈何他自己卻沒有少女那樣靈活的身手，旁邊還帶著一個不熟悉道觀內情況的寧采臣，所以只能盡最大努力在後面追趕。才進了後門，就看見狹小的菜園子裡頭，無數驚慌失措的百姓像沒頭蒼蠅般四下亂跑。都是這幾天在外邊等候扶搖子道長親自替自己診治疑難雜症的百姓，此刻受到了驚嚇，直接從道觀前門口逃到後門口來了。

「後面下山的道路被一夥來歷不明的人封住了，你們自己小心！」扯開嗓子提醒了一句，少年跌跌撞撞擠過人群，逆流而上。結果才往前走了幾十步，就又看見上百名滿臉驚恐的漢子潰逃而至。一部分人身上帶著血跡，還有一部分嚇得腿腳發軟，面如死灰。嘴巴上，卻是誰都不肯示弱，污言穢語滔滔不絕。

這些人都是等在道觀門外想拜師修仙的，本以為，只要多堅持些時日，肯定能讓扶搖子仙長看見自己向道的虔誠。卻是誰也未曾料見，大夥所面臨的第一道考驗，就是生死大劫。

「下山的路早就被封住了！想活命的，就千萬別放下手中兵器！」寧采臣見這夥人幾乎個個都帶著刀劍，在大難當頭卻只懂得逃跑，絲毫沒有勇氣反抗。忍不住扯開嗓子，大聲斷喝。

「噹啷，噹啷！」他不喊還好，一喊之下，竟然有大部分漢子迅速丟掉了兵器，加快了腳步奔向後門。沿

途遇到擋路者，無論對方是老幼還是婦孺，皆橫衝直撞而過。威猛猶如逍遙津頭張文遠，勇悍不輸潘張寨前王鐵槍。注四八

「你們這群懦夫！」寧彥章見了，只好掉頭返回菜園，維持從後門出觀秩序。然而他最近雖然勤學苦練不輟，卻畢竟還是個新丁，手中又沒拿著合適兵器。因此推開了這個，又錯過了那個，直忙得滿頭大汗，卻未能令混亂減輕分毫。反而被爭相逃命的漢子們在胸口、肚子等處狠狠搗了數拳，疼得兩眼一陣陣發黑。

「想自己去逃命的，走中間。想躲在菜園子裡的，靠牆根兒！」關鍵時刻，還是寧采臣經驗豐富。從地上撿起一把別人丟下的橫刀，「刷！刷！」兩下，劈翻了兩名正從幼兒頭頂跨過的壯漢，隨即將血淋淋的刀刃高舉，厲聲斷喝。

「啊，殺人了！殺人了！」一眾正想逃命的漢子，被熱血潑了滿頭。嚇得兩股戰戰，慘叫不止。卻再也沒人敢亂推亂擠了，遠遠地避開刀鋒所及範圍，臉上再無半分血色。

「你，你，還有你們倆！撿了兵器，堵住後門。誰他娘的還敢亂跑亂擠，先殺了再說！」寧采臣用刀尖從距離自己最近的位置，隨便點了四名手腳健全，身材強壯的漢子，勒令他去幫忙維持秩序，「快點兒，我數到三。如果你們不肯聽令，老子就先殺了你們，然後換下一批。一……！」

「寨主爺爺饒命！」四個被他抓了差的漢子嚇得魂飛天外，慘叫一聲，彎腰撿起兵器，風一般衝到了道觀後門口。明晃晃的利刃高高的舉起，無論誰想隨便進出，都少不得先吃上一刀。

「我再提醒一次，後山的道路已經被別人封住了。誰還堅持要走的話，也可以，但不能擠，一個跟著一個，排好隊，慢慢出門，出了門後馬上就離開！」寧采臣深吸一口氣，繼續大聲吩咐。

他在瓦崗寨坐第二把交椅，原本身上就帶著一股子官威。此刻又衣衫襤褸，滿身血污，整個人看上去

注四八、潘張寨之戰，鐵槍王彥章成名戰之一。後唐皇帝李存勖率軍奇襲潘張寨，王彥章奉命救援，卻缺乏船隻。他單人獨舟，搶先過河。寨中守軍見他旗號，士氣大振。李存勖知道偷襲不成，又不願跟他拚命，立刻領兵退走。

彷彿剛剛從地獄裡逃出來的惡鬼一般凶殘。兩方面因素疊加，足以嚇住大多數普通人。於是乎，先前還亂成一鍋粥的菜園子裡，秩序迅速得到了恢復。雖然絕大部分百姓們依舊選擇了出門逃命，卻再也沒有誰敢憑著身子骨結實橫衝直撞，更不敢再拿大腳丫子往老弱婦孺身上亂踩了。

「我在這裡守著，你去前院，找到那個女娃兒和扶搖子道長，想辦法下山逃命！」見自己的努力已經產生效果，寧采臣朝著小肥擺了擺橫刀，大聲吩咐。

「二叔您……」以寧彥章的性子，怎肯丟下他獨自逃生？撿了一把不知道是誰丟下的短矛持在手裡，跟他並肩而立。

「滾，老子沒你拖累，只可能跑得更快！」寧采臣抬起右腳，一腳將少年人踹出半丈遠。「快滾，快滾，你這個災星，多少人都因你而死？你若是不好好活下去，他們個個都將死不瞑目！」

「二叔！」寧彥章哽咽著叫了一聲，掩面而去。穿館舍，過甬道，跌跌撞撞來到前院。一路上，不知道看見了多少前來拜師的漢子，捂著身上的傷口翻滾哀嚎。也不知道看到了多少前來求醫的百姓，瞪著寫滿了驚恐的眼睛茫然不知所措。

好不容易來到了雲風觀前院，卻又看見七八具屍體橫在當地。有觀中的道士道童，有家住附近的無辜百姓，也有幾名滿臉橫肉的江湖惡客。不知道都是遭了誰的毒手，個個死不瞑目。

「常七、常五，你們兩個上牆，用弓箭撿帶隊的招呼。其他人，給我結六花陣，接師父和師兄們回來！」正又驚又恨間，耳畔卻傳來的常婉瑩那熟悉的聲音。帶著幾分焦灼，方寸卻絲毫未亂。

「是！」立刻有兩名家將拿著弓箭，搭人梯上了院牆。居高臨下，朝著外邊擇人而射。剩下的十來名家將，則迅速衝出了道觀大門，將正試圖往裡邊衝的一夥江湖人殺得紛紛後退，慘叫連連。

六花陣據傳乃是唐初李靖所創，可大可小，變化最是靈活。大時可以成千上萬名將士組合在一起，彼此相護，攻勢如潮。小時也可以五六個人，乃至十一二人組成六出梅花，在數倍於己的敵軍中進退從容。

而常府給二小姐常婉瑩配備的貼身家將，也個個都是沙場上見過血的老手。彼此在一起配合磨練了多年，一個雙六花陣使得出神入化。轉眼間，就殺到了正在與來歷不明的江湖客搏命的扶搖子等人身邊，將道長們和最後一批無辜百姓接上，緩緩退入了道觀大門。

外邊的江湖客們挨了當頭一棒，又羞又怒。一時半會兒卻無法衝破封堵在大門口的六花陣，又被牆上的兩名用箭高手射得膽寒。只好暫且退到了五十步之外，仰著脖子破口大罵：「牛鼻子，識相的趕緊交人。老子們給你半炷香時間考慮。半炷香過後，打進門去，人伢……」

「師尊！」見扶搖子渾身都是血，旁邊的師兄們也個個帶傷。寧彥章心中好生內疚，三步並作兩步迎了上去，俯首於地，「是弟子命不好，連累您老了。弟子這就出去，讓他們自行退兵！」

說罷，站起來就準備前去赴死。扶搖子卻掄起巴掌把他給抽了個踉蹌，「胡鬧，你死了，就管用了嗎？你也不仔細看看，他們在外邊都幹了些什麼。他們，他們分明是想這裡所有人都殺光，一個活口也不留！」

「啊——！」寧彥章顧不上臉上的疼，瞪圓了眼睛順著門口往外細看。只見平素熙熙攘攘的道觀門口，橫七豎八躺滿了屍骸。大部分都是無辜百姓的，只有二三十具，做江湖人打扮。而更遠處，還有數百名身穿黑衣的江湖人，正在漫山遍野地追殺四下逃命的無辜者。凡是被其從後邊趕上，皆是一刀奪走性命。

「他，他，他他們……」有股刺骨的寒氣，從腳底直衝少年人腦瓜頂。扶搖子說得對，他即便主動出去送死，也無濟於事。黑衣人和江湖客們，根本不想留任何活口。凡是今天被堵在道觀中的，還有跟道觀有過接觸的，都在被他們追殺之列，誰也無法平安脫身。

可他們為什麼要這樣做？殺了我一個人還不夠嗎？別人長得又不像二皇子，又威脅不到劉知遠的皇位？少年人想不明白，卻無法閉上眼睛，只能將雙拳緊緊握住，任指甲將掌心刺得鮮血淋漓。

「師尊，師尊……」身背後，忽然又傳來一陣悲聲，將他的目光，從外邊艱難地拉回。扭過頭，寧彥章看見二師兄真虛子，被其他幾個師兄弟從血泊中給扶了起來。肚子上插著一把短刀，深沒及柄。

「真虛！」大師兄真無子撲上前救治，卻被二師兄輕輕用手擋開。將目光轉向快步走來的扶搖子，真虛道士笑著搖頭，「師尊，弟子的時間到了！」

「無上太乙度厄天尊！」扶搖子低低地誦了一聲道號，走上前，坐在真虛子面前，老淚縱橫。

「無上太乙度厄天尊！」眾同門師兄弟們用身體抵住真虛子，團團坐成一個小圈，低聲念誦：「元元之祖氣，妙化九陽精。威德布十方，恍恍現其真……」

「覺來無所知，知來心愈用。堪笑塵世中，不知夢是夢。」低低的誦經聲中，真虛子嗓音宛若黃鐘大呂，敲打在每個人心臟。念罷，他微微一笑，閉目而逝。注四九

「無上太乙度厄天尊！」扶搖子陳摶低低誦了一聲道號，老淚縱橫。

全天下受其點撥過的道士和後輩雖多，但能被他真正納入門牆當作嫡傳弟子者，加上石延寶和寧彥章，也不過才區區十人。而真虛子偏偏又是這十個人裡頭最受他欣賞，百年之後準備傳承衣鉢的，誰料今日卻早他這個師父一步撒手塵寰。

「師尊，是這廝，是這廝趁著二師兄替他診病的時候，突下毒手！」正悲痛得幾乎無法自已之時，卻又聽見三徒弟真寂子賈德升大聲控訴，字字血淚。

「這廝心腸歹毒，居然躲在了前來求醫的病患當中。二師兄，二師兄好心好意替他診脈，卻不料，卻不料他……，嗚嗚，嗚嗚……」其他幾名平素與真虛子相交莫逆者，也跟著大聲，哭訴。

原來那真虛子精通岐黃，又素來心善。最近幾日幾乎每天都出門替外邊的求醫者把脈施藥。而某些狼心狗肺之徒，則恰恰利用了他的善心。裝作急症病人躺在了前來求醫者中間，然後趁著真虛子替自已把脈之時暴起發難。

「到底是誰派你來的？如實招來？」沒等扶搖子做出反應，大師兄真虛子已經縱身撲了上去，用寶劍

指著俘虜的胸口，厲聲質問。

那俘虜也算硬氣，居然對頂在自家胸口處的利刃視而不見。咧了咧滿是黃牙的大嘴巴，滿臉不屑地威脅道：「誰派老子來的？老子當然是漢王千歲派來的！牛鼻子，識相的趕緊放下兵器，自己綁了雙手出去投降。看在你們給漢王獻上的靈丹著實有效的份上，我家將主也許還能饒恕爾等的狗命。否則，等大軍殺進門來，定然是雞犬不留！」

「那你就先去死！」聞聽此言，扶搖子勃然大怒。飄然上前，用左掌朝真無子手中的劍柄處奮力一推。登時，將寶劍從俘虜的前胸口推了進去，直戳了個透心涼。

「長生門下隱修士！」下一個瞬間，也不去擦濺在自己和真無子身上的污血，扶搖子紅著眼睛舉起佩劍，大聲喝令，「結驅魔大陣，跟我殺出去除魔衛道！」

「無上太乙度厄天尊！」眾道士齊齊應了一聲，拔出長劍，慨然而起。雖千萬人吾往矣！

「天尊在上！」扶搖子紅著眼睛向著大夥點了點頭，轉身向外大步而行，一邊走，一邊朗聲吩咐，「今日群魔齊聚，我長生門難逃此劫。但爾等凡有一人平安脫身，務必莫忘今日仇。事後以任何手段為師門雪恥都理所當然。天上地下，我等皆問心無愧！」

他先前指點常婉瑩給六軍都虞侯常思傳信，又以自己的名義送了一盒子救命丹藥給漢王劉知遠，就是為了讓對方明白自己並無惡意。並且可以用救命藥方為代價，換取漢王府放棄對石延寶的追殺。畢竟，一個已經失去了全部記憶的前朝二皇子，對劉知遠早已構不成什麼威脅。而後者心脈上的隱疾，卻不會因為此人當了皇帝就自動消失得無影無蹤。

誰料想劉知遠的反應居然不能以常理來考量，竟連討價還價的機會都不給，就直接派兵來殺人奪方。

注四九、這段仿效金庸先生的《射雕英雄傳》中，譚處端去世時的場景，非刻意盜用。特此說明。

二弟子真虛子無辜枉死，門外門內還有無數普通百姓遭受了池魚之殃，隨時都有可能被對方殺人滅口。此時此刻，他扶搖子陳摶即便是個占山為王的草寇，都不可能再選擇屈膝。因為那樣做，除了讓自己和一眾弟子們在臨死之前承受更多的屈辱之外，起不到任何效果。

「覺來無所知，知來心愈用。

堪笑塵世中，不知夢是夢。」

眾道士雖然修的是長生，卻沒人願意像烏龜一樣縮著頭苟活萬年。自知今日難有倖存之理，嘴裡高誦二師兄真虛子臨終贈言，仗劍而行。

眼看著眾人的身影就要衝出道觀正門，始終被大夥視作被保護對象的寧彥章忽然追了幾步，大聲斷喝：「且慢，師尊，各位師兄且慢，此事頗有蹊蹺！」

眾人聞聽，紛紛側身扭頭。其中幾個性子相對急躁的，立刻就大聲呵斥了起來：「老八，你別忘了二師兄今日為誰而死！」

「八師弟，你可以忘了過去的一切，總不能將剛剛發生在眼皮底下的事情也忘光了吧！」

「你要投降等死，也由得你。但是別拉著大夥一起受辱！」

……

一句句，宛若利刃攢刺在寧彥章的心頭，令他疼得臉色發黑，嗓子眼兒一陣陣發堵。然而，越是這種時候，他卻將指甲掐進掌心肉裡，迫使自己的頭腦保持清醒。「師尊，各位師兄，寧某好歹也是長生門下隱修士，此時此刻，豈敢苟且偷生？然而剛才那廝口口聲聲說是奉了劉知遠的諭令，其門外的同夥，卻連劉知遠的旗號都不敢亮。並且絕大多數都做江湖人打扮。想那劉知遠再不堪，在他自己的地盤上想要殺我，只管光明正大地派一哨兵馬前來捉拿便是。怎麼可能如此偷偷摸摸，如同做賊一般？」

幾句話，說得不算清楚，卻足夠有力。劉知遠可能陰險，可能蠻橫，卻唯獨不該偷偷摸摸！他即便不肯答應跟長生門以救命丹方交換石延寶，按照常理，也應該直接派一名官員帶領幾十名下屬公開上門來「迎駕」。屆時，除非扶搖子準備帶領信徒造反，否則，就只能老老實實將「二皇子」交出，然後再做其他打算。

「就是。師尊，師兄，小師兄說得對。外邊的那些人，應該不是劉知遠派來的！至少，不是他親自下的令！」就在大夥被寧彥章說得心生疑惑之際，常婉瑩也做出了正確判斷。走上前，大聲給少年人幫腔。

「嗯……」扶搖子陳摶原本就人老成精，先前之所以衝動，一是由於痛心愛徒的慘死，二則是由於對漢王劉知遠的人品徹底絕望。此刻聽了兩個徒弟的剖析，理智立刻迅速恢復。皺著眉頭停住腳步，低聲道：「你們，你們兩個的意思是，指使外邊那夥強盜者，另有其人？」

「那又如何，我等依舊不能坐以待斃！」三師兄真寂子卻不認為一個半呆傻的傢伙，所說出的話會有什麼道理，揮舞著寶劍大聲叫嚷。

「師尊，別聽他們兩個小娃娃的。讓弟子保著您老先殺下山去，然後再仗劍除魔！」

「師尊，事不宜遲……」

其他眾道士，所想跟真寂子差不多。也都認為趁著對手立足未穩搶先下手，也有更大的突圍可能。

「師尊，各位師兄，請聽我把話說完！」寧彥章急得直跺腳，揮舞著胳膊大聲補充。「這裡邊區別很大。此地距離定難軍頗近，外邊那夥人，未必就真的為劉知遠指使。頂多，是劉知遠麾下的某個心腹，想拍他的馬屁上位，越俎代庖！」

「那不和劉知遠本人下手一樣嗎？」

「定難軍，那些党項鷂子怎麼敢越界殺到這裡來！」

「老八，你到底在說什麼？」

眾同門師兄們很少理會俗事，所以依舊聽得滿頭霧水。但至少把腳步都紛紛停在了門口，耐著性子大聲質問。

「他們來了這麼多人，卻又不敢打起劉知遠的旗號。山下石州城的正牌官軍，就不能始終對此事不聞不問。只要我等能抵擋一段時間，並且在道觀中點燃狼煙，官府當中即便有人跟他們勾結，也不可能一直裝作視而不見。否則，過後哪怕劉知遠心裡頭歡喜，也必然會抓幾個倒楣鬼出來，以塞天下悠悠之口！」常婉瑩向前又走了幾步，與寧彥章並肩而立，非常迅速地補充。

她畢竟是六軍都虞侯常思的女兒，平素受其父的言傳身教，對官場上的許多見不得光的勾當都瞭如指掌。土匪來襲，地方官員反應不及導致某幾個莊子被破，幾百名百姓被殺，罪責頂多是玩忽職守。而百姓們點燃狼煙求救，地方官員卻始終都未能做出反應，那責任就只是瀆職了。萬一被政敵利用起來做文章，十有八九會被打成與土匪勾結。到時候非但主事地方的官員自己要掉腦袋，其他關鍵位置上的佐屬，也要跟著身敗名裂！

「啊！」

「這？」

「師妹妳是說，官府可能出手？」

……

眾師兄們從未自官場本身運作的角度上考慮過問題，眼睛裡的困惑越來越濃，說話的聲音也慢慢變得不再像先前那般焦躁。

「外邊的人倉促而來，不可能隨身帶著任何攻城利器。而雲風觀的院牆頗為高大結實，此刻觀中除了咱們自己之外，還有其他許多前來求仙學道的當地青壯。一旦大夥認清形勢，發現土匪準備趕盡殺絕。就可能產生同仇敵愾之心。如此，只要師尊調度得當，咱們完全有可能堅守到天黑！」有了常婉瑩站在自己身邊，寧彥章的信心大增，腦子裡的思路更加清晰。說出來的每一句話，都有理有據，不由得大夥不暫且按捺住心中的滔滔恨意，認真對待他所說的每一句話。

「到了天黑，哪怕官府不派人來救援。咱們突圍的機會也將成倍增加。過後無論是替師門傳承絕學，還是找對方報仇，都有更大的希望！」常婉瑩扭頭看了他一眼，恰巧他的頭也扭向了對方。四目在不遠不近的距離上互視，都在彼此的眼睛深處，看到了幾分欣賞。

二人你一句，我一句，很快就將殺出拚命和堅守待援兩種選擇的利害，剖析了個清清楚楚。

真無子等一眾道士平素大部分時間都花在修行上，對於俗務原本就不是很精通。聽小師弟和小師妹兩個說得乾脆俐落，條理清楚。立刻就都猶豫了起來，紛紛側轉頭，等候扶搖子一言而決。

在兩個徒弟先後開口的剎那，扶搖子陳摶的頭腦早已恢復了冷靜。先前之所以一言不發，僅僅是為了驗證心中某些猜測而已。此刻見大夥將目光都轉向了自己，忍不住輕輕嘆了口氣，坦然承認：「他們兩個說得對，為師先前方寸亂了。如今仔細想來，堅守到天黑，應該是最佳選擇！」

「師尊，就請您調兵遣將，咱們狠狠給外頭那群惡人一個驚喜！」唯恐其他同門再說出什麼拚死為二師兄報仇的話來，常婉瑩立刻大聲敲磚釘腳。

「妳這女娃娃，真可惜了不是男兒身！」扶搖子輕輕瞟了她一眼，繼續嘆息著搖頭。自己門下最沉穩機敏的真虛子不幸喪命，其他幾個弟子當中，大師兄真無飄逸出塵，個人成就將來不可限量，卻非合適的領軍之選。三徒弟賈德升脾氣焦躁，行事衝動，將來無論當道士還是當掌門，都屬趕鴨子上架。剩下的另外六個，要麼過於木訥，要麼過於灑脫，更無一個適合在自己死後站出來支撐門楣。唯獨年齡最小的徒弟，資質、悟性都是一等一，更難得的是有決斷力。可偏偏又是個女娃娃，並且情劫難了，命中注定要在紅塵中沉淪此生……

「女娃娃怎麼了?女娃娃也可以掛印統兵!師尊您放心,這座道觀有四面牆,徒弟我肯定能獨當一面!」正感慨間,耳畔卻傳來了常婉瑩憤怒的抗議聲。很顯然,這位要強的女徒弟誤會了他的意思,以為他在說自己難當大任。

「那師尊就把左面那堵牆交給妳!」兩軍對壘的關鍵時刻,扶搖子當然沒功夫跟常婉瑩去解釋剛才自己心中的遺憾。立刻順水推舟,給女徒弟和她手中的一眾常府家將布置下了任務。

隨即,他將目光迅速轉向了自家其餘幾個徒弟,「真無,你帶領真定、真玄,去從陷在道觀裡頭的百姓當中徵募壯士,堅守正門。真寂,你帶著真智和真淨,也去徵募一批壯士,防守北牆。記得跟大夥說清楚,外邊的強盜準備殺人滅口,如果守不到天黑的話,所有被困在道觀裡頭的人,誰也難逃生天!」

「是,師尊!」大師兄真無和三師兄真寂兩個,齊聲答應。隨即帶起分配給自己的師兄弟,跑去人群中徵募勇士。

「呼——!」扶搖子輕輕吐了口氣,穩定心神,準備親自去後院招募幫手。若是江湖比武,逞勇鬥狠,他雖然年紀已經大了,卻也有足夠的把握技壓群雄。但指揮一支兵馬防禦大營,排兵布陣,卻遠非他所擅長。所以將令雖然及時傳了下去,能不能擋得住對手全力一擊,他心中卻是半分把握都沒有。

雙腳才剛剛邁出兩三步,被當作添頭的寧彥章卻從背後追了上來,攔在他面前,直言相諫:「師尊,弟子以為,還是讓小師妹帶人守前門的好。她手下的家將都是上過戰場的老兵,不怕見血,彼此之間配合起來也更嫻熟。而真無師兄雖然身手過人,麾下卻缺乏訓練有素的幫手。恐怕很難應付太猛烈的攻擊!」

「嗯?」扶搖子的眉頭微微一跳,臉色瞬間千變萬化。

再不懂軍務,他也知道正門才是整個防禦戰的關鍵所在。但偌大的長生門,災禍臨頭時卻沒有任何男弟子可用,竟叫一個年齡最小的女娃娃去擋在正前方。事後即便大夥成功躲過了此劫,傳揚出去,整個宗門名聲也被徹底毀乾淨了,從此在外人面前連頭都無法往上抬,更不可能靜下心來追求什麼長生大道!

「大師兄武藝高強，可以作為主將，帶領其他兩位師兄守正門。小師妹則作為副將，在旁邊輔佐於她！」寧彥章的反應也算機敏，立刻從自家師父的表情中，察覺出了自己的建議有多令人尷尬，趕緊出言補救。「而空下來的南牆，就交給弟子我。您老放心，弟子雖然不才，好歹也在瓦崗寨幹過幾個月的綠林，沒吃過豬肉也見過豬走路！」

「嗯？」扶搖子的眉頭又跳了幾下，旋即臉上綻起了欣慰的笑容，「也好，就按照你說的做。咱們師徒，今日各盡所能。」

「新」收入門牆的九徒弟，居然在關鍵時刻比他這個當師父的還冷靜，這是今天他所遇到的第一件驚喜。而能在極短的時間內，就看出他在防禦布置上的缺陷，並給出一個恰當建議，則是接踵而來的第二件。很顯然，這個被自己賜名為真悟的小傢伙，在軍略方面極具慧根，只是先前誰也沒留意而已。

想到這位徒弟的父親石重貴和祖父石敬瑭，也都堪稱馬上皇帝，扶搖子立刻就明白慧根因何而來了。與自己的另一位弟子常婉瑩一樣，這完全是家傳，與師門所授無關。即便不專門用心思去學，兩個小傢伙幼年時經常聽到的，也都是如何領軍廝殺，攻城略地。日子久了，多少也會掌握一些軍師方面的常識。而自己和其他一眾徒弟們，過得卻是與世無爭的日子，連跟人動手的機會都很少，更何況領軍廝殺？

念及此節，老道士又微笑著補充了一句：「為師原來還有些擔心，自己去了後院，萬一前院遇到麻煩，相救不及。既然你和真慧都能主動請纓獨當一面，為師也就從容多了！」

「師尊您是主帥，應當坐鎮中軍才對！」話音剛落，寧彥章卻又給了他今天第三個驚喜。「我二叔，就是瓦崗寨的寧二當家，此刻正在後院。他在山寨裡幹的就是軍師的活，你隨便派幾個道士去協助他就可，有他在，後門和後院應該萬無一失！」

「瓦崗寨的寧二當家，他怎麼會在這裡？」扶搖子微微一楞，本能地追問。

「弟子也不清楚。弟子還沒來得及問。但弟子可以保證，二叔不是奸詐陰險之輩，更不會對弟子痛下殺手！」寧彥章先是搖搖頭，然後非常堅定地回應。

「唔！趁著敵方還未發起強攻，你且帶為師跟他見上一面！」扶搖子略作遲疑，快速做出了決定，「真慧，妳剛才也聽見了。正門交給妳和妳大師兄兩個。其他都依照真悟的安排。等其他幾個師兄弟過來時，妳負責跟他們交代清楚！」

後面幾句話，是特意交代給常婉瑩的。少女聞聽，當即躬身接令，然後小跑著去通知其他同門。

扶搖子則帶了寧彥章，快步走向後院。一路上，看到的情景觸目驚心。雖然真無等道士早就把外邊的惡賊會殺了所有人滅口的消息傳了下去，可前來求仙和求醫的百姓們，肯相信這個說法的人卻連三成都不到。其餘一大半兒，則認定了自己只要老老實實交出隨身財物，就能換取平安。無論道士和道童們如何動員，都不肯從地上撿起兵器來跟土匪拚命。

待到了後院菜園，眼前卻又完全變成了另外一番景象。就在少年人往返之間這一刻鐘左右功夫，先前躲進菜園子裡頭的絕大部分青壯，居然已經被寧采臣給組織了起來。分夥結隊，長兵器向著牆頭，短兵器朝著門口，弓箭則全被其主人帶上房頂。只要外面那夥來歷不明的土匪敢發起進攻，等待著他們的肯定就是迎頭痛擊。

扶搖子見此，先前心中還對寧采臣僅有的幾分懷疑，迅速煙消雲散。不待寧彥章給二人引薦，就主動上前寒暄道：「無量度厄天尊，貧道扶搖子，久聞瓦崗寧當家大名。今日一見，果不虛傳！」

「我父子給前輩招來無妄之災，死罪，死罪！」寧采臣在趕來雲風觀的途中，已經將扶搖子與小肥之間的過往，探聽得一清二楚。見對方一片仙風道骨，也躬下身子，大聲致歉。

「一家人不說兩家話！他既然是我長生門弟子，就斷然沒有任人宰割的道理！」扶搖子性子非常練達，輕輕一擺手中寶劍，笑著岔開話題。「事情緊急，貧道也不跟寧當家客氣。你究竟是如何做到的，居然能這麼快，就能讓大夥同仇敵愾？」

「說來慚愧，非寧某本事大，而是外邊的那群惡棍硬生生把大夥給逼到了這個份上！」寧采臣聞聽，搖搖頭，苦笑著轉過身體，「孟齊、蕭讓，你們拉開後門，給仙長看看外邊來的是一群什麼樣的妖魔！」

「是！」兩名臨時被寧采臣委任職位的富家子弟，答應著去執行命令。

隨著吱吱咯咯一聲響，窄窄的道觀後門被緩緩向內拉開。有股濃烈的血腥氣，立刻隨著山風馳捲而入。扶搖子放眼望去，只見距離後門五百餘步的山坡上，與躺滿了密密麻麻的屍體。有老人，有婦孺，更多的是手腳健全的青壯。無論他們先前是跪還是逃，統統被人從後面砍翻在了血泊當中。

「無上太乙度厄天尊！」饒是扶搖子心裡早有準備，也被外面的淒慘景象嚇了一跳。俯身下去，為枉死者低聲誦經，「天尊大慈悲，普濟諸幽冥。十方宣微妙，符命赦泉扃。拯拔三途苦，出離血湖庭……」

他在道門當中輩分甚高，多年來帶領弟子四下施藥診病，積下了無數功德。因此在民間早就被視為陸地神仙，普通人過世甭說得他誦經超度，就是派門下灑掃童子在葬禮上露一露臉，也會被死者的親朋子孫當成幾輩子修來的福緣。

此刻見他俯身誦經，滿臉虔誠。周圍的受困百姓無不感動莫名。白鬚飄飄的老者個個含淚道謝，那些身子強健的青壯們，則紛紛舉起刀劍，大聲立誓：「多謝仙長慈悲。今日我等一條性命就交到仙長手裡了。拚了一死，也不讓賊人邁進道觀半步！」

「對，無論是誰想要衝進門來，先得問問我等手中的傢伙答應不答應！」

「無論誰想加害仙長，除非我等全死絕了！」

「請仙長帶領我等，斬妖除魔！」

……

「貧道多謝各位仗義！」扶搖子聞聽，趕緊又四下行禮。「若今日得脫此劫，貧道願常駐此山三年，日日替周圍鄉鄰診病捨藥，每天早晚觀前講述黃庭。有疾者皆可來診治，無分貴賤男女。向道者皆可來聽經，無分老幼婦孺。」

說罷，又將身體轉向道觀正殿，鄭重立誓：「此願，三清祖師為證。若中途毀諾，弟子將永墜輪迴，大道難成！」

「仙長！」眾人聞聽，更是感動得無以復加。

那時的人壽命極短，男子三十已經可以自稱老夫。是以大多數人對往生、輪迴、超脫等諸多佛門與道家理論，都深信不疑。而今日扶搖子在三清祖師面前發下大願，要在雲風觀開門診病講經三年，就意味著周邊兩百里內所有人的生病和死亡都有了著落，無論男女老幼，富貴貧賤。受惠者，也已經不止是今天被迫留在道觀內殊死抵抗的這一兩百號，而是周圍的成千上萬！

如此，等同於今天所有人的死亡，都有了價值。所有依舊手持刀槍的抵抗者，也有了義不旋踵的理由。

剎那間，眾志成城，殺氣直衝霄漢。

「接下來該如何做，還請寧二當家不吝指點！」扶搖子陳摶卻知道光有士氣未必打得贏對手，轉過身，再度面向瓦崗二當家寧采臣虛心求教。

「院子太大，不宜處處設防！」寧采臣知道眼下不是謙讓的時候，立刻出謀劃策，「請道長命人，把所有跟院牆連在一起的房子，先點著了火。其一，可以向四下示警，其二，避免戰時被賊人攀援而上，居高臨下。

「沖寥，你和沖玄，沖定立刻帶人去四下放火。然後將與起火處相連的其他房屋全都扒掉，以免火勢蔓延！」扶搖子當即採納，扭頭吩咐一名跟過來的沖字輩道童速去執行。

「是！祖師！」三名被點了將的道童大聲答應著，小跑而去。

「事急從權，此處三清殿最為高大。請道長在義民當中挑選四名射箭最好的高手攀上殿頂。一方面道長可以縱覽全域，及時調兵四下接應。另外一方面，也可以命人隨時向周圍施放冷箭，射殺賊人中的大小頭目，以震懾敵方軍心！」寧采臣四下瞭望了幾眼，又快速補充。

「三清祖師素來慈悲，從不願意看到生靈塗炭。這個時候甭說踩到他們的頭頂上，即便把他們三個的塑像全都燒了，在我道門子弟看來，亦有功無過！」那扶搖子真是豁達，毫不猶豫地點頭答應。

「我可以射一百步外的靜靶子，十發七中！」

「弟子可以一百步之內，十中其八！」

「我們兄弟兩個是這山裡的獵戶，專門射狼、豺、狐狸的眼珠子！」

「晚輩……」

周圍的人群中，立刻有人大聲自薦，誰都以能跟扶搖子仙長並肩作戰為榮。

「如果四個名額不夠的話，就上八個，甚至十六個。總之，越多越好！但是話也說回來，沒有把握的，就不要上去了。如果人數太多，房頂上未必能承得住！」寧采臣見士氣可用，立刻果斷擴大神箭手的數量。

「呵呵！那是當然，且不說大敵當前，三位天尊的腦袋頂上，豈是隨隨便便能站的？」

「寧二當家放心，我等都是鄉鄰，誰平素有啥本事，是不是在濫竽充數，大夥都能看得清楚！」

……

周圍百姓你一言，我一語，興奮地表態。一時間，竟然忘記了恐懼和悲痛。

「請諸位高鄰稍安勿躁，寧某還有其他安排！」站在士氣高漲的眾人中間，瓦崗二當家寧采臣的言行舉止越發鎮定從容，「這裡用不了如此多人，需要分出一半兒去前面幫忙。道長，煩勞你再派幾個弟子，把道觀內不願殺生的人和老弱婦孺都帶到三清殿內安置。以免等會兒血戰之時，有人四下哭嚎亂跑，影響軍心！前院和回廊等處，若是也有願與大夥同生共死壯士，就請道長指派弟子把他們也組織成軍。十人為夥，五十人為都，百人成隊，以身強力壯，嗓門兒宏亮者為火長，都頭和隊正。咱們今天就在這裡……」

他出身於晚唐以來形勢最為混亂的燕趙故地，少年時就有組織莊戶對抗土匪上門洗劫的經驗。家族遭難之後落了草，又曾經多次組織瓦崗義賊四下掃蕩土豪寨壘，討要巨額的「保全費」。故而對防禦土匪進攻和組織土匪進攻兩方面的套路，都瞭如指掌。一條條建議流水般地提出來，幾乎每一條都恰恰說在了最關鍵處。

扶搖子心胸豁達，慧眼識珠。見他謀劃得如此恰如其分，立刻果斷讓權。把所有門下徒子徒孫、道士道童，以及觀內準備同生共死的義民，全都交給他統一差遣。

寧采臣知道事情緊急，也不客氣，乾脆趁著敵軍還在忙著做進攻準備之時，將整個道觀的防務重新梳理了一個遍。

正所謂聞道有先後，術業有專攻。要是論及岐黃之術、修身之經，以及兵器拳腳，扶搖子和他門下的八位男女弟子，至少一半兒水平在寧采臣之上。可論及打家劫舍、排兵布陣的道行，在場所有人就望塵莫及了。

於是乎，經過寧二當家一番調整，道觀內的防禦立刻變得有模有樣，張弛有度。一些完全利於進攻方的位置，則皆全變成了火焰山。非但外邊的土匪一時半會兒無法靠近，就連天上的飛鳥想要經過，也得問一問自家全身皮毛血肉禁得起幾番焚燒了！

道觀內有扶搖子、寧采臣這等高人坐鎮，而道觀之外，也不全是白丁。至少觀前領兵的那名步將李洪濡，就稱得上一個經驗豐富的老將。正整頓兵馬，準備一鼓作氣將道觀拿下之時，忽然看到裡邊幾個被自己相中的要害都陸續冒出的火光，禁不住大吃一驚，趕緊將麾下幾個都頭全都喊到身邊。同時，側過頭跟一位身穿黑衣的三角眼傢伙商量道：「大人，情況不太對勁兒。道觀裡邊恐怕不止是常氏二小姐和十幾位家將，至少，應該還有一個老於戰陣之士，在旁邊替老道陳摶和她兩個出謀劃策！」

「那又怎樣？」三角眼嘴巴下撇，滿臉不屑，「李將軍，莫非你連一個黃毛丫頭都對付不了？要知道，此番前來，主上可是親口跟咱家說過，看好你的本事，準備許你一個大前程！你如果連一點力氣都不想使，咱家回去之後，可只能如實彙報了。屆時……」

「大人，大人開恩！末將只是，只是提醒您一聲而已，絕非心生退意！」李洪濡身為一軍主將，卻連直言相諫的勇氣都沒有。立刻屈身拱手，低聲討饒，「請大人拭目以待，末將這就重新調整部署，然後將常二小姐給，給主上活著抓回來！」

「是山賊掠走了常二小姐，記住！與其他任何人無關！」三角眼得勢不饒人，抓住李洪濡話語裡的一個把柄陰森森地強調。「至於道觀裡邊的其他人，也都死在了山賊之手。對了，還有陳摶手裡那張丹方，那張丹方主上也一定要。咱家不管你用什麼手段。只要拿到這兩樣，你今後就少不了平步青雲。可若是你一樣也沒拿到，哼哼……」

一邊說，他一邊撇嘴皺眉，全身上下陰氣繚繞。李洪濡聽得心中一凜，忍不住在肚子裡頭悄悄嘀咕，「沒卵蛋的畜生，給你點好臉色，你還真把自己當爺爺了。要不是堂兄把寶押在二世子身上，許了重金請老子出手，鬼才有功夫蹚這種渾水！」

腹誹歸腹誹，表面上，他卻只敢繼續拱著身子做受教狀，「是，末將知道，是定難軍那邊的山賊屠了雲風觀。說不定党項鷂子，也參與其中。末將已經命人帶足了證據，隨時都可以丟在附近的屍體堆中！」

「那咱家可就在旁邊瞧好了！你可別出工不出力。咱家是外行，周圍其他弟兄，可都是小郭大人親手調教出來的。每個人都帶著一雙眼睛！」三角眼聳了聳肩，將頭抬起，呈半矩狀看向天空。注五〇

半空中雲有點兒低，陽光也略顯慘淡，風忽小忽大，透著刺骨的倒春寒。正是殺人害命的好天氣，他心中對即將發生的屠戮充滿了期待。

注五〇、半矩：即四十五度角。中國古代幾何單位，一矩為九十度，半矩為宣，四十五度。欘為六十七度半。

所謂人，不過是戶籍冊子上的數字而已。多幾百少幾百沒啥大不了。特別是這種偏僻之地的鄉下人，一年到頭也給官家交不了多少稅賦，還得時刻提防他們和對面的党項鷂子勾結，吃裡扒外。所以，與其留著給自己添堵，不如乾脆俐落全都殺掉！

三角眼自認是一個做大事的人上人，而做大事的人上人都必須殺伐果斷。所以他毫不猶豫地命令李洪濡除了常家二小姐之外不留任何活口，並且內心當中毫無負疚。

如果不是他頭上的主人再三強調的話，他甚至連常家婉瑩也不準備留。女人麼，長得再好看，吹了燈後還不是一般模樣？況且男人要想成就大事，就必須遠離女色。不信，你看那褒姒、西施、楊玉環，還有前朝的馮皇后，哪個不是惹禍的精？注五一

正當他想著等會兒是不是更殺伐果斷些，乾脆派人把常婉瑩也偷偷做掉，以免此女將來成為自家主上的負累的時候，李洪濡那邊已經展開了對道觀的第一輪進攻。從正門方向，派出了兩個百人隊。中規中矩的方形陣列，刀盾在前，長矛靠後，整個隊伍的最後三排，則是整整六十名弓箭手。

來得實在匆忙，又需要多少掩飾一下身份，所以他們並未攜帶戰鼓。只是用刀背敲打盾牌的聲音，來鼓舞士氣，調整行軍步伐。

儘管如此，六十多面盾牌同時被敲響，聲音聽在從未經歷過戰陣的民壯耳朵裡，依舊壓抑得令人幾乎無法呼吸。

「砰砰砰，砰砰砰，砰砰砰！」隨著單調重複的敲擊聲，他們像塊巨大的磚頭般，緩緩朝著道觀正門移動。

「砰砰砰，砰砰砰，砰砰砰！」每敲打一下，「磚頭」就向前推進數尺。又黑又重，隨時都可能砸在防守者的腦門上。令後者腦漿迸裂，死無全屍。

一名主動站上了牆頭的獵戶，第一個承受不住壓力。兩條大腿哆嗦著，緩緩蹲了下去。冷汗從額頭，鬢

角，胳膊等處，溪流般汩汩下淌。

其他幾名鄉民中的射箭好手情況有輕有重，但都臉色煞白，腿腳發軟。若不是身後的梯子已經被抽走，肯定有人會立刻掉頭而逃。

這種情況，肯定無法威懾敵軍。常婉淑敏銳地發現了弓箭手們的異常，果斷調整部署。「常清，你帶上咱們家的人，把他們替換下來！」

道觀的院牆比不得城牆，能供落腳的地方有限。所以，她不能將有限的落腳點，浪費在那些已經被嚇軟了的獵戶身上。哪怕他們的箭法再精準，甚至在平素能百步穿楊。

「諾！」被點到名字的家將頭目常清插手施禮，轉身叫起自己麾下的弟兄，扛著梯子去換人。

被換下來的獵戶們，一個個如同虛脫了般蹲在地上，慚愧得無法抬頭。就在十幾個呼吸之前，他們還認為憑藉自己的一身本事，能在鄉鄰們面前做一個英雄豪傑。甚至還幻想著自己如何殺敵數十，血流滿身卻死不旋踵。然而到了此時此刻，他們才忽然發現自己根本不是做英雄豪傑的料，沒等血流滿身，卻先尿了褲子。

「當當當—當當當當—當——當當當……」就在此時，一陣凌亂且古怪的鐘聲，突然從三清殿前響起，令所有人詫異地扭頭張望。一瞬間，心中的慚愧和恐懼就減輕了大半！

「做道場嘍，做道場嘍，有人敲鑼，沒人敲鐘怎麼行？」一片驚詫的目光下，寧彥章的笑臉從古鐘後閃了出來，丟開鐘錘。順手從腳邊撿起一對鐃鈸，蹦蹦跳跳，「銑——銑——嗆唧——銑——銑——嗆唧——！」

肥碩的身軀，再配上滿臉的戲謔，活脫一個戲臺上的小丑。

注五一、褒姒：周幽王的妻子，周幽王為了博她一笑，烽火戲諸侯，導致亡國。馮皇后：晉出帝石重貴的續弦，石延寶的繼母。原本是石重貴族叔的妻子，丈夫死後，被石重貴迎娶。喜歡干預政務又缺乏頭腦，後與石重貴一道被契丹人抓走，病死塞外。

「噗哧！」常婉瑩被逗得笑出了聲音，臉上緊張表情一掃而空。其他奮起反抗的民壯們，也都忍不住笑著搖頭。

雲風觀原本是一座被遺棄的廟宇，布局方方正正，建築四平八穩，更像一座土財主的院子，而不是修身養氣之所。裡邊的銅鐘、香爐、鐃鈸、木魚等物，也數量眾多，花樣齊全。平素都丟在原地或者院子角落裡任憑風吹雨打，如今在關鍵時刻，卻剛好派上的用場。

被困在道觀裡的鄉民們不會念什麼真經假經，但是辦紅白喜事時，卻少不得要敲敲打打。很快，便有五六名膽子大的老人受到寧彥章的啟發，蹣跚著從三清殿裡走了出來，抱住懸在半空中的鐘錘，從兩側廂房翻出銅鑼和木魚，從少年人手裡搶過鐃鈸，齊心協力奏響了一曲《湘妃怨》。注五二

這下，門外的刀盾撞擊聲，可就徹底失去了震懾作用。非但院子裡持械待命的民壯們一個個哄堂大笑，連進攻方的步軍百人將李進，也覺得自己的行為簡直就是在老君面前跳大神。氣得咆哮連連，催動隊伍加速向道觀大門衝了過去。

「嗖嗖嗖，嗖嗖嗖，嗖嗖嗖——」隔著一百多步，後排的弓箭手就射出了數十支雕翎。箭尖處寒光閃爍，就像一頭猛獸在半空中亮出了獠牙。

然而，擋在猛獸獠牙面前的，卻是兩張緩緩閉攏的門板。彷彿存心刺激對方一般，兩夥民壯在門板後賣力喊著號子，聲音抑揚頓挫，「嗨，呀呀，嗨嗨呀呀，加把勁兒啊，關上門兒啊。大鬼小鬼進不來啊——！」

一陣劈里啪啦撞擊聲，成為號子聲的伴奏。大部分羽箭都射在了門板上，不甘心地四下顫動。只有零星幾支越過牆頭，被真無子等道士跳起來用寶劍一撥，直接撥得不知去向。

牆頭僅有的幾處落腳點，常府的家將們彎弓搭箭，奮起還擊。他們的人數不及對手十分之一，射出來的羽箭卻又穩又狠，才第一輪齊射，就將一名火長和兩名刀盾兵放翻在地。

賊軍本以為道觀裡是一群牛羊，只要衝進去就能隨便宰割。卻不料想當頭挨了一棒，頓時被打得有些

頭腦發暈，站在被射死的同夥屍體旁，舉盾護頭，腳步遲遲不願向前繼續移動。

「呸！我當是什麼玩意兒，原來是一群紙糊的老虎！」從門縫裡見到先前凶神惡煞般的匪徒們，居然表現如此不堪。道觀內鄉民們頓時膽氣大振，跳著腳在裡邊大聲嘲諷。

「有種繼續往前衝啊，爺爺的刀子剛磨過，保證一刀一個！」

「沒卵蛋的玩意，剛才的威風哪裡去了？」

對手的窩囊形象很快不脛而走，無論親眼看到，還是隨便聽了一耳朵。眾鄉民都迫不及待得扯開嗓子，將心裡殘存的恐懼和焦慮伴著憤怒一起喊了出去。

「衝進去，先入觀者，記首功，獎賞加倍，可全部自留，不用向任何人上交！」步軍百人將李進聽聞，氣得兩眼冒火。先揮刀朝著空氣虛劈了數下，然後跳著腳鼓舞士氣。

話音未落，幾道寒光忽然淩空飛至。嚇得他的聲音直接變成了鬼哭狼嚎，縮起脖子就往親兵的身後鑽。可憐的親兵毫無防備，想要移動腳步躲閃，後腰處束甲皮帶卻又給李進抓了個死死。只來得及向後仰了下身子，就被四支羽箭齊齊射中，慘叫一聲，死不瞑目。

「衝上去，衝上去將他們殺光！」下一個瞬間，百人將李進頂著一腦袋的人血，從親兵屍體下鑽出來，張牙舞爪。

一眾士卒們鄙夷地看了他幾眼，磨磨蹭蹭地繼續朝道觀大門靠近。刀盾兵將各自用手中的盾牌將咽喉和上身護得嚴嚴實實，長矛兵則拚命將長矛左搖右擺。只要有可能，都儘量將與自家上司的距離拉遠，唯恐稍不留神，又被此人抓住做了肉盾。

「弓箭手，弓箭手呢，你們都沒吃飽飯嗎？」步軍百人將李進自己，也知道剛才的作為實在太缺人性。不

注五二、古代民樂，早期為祭祀神靈時樂曲，現在已經失傳。據考證裡邊有很多男歡女愛方面的內容，後來被白居易去蕪存菁，改成了著名的曲牌，《長相思》。「巫山高，巫山低，暮雨瀟瀟郎不歸，空床獨守時。」

敢再回到隊伍正中間位置坐鎮，而是舉著一個不知道從哪個倒楣鬼手中搶來的盾牌，氣急敗壞地跑前跑後。

隊伍後排的弓箭手們無奈，只好改齊射為散射，朝道觀正面牆頭上幾個站人的地方發起遠距離攻擊。這個距離上，射中單獨目標的難度，對他們來說著實有些大。紛紛飛起的羽箭，基本上全都偏離了目標。即便有一兩支偶爾例外，也被常府的家將們在最後關頭用弓臂格飛，落得空歡喜一場。

而常府的家將們，卻沒有光挨打不還手的嗜好。發現對方的羽箭對自己威脅力不大之後，立刻從容地拉開角弓，開始對「匪軍」隊伍當中的大小頭目們，進行重點「照顧」。很快，就又有兩名弓箭兵火長和一名長槍都頭重傷倒地，慘叫著在血泊中來回翻滾。

「分工，弓箭手分工，別胡亂射。每個夥集中力量對付一個！快，你們這群廢物，平素吹牛皮的本事都哪裡去了？」步軍百人將李進猴子般前竄後跳，啞著嗓子給麾下的弓箭手支招。

他的話，聽起來的確很有道理。眾弓箭手們強行壓制住心中的慌亂，再度以夥為單位組織起來，齊心協力對付道觀院牆上的目標。這下，常府的家將們立刻就遇到了大麻煩，被凌空而至的羽箭射得只有招架之功沒有還手之力。轉眼，就有人被亂箭射傷，不得不順著梯子撤下觀牆。繼續留在原地阻擊敵軍的幾位，也因為要分出大部分精力來避免自己被射中，射出的箭越來越缺乏準頭。

「全都撤下來，放棄院牆上的制高點。去迎客殿，上房頂。真無師兄，麻煩你派幾個人舉著鍋蓋護住他們！」常婉瑩對此早有準備。再度調整戰術，將幾名用箭的家將全都撤下了牆頭，調往備用陣地。

真無子知道自己不是領兵打仗那塊料。很乾脆地從諫如流，從身邊點起了七八名道童，搬著梯子，舉著鍋蓋做的盾牌，護送弓箭手們爬上迎客殿房頂。

前後不過耽擱了十幾個呼吸功夫，卻令戰場上的局勢急轉直下。外邊的匪徒們發現來自觀牆上的威脅徹底消失，立刻把握住時機，加速前衝。轉眼間，兩個百人隊就已經抵達道觀正門口。

刀盾兵們迅速分左右排列，用盾牌組成一道安全的長廊。長矛手們則迅速將長矛打成水桶粗的捆兒，抬在肩膀上，準備對觀門發起最後衝擊。

再不入流，他們也是職業的殺人者。而道觀裡邊的大多數，卻是第一次走上戰場。職業對業餘，過程雖然出現了一絲瑕疵，但最終結果，他們相信不會有任何懸念！

「裡邊的人聽著，趕緊打開大門，把常二小姐交出來！本將有好生之德，可饒爾等不死！」躲在距離大門五尺遠的一面盾牌下，步軍百人將李進挺胸拔背，得意洋洋地發出最後通牒。

羽箭至少需要十步以上的距離才能實現拋射，隔著一面高牆，裡邊即便藏著一個養繇基，也無法傷害到他。所以他可以在麾下兵卒們做好撞門的準備之前，盡情地緩解一下剛才被憋在肚子裡的恐慌。注五三

只是，「驚喜」總在人得意忘形時從天而降。隔著一堵高牆，羽箭的確無法傷害到他，板磚卻不受這個限制。沒等他的話音落下，十幾枚青灰色的磚頭就破空而至。劈里啪啦，將他和身邊的刀盾兵們砸了個東倒西歪。

「保護將主，保護將主！」幾個平素跟李進關係不錯的都頭，趕緊搶了盾牌撲過去，把此人死死護在身下，以免自家頂頭上司「出師未捷身先死」。

接下來發生的事實卻證明，他們舉動純粹是自作多情。有更多的板磚飛躍了牆頭，目標卻根本不是李進，而是毫無規律地，落向其他正在準備抬著「撞錘」準備砸門的士卒，將他們砸得滿腦袋是血。

「哎呀！」

「娘咧！」

「我的腳，我的腳，缺德死咧。哪有用板磚打仗的！」

注五三、養繇基：春秋時期著名神箭手。百步穿楊的成語，就是由他而來。原文：楚有養由基者，善射；去柳葉者百步而射之，百發百中。

……

連正式旗號都不敢打的「匪徒」們，士氣原本就極低。很多人心中甚至存著強烈的抵觸情緒，純粹是怕受到軍法處置，才不得不跟著其他人隨波逐流。劈頭蓋臉挨了一頓板磚之後，眾人立刻在道觀的大門口兒亂成了一鍋粥。你推我，我擠你，東躲西藏。已經打好了捆兒的長矛又丟在了地上，被無數雙大腳反覆踩過，踩得七零八落。

「全，全給我站住。刀盾兵，刀盾兵重新整隊，護住，護住長矛兵頭頂。長矛兵，長矛兵給我在中央整隊，抬起撞錘。別跑，別跑，磚頭砸不死人，趕緊給我列陣，列陣！」群蟻搬家般混亂的隊伍當中，步軍百人將李進又探出個血淋淋的大腦袋，頭盔歪在了一邊，額角起了個青包，門牙也斷了大半截，「給我列陣衝門。所有人聽令，先入門者，受上賞。冊勛三轉，官升——哎呀！」

一支不知道從何處飛來的冷箭，狠狠地戳在了他的左肩窩處，推著他踉蹌後退，一跤坐倒。

「嗖嗖嗖，嗖嗖嗖，嗖嗖嗖！」更多的羽箭，從道觀的迎客殿屋頂射下，將他身邊的親信和頭目們挨個放翻在地。

利用民壯們拿板磚爭取來的時間，常府的家將和先前被嚇尿了褲子的那幾個獵手，已經結伴爬上了迎客殿的屋脊。居高臨下，箭如飛蝗。

迎客殿原本是和尚收進門香火錢專用，距離大門只有二十步遠，建得極為富麗堂皇。殿頂的高度，也因為地勢和建築本身的雙重原因，足足高出了大門丈餘。站在屋脊上的人能輕鬆看到大門口的人，從容彎弓射擊。而站在大門口的人想要還手，射出來的箭卻要受高度和風力的雙重影響，無論力道和準確度，都大幅衰減。

只在幾個呼吸的功夫間，門口的匪徒就又被放翻了十數個。而他們倉促發起的反擊，卻連屋脊上人的寒毛都沒有碰到半根。頓時，所剩無幾的士氣徹底歸零。眾人慘叫一聲，抬起受傷昏迷的百人將李進，踉蹌著向後撤去。轉眼間，就退到了距離大門二百步外，只留下一地的長矛、朴刀、盾牌，還有二十幾個血淋淋的屍體。

「打開大門，將賊人遺棄的兵器撿回來！」站在三清觀頂統領全域的扶搖子抬手擦了擦自己的額頭，大聲命令。

剛才那短短半炷香時間裡，他的心臟跳起來又落下，落下去又跳起，緊張得幾乎都無法正常給身體供血。但在敵軍倉皇後撤的剎那，他卻驚訝地發現，自己已經停滯原地多年的道心，忽然又開始鬆動，也許用不了太久，便能更上一層樓。

不止是他一個人，因為局部的小勝而大受助益。道觀中的所有民壯們，也同樣感覺到自己與先前相比大不相同。原來那些殺人者都是表面上凶殘，事實上比膽小鬼還膽小鬼；原來打仗也不是那麼可怕的事情；原來殺人者挨了箭也會死，挨了板磚也會喊疼……

在勝利的鼓舞下，大夥迅速拉開道觀大門。當著敵軍的面兒，從容不迫地撿走地上的兵器、盾牌，順便給血泊中翻滾哀嚎的傷兵一刀，徹底解決他們的痛苦。

「把那個丟人現眼的傢伙抬下去斬了，懸首示眾！把都頭以上，還活著的給我押過來！」防守一方與高采烈，進攻一方，卻是愁雲密布。統兵的步將李洪濡恨手下嘍囉當著外人的面兒給自己丟臉，毫不猶豫地對潰兵中的帶頭者執行了軍法。

「是！」立刻有四名親兵衝入潰敗回來的隊伍當中，不由分說拉起李進，一刀削掉首級，挑上高桿。更多的親兵則從人群中拉起還活著的兩名都頭，用刀架在脖子上押到主帥身前，聽候發落。

「脫去底衣，當眾杖責二十，然後貶為普通兵卒，戴罪立功！」李洪濡對兩名都頭的求饒聲充耳不聞，咬著牙下達處置命令。

這個結果，比當眾斬首稍好，卻也非常有限。且不說當眾被扒光了屁股打板子之後，兩名都頭從此再也難以在同伴面前抬起頭來，仕途從此斷送。下次發動進攻時，他們還要忍著傷痛衝在最前方，十有八九是有去無回。

「其他人，全部下了兵器和盾牌，充當死士，抬錘撞門！再有不戰而逃者，當場處斬！」李洪濡卻依舊不解恨，將目光掃向其他潰兵，殺氣滿臉。

這下，頓時有人當場痛哭了起來。剛才有盾牌保護和弓箭手掩護，他們還傷亡了一成多。如果什麼保護和掩護措施都沒有，大夥豈不是全失去了生還的可能？

然而，李洪濡卻不敢再對他們留半分情面。三角眼就在他身邊冷笑不止，稍遠處，還有郭允明派來的大量行家裡手在撇著嘴旁觀。如果他再不表現得狠辣果決一些，即便今天最後贏得了勝利，恐怕也會給三角眼和郭允明兩個頭上的主人，留下懦弱無用的印象。那樣，非但他此前的所有努力都瞬間化作東流，此後，他在即將建立的大漢朝廷裡，也永遠失去了占據一席之地的可能！

「劉兆安，你再帶兩個百人隊上。李芳，帶人把剛剛砍下的樹幹抬過來。劉葫蘆，你將剛才撤下來的這群廢物全都押在陣前，讓負責抬樹撞門！有不從者，斬！」迅速權衡完了輕重，李洪濡將目光轉向自己的副將和鐵桿親信們，啞著嗓子吩咐。「我不管你們用什麼手段，半個時辰之後，必須拿下整座道觀，並且把常二小姐，毫髮無損地帶到我，帶到王大人面前！」

「得令！」劉兆安大聲答應著，帶頭拱手向三角眼行禮。「請王大人且閉目養神，半個時辰之內，末將定然請大人進三清殿休息！」

「小兔崽子，你倒是機靈得緊！」原本已經滿臉冰霜的三角眼聞聽，立刻咧嘴而笑。虛虛向前踢了一腳，大聲補充，「去吧，咱家希望你不是在說嘴。如果你能做得到，咱家保證你連升三級！」

「謝大人提拔！謝將主栽培！」劉兆安乖覺地躬身下拜，先後給三角眼和李洪濡兩人行禮。

連升兩級，他就能從眼下的步軍副將，升到步軍副指揮使。衝鋒時不必再身先士卒，轉進時也不必再持刀斷後。死於沙場的機會大大減少，而加官進爵的機會，卻成倍增加。所以不由得他不喜出望外。

但驚喜之餘，他卻不敢忘記自家上司。畢竟李洪濡這廝再本領不濟，好歹也是漢王妃的親族。今後升官的速度只可能比自己快，絕不可能比自己慢。

「嗯，去吧，別給我丟臉，也別讓王大人失望！」看到自家心腹如此知道把握分寸，步將李洪濡含笑拈鬚，「來人，給劉將軍他們幾個擊盾助威！」

「是！」周圍的親兵們，齊聲答應。揮動鋼刀，用力敲打表面上包裹著鐵皮的盾牌。「砰砰砰，砰砰砰，砰砰砰！」單調重複的敲擊聲再度響起，不似先前那般洪亮，殺氣卻更甚十倍。並且每一輪敲擊聲的背後，彷彿都帶著一去不回的決絕。

「弟兄們，跟著我來！」步軍副將劉兆安深吸一口氣，一手提刀，一手持盾，大步向前。他不必回頭，自然有人小跑著跟上。他也不必做太多的動員，有李進那顆血淋淋的腦袋，還有一百八十多名被收走了兵器，只能抬著剛剛砍來的樹幹撞門的死士在，他身後的每個人，都知道自己該幹什麼。

「砰砰砰，砰砰砰，砰砰砰！」刀身與盾牌撞擊聲一波接一波，壓抑得令人無法呼吸。

「當當當，當當當，銚鎯，唔哩哇啦，的的，的的，的的……」不肯讓進攻方專美於前，道觀裡，再度響起了用鐵鐘、銅鑼、鐃鈸、木魚交織而成的水陸道場。陰陽怪氣，忽高忽低，將擊盾聲攪得斷斷續續，將進攻方將士攪得心煩意亂，雙腳一陣陣發軟。

然而，兩軍交戰，畢竟比拚的不是誰家軍樂更為響亮。儘管道觀裡的水陸道場，遠遠壓制住了外邊的刀盾相擊聲。匪徒們與道觀大門的距離，卻再度迅速縮短。兩百步，一百五十步，一百步，八十步……

「嗖嗖嗖，嗖嗖嗖，嗖嗖嗖……」站在迎客殿屋脊上的弓箭手們，率先向敵軍發起了打擊。

七八名抬著樹幹的「死士」，慘叫著摔倒。進攻方的隊伍先是微微頓了頓，卻立刻又加快了速度。副將劉兆安親自衝到了死士們的身後，揮舞著鋼刀朝躑躅不前者做劈砍狀。另有六十幾名弓箭手，把羽箭搭上弓臂，不瞄準站在高處的常府家將和獵戶們，而是瞄準了在隊伍最前方抬著樹幹的自家袍澤。

「弟兄們，前進升官發財，後退必死無疑。跟著我上啊！」臨時被李洪濡調過來統率「死士」的百人將劉葫蘆也算個難得的勇悍之輩，手舉鋼刀和盾牌，護住自家全身要害，頂著箭雨衝在了整個隊伍的最前方。

跟我上，和給我上，彼此之間雖然只有一字只差。效果卻是天上地下。看到連主將身邊的劉副將都捨了性命往前進了，自知沒有退路的「死士」們大受激勵。嘴裡發出一陣鬼哭狼嚎，抱著樹幹，低下頭，踉蹌向前。

站在迎客殿屋脊上的常府家將和獵戶們，早把一切看了個清楚。集中箭矢，朝劉葫蘆、劉兆安兩人頭上招呼。然而這兩位能從大頭兵一步步爬到百人將、步軍副將位置，無論生存能力和作戰經驗，都遠非普通士卒可比。跑動之時，身體忽左忽右，忽高忽低，從不給別人瞄準自己的時間。遇到危險時也不過度緊張，能用盾牌擋就用盾牌擋，能用鋼刀撥就用鋼刀撥，實在盾擋刀撥都來不及時，乾脆就將身體縮進盾牌後像野驢一樣倒在地上打滾兒，儘量護住胸腹和哽嗓等處要害，用小傷來換取活命之機。

結果接連三輪羽箭射過，站在迎客殿屋脊上的弓箭手們，非但未能將劉兆安和劉葫蘆兩人射殺。反而錯過了阻攔「死士」隊伍的最佳時間。待他們發現自己判斷失誤，準備痛改前非之時，抬著樹木的死士們，已經到了距離道觀大門三十步之內。

這個距離再改弦易轍，已經為時太晚。儘管常府的家將們箭術高超，儘管屋頂上的獵手們表現個個都和最初判若兩人，但是他們的人數畢竟太少了。匆忙射出了羽箭，又將門外的「死士」放翻了七八個，卻最終無法阻擋對方的腳步。幾乎是眼睜睜地看著，兩根成年人腰桿粗的樹幹，一尺尺地衝進了大門的陰影當中，最後化作兩聲巨響。

「轟！」「轟！」隨著劇烈的撞擊聲，榆木製造的道觀大門搖搖欲墜。「磚頭，拿磚頭砸死他們！」大師兄真無子急得兩眼冒煙，親自彎腰從地上舉起一塊半尺長的方磚，奮力甩過門樓。

「嗖嗖，嗖嗖，嗖嗖嗖！」大門附近的民壯們紛紛趕過來幫忙，將磚頭一波波丟過院牆。正在抱著樹幹撞擊大門的「死士」們，被砸得慘叫連連。但是，在自家人的鋼刀與利箭逼迫下，他們卻徹底發了狠，寧可被活活砸死，也不敢再主動後退半步。

有人被磚頭砸中了腦袋，悶哼一聲，軟軟地栽倒。後面的同夥立刻哭泣著上前補位，雙手抱住樹幹，腳步隨著幾個夥火長的號子，快速前後移動。「一，二，向前！」「轟！」「一，二，向前！」「轟！」「一，二，向前！」「轟！」

剎那間，號子聲，哭喊聲，垂死者的呻吟聲，板磚與頭顱接觸的重擊聲，以及樹幹撞中門板的轟鳴聲，組成了一個古怪而又蒼涼的旋律。壓住了後面的刀盾相擊聲，蓋過了院子內的水陸道場，鑽入牆內牆外每個人的耳朵，像魔鬼的手爪一樣，撕扯著周圍每一個人的心臟。

「啊！」一名側翼負責掩護的刀盾手受不了魔鬼的撕扯，忽然丟下兵器，雙手捂住耳朵，掉頭就跑。副將劉兆安在兩名親兵的保護下衝上前，一刀砍飛了此人的首級。「無故後退者，死！擾亂軍心者，死！大喊大叫者，死！拖延不前者，死！」

一口氣說了四個「死」字，他又跑到大門的另外一側，砍翻兩個因為受了重傷，躺在血泊中「擾亂軍心」的自己人。然後紅著眼睛，舉起血淋淋的鋼刀，「弓箭手，弓箭手別管屋脊上的人。給我靠近到二十步，向門裡拋射。別管準頭，射死一個算一個！長矛兵，長矛兵分列兩旁，想辦法爬牆進去，都別楞著。先入觀者，我跟他義結金蘭！」

這是一道非常老辣的命令，徹底體現了他的臨陣決斷能力和多年的戰場經驗。原本跟在隊伍最後的弓箭手們聞聽，紛紛放棄毫無收穫的仰面對射。快速又向前跑了二十幾步，調整角度，對著半空中射出一排箭雨。

「啊——！」

「娘咧——！」

「救命——！」

……

道觀裡邊，慘叫聲騰空而起。雖然隔著一道院牆，卻被外邊的人聽了個清清楚楚。拋射見效了，身上沒有任何鎧甲保護的鄉民們，對羽箭的防護力接近於零。只要被從天而降的流矢矇中，就立刻變成了傷號。非但無法繼續丟磚頭助戰，反而瞬間就成為防守一方的負擔。

「嗖嗖嗖嗖！」「嗖嗖嗖嗖！」劉兆安麾下的弓箭手們，大受鼓舞。繼續張弓仰射，不求準頭，只求自家發出的羽箭能飛過高牆。

如此一來，鄉民們所承受的壓力更大。雖然中箭者，多數都傷在了非致命處。但血光飛濺的場面和連綿不絕的哀嚎呻吟，依舊嚴重打擊了大夥的士氣。很多人明明沒有受到任何傷害，忽然間就丟下手中的磚頭，哭喊著後撤。還有人乾脆徹底失去了信心，蹲在地上，雙手抱著腦袋，抖得好似篩糠。

而進攻一方的長矛兵們，在劉兆安的組織下，已經開始從大門兩側攀爬院牆。因為頭頂的磚頭大幅減少，而身體又恰恰落在羽箭無法命中的死角，他們的進展非常迅速。短短幾個呼吸之內，已經將數十根長矛插進了黃土築造的院牆中，組成了六道窄窄的「橫梯」。更有幾名膽大包天的傢伙，用嘴巴咬著鋼刀，雙手抓著露在牆壁外邊的槍桿，攀援而上。

「常清，重點招呼牆頭！」從牆外接連不斷的敲擊聲中，常婉瑩本能地判斷出有危險正在臨近。扯開嗓子，朝著迎客殿的屋脊高喊。

家將頭目常清站在屋脊上，對戰場的局勢看得更清楚。知道大門也許很快就會被撞開，但大批敵軍肯定會在大門被撞開前就翻牆進院。所以也不回應，彎弓搭箭，瞄準了敵人最有可能出現的位置。

果不其然，才過了三兩個呼吸功夫，便有一個叼著鋼刀的大腦袋，從牆頭外側探了出來。「去死！」常清大聲斷喝，迅速鬆開手指。一道寒光脫離弓臂，直奔對方腦門。

「噗」地一聲，血光飛濺。對手果然死了，但另外幾處彼此不相近的位置，卻又更多的腦袋探了出來。

「射，把他們射下去！」常清身後，幾個家將一邊大聲跟獵戶們打著招呼，一邊發箭阻截，堅決不給敵軍翻過院牆的機會。

凌亂的羽箭從屋脊上陸續飛出，將幾名最先爬過牆頭者，相繼射殺。院牆內，大師兄真無子也帶著數名道童和膽子較大的鄉民，來回跑動。用長矛朝著敵人出現的位置奮力攢刺。

鮮血一波波從院牆濺落，試圖翻越院牆者一個接一個被射死或者捅死。但院牆外的「土匪」們，卻像發了瘋一般前仆後繼。死掉一個，再爬上一個，死掉兩個，再爬上一雙。更遠的位置，還有大量弓箭手，努力向院牆內拋射箭矢，為他們創造可乘之機。

大量的鄉民受傷，血流滿地。大量的青壯被嚇垮，躲在流矢波及不到的地方，瑟瑟發抖。然而，終究有接近兩成左右的鄉民，堅持了下來。他們非但沒有被血光和死亡嚇垮，反而在戰鬥中，變得越來膽子越大，動作也越來越為嫻熟。

起初，他們還需要常府的家將或者真無子等道士帶著，才敢用長矛向院牆上亂捅。後來，他們竟然漸漸捅出了經驗，發現哪裡有敵入侵，立刻舉著長矛，貼著牆根衝過去，三下兩下，將膽大的對手捅成篩子。

隨著傷亡的不斷增加，攻守雙方的「士卒」，都陷入了一種麻木且狂熱的狀態。眼睜睜地看著自家袍澤從觀牆上跌落，牆外的「土匪」們居然忘記了害怕。躲開尚未斷氣的垂死者，繞過地面上的血泊，再度抓住緊釘在院牆上的長矛。手腳並用，口中銜著菜刀，繼續向上努力。

眼睜睜地看到自家鄰居中箭，也有不少鄉民毫無懼色地踩過血泊。從地上撿起前者丟下的兵器，頂著漫天箭雨衝向牆根兒。牆根兒下，最危險的地方，也是最安全的地方。說他危險，是因為不斷有「土匪」的腦袋，從大夥頭頂露出來。說他安全，則是因為土匪中的弓箭手，即便拋射也無法射到牆根兒下兩尺範圍以內的位置，無法再傷到那裡的鄉民分毫。

一個土匪剛剛探過半邊身體，就被幾根長矛同時刺中胸口，慘叫著死去。另外單手持刀格擋，雙腿陸續跨上牆頭，卻因為牆頭過於狹窄，直接掉了下來。周圍的鄉民們磚頭，木棒齊下，瞬間將此人砸成了一堆肉泥。

然而，卻有更多的土匪，從不同的位置攀爬而上。一個接一個，前仆後繼。終於，幾名幸運的傢伙，成功翻過了道觀的院牆。飛身落下，鋼刀掃出一片血光。

周圍的鄉民們不是對手，慘叫著後退。幸運的土匪們則大聲獰笑，提著鋼刀衝向大門。沒等他們的嘴巴閉攏，幾把寶劍飄然而至。卻是站在三清殿頂的扶搖子看到情況緊急，特地又從別處調了道士趕來救援。一個對付一個，三下兩下，將「幸運」的傢伙們全部送入地獄。

又一波凌亂的羽箭從半空中落下，兩名道士躲閃不及，身體上濺起了血光。幾名鄉民拖著長矛跑上前去救助，卻被更多的羽箭在半途射中，踉蹌著先後倒地。他們咬著牙，艱難的在血泊中翻滾掙扎，依然無法令痛楚減弱分毫。他們丟下長矛，伸出雙手去拔羽箭，卻無法令羽箭從自己的肢體上退出半寸。忽然間，有人嘴裡發出一聲悲鳴，雙手僵了僵，就此長醉不醒。周圍趕過來其他同伴流著淚蹲下身體，用手指替他合上圓睜的眼睛。

又有七八個「匪徒」翻牆而入，結伴撲向大門。道士和鄉民們奮起阻擋，卻被逼得手忙腳亂。單純論武藝，每一個道士道童，都遠好於匪徒。但只要兩個以上的匪徒湊在了一起，攻擊和防禦就瞬間上漲了不止一倍。而四個以上的匪徒結陣前行，道士和鄉民們就被殺得手忙腳亂，節節敗退。

「常有才，常有志，你們兩個帶人頂上去。別管我，大門還沒被撞開呢！」常婉瑩急得兩眼通紅，大聲命令保護自己的家將去對付翻入道觀內的敵軍。不能讓對方繼續向門口內側靠近，在沒有受到更多攻擊的情況下，自己還能指揮鄉民們，用香爐、香案等物，不斷加固大門。萬一給賊人殺到門口，鄉民們必然會潰散。

兩波賊人裡應外合，三五個呼吸之內，便可徹底突破正門防線。

兩名被點到的家將楞了楞，遲疑著不肯起身。他們的職責是貼身保護二小姐，而不是保護道士和鄉民們。只要最後能帶著二小姐殺出重圍，哪怕整個道觀的其他人全都死掉，他們也有功無過。反之，哪怕他們救下成千上萬的人，最後也是百死莫贖。

就在此刻，一個胖胖的身影快速從他們眼前跑過。寧彥章拎著桿長槍，一邊跑，一邊頭也不回地叫喊：「不要著急，我去。我那邊沒人進攻！」

說著話，他已經擋在了匪徒們面前。手中長矛左刺右擋，宛若一條剛剛醒來的蛟龍。

「噹啷！」一把鋼刀跟長矛接觸，被直接挑上了天空。寧彥章武藝不算嫻熟，力氣卻遠超普通人。一招得手，立刻順勢橫掃。雪亮的矛刃帶著風聲，在對手腰間掃起一團紅煙。

「啊！」鋼刀被挑飛的「匪徒」慘叫著後退，小腹處，傷口長達半尺，血流如注。另外三名與他結陣前行的匪徒見勢不妙，只能彼此分散開，從三個方向朝寧彥章展開反擊。寧彥章收回長矛，撥開一把鋼刀。隨即又斜向跨步，躲開又一次致命攻擊。第三把鋼刀很快帶著呼嘯聲又至，他奮力擰身，同時朝著對方的小腹探出右腿，「砰！」在刀刃接近肩膀的剎那，將此人踢得倒退數步，滿嘴鮮紅。

十七八個鄉民揮著鋼刀、鐵叉和門栓齊上，將三名已經彼此失去聯繫的「匪徒」，亂刃分屍。寧彥章朝他們低聲道了一個「謝」字，平端長矛奔向下一個戰團。

雙臂迅速前探，他將一名措手不及的匪徒挑上了半空。隨即，迅速斜向跳躍，躲開了從側面撲來的致命一擊。

然而，那道刀光卻如影隨形，再度從半空中追了過來，直奔他的胸口。寧彥章豎起長矛擋了一下，抬腿踢中對方的大腿根兒。緊跟著，另外一道詭異的刀光從右側砍來，徑直砍向他毫無保護的脖頸。沒等他揮矛格擋，第三道刀光，又從中路，劈向了他的面門。

倉促之間，他只能拖著長矛，快步後退。腳下卻忽然被屍體一絆，整個人徹底失去了平衡。眼看著兩把朴刀，已經朝著自己越來越近。忽然，一道劍光如雪而至。

「叮」，「叮」將兩把鋼刀先後被撥偏。有個熟悉的身影，擋住了他的視線，也擋住了所有針對他的攻擊。

「你是常，你是常思將軍的女兒！」兩名正在揮刀朝寧彥章亂砍的「匪徒」微微一楞，瞪圓了眼睛尖叫出聲。

且不說臨戰之前，那個三角眼太監曾經多次當眾強調，道觀中所有人都可以殺，唯獨常家二小姐不能少一根寒毛。就憑六軍都虞侯常思在河東軍中的地位和影響，他們也沒膽子向常婉瑩揮刀。

然而，戰場上又豈能手下留情？就在他們稍稍遲疑的剎那，真無子帶著幾名道士已經如飛而至，劍光閃閃，將二人捅翻在地。

「整隊，整隊。分成兩波，從這裡朝南北兩個方向慢慢推。別亂，越亂敵軍越能找到可乘之機。」寧彥章一個鯉魚打挺從屍體堆上跳起來，拎起長矛，奔向距離自己最近的第三個戰團。

常婉瑩帶領兩名家將，默默地緊隨其後，真無子則四下看了看，帶領一眾道士，道童，與他逆向而行。這兩支隊伍，一支作戰經驗豐富，一支武藝高強。轉眼間，就令道觀內的混亂情況得到極大的緩解。

士氣已經瀕臨崩潰的鄉民們見狀，此起彼伏地叫喊數聲，硬著頭皮再度聚攏。或者加入寧彥章、常婉瑩兩人的隊伍，或者持械追隨真無子道長身側。亂刀齊揮，將陸續爬進來的「匪徒們」一夥接一夥地誅殺在院牆之下。

「這樣蹲在院子裡死守肯定不是辦法！」從一具兩眼圓睜的匪徒屍體上抽出長矛，寧彥章回過頭，喘著粗氣跟常婉瑩商量。「咱們的人看上去不少，卻沒幾個見過血的。若是像剛才那樣再有一波敵軍翻進來，道觀必破！」

「那你說怎麼辦？」常婉瑩雖然熟讀兵書，奈何眼下巧婦難為無米之炊。跺了下腳，慘白著臉叫嚷。

「把妳們常府的家將都集中在大門口。咱們不加固大門了，由著外邊那些人砸。大門一破，立刻衝殺出去，打對方一個措手不及！」寧彥章想了想，咬著牙提出一條看似可行的建議。

道觀即將被破的原因，不是由於裡邊已經無可戰之兵，而是士氣下降太快。倉促組織起來的鄉民們遭受了傷亡之後，迅速就被打回了原型。這種情況，在「瓦崗軍」與敵人作戰時，也經常發生。唯一的解決之道，就是想辦法迅速扳回上風。哪怕是局部的上風，只要保持一段的時間，也能讓大夥對最終的勝利重新樹立起信心。

然而，他的建議，卻被跟在常婉瑩身側寸步不離的家將常有才嗤之以鼻。「不行！」搶在常婉瑩被「蠱惑」之前，此人大聲否決。「就這麼十來個人，都不夠給外面塞牙縫的。你自己的確大不了一死了之，可二小姐卻不能再受你的拖累！」

「住口！」常婉瑩在倉促之間根本來不及制止。直到此人把想說的話都說完了，才憤怒地轉頭去大喝，「不想去，你自己儘管留下。石，九師兄，我聽你的！」

「二小姐！」其他幾個家將齊聲勸阻，卻無法令常婉瑩的決心動搖分毫。「你們也一樣，不想跟著來，就儘管留在這裡等死！」惡狠狠丟下一句話，她再度將頭轉向寧彥章，滿臉愧疚，「石小……，九師兄，我聽你的！」

「我不是要你們跟我一起去拚命！」寧彥章心裡暖暖的，朝著她輕輕點了一下頭。目光再度掃過常府的家將們，嘴裡說出來的話，平靜異常，「大門寬度不及一丈，此刻站最前面的敵軍，都忙著抱住樹幹撞門，手裡肯定不能再拿任何兵器。其他賊軍還要分散開繼續找機會翻牆，也未必都有集中在大門口。而敵軍的弓箭手，距離院牆肯定也不足三十步。咱們出其不意殺出去，先殺掉那些手無寸鐵的傢伙，然後再直接衝擊弓箭手。只要弓箭手主動逃命，其他敵軍肯定心神大亂，被帶著一道奔逃。如此，咱們的目的就徹底達到了。敵軍接連被殺敗了第二次，再想重新組織進攻，至少也得半個時辰之後！」

「萬一，萬一他們，他們已經做了防備，做了防備怎麼辦？」

「就是，你，你又沒看見外邊的情況，怎麼，怎麼能一廂情願！」

……

明知道他的話合情合理，常有才、常有德等人，卻依舊咬著牙反駁。為了解救眼前這個無德無才的二皇子，大夥連日來躲在這座破道觀裡天天看螞蟻上樹，原本已經十分委屈。如今還要跟著他一起去百倍於己的敵軍中搏命，更是倒了八輩子邪楣！況且外邊那幫匪徒，極有可能還是漢王劉知遠命人假扮，大夥萬一戰死了，到底算是義士還是反賊？恐怕最後連屍骨都沒人敢收，只能丟在外邊任憑野狗和夜貓子啃噬。

「你們問的都有道理，可眼下，這已經是最好的辦法。」寧彥章輕輕的吸了口氣，緩緩說道。「信我一次，請大夥務必信我一次。反正躲在道觀中，也躲不過此劫，不如冒險一試。如果萬一我全都猜錯了，你們好歹還可以直接護著她殺出重圍。總比被人堵在裡邊，甕中捉鱉強！」

說罷，他便不再理睬眾人的反應，高舉起長矛，踏過地上的屍體，大步走向道觀正門。「等在裡邊最後肯定是死。殺出去，或許還有一線生機。你們，誰願意跟著我出去拚命，出去給父老鄉親們討還公道？」

四下裡，瞬間一片冷清。只有嗖嗖地羽箭破空聲，和沉悶的撞門聲，不停地折磨著大夥的耳朵和心臟。道觀守不住了，每個人，無論已經蹲在地上大聲嚎哭者，還是繼續咬著牙苦苦支撐者，其實都看出了這一點。但道觀被攻破時，大夥還能幹些什麼，每個人心裡，卻有不同的答案。

「我跟著你！」一片冷清與木然中，常婉瑩的女聲，顯得格外清晰。「石小寶，我跟著你，無論你到底承認不承認。」

「我不是……」寧彥章本能地想否認，話，卻被哽在了嗓子裡。

他看到常婉瑩在流淚，但是，淌滿眼淚的臉上，卻寫滿了決然。

他不知道自己該說什麼，卻知道該怎麼做。於是，他騰出一隻手，輕輕地握住了她的手指。平生第一次，輕輕地，慢慢地，像握住了一件稀世珍寶。

「轟隆！」道觀的大門再也受不了樹幹的撞擊，四分五裂。

他用身體擋住她，揮矛前行，手下再無一合之敵。

「南山有烏，北山張羅。烏自高飛，羅當奈何……」

血光中，隱隱有一個女聲低低的吟唱。從千年前，一直唱到現在。

萍末

「噗！」血光飛濺，大漢皇帝劉知遠砍翻一名負隅頑抗的契丹小卒，收刀，立馬，意興闌珊。

自打領兵南下以來，一路上簡直勢如破竹。非但契丹人冊封的那些地方節度使望風而逃，就連耶律德光麾下的護帳軍，都被史弘肇、郭威二人接連擊潰了好幾支。如今，大漢兵馬已經渡過了黃河，進入汴梁指日可待。

而據地方豪強和幾名「身在契丹身在漢」的武將們暗中送來的消息，曾經立志要做全天下所有人可汗的契丹酋長耶律德光，為了避免被堵在汴梁，早已經提前一步去了河北。如今奉命留守在汴梁城內的，只有宣武軍節度使敵烈，以及原漳國軍節度使張彥澤麾下的漢將若干。

那張彥澤當年陣前投降契丹，掉頭反噬。率部第一個攻入汴梁，並且在裡邊縱兵燒殺劫掠數日，將石家的鐵桿嫡系屠戮殆盡。本以為憑藉此番帶路之功，可以世代永享榮華富貴。誰料想契丹天子耶律德光最瞧不起的，便是這種出賣自己母族之輩。得了汴梁之後，為了安撫人心，立刻找了個由頭將其滿門抄斬。麾下兵馬盡數給了宣武軍節度使敵烈，為官多年所斂財貨，也盡數充公。

而宣武軍節度使敵烈，也不是個心胸開闊之輩。雖然很快就改了名字為蕭翰，並且宣布從此自己的族人世代以蕭為姓。卻從未將麾下的契丹兵和被收編的漳國軍一視同仁。因此，原本隸屬於張彥澤麾下的一干將佐，個個離心，沒等大漢派人來招攬，就主動派遣了信使，過河接洽屆時他們獻出汴梁的話，各自的待遇問題。

有人肯在漢軍攻打汴梁時陣前起義，劉知遠當然求之不得。當即，就答應了對方的信使，凡起義者，過往罪行一律赦免，並且在現今的官職上連升三級，一次性補發十年官俸。如此，接下來的戰事更加順利。哪怕有一些不肯順應時勢愚頑之輩，跳出來螳臂當車。他們的糧草、軍械和各類物資，也遲遲得不到汴梁那邊的及時補充。反倒是他們的作戰安排，麾下士卒數量，將領能力、籍貫、個人喜好等諸多情報，源源不斷地被送至了劉知遠案頭。

處處都能「料敵機先」，劉知遠想打一場硬仗都不容易，更何況打輸。只是如此一來，他未免有些全身力氣沒地方使的感覺。即便每場戰鬥的最後關頭，親信們都會故意漏一兩個敵軍將士到他的面前，供他重溫年少時斬將殺敵的癮，他心裡頭依舊覺得空蕩蕩的，看向周圍的眼神當中，也充滿了失落。

今天，情況也是一樣。劉知遠只掄刀砍翻了兩、三名不肯下馬投降的敵將，就徹底對「獵物」失去了興趣。將血淋淋的九耳八環大砍刀橫在馬鞍前，打著哈欠對自己的小舅子，新上任沒幾天的六軍都虞侯李業吩咐：「宏圖，你去招呼一聲史元化，叫他別一心追著那些潰兵砍殺了。這種貨色，即便漏網一些，也翻不起多大風浪來！乾脆就留給跟在後邊的李士元他們幾個去收拾。讓他早點整頓兵馬，繼續向汴梁進軍。免得夜長夢多，符彥卿那頭老狼，又鬧出什麼妖來！」注五四

「諾！末將得令嘞！」存心哄劉知遠高興，六軍都虞侯李業學著戲臺上的猛將模樣，在馬背上抱歉行禮。然後一拉繮繩，親自去替劉知遠向史弘肇傳令。注五五

才奔出了十幾步，忽然間，馬蹄下的屍體堆中，亮起數道寒光。緊跟著，數名渾身是血的契丹死士推開一躍而出，先是一刀砍斷了李業胯下戰馬的後腿，緊跟著，刀盾齊舉，如群狼般朝著劉知遠撲了過去。

劉知遠的親兵們正忙著向遠處眺望戰況，哪裡曾經想到，在自己身邊近在咫尺處還藏著一夥敵軍？剎那間，被殺了個手忙腳亂。很快，就將他們所要拚死保護的對象，剛剛自立為大漢天子的劉知遠給暴露在了刺客的刀光之下。

「劉鴿子，納命來！」兩名滿臉橫肉的契丹刺客高高跳起，刀鋒左右夾擊，直奔劉知遠的脖頸與小腹。這一招，他們兩個不知道曾經配合使用了多少次，不知道曾經令多少中原豪傑死不瞑目。這一回，應該也絕無例外。

怎奈漢王劉知遠，身手卻是少有的強悍。發現刺客已經撲向了自己，非但未如刺客們以前殺死的那些目標一樣，驚慌失措地躲避。反而興奮得兩眼放光，掄起九耳八環大砍刀，全力反掃。

「嗚，噹啷啷啷啷啷啷……」風聲裡夾雜著令人煩躁的金屬撞擊聲和一道耀眼的寒光，由左上至右下，勢若閃電。已經跳在半空中的一名刺客根本來不及變招，直接被刀刃劈成了上下兩段。另外一名刺客心神被同伴的血光和金屬撞擊聲所亂，本能地將砍向劉知遠小腹的彎刀豎起來自救。然而，他卻低估了劉知遠的力氣。耳畔只能「當」地一聲巨響，整個人便像馬球一樣被砸飛出去，落在一丈三尺遠之外，鮮血狂噴。

「救主公！」

「救主公！」

最危急的關頭已經過去了，後軍左廂馬兵都指揮使藥元福和侍衛馬軍都指揮使閻晉卿兩人才狂奔而至，雙雙持刀護衛在了劉知遠身側。

劉知遠冷笑著撇了撇嘴，策馬向前直衝。轉眼間，越過自己的侍衛，躍入戰團，再度與契丹刺客短兵相接。只見他，一把九耳八環大砍刀使得出神入化，三招兩招，就又砍翻了第三名刺客，隨即，又從背後追上去，將第四名正準備轉身逃走的刺客斬於刀下。

注五四、李業，字宏圖。劉知遠的小舅子。素受其信任，能力和見識卻非常一般。劉知遠死後，他輔佐後漢隱帝在沒有任何後續準備的情況下，斷然發難，辣手殺死劉知遠親封的輔政大將史弘肇等人，又派兵去征剿郭威。導致郭威造反回師，後漢滅亡。

注五五、李士元，名彥從，其父是麟州司馬李德。李彥從少年時就受劉知遠賞識提拔，視作為心腹。後漢立國初，立下許多戰功，並且有治理地方之能。但很快就積勞成疾，英年早逝。

剩下的幾名刺客被殺得膽寒，慘叫著奪路狂奔。劉知遠的親兵們，哪肯讓他們再給自己上眼藥？從四面八方包抄過去，生擒下兩個，將其餘者用亂刀剁成了肉泥。

「別都弄死了！給老子留一個，老子今天要是審問不出背後主謀，李字從此就倒著寫！」六軍都虞侯李業頂著一腦袋馬血，踉蹌著推開親兵們，撲向一名俘虜。

「將軍，將軍大人，漢王，皇上他……」還沒等他來得及拿俘虜洩憤，耳畔猛然又傳來一聲驚呼。有名親兵一手推著他的肩膀，一手指著他身後，瑟瑟發抖。

「啊！」剎那間，六軍都虞侯李業被自己所看到的景象嚇得魂飛魄散。

只見先前還如關公轉世一般神勇的大漢天子劉知遠，此刻卻臉色發紫，口唇漆黑，坐在馬背上搖搖欲墜。

「快，快給主公吃陳摶道長的仙丹！」正呆呆不知所措間，侍衛馬軍都指揮使閻晉卿策馬奔到他身邊，大聲提醒。

「啊，哎，哎！」六軍都虞侯李業瞬間回過心神，跌跌撞撞跑到自家已經死去多時的坐騎旁，從馬鞍後一個皮袋子裡掏出藥葫蘆。跌跌撞撞，慘白著臉繼續向劉知遠靠近。

「給我！」危急關頭，藥元福顧不上什麼禮儀，飛身上前，一把從李業手裡搶過藥葫蘆。又一個平步青雲縱到劉知遠身邊。與侍衛馬軍都指揮使閻晉卿兩個，一左一右扶住劉知遠，同時用牙齒咬開葫蘆封口，將裡邊的仙丹單手倒進了劉知遠的嘴巴。

「仙丹」的顆粒不大，味道卻十分嗆人。說來也怪，已經差不多快失去知覺的劉知遠，在聞見「仙丹」味道的一剎那，就恢復了清醒。隨即，快速從葫蘆口吸進一顆丹藥在嘴，用力咀嚼了幾下，狼吞虎咽。

「主公，水，水！」六軍都虞侯李業終於趕到了自己應該在的位置，從腰間解下水袋，雙手舉過頭頂。劉知遠將水袋接過去，緩緩喝了幾口，臉上的青紫色漸漸退去。然後長長地吐了一口氣，搖頭苦笑，「呼——！

果然是人老不能逞筋骨之能。這一回，多虧了扶搖子道長的藥丹，也多虧了你們幾個！」

「不敢，末將援救來遲，請主公恕罪！」李業、藥元福、閻晉卿等人立刻肅立拱手，紅著臉謝罪。

「不能怪你們，是老夫，是老夫自己疏忽了！」劉知遠卻不是喜歡遷怒於屬下之人，笑了笑，疲憊的揮手。「行了，該忙什麼就忙什麼去吧。宏圖，你派別人去傳令。你現在是六軍都虞侯，無需事必躬親！」

「是！」藥元福、閻晉卿兩個大聲領命，跳上各自的戰馬離開。六軍都虞侯李業卻羞得滿臉通紅，恨不得找個地縫往裡頭鑽。

劉知遠的救命藥物，還有令旗、令箭，全由他這個六軍都虞侯來掌管。而剛才他要是跑得再遠些，也許劉知遠的心疼病發作後，就會不治而死。那樣的話，非但大漢入主中原的霸業，徹底成了一場空。他李業這個罪魁禍首，恐怕也得被憤怒的將士們千刀萬剮。

「你也不必過多自責，畢竟你才上任不到半個月，很多事情並不熟悉！」見自家小舅子羞憤欲死，劉知遠又笑了笑，非常大度地補充。「況且剛才那種情況，即便常克功依舊在朕身邊，他也……」

說這些話，原本只是為了讓李業心安，也好知恥而後勇。誰料說著說著，他便又想起了老兄弟常思。於是乎，又輕輕嘆了口氣，朝著李業輕輕揮手，「罷了，你先派人去給史元化傳令去吧。咱們早點啟程，早點抵達汴梁！」

「遵命！」李業的眼睛對著地面打了幾個轉，先確定了剛才的表現並沒讓自己失去劉知遠的信任，然後才小跑著去調遣人手，傳遞軍令。

看著他沒頭蒼蠅一般的模樣，劉知遠心中愈發覺得空落落地難受。翻身跳下馬背，捧著藥葫蘆，走到一塊滿是血跡的石塊旁，緩緩坐了下去。對著戰場上的血色殘陽，靜靜地開始發呆。

差不多有十年了，今天是自己第一次距離死亡這麼近。以往只要常思在，從沒有任何敵軍能將兵器遞到自己身邊三尺範圍之內。而自己以前幾次心疾發作，也是常思以最快速度調集親兵將自己擋住，然後趁著任何人都沒有注意的時候，將藥物送入自己的口中。

十餘年來，除了被迫留在汴梁那段日子，常思就像自己的一個影子。自己已經習慣了他的存在，也習慣性將他忽略。直到這次徹底將他從身邊趕走，才忽然發現，原來這個死胖子對自己來說是如此之重要，如此之不可或缺。

然而，他……唉！想到兄弟之間越來越深的隔閡，劉知遠再度對著斜陽嘆氣。回不去了，日落之後，雖然還有日出。可太陽未必就是原來那個太陽。人和人之間的關係也是一樣，只要出現了裂痕，就只會越來越大，想要彌合，除非……

周圍的親兵只當自家主公需要休息，誰也不敢上前打擾。李業忙完了份內之事，也只敢手握刀柄站在十步之外，做忠犬狀，不敢上前詢問，自家姐夫到底又想起了什麼事情，臉色居然如此滄桑？

這一坐，就是小半個時辰。直到有太監大著膽子上前彙報，樞密使、中書侍郎兼吏部尚書楊邠聞訊求見，才終於將劉知遠從老僧入定狀態徹底喚醒。

「此地距離西京洛陽不遠，郭將軍已經派人清理過了城內的行宮。主公不妨將兵馬停留在那裡，歇息三日，然後再繼續向東而行。」見劉知遠形神俱疲，楊邠於心非常不忍，走到近前，低聲勸說。注五六

「不必！」劉知遠將藥葫蘆順手丟給李業，輕輕搖頭。「朕還能撐得住。汴梁空虛，符彥卿和高行周等輩，想必很快也能聽到風聲。所以咱們必須抓緊時間，趕在那群鼠輩有所動作之前，搶先一步占據汴梁，號令天下！」

「主公聖明，臣先前想得淺了！」楊邠聞聽，恍然大悟，倒退兩步，躬身謝罪。

「你馬上就要做宰相的人了，目光不能只圍著朕一個人轉。要放眼天下才行！」劉知遠對他友善地笑了笑，低聲鼓勵。隨即，又輕輕嘆了口氣，繼續說道：「朕剛才不是累，而是想起，想起了常克功。朕與他同

生共死多年，此番入汴，卻把他打發到了一旁。唉，朕每每想起來，心裡頭都堵得厲害！」

「末將行事疏忽，讓主公失望了！」李業在旁邊聞聽，立刻紅著臉俯身在地。心裡頭，卻偷偷嘀咕道：「既然又想起了常思，你剛才何必裝作一臉大度模樣。覺得我不如他，你把他調回身邊跟我換一換位置好了。我還願意去地方上做節度使呢，山高皇帝遠，想怎麼折騰就怎麼折騰。何必天天跟在你身邊，擔驚受怕？」

「朕說過，不關你的事情！」劉知遠狠狠橫了他一眼，不耐煩地咆哮，「滾一邊去，朕跟楊大人說國事，你不必在旁邊偷聽！」

「遵命！」李業抱頭鼠竄而去。

劉知遠用恨鐵不成鋼的眼神看著他走遠，回過頭，嘆息著對楊邠問道：「你說，朕對克功，是不是太涼薄了些？」

「如果為國家而計，常將軍出鎮地方，是長遠考慮，絕非陛下對其處置過分！」楊邠稍微猶豫了一下，非常認真地回應，「六軍都虞侯這個位置，將來便是殿前禁軍都指揮使。常將軍又素有大功，將來少不得還要在樞密院和兵部裡頭再各兼一職。如此，他的權力就太大了，所掌握的兵馬也實在太多。無論換成哪個人，無論其跟陛下關係有多親厚。為國而計，臣都會勸諫陛下把他外放地方，而不是把持禁軍從始至終！」

這是一句實在話。禁軍都指揮使手裡握著帝王一家的安危，非絕對心腹不能授予此職，並且要經常派人輪換擔任，才能確保禁軍永遠掌握在皇帝手裡。而常思，從劉知遠剛剛作為一軍都指揮使獨立領兵那天起，就替他掌管親衛，一任，就是十四、五年。受信任的時間實在太長了，並且在軍隊中的影響力也實在太大。

此外，常思跟史弘肇、郭威等人之間的關係，也過於親近。萬一他們三個聯手發難，瞬間就可以接管漢王府，同時還能接管河東最精銳的三支兵馬。屆時甭說廢立皇帝，就是取而代之都易如反掌。

注五六、當時以汴梁為北方行政中心，號稱東京。洛陽便由東都變成西京。古都長安徹底荒廢。

當然，後面那些擔憂，只能心照，卻是誰都不能宣之於口。所以對於劉知遠在臨出征前，忽然採取明升暗降的手段，將常思從六軍都虞侯的位置拿下，改任潞澤潞節度使之舉，楊邠非但沒有任何抵觸，反而樂見其成。只是劉知遠自己，剛剛從生死之間走了一遭，忽然就又想起了常思的好處來，一時間，心裡頭竟然充滿了愧疚。

「朕從沒懷疑過他的忠心，說實話，朕手下如果有人造反，常克功肯定是戰死在朕身前的最後那個人！朕知道，朕對此深信不疑！」見楊邠沒有絲毫替常思開脫的意思，劉知遠又是欣慰，又是憤懣，苦笑了幾聲，慢慢搖頭。「可是朕，卻不得不把他外放出去。朕要做皇帝了，不能再像節度使時那樣，在用人方面可以由著自己的性子胡來。全天下那麼多人都看到了，他家最小的兩個女兒，一個馬上要嫁給剛剛跟朕做過對的韓重贇，一個從郭允明手裡搶走了二皇子。朕要是不處置了他，豈不是明擺著告訴別人，只要跟朕有舊，便可以為所欲為？」

「這……」終於明白了自家主公的心病所在，樞密使、中書侍郎兼吏部尚書楊邠眼前豁然開朗。「其實，主公大可不必如此。澤潞那地方雖然百姓稀少，盜匪成堆，在前代卻並非貧瘠之地。只是因為戰亂頻繁，才變成了今天這般模樣。常克功做了澤潞節度使，並不算委屈。而以他常克功的本事，將澤潞兩地治理得五穀豐登，也未必需要太長時間！」

「此外！」偷偷看了看劉知遠的臉色，他又笑著開解，「老臣記得，當年常克功是奉了您的命令，才留在汴梁與高祖、出帝父子兩個周旋，同時交好朝中一眾文武，為我河東謀取切實好處。他的小女兒與二皇子年齡不相上下，出帝在即位之前，又刻意拉攏河東。如此，兩個小孩子天天在一起玩鬧，恐怕雙方的家長都喜聞樂見。若是沒有去年的亡國之禍，估計出帝那邊早就派人向常克功核對一雙小兒女的生辰八字了。屆時為了我河東考量，漢王您又怎麼可能命令常克功拒絕？」

「啊！」一番話，說得劉知遠呆呆發楞。剎那間，心中對常思的所有不滿都煙消雲散。取而代之的，卻是深深地負疚。「如此，如此，卻是朕誤會克功了？你，你當初，為何不向朕進諫？你，你為何到了此刻才說出來？」

「陛下，您剛才還說過，要老臣站在丞相高度為國而謀！」楊邠看了看劉知遠，直言不諱。「而常克功受陛下信任太久，朝野朋友太多，又怎麼適合繼續掌控禁軍？」

「呼——！」劉知遠對空噴出一口白霧，再度陷入沉默，久久無法出聲。

自己已經做皇帝了，跟原來不一樣了！生死兄弟也好，救命恩人也罷，在皇位之前，統統不值得一提。自古以來這個皇位，縱使父子兄弟，還免不了刀劍相向。更何況常思跟自己，只是異姓兄弟，而不是一母同胞！

又過了小半刻鐘之後，他總算收起了心中的難過。勉強笑了笑，繼續問道：「你前來找朕，就是為了勸朕進入西京歇息嗎？還是有別的事情？如果有，就趕緊說吧！趁著史弘肇還沒將兵馬收攏好，咱們君臣還有點兒空閒時間。」

「遵命！」楊邠收起笑容，鄭重拱手，「陛下究竟打算如何處置前朝二皇子？當初的安排可曾有變？」

「朕不是吩咐太子去做此事了嗎？先將他養起來，然後慢慢再做打算。反正他們石家早就人心盡喪，高祖當年的親信，也都被李彥責那條瘋狗給殺乾淨了，不可能再翻起任何風浪！」劉知遠楞了楞，皺著眉頭反問。

在決定將常思外放的同時，他已經安排了自己的長子，大漢帝國的太子劉承訓出面去善後。以一個新朝太子，去迎接舊朝的太子，禮儀上肯定說得過去。而以太子承訓的能力和性格，肯定也會讓老道扶搖子心甘情願地把丹方獻出來，把整個事情辦得漂漂亮亮，讓裡裡外外的人，都說不出太多廢話來。

誰料楊邠聽完了他的回答，臉上的表情卻愈發凝重。又向前走了半步，壓低了聲音彙報，「老臣聽聞，聽聞太子最近偶感風寒，並未顧得上及時去處理此事。而二皇子，老臣說的是左衛大將軍，最近悄悄調集了一支兵馬往離石那邊去了。是以，老臣才有先前之問！」

「孽障！」劉知遠大怒，臉色瞬間又是一片鐵青。有道是，知子莫如父。左衛大將軍是他剛剛賜給自家二兒子劉承佑的官職。而自家的二太歲是什麼德行，沒有任何人比他這個做父親的更為清楚。

貪財，好色，喜歡結黨營私且志大才疏。如果他私下調遣兵馬，肯定是準備以武力逼迫扶搖子陳摶交出丹方，同時辣手將石延寶殺死，永絕後患。至於素聞繼承了她娘親相貌的常婉瑩，萬一落在自家二兒子手裡……

想到這兒，劉知遠禁不住心急如焚。騰地一下站了起來，直接從腰間解下天子劍，交給楊邠，「趕緊，你把它交給藥元福，命令他立刻飛馬趕赴離石。無論如何，都要，都必須保住常思之女的周全。若是有人敢動此女半個指頭，甭管是誰，都讓他拿著朕的佩劍先斬後奏！」

「先斬後奏？」沒想到劉知遠的反應會如此強烈，楊邠捧著天子劍，微微發楞。轉瞬，他就明白了對方到底在焦慮什麼，三步兩步衝到一匹空著鞍子的戰馬旁，飛身跳上，用劍鞘朝馬屁股上狠狠抽了數下，奪路狂奔。

「孽障！」因為站起的動作太猛，劉知遠眼前一陣陣發黑。

帶兵去逼迫扶搖子交出救命丹方不是大問題。那老道雖然人望很高，手裡卻沒有一兵一卒，即便過後惱羞成怒，也奈何不了大漢江山分毫；將那個弄不清身份真假的二皇子給宰了，闖下的禍也不算大。反正自己最初就準備弄個假的來糊弄，頂多再找另外一個跟二皇子長得差不多養起來，只要不讓他見人，也就不會輕易穿幫。而自家二兒子年紀還小，做這些事情，也是想向自己盡孝，同時證明他自己的價值。於情於理，都有可以原諒之處。

可是假如這個孽障順手把常思家的二姑娘給禍害了，事情可就徹底無法挽回了。且不說自己將再也無法面對曾經同生共死多年的老兄弟，以常克功的本事和人脈，真的因為女兒被辱而起兵反叛，自己麾下的這些領兵大將，哪個有臉前去征討？即便自己御駕親征，勉強把他給鎮壓了，從郭威、史弘肇到尋常小卒，哪個不會兔死狐悲？

想到這兒，劉知遠的心臟又是一陣毫無規律的狂跳，剛剛緩和一些的臉色，也又變成了青黑一片。好在裝著救命丹藥的葫蘆，此刻就握在他自己手裡。及時又給他自己吞了一顆，才避免了又去鬼門關前打個來回。然而，將病情再度緩解之後，他卻忽然覺得眼前正在做的一切都毫無意義。

當了皇帝又如何，以自己眼下的身體狀況，即便當了皇帝，又能稱孤道寡幾天？而萬一自己的皇位繼承人中，將來再出現一個劉承佑這種不分輕重的混蛋，自己辛辛苦苦建立起來的大漢，結局比石敬瑭的大晉又能好到哪去！

正懨懨地傷春悲秋著，他的小舅子，新任六軍都虞侯李業卻又探頭探腦地湊湊上前，低聲勸解道：「陛下，其實沒啥大不了的。承佑喜歡常家的小女兒，也不是一天兩天了。假使真的生米做成了熟飯，您就下旨就讓他娶了此女，然後再立為王妃便是。如此，您也剛好跟常克功親上加親！」

「滾！」劉知遠聞聽，火氣騰空而起。抬起腳，先將李業給踹了個跟頭。然後又走上前，一邊朝著對方屁股和大腿上肉多的地方猛踢，一邊低聲罵道：「親上加親，親上加親，你堂堂一個六軍都虞侯，一天到晚，心裡還會想個啥？你以為承佑他喜歡常家二女兒，我這個做父親的不知道嗎？可從小到大，你見他喜歡什麼東西有始有終過？若是尋常人家的女子，他始亂終棄也就算了。我這個做父親的頂多是賠一筆錢財給人家，別人還能說我大度仁厚。可那是常思，常思行啊！沒有他，我早就死在戰場上了！哪有資格活到今天！」

「啊，啊，皇上，皇上息怒。您，您打我幾下不要緊，千萬，千萬別氣壞了身子。啊，哎呀！皇上息怒，皇上息怒！」李業雙手抱頭，像戲臺上的小丑一般翻滾求饒。卻不敢躲得太遠，唯恐對方打自己不到，盛怒之下，心中再湧起什麼其他念頭。

「滾，滾一邊去，老子今天不想再看到你！」見他說得如此恭順可憐，劉知遠打得也沒意思了。又狠狠補了幾腳，大聲吩咐。

「哎，哎，謝皇上，謝皇上不殺之恩！」李業順勢又在地上打了個滾兒，帶著一身血漬和泥巴，踉蹌著退遠。

誰料劉知遠卻忽然又皺了下眉頭，大步流星從後邊追了上來，「站住，你莫走！朕來問你，左衛大將軍只是個空頭銜，他麾下哪裡來的私兵？你這個當舅舅的，是不是又在助紂為虐？」

「啊？沒，真的沒有。皇上，末將冤枉！」真是怕什麼就偏偏來什麼，正在倉皇躲避的李業嚇得一哆嗦，轉過身，跪地磕頭。「末將這些日子一直跟在您身邊，家裡，家裡的事情根本沒留神過。即便有，也是底下人被承佑逼著出的兵，與末將，與末將無關，真的與末將無關啊！」

從剛才楊邠一開口，他就知道今天的事情要壞。劉承佑剛剛受封為左衛大將軍，手裡頭當然不會有私兵。可他，還有皇后這一系的其餘幾個李姓將軍，卻每個人手裡都握著數千人馬。

「嗯？你這話當真？」劉知遠對他的話將信將疑，皺著眉頭逼問。

「當真，十足十的真！」李業用膝蓋向前蹭了兩步，舉起手發誓，「不信，不信陛下盡可以派人去查。如果末將與此事有半點兒關聯，您就，你就將末將削職為民，發配千里。末將，末將絕不敢再喊半聲冤枉！」

「那朕就派人去查！就不信無法查個水落石出！」劉知遠咬了咬牙，低聲發狠。自家二兒子的確行事荒唐，可若是沒人給他提供兵馬，他又怎麼可能荒唐得起來。如今之際，自己最好的選擇，就是將那個給承佑提供兵馬的傢伙揪出來，砍下他的腦袋去安撫常思。然後，是封常家二姑娘為承佑的正妃也好，是給常思更多的兵馬和權力也罷，君臣之間，終究還是有個互相妥協的餘地！

「查就查，你小舅子既然知道你要查了，難道還不會殺人滅口嗎？」六軍都虞侯李業俯身於地，態度恭敬異常。肚子裡，卻不停地悄悄嘀咕。「此處距離石州，快馬也得跑上幾天幾夜。承佑他又不是傻子，把女人弄上了手，還不趕緊想辦法找他親娘去善後？一旦他娘出了面，我看你到底敢去收拾誰！」

正嘀咕著，卻又聽見劉知遠低聲吩咐，「這事兒先別聲張，咱們先做一些準備。等到了洛陽城之後，你別跟著大軍繼續前行了。先留下來，幫我置辦一份足夠豐厚的聘禮。萬一，萬一那孽障……，唉，也只能這麼辦了。那孽障，老夫是幾世失了德，才養出如此一個坑人的貨來！」

說著話，他頭再度抬起，目光遙遙地望向西北。望向根本不可能看得見的離石。

一道黃河滾滾從天而來，如凌空砍落的利刃般，將山川大地一分為二。

「刷——」一道雪亮的刀光迎頭劈下，速度快得如同閃電。

寧彥章不閃不避，挺矛刺向對方的喉嚨。一寸強一寸長，扶搖子在指點他武藝的時候，曾經把長槍的優勢和缺點，介紹得非常清楚。而經過真無子和常婉瑩等人持續餵招，他對槍法的掌握，也日漸嫻熟。

對手不知道他是傳說中的二皇子，更沒想到他居然敢跟自己以命換命。楞了楞，已經劈到半路的鋼刀艱難地調轉方向，用刀刃去磕他的矛桿。寧彥章要的就是對方這種遲疑，雙腿猛然發力，「叮！」長矛前端鐵護套貼著刀刃擦出一串火星，刺入對方的喉嚨，從後頸露出血淋淋的半截利鋒。

「跟上，跟上他！跟上二小姐！」常有德、常有才，還有其餘五六個常府家將，一邊揮舞著兵器與斬殺周圍的「撞門兵」，一邊大聲呼喝。

自家必須要保護的二小姐，就寸步不離地跟在那個狗屁「二皇子」身後。大夥即便再不願意，也只能跟此人共同進退。不過，此人先前所說的話，也的確有那麼一點兒道理。匪徒們對大門忽然被撞碎的結果根本沒有任何準備。擋在門口的數十人，個個手無寸鐵。被大夥如同切瓜砍菜般幹掉了一大半兒，剩下的要麼撒腿逃命，要麼直接跪在了地上，魂飛膽喪。

「撞門兵」的兩側，也只有窄窄的兩排刀盾兵。他們的任務原本是替自家袍澤用盾牌遮擋磚頭和流矢，忽然發現有人從門內殺出，頓時大吃一驚。隨即，嘴巴裡發出一聲瘋狂的咆哮，推開自己身前的袍澤，揮舞著兵器上前阻截。

未結成戰陣的刀盾兵，單打獨鬥的本領比鄉民略強，卻也十分有限。而跟在寧彥章身後第一波衝出來的，除了常府家將之外，還有真無子所率領的道士和道童。雙方剛一接觸，勝負立分。刀盾兵們死的死，傷的傷，與手無寸鐵的撞門兵們一道，被殺得屍骸枕藉。而寧彥章與常婉瑩兩個人所帶領的家將和道士們，卻迅速踏過他們的屍體，撲向了更遠處目瞪口呆的弓箭手。

另外一夥刀盾兵嚎叫著上前阻攔，每個人臉上，幾乎都寫滿了驚詫與緊張。他們能來得這麼及時，不是因為他們早有防備。而是因為先前不想冒著被亂矛戳死的危險，一直「偷懶」躲在「撞牆兵」身後，假惺惺地用朴刀敲打盾牌替自家袍澤助威。如今，被助威的對象瞬間就傷亡殆盡。他們除了挺身迎戰之外，已經沒有第二條道路可選。

「噗！」寧彥章低著頭衝過去，一槍刺入距離自己最近的刀盾兵小腹。隨即猛地用左手一壓後半截矛桿，將此人摔向了三尺之外。有名正在吶喊著前衝的刀盾兵被屍體砸中，仰面倒地。寧彥章抬腳踩過他的胸口，全身發力，長矛刺進另外一名敵手的喉嚨。

常婉瑩如影隨形，揮動寶劍護住了他的後背。「保持隊形，保持隊形！」常有才和常有德兩人，一左一右夾住常婉瑩，大聲提醒。手中漆槍左挑右刺，將試圖從側面發起攻擊的敵人，一個又一個戳成屍體。

「保持隊形，跟上二小姐！」緊跟在常有才和常有德兩人身後的是家將常普、常安和常寧。他們也是百戰餘生的老兵，知道陣形與配合，在戰場上的重要性。今天這一場廝殺，雖然大夥完全是被迫捲入。但事到如今，誰也沒有退縮的餘地。只有跟著最前方那個楞小子，儘量去贏得勝利，然後才能贏得一線生機。反之，如果二小姐一心殉情，大夥只能跟著戰死在這裡！

刀盾兵們倉促組成的隊形，立刻被撕開了一條血淋淋的口子。「保持隊形，跟上，跟上，殺光他們！」真無子帶著一群道士道童、數十名民間壯士，緊緊跟在了一眾常府家將身後。他們不懂排兵布陣，也沒多少征戰經驗。但是，他們個個都長著一雙敏銳的眼睛。呈槍鋒型向前推進的隊伍攻擊力巨大，受到的阻礙卻非常小。如果能始終保持目前態勢的朝前衝擊，先前八師弟在門內所說的目標就不是一個美夢！

「殺，前後夾擊，殺光他們！」最後從大門裡頭出來的，是真寂，真智和真淨，以及一群負責防禦北側院牆的鄉民。他們的防線一直沒有受到任何攻擊，所以站在三清殿頂上的老道士扶搖子，及時將他們全都派了出來。這夥生力軍沒聽見寧彥章先前的戰術安排，卻發現大門兩側的院牆上，有很多爬牆爬了一半兒的土匪，楞在那裡，進退兩難。對於這種活靶子，大夥不殺白不殺，所以刀矛齊舉，扁擔門閂亂揮，像打柿子一樣，將進退兩難的土匪們一個接一個從矛梯上打下來，一個接一個打成肉醬。

聽著身後鼎沸的人聲，寧彥章精神大振。雙手平端長矛，刺向下一名敵軍。那是一名都頭，武藝和膽氣，都遠高於普通士卒。側轉身體避開迎面刺過來的矛鋒，鋼刀貼著矛桿向前猛推。

「他要砍我的手指頭！」寧彥章瞬間看破了對方的圖謀，雙目圓睜，頭髮根根直豎。對方的動作卻瞬間變慢，而他的動作，忽然間就快過了他自己的思維。左右手相互配合，猛地用長矛攪了個圈子，將對方的鋼刀直接攪飛到了空中。隨即，他的大腿本能地踹了過去，正中對方小腹。

「噗——！」土匪都頭吐出一口鮮血，踉蹌著坐倒。寧彥章豎起矛纂，向下猛戳。黑鐵打造的矛纂，撞在對方的胸骨之下，肋骨之間的最柔軟處。深入半尺，濺出一串破碎的內臟。

一桿長矛迎面刺了過來，直奔他的胸口。寧彥章連忙橫矛遮擋，與對方戰做一團。常婉瑩忽然從他身後探出半個身子，將一支從屍體上撿來的盾牌拋向了對手。那人猝不及防，被砸了個正著，大叫著踉蹌後退。寧彥章手中的長矛快速追上去，一個跨步挑刺，將此人的叫罵聲，徹底封堵在他自己的喉嚨裡。

更多的刀盾兵從兩側過來，卻被常府的家將們奮力擋住。雙方在快速移動中，互相擊刺劈砍，每一招都試圖奪走對方性命。很快，便有許多人慘叫著倒地。活著的人毫不猶豫地踏過血泊，對近在咫尺的死亡視而不見。

「嗖嗖嗖——！」迎面飛來一排雕翎。寧彥章擺動長矛，奮力格擋。一支也沒擋住，距離太近，羽箭幾乎是平射而至，速度又快又急，完全超出了他的反應能力。然而，已經許久未曾有過的好運氣忽然籠罩了他。整整一排羽箭，居然沒有一支命中。

「啊——！」慘叫聲，就在他耳畔大聲響起。常有德被冷箭射中了肩膀，鮮血迅速染紅了半邊身體。距離他最近的一名匪徒見到便宜，獰笑著撲上，用鋼刀砍向他的另外一條胳膊。常有德忽然朝對方一咧嘴，單臂掄起漆槍，狠狠砸在了對方的頭盔上。

「噹啷！」槍斷，盔裂，對手脖子被砸得歪向一旁，氣絕而亡。常有德彎腰撿起一把朴刀，單臂揮舞出一團寒潮，脫離寧彥章身後，撲進敵軍當中。兩名匪徒先後被他砍中，慘叫著死去。一把鋼刀刺進了他的小腹，另外一邊在他的後背上開了一條巨大的口子。他踉蹌著繼續前衝數步，抱住最後一名對手，用刀刃刺進此人的胸口。

「德哥，德哥——！」常寧大聲哭喊，鮮血和眼淚順著面頰淅淅瀝瀝往下淌。「補位，跟上！沒人能長生不死！」與他比肩而行的常普狠狠給了他一巴掌。隨即，橫過漆槍，將他推進常有德留下的空缺。同時自己斜向跨步，接替了常寧留下的位置。手中漆槍再度橫擺，撥開敵手趁機刺來的刀尖，緊跟著又是一個乾脆俐落的翻挑，將此人挑落塵埃。

「繼續向前，別耽擱，殺光那群弓箭手，殺光他們給德叔報仇！」常婉瑩含著淚，在隊伍中大聲提醒，唯恐有人過於衝動，影響到自家陣形。

不用他提醒，眾人也知道此刻不是哀悼袍澤的時候，繼續揮舞著兵器，緊緊跟在寧彥章這個帶隊者身後。大夥邊走邊戰，槍鋒和刀刃上血肉橫飛。戰靴與護甲，也很快被血漿染得一片通紅。

寧彥章用長矛刺死一名對手，將此人的屍體高舉起來，用全身力氣甩向不遠處的土匪弓箭兵。這個舉動殘忍至極，卻起到了極佳的效果。眼看著一具血淋淋的屍體當空朝自己飛了過來，明知道不可能被砸中，正對著屍體的弓箭手們，還是鬆開了弓弦，紛紛朝兩側閃避。結果將身邊已經挽弓待發的同伴也擠得踉踉蹌蹌，射出的羽箭偏離目標要多遠有多遠。

沒等他們重新恢復鎮定，寧彥章等人已經急奔而至。長矛對步弓，朴刀對羽箭，三尺內的距離上，簡直就是一邊倒的屠殺。弓箭手們瞬間如遭了冰雹的麥子般，成片的倒地。僥倖未死的嚇得慘叫一聲，丟下弓箭，撒腿便逃。

「不要跑，去那邊，去那邊。去二十步外整隊！」匆匆帶領二十幾名親信趕過來的百人將劉葫蘆，揮刀劈翻兩名倉皇逃命的弓箭手，大聲喝令。沖天而起的血光，令弓箭手們瞬間恢復清醒，楞楞地放緩速度，不知所措。就在這個時候，寧彥章已經再度帶領著隊伍追上，如同利刀剁活魚，借助劉葫蘆和他的親信們組成的砧板，將夾在敵我雙方之間的弓箭手們，剁成一具具屍體。

「啊——！」剩餘的弓箭手再也不肯聽從劉葫蘆的瞎指揮，抱著腦袋繼續逃命。這一逃，不僅自家隊伍再度陷入混亂，也將劉葫蘆和他手下的親信們推得步履踉蹌，東倒西歪。很快，就失去了彼此之間的照應，不得不各自為戰。

「去死！」寧彥章舉起長矛，衝向正在試圖重新將弓箭手組織起來的劉葫蘆。周圍的弓箭手見他渾身是血，不敢阻擋，紛紛轉身閃避。他與目標之間，迅速出現了一道寬闊的通道。劉葫蘆勃然大怒，瞪著通紅的眼睛迎戰。鋼刀橫劈豎剁，將長矛砍得木屑亂飛。

「去死，去死！」寧彥章大聲叫罵著，用長矛與對方周旋。既不管兩側，也不擔心身後。

兩側的敵軍，自然有常府的家將替他招呼。而他的身後，則始終跟著一道倩影。吶喊聲能聽得見，腳步聲能聽得見，甚至連滾燙的呼吸，都能用後背感覺得清清楚楚。

那是他今日所有勇氣的來源，也是他今生再也不敢放棄的動力。他必須擋在她的前面，無論前面有多少敵人。他必須為自己殺出一條血路，無論面對的是神仙還是妖魔。

從兩手相握的那一刻起，他就已經不再是一個人。儘管，儘管到現在為止，他依然不相信自己就是那個石延寶！

「叮，叮，喀嚓——」木製的矛桿禁不住鋼刀的劈砍，忽然從正中央位置一分為二。寧彥章無法後退，快速側了一下身體，前半截長矛當作投槍砸向對手胸口。劉葫蘆豎起鋼刀格擋，將半截長矛磕得不知去向。正準備揮刀砍向對手的頭顱，常婉瑩忽然從寧彥章的腋下鑽了出來，一劍刺中了他的小腹。

「你用這個！」一名常府家將迅速趕上，將漆槍塞進了寧彥章的手裡。然後順勢推了他一把，讓他再度擋在了常婉瑩的正前方。

「劉頭！」兩個土匪刀盾兵剛好哭喊著上前來搶劉葫蘆的屍體，被寧彥章挺槍攔住，殺做一團。漆槍的槍桿比長矛結實得多，韌性也足足高出了一倍。使在他手裡發了力，就像一條翻滾的巨蟒。兩名刀盾兵手中兵器太短，無法靠近他的身體，氣得紅著眼睛跳來跳去。剛剛從寧彥章手裡被取走的下半截長矛忽然打著旋落其中一人兩腿之間，將此人絆了個狗啃屎。寧彥章抓住機會，將漆槍當作大棍，朝著另外一個人腰間橫掃。「噹啷！」一聲，對手匆忙中豎起來的鋼刀吃不住他的力道，被掃上了半空。常婉瑩再度上前，一劍抹斷了此人的喉嚨。

倒在地上的人，被常有才一腳踩斷了脖子。他的鋼刀和盾牌，也迅速落入了常有才之手。周圍的刀盾兵們失去了領頭羊，士氣直線下降。再沒勇氣過來阻攔，轉身加入潰退的弓箭手隊伍，撒腿逃向自家本陣。

眼前的視野瞬間開闊，三十步之內，再沒有任何敵軍，只有一地屍體。寧彥章猛地抬起頭，看向敵軍本陣，恰恰看到另外一支生力軍，在一位敵將的帶領下，快速朝自己這邊撲了過來。

「往回撤，弓箭手逃光了，咱們見好就收！」揮刀砍翻一名正在血泊中裝死的土匪，常有才大聲提醒。隨即邁動腳步，將常婉瑩遮擋在盾牌之後。

「回撤，跟著我往回撤！」寧彥章瞬間也從狂熱狀態恢復清醒，舉起漆槍，大聲招呼。

「跟上，跟上他！」常有才帶領三名常府家將，用身體和盾牌將常婉瑩夾在中間，推著寧彥章往回轉。

「跟上，跟上老八！」

「跟上，跟上寧道長！」眾道士和鄉民們，也互相招呼著，調整方向，追隨在寧彥章身後全力回撤。經歷了剛才那段短促且激烈的戰鬥，他們對少年人有了一個全新的認識。對於少年人發出來的命令，也再無任何抵觸。

整個隊伍如同一條吃飽了的惡龍般，在屍體堆中猛然擰身，調轉方向，迅速撤往道觀大門。沿途遇到不知所措的零散土匪，皆亂刃砍死。這個戰術調整，做得不可不謂及時。大夥才剛剛走了二三十餘步，身後忽然傳來一陣憤怒的叫喊，敵方主將做出反應之後所指派的生力軍，已經全力追了上來。

「快走，身上沒有甲的先走。真無道長，麻煩你去大門口維持秩序！」常有才當即立斷，越過寧彥章，接掌整個隊伍的指揮權。

大師兄真無子微微一楞，見寧彥章本人沒有反駁的意思，用力點了下頭，邁開雙腿，騰雲駕霧般脫離隊伍，第一個奔回了道觀正門。

真寂、真智和真淨三人正帶著一群鄉民在大門兩側的院牆旁殺得痛快，猛然間看到大師兄如飛而還，都嚇了一個哆嗦。沒等他們發問，真無子將寶劍一擺，大聲吩咐，「老五留下來跟我守門，真寂，你和真淨速速帶著大夥回去。敵軍的主力殺上來了！」

「別戀戰，回去，回去！」真寂子和真淨子兩個聞聽，不敢怠慢，立刻招呼眾鄉民放棄剩餘的零星落水狗，掉頭回道觀之內。大師兄真無子則和真智子一道，持劍站立大門兩側維持秩序。遇到亂擠亂擁的鄉民，則上前推一把，拉幾下，招呼數聲，確保這條從前面進入道觀的唯一通道不被堵塞。

敢跟著道士們出來殺賊的鄉民們，也都是些膽大心細之輩，因此沒用兩位道長耗費太多力氣，就迅速撤離完畢。眾人卻不肯逃得太遠，用兵器支撐著身體，站在大門內一邊喘息，一邊向外張望。每個人都真心期盼著，這一輪所有出擊的同伴，都能跟自己一樣，平平安安地返回道觀！

然而偏偏事與願違，正在匆忙回撤的隊伍，在半途中就已經被兩支敵軍咬上。一支是對方主將派來的生力軍，另外一支，則由先前負責指揮進攻院牆與大門的副將帶領，大約三、四十人，個個氣急敗壞。

而自家隊伍，迅速被壓成了一個窄巷。一群道士道童們在前方艱難地開路，「九道長和他的夫人」兩個人，則帶領著幾名軍爺負責斷後，漆槍與寶劍並舉，且戰且退。

「殺了他，殺了他，賞錢一千貫！耕牛五頭！」追上來的敵軍頭目正是副將劉兆安，不敢喊破寧彥章的「皇子」身份，用橫刀指著他的鼻子大喊大叫。

重賞之下，必有勇夫。幾個呼吸之前還被寧彥章等人打得抱頭鼠竄的「匪徒」們，瞬間就像吃了十斤老山參般精神百倍。從前、左、右三個方向同時壓上，長短兵器一刻不停地朝寧彥章頭上招呼。

身後緊挨著的就是常婉瑩，寧彥章當然不肯閃避。按照老道扶搖子數日前的指點，將漆槍掄開了當大棍使，連掃和帶砸，將他自己膂力過人的優勢，發揮了個淋漓盡致。

常有才和常寧兩人，則一左一右，護住了他的兩翼。仨成倒品字型，將常婉瑩和另外十幾名鄉勇，死死護在了身後。從正面追上來的「匪徒」們想要「建功立業」，首先必須先通過他們三個這道關。而能正面通過三人聯手阻攔還沒戰死的，從隊伍開始回撤到現在尚未見到一個。

「此人就是石家那個倒楣鬼嗎？果然還有點兒本事！」兩百餘步之外，三角眼聳了聳肩膀，皮笑肉不笑的點評。「李將軍，你手下的弟兄好像不太爭氣啊，人數分明比對方多了三倍，卻一直未能奈何那小子分毫！」

「大人您有所不知，像這種年紀的愣頭青，最敢跟人拚命。特別是身邊還有個女人看著的時候，更是悍不畏死！」步將李洪濡被說得臉色一紅，連忙開口解釋。

他不解釋還好，一解釋，卻令三角眼的臉色立刻黑如鍋底。「有所不知？李將軍，你這是在嘲笑咱家淨過身嗎？實話告訴你吧，咱家沒伺候主上之前，也是花叢老手！什麼樣的女人沒摸過？一夜七八次都不在話下！」

「這，這……。大人，大人英武，末將甘拜下風！」李洪濡知道自己不小心犯了對方的忌，急得滿頭是汗。「大人不用，不用著急，末將，末將這就吹角催戰！」

說著話，他不敢再與對方刀子般的眼神相接。劈手從親兵懷裡搶過一隻牛角號，奮力吹響，「嗚嗚，嗚嗚嗚，嗚嗚嗚嗚嗚————」

「砰砰，砰砰，砰砰砰砰砰！」左右親信也知道替主將解圍，同時用刀背敲打盾牌，將催戰的命令傳出去，遙遙地傳遍整個戰場。

副將劉兆安剛剛不小心被寧彥章偷襲得手，麾下弓箭兵損失殆盡。此刻心中極為忐忑，唯恐被三角眼和李洪濡兩個秋後算帳。猛然間聽聞來自主帥身邊的號角聲和刀盾撞擊聲，不敢再留任何餘力，仰起頭發出一聲狼嚎，親自撲到最前方，誓要將「二皇子」斬於刀下！

寧彥章見此人穿著一身牛皮鎧甲，關鍵部位還鑲嵌著明晃晃的鐵板，立刻知道必然是個當官的。當即擺動漆槍，應面直刺。「噹啷！」精鋼打造槍鋒與橫刀在半空中相撞，火星四濺，紛落如雨。

「來得好！」劉兆安大叫，右手奮力用橫刀將槍鋒推開，欺身搶進。另一隻手中的盾牌權當釘拍使，直奔寧彥章前胸。

寧彥章不過是剛剛學了幾天本事的雛兒，先前仗著自己力大臂長，敵軍又猝不及防，才痛快地占了幾個大便宜。如今碰到了劉兆安這種在沙場上打過多年滾的老將，立刻原形畢露。手忙腳亂地豎起槍桿來格擋，同時兩條腿努力站穩。緊跟著，耳畔就聽見「咚」的一聲巨響，槍桿被盾牌頂得向內凹進了半尺，無法繼續移動分毫。對手的橫刀，卻又如閃電般朝著他的耳畔下方劈了過來。

「叮！」關鍵時刻，常寧從他身旁跳起，用槍鋒勉強擋住了刀刃。而劉兆安的身體卻又猛地一個盤旋，盾牌推著寧彥章槍桿為軸，刀鋒回撤，下切，從鎖骨上方直奔小腹。

這一下若是切中，寧彥章肯定要被開膛破肚。電光石火間，他眼前忽然閃過一道烏光。卻是常有才見他遇險，側身橫槍替他接了一招。

「噹啷！」刀鋒與塗過多遍生漆的槍桿相撞，依舊深入半寸才勉強停下。劉兆安不肯以一敵三，立刻放棄卡在槍桿中的橫刀，撤盾後退。他身邊的兩名都頭一左一右撲上前，趁著寧彥章等人的隊形已經被扯出空檔的機會，發起了另外一波猛烈的攻擊。

「當，當，當當，當當！」火星四下飛濺，常有才、常寧和寧彥章三個被殺得只有招架之功，沒有還手之力。好不容易將兩名都頭聯袂發起的這一輪攻擊熬過去了，那副將劉兆安卻已經從親衛手中搶了另外一把橫刀，舉著大盾再度撲到了近前。其身後，還有十幾名鐵桿親信，每一個都是久經沙場，看慣了敵我雙方的生死。

「別硬頂，且戰且退，只要退到大門附近，就可以讓弓箭手招呼他們！」常婉瑩見勢不妙，在寧彥章身後大聲提醒。同時豎起寶劍，用側面用力敲打周圍的道士和鄉民，「快點，大夥都快一點。快點退回大門裡頭去，然後咱們重新封死大門。」

不用她催促，隊伍中的道士和鄉民們，也知道早一步返回道觀，就會多一分活命之機。然而在眾人的左右兩側，此刻也有大批的賊兵湧來，橫刀和長矛亂舞。大夥不得不拿出八分精神來應對，剩餘的兩分力氣，才能用在匆忙後撤的兩條大腿上。

轉眼間，整個隊伍就岌岌可危。不斷有人慘叫著倒下，不斷有人從隊伍的中央被推擠到最邊緣，用生澀且僵硬的動作，去抵抗賊軍嫻熟的攻擊。

萬一隊伍被衝散，所有人就要陷入各自為戰狀態。而以敵我雙方此刻的數量和戰鬥力對比，肯定無一人能平安生還。

「長生門下眾修士，跟我去救八師弟和小師妹！」大師兄真無子剛剛在門口喘勻了氣，看到寧彥章和常婉瑩兩個遇險，立刻又揮舞著寶劍帶頭衝上。

「老八，小師妹，咱們來救你了！」真寂子、真智子和真淨子等剛剛退回觀內的道士，也怒吼著跟在了真無子身後。

他們人數不多，卻勝在武藝精熟。猛然間衝到隊伍側翼，立刻如切瓜砍菜般，在試圖圍攏的群賊當中，砍出了一條血淋淋的大口子。

正在進行後撤的隊伍，速度立刻提高了一倍。所有道士和鄉民們都咬緊牙關，從真無子帶人殺出來的血口子處且戰且走。如此一來，負責斷後的寧彥章等人，肩頭的壓力頓時大輕。齊齊發出一聲斷喝，三桿漆槍如烏龍般，左右翻滾，將劉兆安和他的親兵再度逼退數尺，鮮血灑得滿地都是。

「退，大夥一起退！同生共死！」寧彥章大聲叫嚷著，雙臂發力，將漆槍抖出暗黑色的一團。中心處，銳利槍鋒宛若墨汁凝結成冰。凡是被「黑冰」碰到者，輕則血肉橫飛，重則當場斃命。

常有才與常寧揮動漆槍左右橫掃，將攻擊範圍擴大成一個扇面。不肯再給敵軍欺進攻擊的機會。兩名火長打扮的匪徒連續攻了兩次都被漆槍逼退，氣得兩眼發紅。互相打了個手勢，跳開數步，再度從左右兩側同時發起了進攻。常有才猛地一擰身，漆槍當作大棍掃了過去，將一名火長掃得筋斷骨折。常寧壓腕抖出一團槍花，晃偏對方的刀鋒。隨即一記挺刺，將另外一名火長刺了個透心涼。

「嗖嗖嗖——」迎面忽然飛來一排羽箭，數量不多，卻來得極為突然。寧彥章按照陳摶傳授的辦法，拚命舞動漆槍，用槍桿和槍纓帶起的「氣場」，捲飛了其中大部分。但有兩支角度刁鑽的漏網之魚，卻突破了他的阻攔，狠狠地刺進了收勢不及的常寧胸口，捲起兩團耀眼的紅。

「啊——！」常寧疼得淒聲慘嚎，踉蹌著朝向對面的敵人。才跑出了三五步，他全身的力氣便已經用盡。將槍桿戳在地上，雙手握緊，身體繞著不停地旋轉，旋轉，旋轉。艷紅色血漿順著兩支羽箭的箭桿，噴泉般射向半空。直到他徹底死去，徹底變成一具冰冷的屍體。

「小寧子，小寧子！」常婉瑩哭喊著從寧彥章背後跳出來，試圖施以援手。她的腰桿卻被另外一名年老的家將抱住，無法繼續向前分毫。

「退，快退！」那名老家將不管常婉瑩如何踢打，都絕不鬆手。兩條長腿邁開，奮力奔向道觀大門。

「退！一起退！」寧彥章咬著牙，大聲咆哮。紅色的血跡，順著嘴角淋漓而下。常寧的年齡和他差不多，也是常府家將當中，唯一一個對他不算太排斥的人。甚至在閒暇時，還曾經小心翼翼地提醒他。光憑著熟人餵招，肯定學不好武藝。真正的感悟，通常都在生死之間。而未經過沙場歷練的人，判斷力和反應速度，都會差上許多。包括他自己，也是因為作戰經驗少，所以本領在家將中只能排在末流。

寧彥章很感謝他的提醒，也從心裡打算交他這樣一個朋友。然而，在他被羽箭射中之後，寧彥章卻發現自己無法給予其任何幫助。不能救援，不能止血療傷，甚至連跟上去幫他提早一步結束痛苦的能力都沒有，只能眼睜睜地看著他氣絕，倒地，然後被蜂擁而上的匪徒們踩在腳下。

「衝，衝上去，殺光他們！殺光他們，給死去的弟兄報仇！」副將劉兆安帶領兩名都頭，二十幾個親信，還有近百名雜兵，快速從常寧的屍體上跑過。兩隻眼睛通紅，渾身上下也被血漿染得通紅。

他們就像一群餓瘋了的野狗，急需從獵物身上扯下幾片血肉來填飽自家肚腸。然而，正在加速後撤的「獵物」，卻不是一群毫無反抗之力的綿羊。見到「野狗們」越追越近，寧彥章咬著牙停住腳步。掄起長矛，奮力橫掃！

「當！當！當！當！」金屬撞擊聲不絕於耳，至少有三把橫刀被他掃飛上半空，還有兩把從中折為了兩段。趁著匪徒們失去了兵器一楞神的瞬間，常有才抖動漆槍，左右分刺。「噗！噗！」兩下，將兩名距離他最近的匪徒送上了西天。

「殺了他，殺了他！」有名都頭帶隊撲上，橫刀凌空潑出一團白雪。常有才撥打，劈刺，橫掃，斜挑。轉眼間又殺掉了兩名匪徒，抬腿將第三名踢得鮮血順著嘴巴狂噴。第四，第五，第六名匪徒前仆後繼，他招架不及，身邊終於出現了一個破綻。帶隊的都頭見有機可乘，一個翻滾向前，刀鋒從下向上猛撩！

「噗！」千鈞一髮之際，卻是寧彥章放棄與副將劉兆安捉對廝殺。將漆槍橫了過來，替常有才擋住了致命一擊。而他自己，全身上下卻是空門大漏，被四五雙眼睛同時盯緊，四五把橫刀交錯劈落。

「噗！噗！噗……」刀鋒砍入槍桿聲音不絕於耳，常有才不肯讓寧彥章為救援自己而死。斜跨步擋在他身前，用槍桿擋住了大部分攻擊。

但是，依舊有兩把橫刀，繞過了槍桿，刺進了他的小腹。常有才吐出一口鮮血，雙臂奮力，推著五六名敵軍踉蹌後退。「走，快走啊！」他回頭看了目瞪口呆的寧彥章一眼，大聲咆哮。雙腿接著用力，整個人撲進了敵軍當中，化作一團耀眼的血光。

「有才叔！」寧彥章嘴裡發出淒厲的哀鳴，像受了傷的野獸般，從地上撈起一把橫刀，四下亂剁。他不想退，他要留下給常有才報仇，給常寧報仇，給所有因他而死的人報仇。他要殺了眼前那名匪徒頭目，殺光眼前這群匪徒，殺光這世上所有狼心狗肺之徒。

「找死！」劉兆安冷笑著退開數步，丟下盾牌，舉刀前衝。養尊處優的石家二皇子瘋了，在關鍵時刻被血光刺激得發了瘋。這是老天爺送上門來的功勞，他若不將功勞抓住，日後必遭天譴。

「呼！」平地上忽然起了一陣狂風，有道黑影由天而降。劍光閃動，將劉兆安砍向寧彥章的橫刀挑開。隨即身子一擰，抓起少年人，如飛而去。

「神仙！是老，老神仙！」劉兆安被嚇了一大跳，楞楞的停住雙腳，不知道自己該不該繼續上前追殺。對方來得突然，走得也急，就像傳說中的劍仙臨世般飄然來去。而得罪了劍仙的人，通常都不得好死。哪怕是已經做到了節度使，睡夢中也免不了稀裡糊塗被砍掉腦袋。

「嗖嗖嗖，嗖嗖嗖！」又是一排羽箭，迎面射來，徹底解決了他的困惑。

留守在道觀內的幾名常府家將，再度爬上了院牆。挽起角弓，將過於靠近道觀大門的追兵，一個接一個當場射殺。

距離道觀大門三十步範圍之內，立刻出現了一片巨大的空檔。真無子、真智子等道士，帶著還能走得動路的同伴，踉蹌著進了觀門。一座巨大的老君相，被迅速推進門洞。「轟」地一下，將進入道觀的唯一通路，再度堵了個嚴絲合縫！

「嗚嗚，嗚嗚嗚嗚，嗚嗚嗚嗚……」距離道觀二百步遠處，響起了一陣低沉的號角聲。

鉛雲低垂，山風呼嘯，副將劉兆安帶領麾下眾匪徒，緩緩後退，留下滿地縱橫交錯的屍骸。

道觀大門已經被堵死，本輪攻擊不可能再有任何收效。所以主將李洪濡果斷下達了後撤命令，準備將所有兵馬都撤到安全地帶，重新組織下一輪進攻。

「李將軍很懂得體恤士卒嗎？」三角眼看了看滿是屍體的戰場，撇著嘴低聲嘲諷。

剛才那一場戰鬥，雖然最後以進攻方的勝利而停止。但整個戰鬥過程，卻沒有任何可取之處。特別是在石家二皇子帶領一眾道士和鄉民們突然從大門口殺出來的那一刻，簡直令人無法分辨，到底哪一邊是漢王麾下吃糧領餉的精兵，哪一邊才是剛剛放下鋤頭的普通百姓。

「大人儘管放心，道觀裡頭的人已經成了強弩之末，肯定撐不過下一輪！」李洪濡被說得滿臉青黑，咬了咬牙，大聲強調。

「是嗎？」三角眼回頭看了看他，臉上每一根皺紋裡都寫滿了輕蔑，「那李將軍可是要抓緊了，別讓後山那邊的羅矮子搶先攻入道觀。按照常理，他只是拿錢賣命的江湖下三濫。而你，卻是正經八本的百戰之將！」

「下一輪進攻，末將會親自帶隊！」李洪濡楞了楞，緩緩從腰間抽出了佩刀。

不能怪三角眼故意挖苦他，此刻負責在後山那邊堵截獵物退路的，是一群郭允明剛剛招募來沒多久的市井無賴，地痞流氓。而萬一他所統率的五百正規兵馬遲遲未能建功，道觀卻被羅矮子從後門攻破，他這個步將，恐怕就徹底當到頭了。

畢竟像他這個級別的武夫，在三角眼的主上手裡，還有許多備用人選。而那三角眼的主子，又從沒念過任何人舊。發現手下人失去利用價值，丟棄起來毫不遲疑。

「也好，若是能目睹李將軍身先士卒，咱家回去之後，剛好能向主上如實彙報一番。絕不會令別人吞了李將軍的功勞！」見自己的激將法奏效，三角眼收起臉上的輕蔑，讚賞地點頭。

「多謝王大人提攜！」李洪濡心裡像吃了幾百隻蒼蠅一般難受，表面上，卻不得不裝出一副感恩戴德的模樣，躬身向三角眼行禮。

然而，三角眼卻沒有伸出手來攙扶，卻是忽然將頭轉向了道觀，身體僵直，嘴巴裡喃喃做聲，「啊！這，這是怎麼了。誰，誰放，放的火。這，這……」

李洪濡聞聲抬頭，恰看見有一道濃煙夾雜著火光在道觀後側扶搖而上。「燒山，有人在放火燒山。好毒，下手的人心腸真是歹毒。此刻山中到處都是枯枝和乾草，這一把火燒起來，羅，羅大人那邊……」

他掩住嘴巴，不敢繼續說下去了。唯恐一不留神，將發自內心深處的振奮，暴露在話頭上。放火燒山，道觀周圍有兩三丈寬的空地，還有一堵高牆保護，當然輕易不會遭受池魚之殃。而羅矮子麾下那些大俠小俠們，恐怕半數以上連逃命都來不及，直接變成了一堆堆烤肉。

「給我，給我組織進攻，把裡邊的人殺光！」三角眼的反應非常機敏，立刻猜到了後山那群同夥的結局。

氣急敗壞地舉起雙臂，朝著天空不停地抓撓，「殺光，人伢不留。除了常家那個女的，其他人，統統殺光！」

「遵命！」李洪濡心中這個痛快，簡直如同三伏天接連喝了幾大桶冰水。強忍笑意答應一聲，轉身奔向剛剛折返回來，跪在地上俯首請罪的副將劉兆安，「起來，你這個廢物。除了磕頭之外，你還會幹什麼？立馬給我滾起來，帶幾個人上前喊話。讓道觀裡的匪徒速速交出常家二小姐，然後本將可以做主饒他們不死！」

「匪徒？」劉兆安暈頭脹腦的站起身，木然重複。

這好像跟他預先知道的謀劃不一樣！預先大夥的謀劃是，偃旗息鼓，裝作土匪打劫道觀，宰了二皇子石延寶，搶奪救命丹方，順手再將除了常家二小姐之外的其他人全都殺死滅口。如今，怎麼又變成了裡邊的人是匪徒，而自己這邊，反倒成了一支無須掩藏形跡的正義之師？

「讓你去，你就去，問那麼多做什麼？！」正呆呆發楞間，脖子上已經挨了狠狠一記巴掌。他的頂頭上司，步將李洪濡大聲喝道：「是亂匪窺探道觀裡的財物，下山洗劫。殺了裡邊的所有老道和鄉民。咱們弟兄聞訊趕到，血戰殺掉了亂匪，才保住了常二小姐平安。記住了，只搶回了常家二小姐一個，剩下的，連一隻貓，一隻狗，都沒有留下，全都被亂匪斬盡殺絕！」

「是！」副將劉兆安終於心領神會，抱拳行了個禮，狂奔而去。須臾之後，在道觀正門口五十步處，就響起了一陣鬼哭狼嚎，「裡邊的人聽著，交出被你們劫持的常家小姐。我家將軍有好生之德，承諾饒恕你等不死！否則，下一輪進攻開始，刀下雞犬不留！」

「裡邊的人聽著，交出被你們劫持的常家小姐。我家將軍有……」

「狼嚎」聲此起彼伏，伴著道觀後側傳來的獵獵火聲，不停地灼燒著人的心臟。

「真慧，你，你要不然出去吧！他們既然叫妳常家小姐，想必不敢得罪妳常將軍太狠！」聽著外邊的鬼哭狼嚎，再看看觀內幾乎個個帶傷的同伴，大師兄真無子非常認真的提議。

「是啊，真慧，留得青山在，不怕沒柴燒！」

「真慧師妹，師門傳承，不能就此而絕！我們這些當師兄的，求妳了！」

「……」

其他幾個還活著的真字輩兒道士，也紛紛走上前，低聲提議。

道觀肯定守不住了，也許是下一輪，也許是接下來的兩三輪，反正，大夥對最終結局，基本都已經不抱任何希望。

敵我之間的實力過於懸殊，而後山的大火一起，在燒死了數以百計的敵軍的同時，也徹底燒斷了眾人逃走的道路。此刻留在道觀裡的人，唯一的意義，就是以命換命，盡可能多的殺死敵軍，避免日後更多的無辜者死於這群豺狼之手。

修行之人不打誑語。他們說這些話時，每一雙眼睛裡，都充滿了坦誠。外邊的敵軍肯定是漢王劉知遠所派，他們不但要殺死已經死過一次的八師弟石延寶，並且還要搶奪可以緩解劉知遠心痛病的丹方。為了掩飾劉知遠的醜行，他們拿到丹方之後，十有八九還要殺人滅口。但常婉瑩，卻是他們唯一可能放過的人。她也許會受一些委屈，最終卻沒有生命危險。

畢竟，畢竟常婉瑩的父親常思，此刻劉知遠的心腹愛將。無緣無故殺了對方的女兒，劉知遠很難令其他武將不覺心寒！

他們說的很坦誠，理由也非常充足。畢竟長生門今日不能全都死在這裡，至少需要有人忍辱負重，延續師尊扶搖子的衣鉢。然而，常婉瑩卻沒有做任何回應，只是將手，緊緊地跟寧彥章的手握在了一起。

作為真字輩的一員，扶搖子膝下的八師弟兼九師弟，寧彥章卻沒有跟眾人一起勸說常婉瑩離開。有些話，根本不必說出口，只在兩人目光相接的瞬間，已經傳遞得非常清楚。常婉瑩不會離開，正像如果是他石延寶的話，也絕不會離開常婉瑩。

死亡，忽然對四目相對的二人來說，變得不甚恐懼。而比死亡更為恐懼的是，親眼看到對方倒在血泊當中，從此陰陽相隔，後悔終生。

「一會兒，妳還是跟在我身後！」在眾師兄們憤怒或者焦灼的目光下，寧彥章忽然笑了笑，緩緩開口。

「嗯！」常婉瑩只用了一個字來回答，與他相握的手，卻愈發地堅定。

「我不知道自己是不是石延寶！也許這輩子都想不起來，自己到底是不是石延寶！」寧彥章看著她的眼睛，非常緩慢，又非常認真地補充。彷彿天地之間，此刻只有他們兩個人存在。其餘的都是沒有耳朵的土偶木梗。

「但我保證，此戰之後，會待妳比原來那個石延寶更好，並且今生永不相負。三清祖師為證，若他日我違背此誓，願五雷轟殺，永不……」

另外一隻手，迅速伸過來，掩住了他的嘴巴。常婉瑩在笑，笑得非常欣慰，笑得滿臉淚痕。「想不起來就不要再想。你可以忘了，忘了以前發生的一切，你才能活得更開心。咱們倆從頭開始，從現在！」

「砰、砰砰，砰砰砰砰……」外邊又響起了嘈雜的刀盾相擊聲，一下下，壓抑得令周圍空氣幾欲凝固。

少年和少女卻相對笑了起來，鬆開手，緩緩舉起了刀。一個向前，一個向後，將脊背緊緊相靠。

這是最快速的恢復體力方式，彼此相依，彼此溫暖。

他們需要趁最後的時間，恢復體力。

他們要彼此護住對方背，殺出生天。

我護住你的背，哪怕面對千軍萬馬。

我護住你的背，哪怕面對海嘯山崩。

只要我一息尚存，就不會有人能從背後傷害到你。

永遠不會！

這一刻，兩個互相依偎的身影，在眾人眼裡，凝固成永遠的風景。

看到相互支撐著積蓄體力的一雙身影，真無子等道士都側轉頭，輕輕閉上了嘴巴。

太上忘情，那是修煉到最高境界才會具有的能力。而他們雖然清心寡欲，半生不近女色，卻非不食人間煙火的泥塑木雕。更做不出為了保全師門傳承，就逼著一對戀人生離死別的「壯舉」！

「砰、砰砰，砰砰砰砰……」「砰、砰砰，砰砰砰砰……」「砰、砰砰，砰砰砰砰……」刀盾撞擊聲越來越近，越來越近。道觀內，卻是一片安靜。

除了站在牆上的弓箭手之外，所有人都緊握兵器，合攏雙目，或立或坐，趁著下一場惡戰到來之前恢復體力。賊人想把大夥趕盡殺絕，大夥當然不能束手待斃。多恢復一分體力，就多一分拚命的機會。拚一個夠本兒，拚兩個賺一個！

蕭瑟的山風從半空捲過，中間夾雜著人血的腥味和肉體被烤熟的濃香。緊跟著，便是數排密集的雕翎。匪徒們的進攻又開始了，這一次，他們比上一次更為嫻熟。首先對付的目標，是觀牆上的那幾名弓箭手。很快，便壓得弓箭手們無法抬頭，不得不退了下來，再度轉向迎客殿的屋頂。

「嗚嗚，嗚嗚，嗚嗚，嗚嗚——！」幾聲低沉的號角聲響起，取代了刀盾的撞擊。半空中的羽箭忽然消失，腳下的大地卻開始上下震顫。「他們又要撞門！」靠近門口處，有人大聲叫嚷。透過老君像與門洞的縫隙，他們可以將匪徒們的動作看得一清二楚。

「嗖嗖，嗖嗖，嗖嗖！」密集的羽箭再度從半空中飛過，這次，不是直射，而是近距離拋射。幾名位置太靠後的鄉民中箭栽倒，在血泊中翻滾掙扎。更多的羽箭從半空中落下來，迅速奪走他們的性命，將他們的屍體變成一具具刺猬。

「靠牆！儘量靠牆站！把長矛舉起來，矛尖朝上！」常婉瑩從寧彥章身後睜開眼睛，快速吩咐。「常家的人，還有身上穿著鎧甲的，跟我一起堵在門口兒！老君像沒有根，禁不起幾撞。門破之時，就是反擊發起之時！」

沒有人質疑她的命令，雖然在全部持兵器作戰的人中，她的年齡最低。大師兄真無子帶著一夥鄉民躲進了大門左側的觀牆後。真寂子、真智子和真淨子三個則組織起剩餘的鄉民躲在了大門另外一側。他們紛紛舉起兵器，耐心地等待。等待敵軍的面孔從牆頭上出現，等待最後的決戰時刻到來。

「轟！」一根合抱粗的樹幹撞在了老君像上，將老君像撞得倒飛半丈，四分五裂。緊抱著樹幹的「死士」們收力不及，順著老君像飛行的軌跡衝進門內，紛紛栽倒。常府的家將們帶著身上披著鎧甲的鄉民亂刀齊下，將第一波衝進來的死士迅速砍成一團團肉醬。

「奪門！」一名都頭大喊著，雙腳踩著落在地上的樹幹，率先衝入。刀掃盾撞，向周圍發起猛烈攻擊。四名身上穿著輕甲的火長緊隨其後，彼此脊背靠著脊背，手中長槍朝著大門兩側亂捅。緊跟著，又是四名手持刀盾的百戰老卒，六七名滿臉橫肉的「精兵」，將大門口再度堵了個水泄不通。

「跟我來！」寧彥章挺槍迎戰，正面擋住敵軍的都頭。常勝、常安、常福等人，則各自揮舞著兵器撲向敵軍側翼。雙方在狹窄的大門口捉對廝殺，誰也不肯主動後退。很快，就有滾燙的血漿飛濺起來，無分敵我，染紅每個人的眼睛。

「殺！」一名鄉民猛然在地上打了個滾，撲到匪徒都頭腳下，揮刀橫掃。他的刀和鎧甲都是從敵軍屍體上搶回來的，除了顏色髒一些之外，與都頭身後的同夥別無二致。負責保護都頭的火長們一不小心就將他當成了自己人，居然沒顧得上攔截，眼睜睜地看著他將橫刀砍向自家上司的腳踝。

匪徒都頭嚇得亡魂大冒，雙腳猛地在樹幹一跺，騰空而起。寧彥章毫不猶豫地將漆槍由刺改撥，直奔都頭的左右兩個膝蓋。匪徒都頭在半空中無法借力，只能拚命將雙腿收緊。冰冷的槍鋒狠狠地砸在了他的左側腿肚子上，將他砸得由縱轉橫，慘叫著下落。兩把漆槍迅速戳到，半空中戳透他的身體，給他來了個透心涼。

「殺！」寧彥章一個箭步踩過都頭的屍體，挺槍刺向下一個敵人。那是一名火長，被都頭的死亡給嚇楞住了，遲疑著不知道該不該繼續前進。寧彥章的槍鋒，繞過他的槍桿，刺破他的胸甲、刺破他的皮膚和肌肉，從兩根肋骨之間長驅直入，最後戳破了他的心臟。

「殺，殺一個夠本，殺兩個賺一個！」家將常勝從敵人屍體上抽出槍鋒，越過寧彥章，撲向下一個目標。

「殺，殺光他們，給鄉民們報仇！」常安、常福帶領著鄉民們紛紛跟上，刀槍並用，將剩餘的匪徒逼得不斷後退。

由都頭和幾名火長組成的攻擊隊列，迅速土崩瓦解。落在地上的樹幹，也很快被土匪們的血染了個通紅。剩餘的幾名匪徒見勢不妙，果斷選擇了後退。然而沒等他們的大腿退過門坎兒，一排漆黑的羽箭忽然飛至，將他們全部釘死在大門口。

「弟兄們，跟我上！」副將劉兆安丟下角弓，帶領身邊的親信衝向大門。他已經失手了一次，絕不能再失手第二次。否則，即便李洪濡能夠放過他，三角眼太監也絕不會讓他活到今天晚上。

「奪門，奪門！」親兵們絕望地叫嚷著，跟在劉兆安身後蜂擁而入。激戰再度在大門內側不到半丈大的範圍內展開，攻守雙方不斷有人被兵器砍中，慘叫聲不絕於耳。劉兆安卻對周圍的慘叫聲無動於衷，一手持刀，一手持盾，追著寧彥章的身影如跗骨之蛆。

寧彥章的作戰經驗遠不及他，對殺人技巧的掌握，也差了不是一點半點。仗著膂力稍大，氣血旺盛，苦苦支撐。卻被此人推著，一步步從大門口退向道觀內，一步步退上迎客殿的臺階。

更多的匪徒，順著劉兆安捨命衝開的通道，殺了進來。與常勝、常福等人絞做一團。令他們無法給寧彥章提供任何支援。還有二十幾名腿腳靈活的匪徒，再度翻牆而入。突破真無子等人的阻攔，衝入鄉民們之間，威武如趙子龍，勇悍如關雲長。

「嗖——！」一塊板磚從側面飛至，砸中劉兆安的肩膀。此人疼得一咧嘴，雙腳本能的停在了原地。寧彥章趁著這個機會接連後退三步，重新拉開自己與此人的距離。隨即翻腕壓槍，當胸急刺。

「咚！」劉兆安舉盾相迎，槍鋒與包裹著鐵皮的盾牌撞在一處，深入半寸。他獰笑著斜推盾牌，將寧彥章的漆槍隔離在手臂之外。同時用另外一隻手高高舉起橫刀……

「啪！」又一塊板磚飛來，端端正正砸在了他鼻梁上。將他砸得兩眼發黑，酸甜苦辣鹹，五味齊往腦門處湧。常婉瑩再度丟出一塊板磚，砸中他的頭盔。隨即飄然而至，一劍刺破了他的喉嚨。

「小心！」寧彥章及時甩開盾牌，用漆槍擋住一名衝向常婉瑩的匪徒。二人默契地攻守交替，轉眼將此人刺翻在地。

互相看了看，他們兩人微微一笑，並肩衝向道觀大門口。槍劍並舉，迅速合力殺死第三名敵手，贏得周圍一片驚呼。

然而，兩個人的密切配合，卻無法扭轉整個戰局。衝進道觀大門的匪徒越來越多，翻牆而過的匪徒也如下雹子般，沒完沒了。儘管扶搖子多次衝到第一線，雪白的鬍子被敵人的鮮血染得通紅。儘管真無子和真寂子等人竭盡全力，卻只能眼睜睜看著身邊的鄉民們越來越少，眼睜睜看著敵軍一步步走向勝利。

「殺！」寧彥章挺槍再度刺死一名匪徒，衝入戰團。常婉瑩默默地貼在他身後，持劍護住他的脊背。二人一邊向周圍的敵軍發起攻擊，一邊給對方提供保護和支撐。所過之處，匪徒們紛紛閃避，無人能敵。

「保護二小姐！」常勝怒吼著，努力向寧彥章和常婉瑩兩個靠攏。攔在他身前的匪徒，不停地被他刺翻在地。但是，他卻無法將自己跟被保護目標的距離拉得更近。很快，便有更多的匪徒撲上來，叫喊著向他展開圍毆。

對於常家二小姐，匪徒們事先得到過叮囑，心裡頭始終存有幾分顧忌。但對於常府的家將，他們卻不會手下留情。一名匪徒被常勝刺中小腹，嘴裡發出厲聲慘叫。雙手卻鬆開了兵器，緊緊握住正在回抽的槍桿。

常勝連抽兩次無法奪回兵器，大喝一聲，抬腳踢中此人的肩膀。受傷的匪徒立刻被踢得倒飛數尺，躺在血泊當中一動不動。三支長矛和兩把橫刀卻從不同的角度遞上前，在常勝身體上帶起一團團血光。

「勝哥！」常安哭喊著上前報仇，用漆槍接連刺死三名敵人，隨即被一支流矢射中，踉蹌著倒地。常福力氣極大，搶了兩面盾牌，四下揮動，將靠近自己的匪徒砸得東倒西歪。「姓石的，趁著現在突圍，快！」趁著匪徒們無法靠近的間歇，他朝著寧彥章大叫。「我來替你們倆斷後。快！」

成群的匪徒撲上，將他淹沒在刀與槍的海洋深處。

「福叔！」寧彥章帶著常婉瑩，不停地旋轉。漆槍橫掃，在而身體周圍掀起一團血光。兩名匪徒先後被掃中，筋斷骨折。第三名刀盾兵踉蹌後退，被他上前一步砸中膝蓋骨，慘叫著栽倒，抱著大腿來回翻滾。

轉眼間，二人殺到常福身邊，將圍攻常福的匪徒們驅散。然而，家將常福卻無法起身履行他先前的承諾，圓睜著雙眼，全身上下到處都在噴血。

「二小姐勿慌，我們是來救你的！」一個無恥的聲音，忽然在大門口處響起。常婉瑩憤怒的扭頭，恰看見三角眼那光溜溜的下巴。「我家主上，對二小姐仰慕已久……」

「給我殺了他！」常婉瑩低聲斷喝，脫離寧彥章保護，飛鳥般撲向三角眼。李洪濡毫不猶豫舉槍迎戰，將她阻擋在距離三角眼身前數尺之外，無法寸進。寧彥章怒吼著撲到，與她兩個並肩對付李洪濡，四面八方，無數匪徒舉著兵器圍攏過來，笑得滿臉猥褻。

他們贏了！

雖然贏得不夠光彩，過程也充滿曲折。

但他們最終還是贏了。

扶搖子老道被困在了迎客殿內。

真無子等道士被逼得退向了後院。

而後院通向山下的道路，卻早已被重兵封鎖，連一隻鳥都甭想飛走，更何況是幾個大活人。

他們即將如願搶到丹方。

他們即將如願殺死前朝二皇子。

他們即將如願搶到常家二小姐，順手將所有罪行推給扶搖子和一眾鄉民。

他們個個即將加官進爵，前程似錦……然而，好像哪裡卻不太對勁兒。

不知道何時，道觀外傳來一陣沉悶的馬蹄擊地聲，越來越大，越來越急，「的的，的的，的的的的……」敲得地面上下晃動。

「噗！」一支羽箭忽然淩空飛至，從背後射中三角眼，箭鋒直透胸口。

「啊，呃呃呃！」三角眼疼得臉孔變形，用手捂住正在冒血的胸口，眼睛裡充滿了難以置信。

他想回過頭，看看到底是哪個敢向自己痛下殺手，腰桿卻使不出任何力氣。身體只能像喝醉了酒一般，在馬鞍上搖搖晃晃。他想命人殺死石延寶，臨終前替自家主上除去情敵。嘴裡卻說不出任何話來，也無法讓周圍的匪徒們將注意力轉向自己。

所有匪徒，包括先前還在捨命保護三角眼的李洪濡，此刻都做出了同一個動作。扭臉向道觀門外，兩股戰戰，雙腳不停地前後挪動。

逃走，去路是著了火的道觀後山，他們十有八九會變成一群烤豬。

不逃，對面是一隊如風而至的騎兵。手中寒光閃爍，將他們留在觀外的同夥，殺得屍橫遍野。

「姓李的，放下兵器，出來領死！」帶隊的老將收起弓箭，伸手遙指李洪濡面門。隔著十幾丈遠，卻嚇得李洪濡面如土色，手中長槍緩緩落地。

「婉瑩，小肥，不要慌，師父來救你們啦！師父親自來救你們了！」韓重贇將一桿帥旗高高地舉起，大喊大叫，滿臉自豪。

旗面上，龍飛鳳舞般寫著一個大字，「常」！

「是常思！」

「六軍都虞侯常思！」

「陛下的結義兄弟，牢城指揮使，六軍都虞侯常思常克功！」

「……」

即便再孤陋寡聞，看到那面驕傲的戰旗，再看看自家上司李洪濡那失魂落魄的窩囊模樣，眾「匪徒」們也知道，外邊來的人到底是誰了。剎那間，一個個驚得面如土色，紛紛挪動腳步緩緩向牆根兒底下縮。儘管距離常婉瑩和寧彥章兩人只有咫尺之遙，卻再也鼓不起勇氣發動任何攻擊。

「還不放下兵器出來領死，等著老子進去捉你嗎？」正惶恐得不安間，耳畔卻又傳來一聲斷喝。前六軍都虞侯常思甩鞍下馬，大步向前。又寬又胖的身體宛若一塊移動著的岩石，隨時可以將擋在面前的一切碾成齏粉。

「噹啷！」「噹啷！」「噹啷！」「噹啷！」兵器落地聲瞬間響成了一片。強搶別人的女兒，卻被做父親的抓了這正著，眾「匪徒」們無論有誰在背後撐腰，都無法不覺得虧心。更何況，常思此番還帶著數百精銳騎兵同來，而他們這夥人，在漢軍當中頂多只能算是三流？

「末將，衙內親軍左廂殿後軍步將李洪濡，參見都虞侯！」猛然間福靈心至，李洪濡「撲通」一聲跪下去，大聲自報家門。

道觀內外，還活著的匪徒們剎那間跪倒了一整片。誰都知道，繼續掙扎下去沒有任何意義。打，他們無論如何都不是常思的對手。而劫持常家二小姐做人質這招，恐怕也很難行得通。如今之際，大夥能不能活著離開，就看常思肯不肯給二皇子和幾個國舅顏面了。畢竟，衙內親軍殿後軍這個番號，一報出來就等同於直接告訴了常思，這場「衝突」的幕後指使者到底是誰！

「衙內親軍？放屁，衙內親軍的番號早取消了。陛下入汴在即，御林軍數日前就渡過了黃河。眼下在河東境內，哪還有什麼衙內親軍？」沒想到李洪濡招認得這麼快，常思頓時有些措手不及。眉頭猛然豎起，圓圓的臉上烏雲翻滾。「你好好想想，到底說不說實話？老夫再給你一刻鐘時間！時間一過，休怪老夫辣手無情！孽障，你還不給老子滾出來！」

最後一句話，顯然不是向著李洪濡說的。常婉瑩聽在耳朵裡，猛然打了個哆嗦，臉色瞬間變得煞白，全然沒有先前那種直視死亡亦無所畏懼的傲然模樣。只見她猛地丟下寶劍，先是向前跑了幾步，雙腿在邁過道觀大門的瞬間，卻又遲疑著停下，回頭看著寧彥章，滿臉不捨。

常思見此，氣更是不打一處來。抬手指了指同樣有些不知所措的寧彥章，大聲命令，「姓石的，你莫自作多情！老子今天是來救自己的女兒，卻不是來救你！」

「阿爺——！」常婉瑩聞聽，臉色變得愈發慘然。踉蹌幾步衝到自己父親面前，哭泣著說道：「您，您終於來了。我，我以為這輩子再也見不到您了呢！」

常思被哭得頓時心臟發軟，旋即用力揮動胳膊，將常婉瑩的手臂甩在一邊，「妳少來這套！」咬著牙不去看女兒的眼睛，他繼續低聲咆哮，「從小到大，哪次闖完了禍，妳不是這般模樣？我原本還以為長大了妳就會有所收斂，卻沒想到，長大之後，妳居然連楊重貴也敢去招惹！妳，妳莫非就不知道死字該怎麼『寫』嗎？」

罵著罵著，終究覺得心疼。扭過頭，朝著剛剛策馬趕過來的常婉淑大聲喝令，「還不帶妳妹妹離開？楞頭楞腦，像塊榆木疙瘩腦般看什麼熱鬧？都是妳這個當姐姐的帶的好頭！拉她下去，先關到馬車裡。等到了潞州，老子再跟妳們兩個仔細算這筆帳！」

「這，這怎麼又算到我頭上了？」常婉淑無端受了池魚之殃，嘟囔著跳下坐騎，上前拉住自家妹妹一隻胳膊，「走吧，他正在氣頭上，不會跟任何人講理。妳先跟我下去躲一躲，咱們不跟他一般見識！」

「妳說啥？再說一遍！」常思手按刀柄，虎目圓睜。他奈何得了百戰老將，卻偏偏拿自家這個大女兒毫無辦法。打，當著女婿和這麼多將士的面兒，顯然有些過於嚴苛。但不打常婉淑一頓，肚子裡的一團邪火卻根本找不到地方發洩。

「瓦崗寧彥章，見過常將軍。救命之恩不敢言謝，日後將軍有用得到晚輩的地方，風裡火裡，絕不敢辭！」偏偏有人唯恐他肚子裡那團火燒得不夠旺，不早不晚走上前，躬身施禮。

「你叫啥？你再說一遍，你到底是誰？」常思立刻找到了焚燒目標，轉過頭，大聲追問。

「瓦崗寧彥章，在此拜謝常將軍救命大恩！」寧彥章退開半步，再度長揖及地。

他原本就長得白白淨淨，最近半個月又一直在道觀中修養，因此看上去更加富態雍容。而常思自己，也是個遠近聞名的大胖子。兩個胖子隔著四尺遠相向而立，看在外人眼裡，竟是罕見地相得益彰。

然而，常思卻沒有因為小肥跟自己體態隱約相似，而對此人假以辭色。擺了擺手，冷冷地轉身，「寧彥章是嗎？你且跟老夫來！有些話，老夫必須跟你當面交代清楚！」

「遵命！」寧彥章微微一楞，隨即不卑不亢地回應。邁開雙腿，緩緩跟在了常思身後。

一步，兩步，三步，最初還有些緊張，數步之後，竟緩緩將腰桿挺了個筆直。

「阿爺——！」常婉瑩追上前，大聲阻攔，「不關他的事兒！他腦袋受了傷，以前所有事情都記不得了，他……」

她的胳膊再度被常婉淑拉住，身體被扯得踉踉蹌蹌。正掙扎著準備再替愛侶說上幾句，卻看到寧彥章將頭轉了過來，滿臉坦然：「妳別急，我自己能應付得來。如果連這點小事都應付不了，先前答應妳的那些，將來拿什麼去兌現！」

「走吧，走吧，阿爺正在火頭上。妳說的越多，越是火上澆油！」常婉淑也將嘴巴俯在自家妹子耳畔，低聲開解。

「那你，你自己小心！」常婉瑩掙扎了兩下，終究沒自家姐姐力氣大。抬起淚眼看了看寧彥章，用極低的聲音叮囑，「別跟他硬頂。他那個人，氣頭上跟誰都不講道理。等氣消了，我再跟你一道想辦法！」

「嗯！」寧彥章笑著點頭，加快腳步，追向常思。

這個女子願意跟自己面對全天下的人，包括她自己的父親。這個女子願意跟自己生死與共。自家父母不在，請不起三媒，下不了六聘。但無論如何，卻不能讓她為了自己跟家人鬧翻。所以常思講理也罷，不講理也好，自己都只能獨自去面對。反正，反正全天下的女婿，都少不了要過老岳父這關！

聽自家女兒胳膊肘全都拐向了外邊，常思心中的邪火越燒越旺。用眼睛瞪開上前試圖替自己提供保護的親兵，用大腳踹開湊湊過來試圖緩解氣氛的幕僚。像一頭下山的老熊般，一步步遠離道觀，一步步，將腳下的地面踩得搖搖晃晃。

寧彥章緩緩在後邊跟著，不說話，也不知道該說些什麼。步亦步，趨亦趨，將彼此間距離始終保持在五尺之內。

一老一少兩個胖子，相繼跟著離開戰場，離開滿地的血跡與屍體。一直走到了所有人的視線之外，常思才猛地轉過身，厲聲斷喝：「姓石的，我們常家到底欠了你什麼？你居然要賴上門來，將我們家攪得雞犬不寧！」

他是軍中宿將，半輩子殺人無數。因此稍微作勢，便如同有一塊萬鈞巨石直奔小肥的頭頂壓了下來。然而，這種百戰餘威，對小肥卻起不到多少作用。年輕人只是禮節性地退開了半步，就再度站穩了身體，笑著拱手：「晚輩愚鈍，無法理解您老到底在說些什麼！晚輩原本在山寨裡好好地做強盜，卻被漢王殿下派人不遠千里給捉到了河東！若是能逃，晚輩在半路上早就逃之夭夭了，塞北江南，哪裡不比在河東安全？又怎麼可能專門跑來賴上您？況且晚輩到現在，也不知道自己為何就變成了石延寶！對石、常兩家的舊日恩怨，更是一無所知！」

「嗯？」早料到對方必然會巧言爭辯，卻沒料到，小胖子爭辯得如此理直氣壯，常思的眉頭頓時微微一跳，撇著嘴，冷笑著道：「如此說來，你認定了你不是石延寶了？」

「當石延寶，有什麼好處嗎？」寧彥章想了想，苦笑著搖頭，「按照漢王麾下那位郭大人所說，肯忠於石家的，早就被張彥澤給斬盡殺絕了。此刻漢王也好，什麼符家、高家也罷，爭相想把石延寶握在手裡，圖的也不過是挾天子以令諸侯。而自李唐以來，哪個傀儡天子得過善終？莫說晚輩想不起自己是誰，即便能想起來，恐怕姓寧，也遠比姓石為好！」

「你倒是不傻！」常思歪著頭，上下打量寧彥章，撇著嘴點評。

這個年紀的半大小子，他見過無數。但要麼木訥閉塞，要麼浮華跳脫，在唾手可得的富貴之前，更鮮有人能保持清醒。唯獨眼前這位，居然做到了不卑不亢，淡定從容。即便天忽然塌下來，好像也能坦然面對一般。

「晚輩只是這裡受過很重的傷，忘了一些事情。」在他咄咄逼人的目光裡，寧彥章輕輕地抬起右手，用食指點了點自己的頭頂。

「那你唆使婉兒以救命丹方要脅漢王怎麼算？」常思卻忽然又變了臉色，抬手將腰間佩刀抽出一大半兒，「你以為你是誰，居然還敢跟漢王討價還價？且不說漢王已經登基為帝，貴為天子。即便他此刻尚未登基，還要繼續隱忍，下令屠了你們這座破道觀，也如殺雞屠狗一般。全天下人，誰還敢替你們喊一聲冤枉？」

「前輩息怒，此事，晚輩最初並不知情！」寧彥章微微掃了一眼寒冷的刀鋒，笑著搖頭，「晚輩知道之時，信已經送出好些天了。」

「那你們這些蠢貨還不知道躲遠一些？還蹲在道觀裡等著漢王的兵馬上門？」常思聞聽，愈發怒不可遏。上前半步，吐沫星子如瀑布般往外噴濺，「你們這些蠢貨死了都不打緊，又何必連累我的女兒？」

「晚輩原本以為，帝王會有帝王氣度！」寧彥章後退半步，用手在臉上抹了一把，臉上的表情依舊波瀾不驚，「當山賊況且還得講規矩，更何況準備一統九州的開國帝王？晚輩沒想到自己想錯了，晚輩更沒想到，漢王他真的會一點兒吃相都不講！」

吃相，當皇帝的居然被山賊笑話沒吃相。作為皇帝曾經的鐵桿心腹，常思頓時被憋得打了個嗝，粗氣連連。

但是他卻無法反駁寧彥章說得不對，派兵進攻道觀，殺百姓滅口這件事，的確過於不講究了。雖然兵馬並非漢王劉知遠所派，但此行動一展開，就將漢王對身邊的人過於縱容，對手下軍隊控制力不足這兩大問題，暴露無遺。

稍微後退了半步，他深吸一口氣，咬著牙道：「吃相？此乃亂世，持刀者為王，誰在乎什麼吃相？帝王一怒，流血千里再正常不過，更何況你們主動捋虎鬚在先？」

「可亂世總有終結的時候。晚輩不認為，漢王覺得他自己西去之後，留下的還是一個亂世。」寧彥章笑了笑，應對起來愈發從容。「況且帝王一怒，固然流血千里。壯士一怒，亦可流血五步。只要流在了關鍵位置，不在乎血多血少！」注五七

壯士一怒，流血五步，乃是《戰國策》裡，唐雎對秦王說的話。拜郭允明這個「嚴師」所賜，比起當初在瓦崗寨，小肥的詭辯水平已經提高了十倍不止。非但典故用得精準，其中所涉及到的內容，也與今天隱隱相似。

的確，殺千把個無辜，血洗道觀，對漢王劉知遠來說，算不得什麼大事兒。這輩子，無論他，還是常思、

郭威、史弘肇等，都沒少殺了人。其中很多死者肯定也不完全是咎由自取。可扶搖子畢竟是一代道家宗師，門下稱弟子者無數，根本不可能被斬盡殺絕。眼下九州分裂，稱王稱帝者也不止劉知遠一家。萬一被有心人拿此事大作文章，甚至暗中出錢出力支持道門復仇。今後劉知遠就有的是時間頭疼了。

無論出門賞景，領兵行獵，還是到訪大臣之家，凡離開皇宮，身邊的防衛力量就必須得加強十倍。甚至求醫問藥，禮敬天地之時，都得多加十二分小心。稍不留神，恐怕就有荊軻、聶政、大鐵錘之流突然跳出來，搏暴君於眾目睽睽之下。

「你倒是生了一張利口！」常思自知在跟寧彥章討價還價這件事上，無法多指責對方。緩緩將刀刃又壓回鞘中。緩緩圍著少年人踱步，「只可惜，生錯了年代！這年頭，空有一張利口沒任何用，想要跟人說理，手中就必須握著刀把子！」

被人繞著圈子盯著看，自然不會太舒服。特別是被常思這種滿身血腥氣的人盯著看，那簡直就像待宰羔羊面對屠夫。然而寧彥章偏偏無法躲避，只能笑了笑，故作淡然狀，「前輩說得在理！可晚輩手中如今沒刀，所以也只能先把該說的話儘量全說清楚！」

「嗯，你倒是有自知之明！」常思終於如願占據了上風，冷笑著停下了腳步，「你今日準備如何了結此事？自己想，別往道觀那邊看，別指望事事都找別人出主意！」

「前輩既然來了，自然由前輩做主！」寧彥章被說得臉色微微一紅，搖了搖頭，輕輕拱手，「前輩剛才也說過，此刻刀並未握在晚輩手上！」

「嗯？」常思沒想到小胖子學得這麼快，眉頭再度微微上跳，眼睛深處，難得地露出幾分讚賞，「老夫怎麼做主，你都不會抗拒嗎？」

注五七、此語出自戰國策，魏策。原文為：「若士必怒，伏屍二人，流血五步，天下縞素，今日是也。」挺劍而起。秦王色撓，長跪而謝之曰：「先生坐！何至於此！寡人諭矣：夫韓、魏滅亡，而安陵以五十里之地存者，徒以有先生也。」

「正是！」寧彥章猶豫了一下，滿臉戒備地點頭，「但僅限於晚輩本人。道觀那邊，前輩還得去問問家師！」

「那牛鼻子老道的意思有什麼好問的？若不是你給婉兒出的主意，跟漢王討價還價，此等餿招，就必然出於他這個老糊塗之手！」常思迅速朝道觀方向看了一眼，冷笑著撇嘴。「常某救了他的命，不找他要報酬已經算是便宜了他，他還有什麼資格在常某面前指手畫腳？」

寧彥章知道自己這邊籌碼不多，果斷閉上嘴巴不多說一句廢話。對方雖然聲稱只為了救女兒而來，但扶搖子卻不僅僅是他寧彥章一個人的師父。於情於理，長生門一眾道士以及被牽連進來的無辜百姓，都不會再有什麼危險。至於自己，好像掙扎也罷，不掙扎也罷，結果都是一個樣。身為劉知遠的心腹愛將，常思無論如何，都不可能放自己離開。而自己即便離開了劉知遠的地盤，外邊還有符彥卿、李守貞、杜重威等若干人在等著，照樣無法平安此生。

「繼續說啊，你不挺機靈的嗎？怎麼沒詞了？」那常思卻不肯輕鬆讓他過關，撇著嘴，不屑地數落。「你們長生門上下，就沒有一個機靈的。光知道賣嘴，這年頭，嘴巴再厲害還能強過刀去？」

寧彥章笑了笑，繼續做洗耳恭聽狀。一顆心，卻早已飛到了天邊上。誰握著刀誰就有理，勝者通吃，敗者家破人亡。從唐末到現在，戰火綿延數十年。人們早已習慣了殺戮與背叛，人們將弱肉強食，勝者王侯敗者賊，早已奉為至理。

可這並不正常。存在，卻未必就合理。一個正常的世道，普通人應該不偷不搶不騙，也能活得下去。人和人之間應該彼此間有一定信任，而不是白首相知猶按劍。更不該每天睡覺時枕頭底下都要藏著一把刀。天大地大，道理最大，而不是誰能殺人，誰就高高在上，出口成憲。

「……一群不食人間煙火的怪物！要麼老實在道觀裡蹲著，要麼就先弄清楚了人間規矩，再看看自己有沒有能力插手！像這樣胡亂攙和，早晚得把整個長生門上下所有人的性命全搭進去！」將道觀這邊前一段時間的所作所為盡數嘲諷了個夠，常思又深吸一口氣，轉過身，背對著小肥說道：「這次算便宜了你們，漢王那邊，自然由老夫去打官司！但以後，別指望還有其他便宜可占。還有，你以後請離婉兒遠一些，否則，休怪老夫對你下狠手！」

「轟——」彷彿當頭又被人狠狠砸了一鐵鐧，寧彥章的身體晃了晃，眼前金星亂冒。

以後請離婉兒遠一些！離婉兒遠一些！你有什麼資格，跟婉兒在一起？且莫說你這個前朝二皇子，根本就是別人指鹿為馬。即便你是真的？在自家小命兒都隨時不保的情況下，你有什麼資格去靠近婉兒？

有股鹹腥的味道，從胸口直衝嘴角。寧彥章咬緊牙關，儘量不讓血從自己嘴裡噴出來。踉踉蹌蹌向前追了幾步，他俯身下去，拱手道謝。「多謝前輩仗義，救我長生門師徒！」

「嗯，順手的事情！不值得一提！」常思的身體微微一頓，腳步繼續以原來的速度向前邁動。身後這個小傢伙挫折容忍力很強，若是尋常少年，被自己勒令不准接近婉瑩，即便不變得失魂落魄，也會跳起來大鬧一場。而此人，卻先想到的是自己對長生門的活命之恩。就憑這一點，倒也不枉他生在帝王之家。

然而，接下來從身後傳入耳朵中的話，卻讓他心頭剛剛湧起了一絲欣賞蕩然無存。「但晚輩必須把話說明白，晚輩與令愛，已經有了白首之約。」

「所以您老最後一個要求，請恕晚輩難以從命！」寧彥章說得很慢，但每個字，卻清晰無比。常婉瑩沒在乎過自己會拖累她，常婉瑩沒在乎過自己幾乎一無所有。既然如此，自己就沒資格退縮，哪怕面對的是常婉瑩的父親，六軍都虞侯常思。

「你找死嗎？」常思猛地轉過身，再度手按刀柄，雙眉倒豎，兩眼圓睜，就像一頭被激怒了的獅子。

「晚輩與令愛，已經有了白首之約！」寧彥章的目光與他相對，咬緊牙關，努力做到不閃不避。父母皆愛子女，常思的想法，他能理解。換了自己與此人易位而處，恐怕也不贊成把女兒嫁給一個朝不保夕的傢伙。

但是，自己卻不會永遠都朝不保夕。自己可以努力去改變，努力去抗爭，哪怕最後仍舊會失敗，至少要讓自己這輩子過得無悔無憾。至少要讓常婉瑩知道，她沒看錯人。她選擇的男人，生來就是個頂天立地的英雄。

「晚輩跟她承諾過，如果脫離此劫，今生永不相負。晚輩不是什麼英雄豪傑，但說出來的話，也絕不會再吞回肚子！」輕輕笑了笑，他繼續補充。就像對方手中的刀根本不存在，周圍也沒存在著數百騎兵精銳。

「你找死！」常思又低聲罵了一句，抽刀出鞘，略帶一點藍色的眼睛裡，殺機畢現。「莫非你以為，老夫真的不敢殺了你？」

「前輩當然敢！」寧彥章頭皮一陣陣發麻，臉色卻沒絲毫變化。再度向常思拱了下手，非常禮貌地提醒，「無論是為了漢王，還是為了前輩自己，殺了晚輩，都可以減少許多麻煩。然而晚輩請前輩不要現在動手，更不要讓婉兒看見。在她心中，前輩始終是一個頂天立地的大英雄！」

「看見了又怎樣？看見了，剛好讓她死心！」常思鼓起滿身的殺氣，卻無法令寧彥章後退半步。心中有些真的發了狠，笑了笑，握在刀柄上的右手，青筋緩緩浮現。

「死心和心死，是兩回事。況且晚輩也不會束手待斃！」寧彥章笑著側開身體，用腳從地上挑起一根被「匪徒」丟棄的長矛。接在手裡，緩緩拉遠與常思兩人之間的距離。「前輩想要殺晚輩，有的是機會，不必急在一時。選擇在今日，則只能令親者痛，仇者快！」

「你個黑心腸的小王八蛋！」常思被氣得兩眼噴火，卻始終無法將手中橫刀舉得更高。

雖然已經是兩股生肉，身手遠不比當年。十招之內將眼前的小胖子砍翻，對他來說，卻依舊沒多大難度。只是對方剛才那句話卻說得實在，真的現在就殺了這小子，常婉瑩悲傷過度，肯定會心如死灰。這輩子甭說繼續嫁人生子，恐怕能再活幾天，都要成為疑問。而指使李洪濡前來劫持常婉瑩，奪藥殺人的二皇子劉承佑，卻徹底擺脫了麻煩。對他父皇來說非但無過，反而立下了一等一的大功！

想到這兒，常思咬著牙還刀入鞘，喘息著道：「人貴在有自知之明。你如今自己能活多久都無法保證，又何必連累婉兒？她，她可是沒有絲毫對不起你，對不起你們石家！」

「這件事，不能用連累不連累來解釋清楚！」見常思主動收手，寧彥章也把長矛緩緩地戳在了地上，「更沒有什麼對不起對得起。晚輩說過，從沒認為自己是那個石延寶！晚輩對她許下承諾，是因為她這些天來曾經跟晚輩生死與共。而她至今不肯放棄晚輩，恐怕也不僅僅是因為幼年時的幾句無忌童言！」

「呼——！」常思大聲喘息，就像一隻被困在牢籠裡的野獸。無論領兵打仗的本領，還是周旋權貴之間的智慧，他自問都不或缺。然而偏偏對男女之間這些糾纏不清的東西，他的見識絲毫不比尋常人高明，此刻除了殺人之外，也拿不出第二種辦法幫女兒斬斷情絲！

「前輩儘管放心。在自己安危問題沒有解決之前，晚輩盡力跟婉瑩保持一定距離便是！我們兩個都不算大，她還有時間，我也有時間！」見常思的態度不再咄咄逼人，寧彥章也主動退讓。無論如何，對方都是常婉瑩的父親。看在常婉瑩的面子上，他不能真把此人氣出毛病來。

「時間？莫非你還以為你這輩子能逃過宿命不成？」常思聽了，心中煩躁多少緩解了些許。皺了皺眉，冷笑著質問。

「那個姓李的，先前好像說過，只留婉瑩一個。晚輩想必也在他的殺人滅口之列！」寧彥章笑了笑，低聲提醒。

這些天來，隨著學到的東西不斷增多，他的頭腦也變得愈發清醒，思維反應比先前更是快了一大截。所以很多東西，只要稍加留意，就會推測出許多隱藏於其背後的貓膩，「由此可見，晚輩現在，對漢王已經沒有任何利用價值。只要不落在別人手裡，被推出來跟漢王做對，活著，或者死去，都無關緊要！」

頓了頓，他又緩緩補充，「既然死活都無關緊要了，真的，或者假的，又有誰會在乎呢？況且晚輩這個二皇子，原本就不太像是真的！」

「這……」常思眉頭緊鎖，低聲沉吟。

「忠於石家的人，已經被張彥澤殺光了。而張彥澤本人，也死於耶律德光之手。晚輩無論是不是真的石延寶，都對漢王沒有任何威脅。而自後梁至今，還沒見任何朝代挺過二十年，晚輩如今年方十七，未必熬不到再度改朝換代那一天！」寧彥章笑了笑，繼續用緩慢而清晰的語調補充。注五八

前幾句話都是眾所周知的事實，聽在常思耳朵裡，只是更加令此人覺得安心。而後幾句話，卻不亞於平地起了滾滾驚雷。把個常思炸得身體晃了晃，臉色大變。良久之後，卻又忽然搖頭而笑，「聽你這麼說，老夫倒覺得你有點像真的二皇子了！」

「是真是假，晚輩從來就沒說得算過！」寧彥章坦誠地看著常思，笑著說道：「如果有可能，晚輩寧願為瓦崗寨二當家之子，姓寧，名彥章。」

「取的是王鐵槍的名號吧，只可惜，你的本領照著他差得不是一點半點！」常思再度圍著他繞起了圈子，臉上的表情好生令人玩味。

「晚輩從醒來之後到現在，滿打滿算只學了四個月的武藝。並且在最近半個月，才得到了名師指點！」寧彥章的目光隨著常思的身影而動，稚嫩的臉上寫滿了自信。

「進步的確夠快！」常思停住腳步，輕輕點頭。「你以前真的沒學過？」

「沒有！」寧彥章想了想，輕輕搖頭。

「我聽韓重贇那小子說，你連字都不認識幾個！」常思忽然咧了下嘴巴，臉上的笑容好生令人玩味，「不識字，卻能熟練用出戰國策中的典故？你小子看來最近沒少讀了書啊！」

「這，這個倒不是最近讀的！」寧彥章抬手，再度指向自己的腦袋，「以前應該也讀過一些。只是這裡受過傷，所以，時靈時不靈！」

「這個理由倒是不錯！」常思搖頭而笑，「那到底什麼時候靈？」

「晚輩不清楚！」

「什麼時候不靈？」

「好像也不由晚輩自己來決定！」

「啊？哈哈，哈哈哈……」

「嘿嘿，嘿嘿，嘿嘿……」

「將軍，道觀前後，已經清理乾淨了！」正當一老一小對著打啞謎之時，有個年齡看上去與韓重贇不相上下的騎將策馬衝了過來。先狠狠瞪了寧彥章一眼，隨即拱起手向常思請示。「殺一百一，俘虜七百六十三。還有兩百餘人逃進了山裡頭，韓將軍正帶人繼續追剿！」

「派人給韓重贇傳令，除惡務盡！」常思毫不猶豫地揮了下手，大聲命令。

「是！」年輕的騎將大聲答應，卻沒有立刻離去，而是看著常思，繼續大聲請示道，「俘虜，俘虜裡官職最大者，便是那個姓李的。他自稱是衙內親軍步將，受二皇子指使而來。還有一群地痞流氓，則自稱是郭允明的手下！」

「胡說，二皇子怎麼會做如此糊塗之事。一定是他們胡亂攀污，敗壞殿下和郭大人的名聲。」常思狠狠地瞪了年輕的騎將一眼，隨即不耐煩地揮手，「也罷，既然他們不知悔改，死到臨頭還要拖別人下水，你就去給我把他們全都殺了便是。全殺光，一個不留！」

「這……」年輕的騎將被嚇了一哆嗦，猶豫著不知道是否該去執行。姓李的傢伙跟自己這邊很多人都認識，肯定不是假冒的親軍步將。地痞流氓們在馬刀之下，也未必有膽子集體撒謊。而一下子殺掉這麼多「自己人」，饒是常節度以往立下過大功，恐怕也很難向剛剛登基的皇帝陛下交代。

注五八、五代朝廷輪替極快，最長的後梁不過十六年。後唐十三年，後晉十一年。

「叫你去殺你就去殺，囉嗦什麼？」常思豎起眼睛，聲音忽然變得極為冷酷。「都搶到老子女兒頭上了，老子若是再忍，下次還不是隨便一個人找一個狗屁理由就敢滅老子滿門？去，給老子殺！如果你膽敢放走一個，老子就拿你小子抵帳！」

「末將遵命！」年輕的騎將又打了個冷戰，策馬如飛而去。

還沒等他的身影去遠，常婉瑩卻又拖著常婉淑，踉蹌而至。臉上再也沒有先前那種委屈，取而代之的，則是深深的負疚，「阿爺，姐姐說，姐姐說，漢王他，他撤了您的職！女兒不孝，拖累父親您了！」

說著話，她屈膝下去，擋在自家父親和寧彥章之間，長跪不起。

「不是撤職，是高升。你老子高升了，澤潞節度使，掌管好大一片地盤呢！」見女兒終究免不了胳膊肘向外拐，常思嘆了口氣，苦笑著搖頭，「起來，起來！哭什麼？老子高興還來不及呢！澤潞節度使啊，從此往後，妳老子也是一方諸侯了！這加官進爵，又算哪門子拖累？」

常婉瑩力氣沒自家父親大，抽泣著被後者從地上拉起。內心深處，卻愈發地感覺愧疚。她原本以為，憑著自家父親與劉知遠的交情，自己哪怕做了些出格的事兒，也不會讓父親受到太多牽連。卻萬萬沒想到，自己最近一段時間的所作所為，恰好促使劉知遠下定決心，將自家父親永遠趕出了朝廷決策中樞。

在北來的路上，寧彥章曾經路過澤、潞兩州，知道那邊非但人丁稀少，還到處都是土匪的巢穴。常思此去，沒有十年八年的臥薪嘗膽，根本不可能真的掌控該地，更不可能成為與眼下符彥卿、李守貞等人比肩的一方諸侯。而六軍都虞侯，進了汴梁，哪怕是劉知遠再不念舊情，至少一個樞密副使的職位是跑不了的。稍加運作，便有可能成為三公之一，富貴綿延數代！

想到這兒，他心裡頭不免也覺得對常思虧欠甚多。走上前，朝著對方鄭重拱手：「沒想到拖累前輩這麼多，晚輩先前的話，過於不知輕重了。還請前輩見諒！」

「罷了，已經發生的事情，說他作甚！」常思白了他一眼，長長地嘆氣。對他常某人來說，進不進樞密院沒什麼要緊，做不做一方諸侯，也無所謂。難過的是，自己跟劉知遠同生共死這麼多年，到頭來，卻終究未能過得了富貴關。所謂「苟富貴，勿相忘」，終究還是一句空話。人一登上了皇位，昔日的手足之情，就立刻煙消雲散。

「的確，晚輩多嘴了！」寧彥章被常思的大度弄得不知所措。訕訕地推開數步，紅著臉道。

「唉——！」常思聞聽，又朝著天空噴出一口長長的白霧。隨即，一手摟著自家女兒，一手指點寧彥章，「老夫不會殺你。但是你小子，也不能離開老夫視線之內。老夫麾下還缺個騎將，不知道你會不會覺得委屈！」

「但憑將軍差遣！」這個彎子轉得著實太急，寧彥章差點又沒能跟得上。猶豫了好一陣，才笑著拱手。比軟禁好一些，算是羈絆。劉知遠不較真兒，自己就能繼續頂著一個騎將的頭銜廝混。如果劉知遠非要將二皇子或者二皇子的屍首送往汴梁驗明真偽，恐怕老常立刻就會將自己交出去，而不是冒著被劉知遠派兵征剿的風險，繼續為自己擋風擋雨。

「寧彥章這個名字不好！」常思又擺了擺手，忽然間就變成了一個忠厚長者，當著自家兩個女兒的面兒，笑著指點，「不好，既不好聽，又太響亮。並且這個名字已經傳開了，你絕對不能再用！」

「那晚輩再改個名字就是，只要不再改姓氏便好！」寧彥章知道他說的有道理，欣然答應。

自己想要平安脫身，就少不得常思幫忙。而寧彥章就是石延寶，這已經是河東文武的共識。所以，自己只能棄了現在這個名字，以避免將來的麻煩。

「乾脆，以字為名算了！鐵槍王彥章字子明，從今往後，你姓寧，叫子明便是。」常思略作沉吟，大笑著補充，「老夫麾下騎兵左都將寧子明，原本為澤州地方良家子。慕老夫威名，特來相投。每戰必身先士卒，老夫能蕩平澤潞二地，其人功不可沒！哈哈，哈哈哈，老夫乃澤潞節度使常思，此番前去赴任，虎軀一振，英雄豪傑納頭便拜！」

「哈哈哈，哈哈哈哈……」山谷間回聲蕩漾，循環反覆，縈繞不絕！

頭頂上的烏雲瞬間散開，陽光灑滿在場每個人的眼睛。

第一卷・訴衷情 卷終

亂世宏圖

卷一・訴衷情

作　者　酒徒
編　輯　黃煜智
校　對　魏秋綢　蔡于瑩
企　劃　李昀修　廖婉婷
封面設計　莊謹銘
董事長　趙政岷
出版者　時報文化出版企業股份有限公司
一〇八〇一九台北市和平西路三段二四〇號四樓
發行專線　（〇二）二三〇六－六八四二
讀者服務專線　〇八〇〇－二三一－七〇五、（〇二）二三〇四－七一〇三
讀者服務傳真　（〇二）二三〇四－六八五八
郵撥　一九三四－四七二四時報文化出版公司
信箱　一〇八九九臺北華江橋郵局第九九信箱
時報悅讀網　www.readingtimes.com.tw
電子郵件信箱　ctliving@readingtimes.com.tw
法律顧問　理律法律事務所　陳長文律師、李念祖律師
印　刷　家佑印刷有限公司
初版一刷　二〇一六年八月
初版五刷　二〇二二年十一月八日
定　價　新台幣三三〇元
（缺頁或破損的書，請寄回更換）

時報文化出版公司成立於一九七五年，
並於一九九九年股票上櫃公開發行，於二〇〇八年脫離中時集團非屬旺中，
以「尊重智慧與創意的文化事業」為信念。

Printed in Taiwan
本書《亂世宏圖》繁體中文版 版權提供 中文在線 李方鋒

亂世宏圖　卷一・訴衷情／酒徒作
－初版. －臺北市：時報文化，2016.08
面；　公分
ISBN 978-957-13-6700-2（平裝）
857.7　　105010678